GULLIVER

871

Inhalt

Liebes Minchen!

Besitze nun alles von Minchen: ihre Fotos, die Briefe an Wilek, Geburts-, Hochzeits- und Sterbeurkunde, den wenigen Schmuck, ihre sieben Bücher. Den Karton mit all ihren Habseligkeiten hat mir Robert geschickt. Als Dank für die große Reise, die ich ihm geopfert habe.

Ein Geschenk, das mich traurig stimmt. Die Griechenland-Reise habe ich ja in Wahrheit nicht ihm, sondern mir selbst geopfert. Auf Ägina wäre ich die geblieben, die ich immer schon war; der Sommer in Berlin hat mich erwachsener gemacht. Und habe ich in Berlin nicht Gregg kennen gelernt, meinen Gregg, der seither zu mir gehört, als wäre es nie anders gewesen?

Draußen wird es nun schon dunkel. Bald ist erster Advent, Vorweihnachtszeit. Ich sitze in meinem Hamburger Zimmerchen und Frau Kruses alte Stehlampe zeichnet einen Kreis um den Tisch. Nehme mal dieses und mal jenes Erinnerungsstück in die Hand und fühle mich dadurch in den Sommer zurückversetzt. Jeden einzelnen Tag könnte ich vor mir ablaufen lassen. Aber nicht deshalb habe ich beschlossen zu schreiben.

Ich, Eva Seemann, 21, Studentin der Kommunikationswissenschaften, die darauf hofft, irgendwann als Journalistin arbeiten zu dürfen, will über mich selbst berichten. Doch was ich schreibe, soll kein nacherzähltes Tagebuch werden. Ich will einen Brief schreiben. Einen Brief an dich, Minchen! An eine Frau, die Anfang des Jahrhunderts jung war, seit fünfzig Jahren nicht mehr lebt und nicht mal mehr ein Grab besitzt. An eine Frau, von der nur vergilbte Briefe, Postkarten, Urkunden, Fotos und ein paar Stickereien übrig geblieben sind und die sich ganz sicher niemals gefragt hat, was ihre Ururenkelin eines Tages über sie denken wird. Einen Brief aber auch an mich selbst, die ich mir immer noch über vieles klar werden muss.

Dein Foto liegt neben meinem PC, Minchen. Ein von der Zeit schon sehr vergilbtes, blassbraunes Foto. Darauf bist du ein sechzehnjähriges Mädchen im rüschenverzierten Kleid mit noch sehr weichem, kindlichem Gesicht. Das dunkelblonde Haar trägst du hoch gesteckt, um den Mund spielt leichter Trotz, der Blick ist nach innen gerichtet. Wir beide sollen uns ähnlich sehen. Hat Robert gesagt. Und er, dein Enkel, mein Großvater, hat dich von allen am besten gekannt.

Liebes Minchen, es ist dieses Foto, das alles ins Rollen gebracht hat. Hätte Robert es mir nicht geschickt, wahrscheinlich hätte ich nie viel über dich erfahren. Ich habe das junge Mädchen auf dem Foto gesehen und auf Anhieb eine Art Verbundenheit gespürt.

Ja, du warst mir sofort sympathisch, Minchen. Und das nicht nur wegen der Ähnlichkeit zwischen uns beiden, so eitel bin ich nicht. Dieses Foto gefällt mir, weil du darauf noch ganz am Anfang stehst: ein junges Mädchen, das alles noch vor sich hat, die noch träumt und voller Wünsche ist. Auf späteren Fotos wirst du immer mehr zu Hermine Stargraff, der herben, tüchtigen, manchmal sogar harten Frau, die so viel erlebt hat und alles zu wissen scheint und über die ich so viel Widersprüchliches erfahren musste. Auf diesem Foto bist du »mein Minchen«, der will ich von Robert und mir und natürlich auch von Vater erzählen; Vaters Geschichte ist ja der Anfang von allem.

Beginnen jedoch muss ich mit mir und meiner ahnungslosen und deshalb ziemlich idyllischen Kindheit. Ich bin in Lilienthal aufgewachsen, einem Vorort von Bremen mit vielen hübschen, kleinen Reihenhäusern und gepflegten Vorgärten. Vater, Mutter, Bruder Bastian – er ist nur anderthalb Jahre jünger als ich –, später die Schule, die Freunde, Ausflüge nach Bremen und Ferienreisen nach Dänemark oder Österreich, das war meine Welt.

Nein, über meine Kindheit kann ich mich wirklich nicht beschweren, die war so harmonisch – und deshalb vielleicht auch ein wenig langweilig – wie wohl sehr viele Kindheiten in satten und halbwegs friedlichen Zeiten. Wenige Tage nach meinem zwölften Geburtstag aber bekam mein Gänseblümchen-Dasein den ersten Riss. Da saß an den Abenden auf einmal ganz Lilienthal vor dem Fernseher und besonders Vater, von Beruf Buchhändler und nicht gerade ein Freund der Glotze, war davon nicht wegzukriegen. Fragte ich, was denn los sei, hörte ich immer nur: »Die Mauer ist gefallen«, und blickte in lauter glückstrahlende Gesichter.

Natürlich wusste ich, was damit gemeint war, diese übergroße Freude aber konnte ich nicht so recht nachvollziehen. Was ging uns Lilienthaler denn die Berliner Mauer an? Die war doch weit weg, die hatte es für mich immer nur im Fernsehen gegeben. Vaters Gesicht jedoch verriet mir, dass wirklich etwas Großes, Weltbewegendes passiert sein musste. Er glühte und schwitzte und berlinerte so sehr, dass ich ihn kaum noch verstand.

Da wir keine Ahnung hatten, weshalb gerade unser Vater sich noch mehr als alle anderen aufregte, zeigten Bastian und ich ihm in jenen Tagen öfter einen Vogel. Erwachsene tickten unserer Meinung nach sowieso nicht ganz richtig, jetzt schien Vater völlig durchgeknallt zu sein. Ein, zwei Wochen später, während eines gemütlichen Abendessens in der Küche – wo fast alle unsere wichtigen Familiengespräche stattfanden –, erfuhren wir dann seine Geschichte. Und von da an war es mit meiner so ordentlich aufgeräumten Kinderwelt vorbei.

Dass Vater Berliner war, hatten wir immer gewusst; ob West- oder Ost-Berliner, darüber hatten Bastian und ich gar nicht erst nachgedacht. Wer im Westen lebte, musste aus dem Westen kommen, das war doch klar. Also hatten wir dazu nie eine Frage gestellt und auch Vater hatte von sich aus nie etwas erzählt. Jetzt erfuhren wir, dass er in Ost-Berlin aufgewachsen war und als Achtzehnjähriger von dort fliehen wollte – und das unter Lebensgefahr, über Mauer, Stacheldraht und Todesminen hinweg!!!

Ich weiß noch genau, wie mir der Atem stockte und ich sofort ein ganz mulmiges Gefühl verspürte. So, als hätte ich insgeheim schon immer geahnt, irgendwann einmal eine ganz furchtbare Wahrheit erfahren zu müssen; als wäre eine so heile Welt, wie ich sie bisher erlebt hatte, auf Dauer gar nicht möglich.

Bastian ging es ähnlich. Fassungslos starrten wir unseren Vater an, diesen riesigen Mann mit dem uns so vertrauten, gutmütigen Gesicht. Seine sonst immer freundlich blickenden, weichen Augen prüften uns nachdenklich. Wir aber stellten keine einzige Frage, blinzelten nur verunsichert.

»Weshalb ich damals von dort weggewollt habe?«, fragte er sich an unserer Stelle. Und er gab auch gleich die Antwort: Weil er mit dem Leben in Ost-Berlin und vor allem mit seinem Vater – deinem Enkel Robert, liebes Minchen – nicht mehr einverstanden war. Ein Staat, der sich sozialistisch nannte und sich mit allen erdenklichen, auch verbrecherischen Mitteln gegen die Außenwelt abschottete, konnte nicht der seine sein. So habe er damals schon gedacht – und auch so geredet! Er galt bereits in der Schule als »auffällig« und renitent und wurde deshalb nach dem Abitur nicht zum Studium zugelassen. Er, der Theaterwissenschaft und Germanistik studieren wollte, sollte sich erst in einem Kabelwerk, im Kollektiv, unter Arbeitern bewähren. Das wollte er nicht, deshalb der Fluchtversuch.

Bastian und ich, wir hörten uns alles an und nickten nur still, wie um Vater zu verstehen zu geben, dass wir ihn verstanden. In Wahrheit begriffen wir seine Geschichte so wenig, wie man einen Kometeneinschlag begreifen kann. Da war aus heiterem Himmel etwas auf uns herabgestürzt, von dem wir noch nicht wussten, welche Folgen es für uns haben würde – also machte es uns Angst!

Vater jedoch hatte beschlossen, uns jetzt, da so viel Aufwühlendes passiert war, nicht länger zu schonen, sondern gleich die ganze Wahrheit auf den Tisch zu packen. So begann er noch eine zweite Geschichte – und damit sauste ein zweiter Komet auf uns nieder, viel größer als der erste, mit noch längerem Schweif:

Es waren einmal drei Freunde, so könnte man diese Geschichte beginnen, Hotte, Kalle und Wolle, die drei Musketiere vom Rosenthaler Platz in Ost-Berlin. Sie wuchsen zusammen auf und selten sah man einen ohne die anderen zwei. In der Schule und in der FDJ, der Freien Deutschen Jugend, die, laut Vater, so wenig »frei« war wie der Hund an der Leine, waren sie für ihre tollkühnen und aufmüpferischen Streiche berühmt; doch niemand hätte sie ändern können, weder Elternhaus noch Schule, erst recht nicht die linientreuen Funktionäre der Jugendorganisation.

Die drei stritten miteinander und versöhnten sich, gingen zusammen tanzen und spannten sich gegenseitig die Freundinnen aus, spielten in einer Fußballmannschaft und fuhren gemeinsam zelten; es gab nichts, was sie hätte trennen können.

Bis mein Vater Wolle und sein Freund Kalle Schmidt – inzwischen eine Nachwuchshoffnung der DDR-Leichtathletik und rund um den Rosenthaler Platz nur »Schmidt/DDR« gerufen – wegwollten aus ihrem Staat. Und Hotte Mischke nicht mitwollte. Ein halbes Jahr lang diskutierten die drei Freunde das Für und Wider einer Flucht, dann stand fest, dass Hotte bleiben würde. Also machten Wolfgang Seemann und Karlheinz Schmidt sich eines Nachts allein auf den Weg. Irgendwo in der Nähe von Potsdam stiegen sie an Seilen, die mit Wurfankern versehen waren, über die Mauer, krochen durch stacheldrahtumzäunte Minenfelder und versuchten, über die von Kontrollbooten bewachte Havel nach West-Berlin zu schwimmen.

Mauer, Stacheldraht und Minen passierten sie heil und unentdeckt, so gut hatten sie vorher die Gegend sondiert – in der Mitte des Flusses aber wurden sie von Scheinwerfern erfasst! Sie sollten zurückkehren, wurde ihnen vom Ostufer aus über Megafon nachgeschrien. Da sie weit und breit kein Kontrollboot entdecken konnten, das sie hätte aufgreifen können, schwammen sie weiter. Bis die ersten Schüsse fielen. Da gab Vater auf, wurde festgenommen und nur wenige Wochen später zu drei Jahren Gefängnis verurteilt.

Das aber ist es nicht, was er bis heute nicht verwinden kann. Die Jahre im Gefängnis, sagt er, hätten ihn in seinen Fluchtplänen nur bestätigt: »Sag mir, wie es in deinem Rechtssystem zugeht, und ich sage dir, in was für einem Staat du lebst!« Was ihn noch immer quält, wovon er heute noch manchmal träumt und was er all denen, die diese grausame Grenze zu verantworten hatten, nicht vergessen kann, ist der Tod seines Freundes Kalle: Zusammen hatten sie die Flucht geplant, zusammen waren sie nach Potsdam gefahren und trotz aller Hindernisse bis zur Havel vorgedrungen – dann hatte er mit ansehen müssen, wie sein Freund Kalle von tödlichen Schüssen getroffen nur wenige Meter von ihm entfernt in der Havel versank. Und das, obwohl auch Kalle gerade aufgeben wollte …

Eine Geschichte wie aus einem Hollywood-Reißer. Bastian und ich wollten nicht glauben, dass unser Vater da mitgespielt hatte. Ein Blick in seine Augen aber verriet uns, wie sehr er noch immer unter dieser Erinnerung litt. Sofort spürte ich ein Würgen im Hals, lief ins Bad und musste mich übergeben. Mutter kam mir nach und hielt mich fest, sagte aber kein einziges Wort; so als wollte sie mir zu verstehen geben: Da musst du durch! Der Wahrheit kann man nicht ausweichen.

Als ich dann später, bleich und mit flauem Gefühl im Magen, an den Tisch zurückkehrte, war Vater anzumerken, dass er längst bereute, nicht noch länger mit dieser Geschichte gewartet zu haben. Hilflos versuchte er, uns damit zu trösten, dass das alles ja schon ewig lange her sei. Außerdem gehe es mit der DDR nun ganz sicher bald zu Ende. Alle Anzeichen deuteten darauf hin, dass – zumindest in Deutschland – nie wieder so etwas Schlimmes geschehen werde.

Bastian und ich jedoch konnten nicht mal mehr nicken, wir starrten Vater nur fassungslos an: Unser Vater, dieser so warmherzige Mann, der Biotope anlegte und auf Waldwegen darauf achtete, keinem noch so kleinen Käfer auf die Füße zu treten, hatte im Gefängnis gesessen? Und sein bester Freund war dem Kugelhagel der Grenzsoldaten zum Opfer gefallen, nur weil er von Ost- nach West-Berlin wollte?

Alles nur schwer zu verstehen für einen Zehnjährigen und eine Zwölfjährige. Doch keine Frage: Er hatte diesen »Film« wirklich erlebt, war tatsächlich jener achtzehnjährige Ost-Berliner Junge gewesen, der aus Verzweiflung sein Leben aufs Spiel gesetzt hatte. Das waren Neuigkeiten, an denen wir zu kauen hatten; ein Vaterbild, das erst noch das unsere werden musste.

Doch sie geht noch weiter, diese Geschichte, die bis heute in mir fortwirkt und ohne die alles andere nicht so gekommen wäre, wie es nun mal gekommen ist. Denn vom ersten Gefängnistag an brach Vater jeden Kontakt zu Robert ab, schickte alle Briefe seines Vaters ungeöffnet zurück, lehnte jeden Besuch ab. Und kaum war er, nach zwei Jahren Gefängnis, zusammen mit anderen Häftlingen, die von Ost nach West wollten, von der alten Bundesrepublik freigekauft worden, da entlud er all seinen Hass auf den »Gefängnis- und Mörderstaat«, dem er schlussendlich doch entkommen war, in einem einzigen wütenden Abschiedsbrief. Die Anrede lautete: »An den Großmeister der Lüge Robert Seemann«.

Kein Wunder, dass Vater auf diesen Brief nie eine Antwort bekam und Robert und er auf diese Weise insgesamt siebzehn Jahre lang keinerlei Kontakt zueinander hatten. Dennoch, dessen bin ich mir inzwischen sicher, waren sie füreinander nicht aus der Welt, war der jeweils andere mit seinen Argumenten und Ansichten immer präsent, lebte der Weggegangene im Daheimgebliebenen und der Daheimgebliebene im Weggegangenen auf allerintensivste Weise mit.

Ich habe diesen Lossagebrief nie zu Gesicht bekommen, Robert hat ihn mir nicht gezeigt und nicht ein einziges Mal davon gesprochen; Vater selbst war es, der Bastian und mir wenige Monate nach diesem ersten »Erwachsenengespräch« von dem Brief und der seltsamen Anrede erzählte.

Was der »Großmeister der Lüge« zu bedeuten hatte? Dein Lieblingsenkel Robert, liebes Minchen, war viele Jahre lang ein sehr bekannter DDR-Schriftsteller. Nach Vaters Auffassung aber hat ein Schriftsteller die Pflicht, die Wahrheit zu suchen. Ein Schriftsteller oder Journalist, der zum Staatsschreiber wird, der heuchelt oder lügt und Wahrheiten umbiegt oder verschweigt, aus welch hehren Gründen auch immer, war und ist für ihn nichts anderes als ein verlogener Wortakrobat. So hatte schon der Siebzehn-, Achtzehnjährige seinem Vater Robert immer wieder vorgeworfen, das Unrecht, das jeder, der nicht mit Absicht die Augen verschloss, ganz deutlich sehen konnte, in seinen Romanen und Erzählungen nicht nur nicht thematisiert, sondern sogar noch zu einer Art höheren Gerechtigkeit umgedichtet zu haben. Und um ihn zu verstören, nannte er ihm kritische DDR-Schriftsteller, die er lieber las. Robert aber hatte seinem, wie er es wohl sah, noch so ungefestigten Sohn darauf nichts als unumstößliche Partei-wahrheiten entgegengehalten. Und das so lange, bis der nicht mehr mit ihm reden wollte.

Diese, von Vater noch immer unbewältigte Vergangenheit sollten Bastian und ich nun verdauen. Das war ein bisschen viel verlangt. Bis zu jenem Tag der Wahrheit hatten wir ja nichts von dieser Fluchttragödie gewusst, wir hatten auch von diesem Berliner Opa namens Robert noch nie etwas gehört; Vater hatte ja immer so getan, als lebte von seiner Familie niemand mehr. Also war, seit wir denken konnten, allein Mutters Vater unser Großvater, Mutters Mutter unsere Groß-mutter. Beide leben in Bremerhaven und gehören zu uns, wie Großeltern nun mal zu ihren Enkelkindern gehören. Dass wir auch in Berlin Verwandte hatten – neben Robert noch seine West-Berliner Geschwister –, war uns verborgen geblieben.

Nun gab es da plötzlich diesen Ost-Opa, den wir uns nach Vaters Bericht nur als herrischen, sturen, ungerechten alten Knacker vorstellen konnten. Durften wir auf so einen Un-hold, von dem unser Vater nichts mehr wissen wollte, über-haupt neugierig sein? – Nein, wer für unseren Vater gestorben war, war es auch für uns!

Bastian sagte sich das und hielt sich auch später daran. Ich wollte ebenfalls streng sein, konnte aber nicht verhindern, dass ich trotzdem neugierig war. Da gab es also irgendwo in Berlin einen alten Mann, der mein Großvater war? Und ich kannte ihn gar nicht, durfte ihn nicht kennen? Egal, ob Bösewicht oder nicht, irgendwie empfand ich das als unfair.

Dennoch wäre es mir lieber gewesen, diesen bösen Schattengroßvater hätte es nie gegeben und alles wäre so rein und klar und sauber geblieben, wie ich es bisher gekannt hatte. Es gibt keine Kinder, die sich eine unheile Welt wünschen. Doch es war ja nicht Vater, der uns unser Kinderparadies zerstört hatte. Es war dieser uns so fremde Staat gewesen, der auf Menschen schießen ließ, nur weil sie ihr Leben nicht hinter einer Mauer verbringen wollten. Es war gut, dass es diese DDR nicht mehr lange geben würde!

Erst einige Monate später, als Vaters Geschichte sich schon ein wenig gesetzt hatte und der Untergang der DDR so gut wie besiegelt war, begannen Bastian und ich Fragen zu stellen. Und Vater antwortete uns so ausführlich und gewissenhaft, dass wir uns, als wir alles über Robert und ihn, seinen Freund Kalle und sein Leben im Gefängnis wussten, selbst schon wie Opfer vorkamen. Doch kommt Zeit, wächst Gras. Irgendwann war die Sache für uns abgehakt und unser Leben normalisierte sich wieder. Vater fuhr wie zuvor jeden Morgen mit dem Bus nach Bremen, um pünktlich seine kleine Buchhandlung zu öffnen, Mutter brachte Bastian und mich zur Schule und blieb gleich dort. Sie ist Grundschullehrerin und alle Schulen liegen im Schulzentrum. Der Mauerfall, die ganze Wiedervereinigung: ein Fernsehereignis mit herb bitterem Nachgeschmack für Bastian und mich, mehr nicht.

Und so wäre es wohl weitergegangen und alles nur eine böse Erinnerung geblieben, wäre nicht eines Tages ein sehr überraschender Brief angekommen. Aus dem ehemaligen Ost-Berlin. Von Robert Seemann, dem Ost-Opa und Familienverräter.

Habe noch immer Vaters überraschten Aufschrei im Ohr: »Von wem hat er meine Adresse?«

Mutters ruhige Antwort: »Von mir.«

Ich weiß noch, es war ein Sommerabend. Ich war nun schon fast vierzehn und Bastian und ich saßen mal wieder am Abendbrottisch und hatten fürchterlichen Hunger. Mit dem Essen aber wurde es vorläufig nichts. Vater machte Mutter die allerschlimmsten Vorwürfe. Immer wieder hörten wir die Worte »hinter meinem Rücken« und »Verrat an unserer Lebensgemeinschaft«.

Mutter blieb ruhig. Erst als Vater sich ein wenig abreagiert hatte und sie auffordernd anblickte, setzte sie zu einer Erklärung an: Sie hätte gewusst, dass er seinem Vater bis ans Grab nicht mehr schreiben würde. Deshalb hätte sie geschrieben. Sie wolle nicht, dass er sich eines Tages Vorwürfe machte. Die Mauer und damit die gesamte alte DDR existiere ja nun nicht mehr. Vielleicht wartete sein Vater nur auf ein Lebenszeichen, um sich endlich mit ihm aussöhnen zu können?

»Aber er hat doch bis zum Schluss das gleiche verheuchelte Zeug geschrieben!«, rief Vater ärgerlich. »Wie soll ich denn da mit ihm reden können? War er so dumm oder nur so blind, nicht zu erkennen, dass er sein Leben lang Verbrecher verteidigte?« Und nach einigem Nachdenken fügte er resigniert hinzu: »Er und ich, wir haben doch gar keine Chance. Denkt er wie damals, ist er ein unbelehrbarer, verkalkter Knochen. Denkt er plötzlich anders, ist er einer dieser vielen ekelhaften Wendehälse, die über Nacht ›dazugelernt‹ haben.«

»Du hast den Brief noch gar nicht aufgemacht«, entgegnete Mutter stur. »Lies doch erst mal, was er schreibt.«

Widerwillig riss Vater den Brief auf und las einige Zeilen, dann reichte er ihn Mutter zurück. »Ist an dich gerichtet:

›Liebe Annegret!‹«

Mit viel Gelassenheit nahm Mutter den Brief und las ihn. »Na, fein!«, sagte sie danach schmunzelnd zu Bastian und mir. »Euer Berliner Opa kommt zu Besuch.«

Sofort nahm Vater ihr den Brief wieder ab, las ihn selbst und starrte Mutter ungläubig an. »Wahrhaftig! Will einfach mal vorbeikommen … Fragt gar nicht erst, ob er erwünscht ist …«

Habe den Brief später auch gelesen. Da stand in steiler, sehr ausgeschriebener Handschrift tatsächlich nur, dass er, Robert Seemann, ein nun schon fast alter Mann von bald sechzig Jahren, sich sehr darüber freue, in Lilienthal eine so große Familie zu haben. Verständlicherweise sei er maßlos neugierig auf den erwachsenen Sohn, die Schwiegertochter und die Enkelkinder, deshalb würde er am Sonntag in zwei Wochen gern mal vorbeikommen. Sollte ein anderer Termin besser passen, möge man ihm das doch bitte telefonisch mitteilen, damit er nicht umsonst losfahre. Ansonsten freue er sich sehr auf den Besuch.

Mutter musste lachen. »Ein kluger Mann! Willst du ihn ausladen, musst du ihn anrufen. Und lädst du ihn aus, liegt der schwarze Peter bei dir.«

»So sind sie eben, die Herren Realsozialisten! Ihr dürft tun, was ihr wollt – aber was ihr wollt, bestimmt die Partei!« Vater machte ein Gesicht, wie Bastian und ich es von ihm noch nicht kannten, so viel Bitterkeit und Sturheit lagen darin.

»Auf jeden Fall will er einen Neuanfang, sonst würde er nicht gleich angereist kommen.« Mutter blieb sachlich. Und als Vater nichts erwiderte, hakte sie nach: »Vielleicht hat er tatsächlich nur auf ein Lebenszeichen von dir gewartet? Er selbst konnte sich ja nicht melden, wusste ja nicht mal, ob du noch lebst und wo du wohnst.«

Vater schwieg, trommelte nur mit den Fingern auf der Tischplatte herum. In seinem Gesicht aber lag noch immer diese ungewohnte, unversöhnliche Härte.

»Dass er die alte Geschichte nicht erwähnt, finde ich richtig«, bohrte Mutter weiter. »Er will das Alte erst mal beiseite lassen. Weil es anders ja gar nicht geht nach so vielen Jahren.«

»Aber ich«, fuhr Vater auf, »ich werde nichts zur Seite schieben! Es gibt nur eines: reinen Tisch machen! Und das heißt, das Unrecht beim Namen nennen und Schuld eingestehen. Ist er dazu nicht bereit, darf er gleich wieder nach Hause fahren.«

Meine Eltern sind immer sehr ehrlich zueinander, gehen keinem Streit aus dem Weg. Doch sie sind sich danach nie lange böse, respektieren die Meinung des anderen. So war es auch diesmal. Vater sah bald ein, dass Mutter ihn nicht verraten hatte, er verstand ihre Beweggründe und erkannte an, dass sie, die nicht seine Erfahrungen gemacht hatte, großzügiger sein konnte. Es gab eine Umarmung und ein paar Küsse, dann gestand er ihr leise, Angst vor dieser Begegnung zu haben. »Das wühlt alles wieder auf ... Und was, wenn er uneinsichtig ist? Soll ich mich denn verleugnen, soll ich so tun, als hätte die Zeit die Wunden geheilt?«

Mutter fuhr ihm wie einem Kind übers Haar. »Du sollst ihm eine Chance geben, mehr nicht. Was daraus wird – abwarten! Ein Versuch ist ein Versuch! Aber kein Versuch, das ist eine von vornherein vergebene Chance!«

»Die kluge Anne!« Nun konnte auch Vater wieder lächeln. Es gab noch einen Kuss und unsere heile Seemänner-Welt war wieder hergestellt.

An diesem Abend habe ich begonnen, Tagebuch zu führen. Das bunte Buch mit den leeren Seiten hatte ich mir schon

Wochen zuvor gekauft. Alle Mädchen in der Klasse trugen ihre Geheimnisse in irgendwelche Hefte oder Bücher ein. Ich aber glaubte, bisher noch nichts wirklich Aufschreibenswertes erlebt zu haben. Dieser Brief und der Streit, den er auslöste, das war etwas anderes. Das war das Erste, was mich geradezu drängte, es aufzuschreiben.

Originalton Eva Seemann, 14 Jahre alt: »Vaters Vater muss ein großer Schuft sein. Er hat nicht verstanden, dass Vater in Freiheit leben wollte. Aber jetzt will er uns besuchen kommen. Bin sehr neugierig auf ihn. Ob er Vater ähnlich sieht? Oder Bastian?«

Ich trug auch ein, was Vater und Mutter zueinander gesagt hatten, und vieles, was danach noch kam. Jetzt, da ich diesen Brief schreibe, kann ich mir dazu nur gratulieren. Ein Steinbruch, diese siebenjährigen Aufzeichnungen, da kann ich mir die Eva herausklopfen, die ich mal war. Natürlich würde ich für das Allermeiste heute ganz andere Worte finden, aber die Stimmungen, in denen ich meine Eintragungen machte, die Gefühle, die sich in diesen ungeschickten Worten widerspiegeln, die erkenne ich wieder.

So auch die nervöse Spannung, die uns an jenem Julitag erfasst hatte, an dem Robert kam. Es war gegen Nachmittag. Mutter, die immer wieder nach einem fremden Wagen Ausschau gehalten hatte – Robert hatte ja geschrieben, er würde mit dem Auto kommen –, entdeckte den Wartburg zuerst. Keine Sekunde später standen wir zu viert hinter der Gardine und beobachteten das beigefarbene Auto mit dem DDR-Aufkleber am Heck, das so übertrieben langsam an unserem Haus vorüberfuhr.

Ich war enttäuscht. Erstens hatte ich eine von diesen vielen himmelblauen Trabant-Pappen erwartet, die in den ersten Jahren nach der Wende auch im Westen öfter zu entdecken waren, zweitens fragte ich mich, weshalb dieser Opa aus Berlin noch immer für die DDR Reklame fuhr; es wusste doch inzwischen jeder, was für ein Spitzel- und Unrechtsstaat das gewesen war.

»Das passt zu ihm«, flüsterte Vater aufgeregt. »Es war immer schon eine seiner größten Versuchungen, unter sein eigenes Niveau zu gehen.«

Mutter sagte nichts. Ich glaube, in diesem Moment bereute sie ihren Brief.

Inzwischen war Robert bis ans Ende der Straße gefahren, drehte um und kam zurückgeschlichen. Zwei Häuser vor dem unseren parkte er ein.

Wir warteten – nichts rührte sich.

»Vielleicht ist er's ja gar nicht«, sagte Bastian.

»Er ist es«, widersprach Vater. »Auch das passt zu ihm. Jetzt sitzt er im Auto und lässt erst mal unser kleinbürgerliches Ambiente auf sich wirken. Und fällt auf diese Weise schon mal ein erstes klassenkämpferisch einwandfreies, vernichtendes Urteil.«

»Oder er hat Hemmungen«, meinte Mutter. »Ist sicher nicht einfach für ihn, nach siebzehn Jahren und all dem, was war, seinem Sohn und dessen Familie gegenüberzutreten. Die Kinder und ich, wir sind doch völlig fremd für ihn.«

»Denkste, für mich ist's leicht?« Vater seufzte tief, um uns zu zeigen, welche Last an diesem Tag auf seiner Seele lag. »Immerhin bin ich Opfer, er ist Täter.«

Da, endlich, die Wagentür wurde geöffnet. Ein fülliger Mann in dünner, brauner Lederjacke stieg aus und blickte zu unserem Haus hin.

»Ist er's?« Bastian platzte fast vor Neugier.

Vater nickte nur. Er war sehr blass geworden.

Der Mann auf der Straße nahm zwei Reisetaschen aus dem

Kofferraum, verschloss sorgfältig alle Türen seines Autos und überprüfte noch mal, ob auch wirklich alle zu waren, dann näherte er sich langsam unserem Haus. Vor der Gartentür zögerte er, las das Schild mit dem Namen Seemann und schaute zu unserem Fenster hoch.

Er konnte uns nicht sehen, die Gardine verbarg uns vor seinen Blicken, dennoch: Ich hatte das Gefühl, er ahnte, dass wir ihn beobachteten.

»Was ist denn?«, drängelte Bastian. »Traut er sich nicht?«

»Vielleicht hat er Angst vor der eigenen Courage.« Jetzt sah es aus, als hätte Vater plötzlich Mitleid mit dem Mann vor unserer Gartenpforte.

»Ihr spinnt ja alle«, rief ich übermütig, lief aus dem Haus und öffnete die Gartentür, noch bevor Robert klingeln konnte.

»Guten Tag!«

Er sah mich lange an und ich sah ihn an. Wie soll ich ihn beschreiben? Am besten so: Ein rundliches Gesicht mit gütigen, hellen, im Lauf der Jahre vom Fleisch fast zugewachsenen Augen. Die langen weißen Haare glänzten silbern, eine Strähne fiel ihm in die zerfurchte Stirn. Auf jeden Fall ganz eindeutig kein sturer, alter Knacker.

»Eva?«, fragte er endlich.

»Ja«, sagte ich.

Da hielt er mir die Hand hin. »Ich bin Robert. Brauchst nicht Opa sagen. So vertraut sind wir ja noch nicht miteinander. Sag einfach Robert und versuch, aus mir schlau zu werden.«

Versuch, aus mir schlau zu werden! Roberts erste Worte an mich. Damit hatte er bereits angedeutet, wie unsere Beziehung verlaufen würde. Noch heute, sieben Jahre nach jenem ersten Kennenlernen, versuche ich, aus ihm schlau zu werden. Ganz gelingen wird es mir wohl nie.

Aber nun sitze ich schon den zweiten Abend in Frau Kruses mit Möbeln voll gestelltem Zimmerchen und schreibe und nur Licht und Schatten an den Wänden sind bei mir zu Besuch. Britta, meine Hamburger Freundin und Studienkollegin, lacht über mich, sagt, alles starre aufs Jahr 2000, nur ich, Eva Seemann, die Verbohrte, kucke rückwärts anstatt nach vorn.

So ist sie, meine Britta: streng, fröhlich, zukunftsorientiert; eine, die genau weiß, was sie will, und darauf setzt, dass nichts anderes als ein wahnsinnig interessantes Leben auf sie wartet.

Ich weiß ja inzwischen auch, was ich will, bin mir aber noch nicht sicher, ob es das Richtige ist. Deshalb hämmere ich auf meinem PC herum, blättere in meinem Tagebuch hin und her und schaue dein Foto an, Minchen, während draußen der erste Schnee fällt und ein Spaziergang an der verschneiten Alster auch nicht das Allerschlechteste wäre.

Ob Vater gut finden würde, was ich hier treibe? Vielleicht würde er spotten: Fingerübungen der angehenden Journalistin! Vielleicht würde es ihn aber auch interessieren: Was denkt meine Tochter über unsere Vergangenheit, was denkt sie über ihre Familie?

Wüsste Mutter von meinem neuen Zeitvertreib, würde sie

nur besorgt kucken. Sie, die Gefühlstrine, wie sie sich selbst oft nennt, hat immer Angst, andere könnten an ihren Selbstzweifeln zu Grunde gehen.

Bastian würde mir nur einen Vogel zeigen: Man darf doch nicht die eigene Seele sezieren!

Und Gregg? Grigorij – Gregor – Gregg? Gregg würde nicht spotten, sich nicht ängstigen und mir auch keinen Vogel zeigen. Er würde nur wieder die dichten schwarzen Augenbrauen zusammenziehen, mich lange ansehen und zärtlich sagen: »Ewotschka, du denkst zu viel!«

Denke ich wirklich zu viel? Bin ich »auf eine liebe Weise zu deutsch«, wie Gregg manchmal sagt? Nehme ich alles viel zu schwer?

Wenn eine diese Fragen nicht beantworten kann, bin ich es. Wozu auch? Man kann seine Essgewohnheiten ändern, vielleicht auch sein Verhalten im Umgang mit anderen Menschen, aber doch nicht sein Denken, Fühlen, Träumen.

Nein, mein lieber Gregg, die Welt muss Eva Seemann schlucken, wie sie nun mal ist – und Eva Seemann muss die Welt schlucken, wie sie ist. Wer es mit wem leichter hat, liegt auf der Hand. Aber – auch das habe ich von Gregg – da es nirgendwo eine Beschwerdestelle gibt, müssen beide Seiten verdauen lernen. Und wie lernt man verdauen? Indem man gut kaut, bevor man schluckt. Also kaue ich. Vielleicht hilft's ja tatsächlich.

Wie wir an jenem Sommertag vor sieben Jahren zum ersten Mal beisammensaßen: Vater, Mutter, Robert, Bastian und ich! Wie wir im Garten Kuchen aßen und Kaffee und Cola tranken und den tschilpenden Vögeln zuhörten, weil bald keiner mehr wusste, was noch zu sagen war. Bis Bastian auf einmal lostrompetete: »Ihr seht euch eigentlich gar nicht ähnlich.«

Das hatte ich mir auch schon gedacht. Aber war ich froh oder enttäuscht darüber?

Vater machte diese Bemerkung noch unsicherer, Robert lächelte nur und dabei verschwanden seine Augen fast ganz. »Wir sind uns schon ähnlich«, sagte er dann leise. »In unserer Sturheit. Nicht wahr, Wölfi?«

Er nannte Vater Wölfi! Darüber mussten Bastian und ich lachen. Das war zu ulkig, so ein kleiderschrankgroßer, bäuchiger, vollbärtiger Wölfi mit Nickelbrille.

Vater lachte nicht mit. Schwieg und schwieg. So als wollte er Robert zu verstehen geben, dass er immer noch nicht wisse, was dieser Besuch zu bedeuten hatte. Oder als würde er tatsächlich stur darauf warten, dass Robert zuerst redete.

Robert redete dann auch sehr viel. Aber immer vorbei an dem, was sein Sohn von ihm hören wollte. Unsere Familie interessierte ihn. Wann und wo Mutter und Vater sich kennen gelernt hatten, wann und wo Bastian und ich auf die Welt gekommen waren, Mutters und Vaters Berufe, unsere schulischen Interessen. Alles ganz normale, für Bastian und mich stinklangweilige Fragen.

Am Abend holte Robert seine Geschenke aus dem Auto. Bücher für Bastian und mich, eine wunderschöne alte Kaffeekanne aus Meißner Porzellan für Mutter, ein Ölgemälde für Vater.

Das Ölgemälde zeigte eine sehr junge, schlanke blonde Frau: Vaters Mutter; meine Großmutter, die jung gestorben ist. Sie hatte die gleichen großen, grüngrauen Augen wie Vater, schien mir aber sehr blass und irgendwie abwesend.

Vater sagte nur leise danke und biss sich auf die Lippen.

»Kein großer Maler!« Robert seufzte ironisch. »Sozialistischer Realismus, wie du sicher schon erkannt hast. Aber: deine Mutter!«

»Danke«, sagte Vater noch einmal und dabei blieb's.

Die Bücher, die Robert uns mitgebracht hatte, waren russische Jugendbücher von einem Autor namens Rybakow.

»Der schreibt heute die bittersten Kritiken über seine ruhmreiche Vergangenheit«, spottete Vater. »Diese alten Sachen aber sind noch schönster Stalinismus.«

»Aber toll erzählt«, sagte Robert zu mir. »Ehrenwort!«

Ich habe beide Bücher dann irgendwann gelesen. Sie sind wirklich packend geschrieben; nur die Verherrlichung der russischen Oktoberrevolution kann einem auf die Nerven gehen. Eben Bücher aus der Sowjetunion der fünfziger Jahre, Robert hatte sie antiquarisch besorgt. Inzwischen habe ich auch neuere Werke von Rybakow gelesen: Es sind durchweg ehrliche Aufarbeitungen der Stalinzeit, wie mir scheint. Vaters Spott hatte wohl mit seinem eigenen Schmerz zu tun.

Jedenfalls war das kurze Gespräch über die beiden Jugendbücher so etwas wie das erste Aufflackern dessen, was schwelte und irgendwann in hellen Flammen stehen würde. Wir spürten es wohl alle.

Es passierte dann schon am ersten Abend. Bastian und ich lagen längst in unseren Betten und versuchten zu schlafen, als Vaters Stimme im Wohnzimmer immer lauter wurde. Ich kann mich nicht mehr an jedes einzelne Wort erinnern, dank meines Tagebuchs aber weiß ich noch so ungefähr, was er Robert alles vorwarf.

Er verstehe nicht, wie Robert der DDR auch noch nachtrauern könne, hielt er seinem Vater vor. Aber klar, jedes konservative Regime sähe seinen Untergang als Ende der gesamten Gesellschaft an. Für ihn, Wolfgang Seemann, aber hätte wahrer Sozialismus immer nur mehr Freiheit und nicht weniger Freiheit bedeutet. Da diese Forderung im ehemaligen Ostblock jedoch ins genaue Gegenteil verkehrt worden sei, hätte der so unrühmlich dahingegangene Feudalsozialismus auf Dauer nie funktionieren können.

Anfangs interessierte mich nicht sehr, was Vater Robert alles an den Kopf warf. Ich wollte schlafen und war sauer, dass er so laut war. Irgendwas in Vaters Stimme, die tiefe Verletztheit, Empörung, Zorn und Trauer, die in seinen Worten mitschwangen, aber ließ mich weiter zuhören.

»Ja, ja!«, brauste er auf, als Robert so leise geantwortet hatte, dass ich es nicht verstehen konnte. »Die Befreiung der Menschheit! – Ihr habt sie befreit, indem ihr sie eingesperrt habt! Indem ihr den Leuten das eigene Denken und den Mund verboten habt! Ihr habt sie befreit, indem ihr sie an der Grenze erschossen habt!«

Da hielt ich es im Bett nicht länger aus. Ich wollte mitbekommen, was Robert auf all diese Vorwürfe antwortete, und schlich mich bis an die Treppe vor, die zum Wohnzimmer hinunterführt. Auf der obersten Stufe hockte ich mich hin und sah durchs Geländer auf die Szene herab.

Mutter und Robert saßen in der Sesselecke, Vater stand in Anklägerhaltung vor Robert. Während er sprach, fuhr seine Rechte auf und nieder, als wollte er seine Worte festklopfen. Robert saß in sich zusammengesunken, seine weiße Haarsträhne fiel ihm in die Stirn, er hielt sein Whiskyglas mit beiden Händen. Mutter, ebenfalls ihr Weinglas umklammernd, als wollte es ihr jemand wegnehmen, blickte nur immer wieder besorgt von einem zum anderen.

Inzwischen war Vater auf Roberts Bücher zu sprechen gekommen. »Ihr habt die Tatsachen ja nicht nur geleugnet«, rief er mit vor Empörung ganz heller, fast jugendlich klingender Stimme. »Ihr habt sie gefälscht und umgeschrieben! Habt das Leben dargestellt, wie ihr es euch wünschtet, aber nicht, wie es war. Habt Parteisekretäre als Literaturkritiker akzeptiert. Es war reine Soldschreiberei, was ihr euch habt aufzwingen lassen.«

Beschämt sah ich Robert an. Was ging in ihm vor? Es war sein Sohn, der ihn so niedermachte. Und alle Welt gab Vater Recht. Das musste er doch wissen.

Nicht lange und Vater nahm eines von Roberts Büchern in die Mangel. *Ein leises Ende* heißt es, ich habe es inzwischen auch gelesen.

»Weshalb hast du nicht geschrieben, dass er an eurem Staat erstickt ist? Wozu musstest du irgendeine ominöse Krankheit erfinden, seinen Tod als ›schicksalhaft‹ kaschieren? Hast du gehofft, deine Leser schielen zwischen die Zeilen: Was ist es, was der Autor uns nicht zu sagen wagt?«

Wieder versuchte Robert sich zu verteidigen. »Die Wahrheit hat mehrere Gesichter«, antwortete er finster. »Wer sagt dir denn, auf welchem Mist die ominöse Krankheit meines Helden gewachsen ist? Ob der Virus nicht vielleicht in der verpesteten Luft unserer bereits kranken Gesellschaft lag und ich vor dieser Krankheit warnen wollte?«

In diesem Roman geht es um Max Habakuk, einen sensibel-zornigen DDR-Lyriker, der sich in seinen Texten immer wieder mit den Fehlentwicklungen seines Staates auseinander setzt. Es gibt einen feigen Verlagsleiter, der sich nicht für die Wahrheit einsetzt, ihm untergeordnet ist eine junge Lektorin, die Habakuk liebt und von ihm geliebt wird, die ihn aber aus Karrieregründen fallen lässt und ein Verhältnis mit dem Verlagsleiter beginnt. Es gibt Habakuks Eltern, ein dumm westgläubiges Spießerpaar, es gibt Habakuks besten Freund, einen glühenden Sozialisten, der ebenfalls sieht, was alles falsch läuft, aber auf die Zukunft hofft und den Zweifler Habakuk am Ende verlässt. Als Max Habakuk stirbt, müsste es logischerweise Selbstmord aus Verzweiflung an der ihn umgebenden Gesellschaft gewesen sein. Im Roman aber steht es anders: Habakuk wird von einer nicht näher bezeichneten Krankheit befallen und schläft ganz leise ein.

Vater nannte dieses, von der ostdeutschen Literaturkritik damals sehr gezauste Buch noch Roberts bestes. Es sei in der Endzeit der DDR erschienen, als alles schon fast vorbei war. Über Roberts frühere Bücher, die linientreuen, wollte er erst gar nicht reden.

Und natürlich stellte Roberts knappe Verteidigung seines Buches ihn nicht zufrieden. »Auf bestimmte Fragen gibt es nur eine Antwort«, entgegnete er. »Entweder – oder! Alles andere wird sofort zur Lüge.«

Robert machte den Mund auf, als wollte er etwas erwidern, aber dann trank er nur von seinem Whisky und versuchte, das Ganze ins Lächerliche zu ziehen, indem er »seinen Freund Goethe« zitierte: »Eine richtige Antwort ist wie ein lieblicher Kuss.« Darüber jedoch konnte nicht mal Mutter lächeln, die gerne jede Gelegenheit genutzt hätte, um zu vermitteln. Also ergänzte Robert seufzend, früher hätte er auf alle Fragen eine Antwort gewusst, inzwischen wisse er, dass die schnellen Antworten nie die richtigen sein können. Überhaupt würden ihm heute mehr Fragen einfallen als Antworten. »Nur eines weiß ich sicher, mein lieber Wölfi: Das Scheitern unseres Sozialismus hat euren Kapitalismus nicht rehabilitiert.«

Eine Feststellung, die Vater sofort wieder in Rage versetzte. »Erstens ist das hier nicht mein Kapitalismus!«, rief er empört. »Und zweitens war das, was euch da unter den Händen krepiert ist, kein Sozialismus, sondern nur die Perversion der Idee vom Sozialismus!«

Erneut versuchte Robert sich in ein Zitat zu flüchten: »Jeder Künstler ist nun mal seine eigene Akademie. Maxe Liebermann.«

Ein Pingpong-Spiel mit Worten, diese Zitatenhuberei Roberts, und eine stets willkommene Fluchtmöglichkeit, wie ich inzwischen weiß. Zu jenem nächtlichen Streit kann ich von heute aus nur bemerken: Natürlich wäre ein Selbstmord Max Habakuks das eindeutigere Ende des Romans gewesen. Doch ist dieses leise Sterben nicht viel aussagekräftiger? Vater nennt diese Art des Schreibens die in allen Sklavenstaaten hoch entwickelte Kunst des Zwischen-den-Zeilen-Raunens. Freche Metaphern und versteckte Andeutungen würden Autor und Leser zwar zu heimlichen Komplizen machen, doch es bliebe ein Flüstern unter der Decke.

Vor sieben Jahren wusste ich das alles noch nicht, da war ich in meinen Gefühlen hin- und hergerissen, verstand Vaters Zorn und hatte Mitleid mit Robert. Er war in dieser Situation der Schwache; was Vater erlebt hatte, lag doch schon so weit zurück.

Es wurde dann noch eine sehr lange Nacht. Aber die beiden wiederholten sich in ihren Argumenten, drehten sich im Kreis. Nur eine Sache, die Robert ganz am Ende sagte, ging mir nicht aus dem Kopf. Er sagte, ihn interessierten die alten Irrtümer nur noch als Historiker und deshalb hätte er keinen anderen Wunsch mehr, als vor seinem Tod noch zu erfahren, ob zukünftige Generationen aus all den Irr- und Umwegen, Fehlern und Erkenntnissen der letzten hundert Jahre einen Nutzen ziehen konnten.

Worte, die mich sehr bewegten, auch wenn ich sie damals nicht ganz begriff. Voller Unruhe zog ich mich in mein Bett zurück. Aber die Erregung, die dieses Gespräch in mir ausgelöst hatte, wollte nicht abklingen. So schaltete ich irgendwann meine Nachttischlampe an und griff zu meinem Tagebuch.

Lese ich heute, was ich damals schrieb, steht alles wieder vor mir: Vaters Hilflosigkeit gegenüber diesem Mann, der ihm nicht eingestehen wollte, versagt zu haben; Mutters vergebliche Hoffnung auf einen Neuanfang; die neugierige Sympathie, die ich für Robert vom ersten Tag an empfand; meine Traurigkeit darüber, dass weder Vater noch Robert die Chance einer »Wiedervereinigung« wahrnehmen wollten.

Ein Versuch ist ein Versuch, hatte Mutter gesagt. Doch natürlich hatte sie sich mehr erhofft. Schon am ersten Abend allerdings zeichnete sich ab, dass es beim Versuch bleiben würde.

Ja, dieser erste Abend mit Robert endete bedrückend. Nicht mal eine so unerschütterliche Optimistin wie Mutter konnte da noch Hoffnung auf Versöhnung haben. Und dieser erste Eindruck trog nicht; es kam zu keiner Annäherung zwischen Vater und Sohn. Mutter und Robert, die beiden verstanden sich bald recht gut, wahre Freunde aber konnten auch sie nicht werden: Vater stand dazwischen. Wahre Freunde wurden nur Robert und ich. Deshalb ist Roberts Besuch in Lilienthal trotz aller Differenzen zwischen Vater und ihm in meiner Erinnerung von Helligkeit, Freundlichkeit und Wärme überstrahlt. Vater beobachtete die rasch wachsende Freundschaft zwischen Robert und mir voll Misstrauen, unternahm aber nichts dagegen. Was hätte er auch dagegen tun sollen?

Es begann schon am nächsten Tag; zum Glück waren ja Ferien, also hatten wir Zeit füreinander. Während Bastian sich zu seinen Freunden zurückzog, machten Robert und ich endlose Spaziergänge, durchforsteten gemeinsam mein Bücherregal oder naschten im Garten Stachel- und Johannisbeeren. Ich hörte gern alte Geschichten und Robert wusste eine Menge davon zu erzählen. Anfangs erzählte er fast nur von seinem Wölfi, der als Kind schon so ein strenger Richter gewesen sein soll, später auch von seiner Frau Lore, seinen Eltern Ilsa und

Arthur Seemann und danach fast nur noch von dir, Minchen.

Roberts Lore – meine Großmutter – ist früh gestorben. Doch es war eine große Liebe zwischen den beiden. Das merkte ich schon an der Art, wie Robert von seiner »Loreley« sprach. Und in Wahrheit, so sagte er mehrfach, sei sie gar nicht diesem heimtückischen Krebs erlegen, in Wahrheit sei sie, eine zarte Seele, an der Welt erkrankt.

Über meinen Urgroßvater Arthur erfuhr ich, dass er jung im Krieg gefallen war; auch meine Urgroßmutter Ilsa, klein und zierlich, aber doch ein einziges Bündel Tatkraft, sei leider nicht sehr alt geworden.

»Woran ist sie denn gestorben?«

»Auch an Krebs.«

Er lachte, als genierte es ihn, mir zum zweiten Mal von dieser furchtbaren Krankheit erzählen zu müssen. Damals verstand ich das nicht, heute weiß ich, weshalb er so verlegen war: Es ist kein gutes Omen zu hören, dass Großmutter und Urgroßmutter jung dem Krebs zum Opfer fielen.

Weil er mir nicht noch mehr trübe Geschichten erzählen wollte, begann Robert – es war ein Gartentag, wir standen gerade bei den Johannisbeersträuchern – mir plötzlich ein lustig-sentimentales Lied vorzusingen, von dem ich nur ein einziges Wort verstand: Bublitchki. Ein polnisch-jüdisches Lied, wie ich erfuhr. Du, Minchen, hättest es ihm oft vorgesungen.

»Aber wir sind doch keine Polen.« Ich verstand nicht, wie eine deutsche Großmutter ihrem Enkel ein polnisch-jüdisches Lied vorsingen konnte.

»Und Juden auch nicht.« Zufrieden, meine Neugier geweckt zu haben, erklärte Robert mir, dass »Bublitchki« auf Deutsch nichts anderes als »Brezelchen« heiße und du, Minchen, diese Brezelchen als Kind gern gegessen hättest. Du seist ja im oberschlesischen Neustadt aufgewachsen, gleich neben dem Haus deiner Eltern habe es eine polnisch-jüdische Bäckerei gegeben. Die Bäckersleute seien aus Lemberg nach Oberschlesien gekommen und die alte Mutter des Bäckers habe dieses Lied jedes Mal leise vor sich hingesungen, wenn sie dem kleinen deutschen Minchen Bublitchki verkaufte. Später hättest du dieses Liedchen aus Sehnsucht nach deiner oberschlesischen Heimat dann oft gesungen, obwohl du doch sonst gar kein Polnisch konntest. So habe auch er, dein Enkel Robert, dieses Lied öfter mal zu hören bekommen.

Ich schwieg beeindruckt. Roberts Großmutter war ja nichts anderes als meine Ururgroßmutter, von der ich an diesem Tag zum ersten Mal hörte – und der ich, wie Robert mir nun gestand, sehr ähnlich sehen sollte.

Ich lachte verlegen.

»Hast du das denn gar nicht gewusst?«, fragte Robert vorsichtig.

»Nein.« Verstört hielt ich mein noch nicht mal halb volles Schälchen Johannisbeeren in der Hand. Weshalb hatte Vater nie etwas von diesem Minchen erzählt? Dass seine Mutter früh verstorben war und er sie deshalb gar nicht richtig kennen gelernt hatte, wusste ich. Die Namen Minchen, Arthur und Ilsa Seemann hatte ich nie zuvor gehört.

Robert ahnte, was in mir vorging, und entschuldigte Vater. Sie hätten früher nie viel über die Familie geredet. Vater sei als junger Bursche ja immerzu unterwegs gewesen und er, Robert, habe ständig über seinen Manuskripten gehockt. Irgendwann sei es dann für alles zu spät gewesen. Sagte es, nahm mir mein Schälchen ab und pflückte für mich weiter.

Das alles war sicher nicht falsch, aber der Hauptgrund für Vaters Schweigen, das erkannte ich schon als Vierzehnjährige, war ein anderer: Hätte er mehr von seiner Familie erzählt, hätte er auch mehr von seinem Vater erzählen müssen.

Robert wechselte wieder das Thema und fragte mich, während er Johannisbeeren pflückte, über die Schule aus: Wie es mir auf dem Gymnasium gefiele, wie die Lehrer waren, ob ich Lieblingsfächer hatte, was ich mal werden wollte.

Bin immer ganz gern zur Schule gegangen und kam mit den meisten Lehrern ziemlich gut aus. Mit einigen wenigen allerdings stritt ich mich, bis wir nichts mehr miteinander zu tun hatten. Vaters Tochter, sagte Mutter nur dazu. Meine Lieblingsfächer waren von Anfang an Deutsch und Geschichte, und seit ich bei der Schülerzeitung mitarbeitete, stand auch mein späterer Beruf für mich fest: Journalistin. Ich wollte zu allem, was in der Welt geschah, meinen Senf dazugeben und besonders jenen, die etwas zu bestimmen hatten, auf den Zahn fühlen.

Robert gefiel mein Berufswunsch, doch er machte mir nicht gerade Mut. »Schreiben ist ein mühsames Handwerk«, sagte er. »Es gibt ja immer nur das eine richtige Wort, die eine richtige Bezeichnung für eine Sache.« Und gleich brachte er wieder eines seiner Zitate an. Ein Schriftsteller sei ein Mann, dem das Schreiben schwerer falle als anderen Leuten, hätte »sein Freund Thomas Mann« gesagt. »Das gilt natürlich auch für Journalistinnen.«

Ich nickte nur still und fragte mich, ob Robert jetzt wohl an Vaters gestrige Vorwürfe dachte. Die hatten ja auch mit dem Schreiben zu tun. Aber natürlich wagte ich nicht, ihn danach zu fragen, wollte stattdessen mehr über dieses Minchen wissen, dem ich so ähnlich sehen sollte. Da erzählte Robert, während wir auf der Veranda saßen und die frisch gewaschenen Johannisbeeren verdrückten, mehr von dir.

Drittes Kind armer Handwerker bist du gewesen, insgesamt wart ihr acht: sechs Töchter, zwei Söhne. Die konnten nicht alle ernährt werden. Also seid ihr Mädchen nacheinander in irgendwelche Städte geschickt worden, um dort als Dienstmädchen in Stellung zu gehen; die damals übliche Notlösung. Du, Minchen, warst erst sechzehn, als deine Eltern dich fortschickten.

Robert erzählte, dass du nicht gehen wolltest. Unter vielen verlogenen Zukunftsverheißungen hätten deine Eltern dich in den Zug gesetzt und aufgepasst, dass du nicht etwa heimlich wieder aussteigst. Ich erfuhr, wie herzzerreißend der Abschied von deinem Wilek war – dem blonden Wilhelm Stargraff, deinem heimlichen Verlobten, einem redlichen fünfundzwanzigjährigen Stuckateurgesellen – und wie du ihm ein ums andere Mal Treueschwüre leisten musstest. Kaum in Berlin angelangt, wurdest du dann schwanger – vom Sohn des Hauses, vom Herrn des Hauses oder irgendeinem Gast des Hauses. Wer es wirklich war, hättest du nie verraten. Hast den kleinen Arthur nach der Entbindung nur rasch ins Waisenhaus gegeben, damit du bald eine neue Stellung antreten konntest; ein Mädchen mit Kind hätte ja niemand eingestellt …

Was für eine Geschichte! Ich sah sofort alles vor mir, war selbst Minchen im Zug, Wileks Minchen, das schwangere Minchen. Kann noch heute keine Johannisbeeren essen, ohne an diesen Sommerabend in unserem Garten zu denken und wie mir damals zumute war. Zaghaft fragte ich nach einem Foto von dir.

Es gebe einige Fotos, sagte Robert, auf Reisen jedoch nehme er die nicht mit. Wenn ich wollte, würde er mir von Berlin aus eins schicken. Man könne die alten Fotos heutzutage ja ganz leicht vervielfältigen lassen. Das hat er dann auch getan. Er schickte mir die Kopie des Fotos, das jetzt im Original vor mir liegt: das kindliche Gesicht mit dem leichten Trotz um den Mund.

Was ich an jenem Johannisbeer-Nachmittag aber noch mitbekam und was mich ebenfalls sehr faszinierte, war Roberts beiläufige Bemerkung, dass er noch immer in deiner Wohnung lebte, Minchen. Seine Mutter Ilsa, seine beiden Geschwister und er seien gleich nach dem Krieg, als Berlin zu zwei Dritteln in Trümmern lag, bei dir eingezogen. Später, nach deinem Tod Ende des Jahres 1947, seien sie dann in der großen, geräumigen Vierzimmerwohnung wohnen geblieben und noch später hätten er, seine Lore und ihr Wölfi darin gelebt. Selbst als alles in Neubauwohnungen drängte, um mehr Komfort zu genießen, seien die Seemänner in der Torstraße 127 geblieben. Wegen der so unterschiedlichen Menschen, die in diesem Teil Berlins wohnen, und weil alle wie mit dem Lineal gezogenen Neubauviertel ihm schon damals ein Graus waren.

Ja, und nun kommt's: In dieser Wohnung, so Robert, würden noch immer einige Möbel von dir stehen. Er hätte es nicht fertig gebracht, alles wegzugeben. Und in deiner Frisierkommode lägen noch jede Menge anderer Erinnerungsstücke an dich: Papiere, Briefe, Fotos, Urkunden. Er sprach von all jenen Dingen, die ich nun besitze und auf die ich so stolz bin.

Der Gedanke an die alte Kommode nahm mir fast den Atem. Vorsichtig fragte ich, ob ich deine Briefe mal lesen dürfte.

»Freilich darfst du das«, sagte er, machte aber ein zweifelndes Gesicht. »Wenn dein Vater oder deine Mutter mal mit dir nach Berlin kommen …«

Er glaubte nicht, dass sein Sohn ihn je besuchen würde. Und Mutter? Zwar waren Robert und sie sich sympathisch, aber dass Mutter gegen den Willen ihres Mannes mit mir nach Berlin kommen würde, nur damit ich mir deinen Nachlass ansehen könnte, erschien ihm auch nicht sehr wahrscheinlich. Und dass sie mich allein fahren lassen würden, erst recht nicht.

»Aber keine Sorge!«, tröstete er mich. »Wir werden alle älter. Was für unsereins ein Nachteil ist, ist für junge Leute von Vorteil. Je älter sie werden, desto selbstständiger und unabhängiger werden sie auch.«

Also sollte die erwachsene Eva ihn eines Tages besuchen kommen? Ich nahm mir fest vor, dieser Einladung schon bald Folge zu leisten. Aber daraus wurde nichts. Alles, was er mir an jenem Nachmittag erzählt hatte, verblasste rasch, denn Robert kam nicht mehr nach Lilienthal. Und Vater und Mutter fuhren nicht nach Berlin. Der Versuch war Versuch geblieben: Vater verübelte Robert, dass er zu keinem Eingeständnis von Schuld oder Versagen bereit war; und Robert war enttäuscht, dass Vater nicht einfach bei null anfangen wollte.

Mutter war darüber genauso traurig wie ich. Zum Abschied dankte Robert ihr für all ihre Mühe mit einem großen Blumenstrauß. Mir bot er an, dass wir Brieffreunde werden könnten, und ich nickte dazu ganz begeistert. Aber auch diese Brieffreundschaft schlief schnell ein. Nachdem ich dein Foto bekommen hatte, Minchen, bedankte ich mich noch brav, auf seinen nächsten Brief antwortete ich schon nicht mehr. Es ärgerte mich wohl, dass er mir nicht auch von deinen Briefen Kopien geschickt hatte. Dass er sie als Lockmittel in der Hand behalten wollte, konnte ich damals noch nicht ahnen. Und hätte ich's geahnt, wäre ich wohl erst recht beleidigt gewesen.

Soll ich weiterschreiben? Bericht an eine Tote? Fragen an eine Tote? Nehme ich mich und unsere ganze Familiengeschichte nicht zu wichtig? Es gab Hunderttausende Minchens, die von ihrer Herrschaft verführt oder missbraucht wurden, gab Zigmillionen Arthur Seemanns, die einem Krieg zum Opfer fielen, der nicht der ihre war, gab Millionen Roberts, die einem trügerischen Ideal nachliefen. Und auch Vaters Geschichte ist nicht einzigartig.

Es ist dein Bild, Minchen, das mich dazu drängt, weiterzuschreiben: ein Bild, zusammengesetzt aus all deinen Fotos, deinen Briefen, Roberts Erzählungen und meiner Phantasie; ein Bild, das, je länger ich schreibe, immer lebendiger in mir wird.

Weil ich mich entschlossen habe weiterzuschreiben, muss ich nun auch von Jens erzählen. Das fällt mir schwer, denn es ist so eine richtige Klischee-Kiste: Ein Junge und ein Mädchen sind seit vielen Jahren ein Paar und auch schon öfter mal zusammen aufgewacht, dann reist das Mädchen eines Tages in die große Stadt, verliebt sich in einen anderen und verlässt den vor Liebeskummer selbstmordgefährdeten Ex-Freund.

Ein Verrat an unserer Liebe, wie Jens noch immer denkt. Und aus seiner Sicht hat er damit sogar Recht. Dass ich ihn trotz all unserer gemeinsamen Nächte niemals wirklich liebte, will er sich nicht eingestehen. Doch das ist die Wahrheit. Jens und ich, das war eine Kinderliebe, aus der eine Freundschaft wurde, mehr nicht. Zwischen Gregg und mir ist etwas, dafür fehlen mir die Worte. Alles an Gregg berührt mich, alles zieht mich zu ihm hin. Mit Gregg habe ich wirklich schlafen wollen; das mit Jens war am Anfang Neugier und später fast schon Gewöhnung; es gehörte eben dazu, wenn man miteinander ging.

Bastian – er spielt mit Jens im Handballverein – nimmt mir meine Untreue ebenfalls übel. Als Gregg das erste Mal nach Lilienthal kam, fragte mein kleines Brüderchen böse: »Was will denn der Russe hier? Machst du jetzt auf Völkerfreundschaft?« Ansonsten aber hält mein lieber Herr Bruder sich für sehr aufgeklärt, progressiv und menschenfreundlich!

Jens hat mehr Grund, sauer zu sein. Für ihn fing alles schon sehr enttäuschend an. Der Sommer war ja seit langem fest verplant: Zum ersten Mal gemeinsame Ferien! In Griechenland! Vater und Mutter hatten ein paar Hunderter auf den Tisch gelegt und Jens' Eltern noch ein paar mehr. Außerdem hatten wir Jobs angenommen, waren richtig in Stress geraten, um die Reise finanzieren zu können. Das kleine, billige, idyllisch gelegene Zimmerchen auf Ägina, der meeresumbrandeten Insel nicht weit von Athen, blieb dann aber ungenutzt. Jedenfalls von Jens und mir. An keinem der vielen Tische der bunten Restaurants in dem so malerisch gelegenen Fischerdorf Perdika haben wir gesessen, keine Reisekatalog-Badefreuden im Mittelmeer, keine samtblauen Nächte irgendwo einsam am Strand haben wir genossen. Mitten hinein in die von Vorfreude erfüllten Lilienthaler Semesterferien platzte ein Brief. Von Robert: »Wenn du noch auf Minchens Spuren wandeln willst, musst du bald kommen. Das Haus wird Ende Juli abgerissen.«

Er schrieb das, als hätte unser Johannisbeer-Gespräch erst gestern stattgefunden. Es waren aber inzwischen sieben Jahre vergangen, aus der fast Vierzehnjährigen war eine fast Einundzwanzigjährige geworden. Jener Nachmittag im Garten lag so weit zurück, dass er mir im ersten Augenblick als ferne Kindheitserinnerung erschien.

Verärgert über diese Störung im Count-down unserer Reisevorbereitungen setzte ich mich sofort hin, um einen Absagebrief zu schreiben. Weil er mir etwas zu knapp und kühl ausgefallen war, brachte ich ihn aber nicht gleich zum Briefkasten, sondern folgte Mutters Rat, erst eine Nacht drüber zu schlafen.

Hätte ich wirklich geschlafen, wäre das letzte halbe Jahr anders verlaufen. Aber ich konnte nicht schlafen, lag wach und sah auf einmal alles wieder vor mir: Robert, wie er vor unserer Gartentür stand, wie er mit mir Johannisbeeren pflückte, wie er mir das Lied von den Bublitchki vorsang. Zornig auf mich selbst stand ich auf und nahm das Foto heraus, das er mir geschickt hatte. Dein Foto, Minchen! Aber jetzt sah ich es mit anderen Augen. Der vierzehnjährigen Eva war die ernste Sechzehnjährige in dem Rüschenkleid als ferne, entrückte Frau erschienen, nun, fünf Jahre älter als das Mädchen auf dem Foto, entdeckte ich das Kindliche in dir – und musste voller Entsetzen daran denken, dass dieses Kind bald selbst ein Kind bekommen sollte! Und das in einer Zeit, in der ein uneheliches Kind nichts als ein Bankert oder Bastard war. Ich blickte dir in die Augen – und da war sie plötzlich wieder da, diese Verbundenheit zwischen uns, die durch nichts mehr wegzubekommen ist. Meine Ähnlichkeit mit dir, von der Robert ja schon erzählt hatte, erschreckte mich nun, da mein Gesicht ausgeprägter ist, noch viel stärker als damals. Die gleiche gerade, vielleicht etwas zu große Nase, der gleiche ein wenig eigensinnig wirkende Mund, die gleiche hohe Stirn. Mit einem Mal warst du, die Frau, die fünfundachtzig Jahre vor mir geboren wurde, für mich so etwas wie eine jüngere Eva in einer anderen Zeit.

Verwirrt ging ich ins Bett zurück, löschte das Licht und schloss die Augen, um alles Störende zu verdrängen. Dein Gesicht jedoch ließ sich nicht beiseite schieben. Mir war, als würdest du mich aus dem Dunkel heraus anstarren. Ich schimpfte mit mir, hätte über mich heulen mögen, doch von Minute zu Minute wurde mir klarer, dass ich Roberts Einladung nicht ablehnen durfte. Was war denn wirklich wichtig für mich, dieser Sommer-Sonne-Strand-Trip mit Jens oder eine Reise auf den Spuren meiner Vorfahren? Auf Spuren, die es schon bald nicht mehr geben würde! Was für eine Journalistin wollte ich werden, wenn nicht mal meine eigene Vorgeschichte mich interessierte? Griechenland wurde nicht abgerissen und Ferien mit Jens würden sich nachholen lassen; was gab es da also noch groß zu entscheiden? Wütend zerriss ich meinen Absagebrief und den Reisekatalog und heulte ein bisschen ins Kissen: Der neue, dunkelblaue Bikini mit den weißen Tupfen – umsonst! All die T-Shirts, die bunten Shorts, das luftige Sommerkleid – umsonst! In Berlin würde ich kaum damit herumspazieren können. Dachte ich!

Gleich am nächsten Morgen klingelte bei Jens das Telefon. Er war natürlich enttäuscht; enttäuscht hoch drei! Doch er hatte Verständnis. Wollte sogar mitkommen nach Berlin. Seltsamerweise erschrak ich über diesen Vorschlag: »Aber das bringt dir doch nichts. Ich besuch meinen Opa. Der ist schon fünfundsechzig und will mir die Wohnung zeigen, in der bereits meine Ururgroßmutter lebte. Kannst du nicht mit Freddy oder Markus nach Ägina fliegen?«

Doch das wollte Jens nicht. Er hatte einen Traum: vierzehn Tage und Nächte ganz allein mit mir, vierzehn Tage und Nächte Liebkosungen und Streicheleinheiten am laufenden Band. Nein, lieber wollte er warten. Vielleicht gefiele es mir bei meinem Opa ja nicht und ich wäre schon in drei Tagen zurück. Dann konnten wir immer noch irgendwo hinfahren, wo es schön war.

Ich sah Jens vor mir, wie er den Hörer in der Hand hielt und sich, während er traurig auf seinen ewig unaufgeräumten Schreibtisch starrte, die langen, blonden Haare aus der Stirn strich. Er tat mir Leid und ich glaubte in diesem Moment ganz fest, dass ich ihn wirklich liebte. Beinahe hätte ich seinetwegen meinen Entschluss noch mal geändert.

Vater war von meiner Entscheidung ebenfalls nicht sehr begeistert. Im Gegenteil. Da interessierte sich seine Tochter plötzlich für die Brücken, die er hinter sich abgebrochen hatte. Er versuchte alles, mir diese Reise auszureden. Doch es half nichts, ich hatte meinen Brief mit Zusage und Ankunftsdatum ja längst abgeschickt.

Am Tag vor meiner Abreise kam Vater dann sogar früher nach Hause, setzte sich mit mir in den Garten, trank einen Kaffee und erklärte mir noch einmal, worum es bei dem Konflikt mit seinem Vater aus seiner Sicht ging. Aufgabe eines Schriftstellers sei es doch, die Menschen aufzuklären und vielleicht sogar vor sich selbst zu warnen und nicht einer Partei zu huldigen, verteidigte er seine Haltung. Er, Wolfgang Seemann, habe seit jeher jeden verachtet, der denken konnte und sich dennoch einen Maulkorb verpassen ließ. Und das hier wie dort, im Osten wie im Westen.

So ernsthaft hatte er noch nie um mich geworben. Schon allein wegen dieser Aufwertung meiner Tochter-Rolle hatte die geplante Reise sich gelohnt.

Das autoritäre Eintrichtern von unbezweifelbaren Weisheiten, wie hätte er es gehasst! Das furchtbare Parteideutsch all jener, die etwas zu sagen hatten – »die eigenen Leute *versammeln sich,* der Feind *rottet sich zusammen«* –, wie hätte es ihn angewidert! All diese praktizierenden Realsozialisten, sie hätten sich für neue Menschen gehalten, aber neu wäre an ihnen nur ihre Verkleidung ins sozialistische Rot gewesen. Ihrem Denken und Handeln nach hätten diese glücklichen Besitzer einer sittenstrengen, unfehlbaren Ideologie auch Braun oder Tiefschwarz tragen können. »Wer da nicht Schaden nehmen wollte an Geist und Seele, der musste sich in seine private Nische zurückziehen – oder fortgehen.«

Er redete lange auf mich ein. Bis er irgendwann hilflos schwieg. Da wusste ich, dass er eine Bestätigung von mir erwartete. Unsicher umarmte ich ihn. Ich verstand ihn ja, war mir sicher, an seiner Stelle ähnlich gedacht und gehandelt zu haben, irgendwie jedoch hatten seine Worte mich nur noch neugieriger gemacht. Bei seinem Besuch, so lange er nun auch schon zurücklag, hatte Robert so ganz und gar nicht den Eindruck eines Heuchlers oder Karrieristen in mir erweckt.

Vater war mit diesem stummen Liebesbeweis nicht zufrieden, drang aber nicht weiter in mich. Beim Abendbrot erzählte er dann viel von seiner Kindheit und riet mir, in Berlin vor allem über die Hinterhöfe der alten Häuser zu gehen. Nur so bekäme ich etwas mit von der Wirklichkeit dieser Stadt, die Krieg und Nachkrieg so übel zugerichtet hätten.

Ich versprach ihm alles, was er wollte, und am nächsten Tag, einem regnerisch kühlen Freitag, ging's los. Bastian und Mutter brachten mich mit dem Auto zum Bremer Hauptbahnhof, drückten und umarmten mich und winkten mir noch lange nach. Ich winkte zurück, bis der Zug aus dem Bahnhof war, und hatte, wie immer bei Abschieden, mal wieder Tränen in den Augen.

Der Zug war überfüllt. Alles Jugendliche, die zur Love-Parade nach Berlin wollten. Techno-Freaks. Sie waren laut und unbekümmert, ließen ihre mitgebrachten CDs dröhnen, trugen grün oder rosa gefärbte Haare und auch sonst sehr schrille Kleidung und ein Mädchen mit verschiedenfarbigen Kontaktlinsen auf den Augen versteckte ihren Busen trotz des kühlen Wetters nur hinter einem BH aus zwei großen Muschelschalen. Die Truppe wollte ihre ganz persönliche Love-Parade wohl schon im Zug stattfinden lassen.

Neben mir – ich hatte einen Fensterplatz erwischt – saß ein älterer, schwitzender Dicker mit roter Nase und Clownsmund, der mir immer wieder bedeutungsvoll zugrinste, als wollte er mir sagen, dass er auch mal jung gewesen war. Ich ignorierte ihn. Wenn der nicht mitbekam, dass ich nicht zur Love-Parade wollte, tat er mir Leid.

So sah ich die meiste Zeit aus dem Fenster und fragte mich, weshalb ich noch nie in Berlin gewesen war, obwohl doch – neben Bremerhaven – alle Wurzeln unserer Familie dort zu finden waren. Vaters Bruch mit Robert war doch kein Grund, einfach alles auszulöschen! Hatten Bastian und ich nicht ein Recht darauf, unsere Familiengeschichte zu erfahren?

Kurz vor Hannover nahm ich den zweiten Brief heraus, den Robert mir vor ein paar Tagen geschickt hatte. »Ich hole dich auf dem Ostbahnhof ab«, hatte er geschrieben, »dort ist Minchen damals ausgestiegen, als sie nach Berlin kam. Nur hieß er zu jener Zeit noch Schlesischer Bahnhof …«

Vater kannte den Brief auch. »Auf diesem Bahnhof ist nicht nur dein Minchen angekommen, den kennt auch dein Herr Vater sehr gut«, hatte er nach der Lektüre traurig gespottet und mir erzählt, wie er in Häftlingskleidung, mit gelben Streifen an Hosenbeinen und Rücken, damit die Wachposten bei einem Fluchtversuch auch ja trafen, über diesen Bahnhof zum Gefängniszug nach Cottbus geführt wurde. Und das inmitten von etwa fünfzig anderen Häftlingen, die fast alle wegen Republikflucht verurteilt worden waren. Die entsetzten

Blicke der Leute auf den Bahnsteigen, er sehe sie immer noch. »Die hielten uns allesamt für Meuchelmörder. Dabei waren die Verbrecher doch gerade jene, die uns verhaftet und verurteilt hatten …«

In Hannover musste ich umsteigen, in den ICE nach Berlin. Mit mir stiegen auch die Love-Paradler und mein schwitzender Nachbar um. Zum Glück bescherte meine Platzkarte mir wieder einen Fensterplatz, sogar in Fahrtrichtung, und diesmal setzte sich eine alte Frau neben mich, die mir besser gefiel als das schwitzende Clownsgesicht: eisengraues Haar, runzlige Haut, gütige Augen und Lachfalten. Von der hätte ich mich gern in ein Gespräch verwickeln lassen. Aber sie war müde, schloss bald die Augen und schlief ein.

Wieder sah ich aus dem Fenster, sah die flache, nasse, grüngraue Sommerlandschaft an mir vorüberziehen und versuchte an Griechenland zu denken. Wie es dort jetzt wohl aussah? Warmer Wind, Sonne, blaues Meer … Verärgert über diesen Wankelmut, nahm ich wieder Roberts Begrüßungsschreiben heraus. Ich wollte jenen Brief noch mal lesen, den er mit in den Umschlag gelegt hatte: deinen ersten Brief an Wilek, liebes Minchen! Einen sehr, sehr langen Brief, datiert vom 7.9.1908; eine Art Bonbon, mit dem Robert mich endgültig nach Berlin locken wollte.

Er hatte mir nur eine Fotokopie geschickt, es wäre zu schade gewesen, wenn das schon sehr vergilbte und halb zerfallene Schreiben, das nun im Original neben meinem PC liegt, durch irgendeinen dummen Zufall verloren gegangen wäre. Ich hielt die fotokopierten Seiten dennoch voller Respekt in den Händen: die Schrift eines sechzehnjährigen Mädchens von 1908! Meine Ururgroßmutter, die bei Kerzenlicht vor dem Nachttisch kniete und schrieb, weil es in der Dienstmädchenkammer keinen Tisch gab; die vielleicht beim Schreiben den Mund mitbewegte; die sicher oft Pausen machte und nachdenklich in die Kerze starrte ... Beim ersten Lesen war deine platzsparende, enge Sütterlin-Schrift für mich nur schwer zu entziffern, irgendwann ging's dann aber doch. Jetzt, im ICE nach Berlin, hätte ich den Brief bereits auswendig aufsagen können.

7. September 1908! Das war genau eine Woche nach deinem Eintreffen in Berlin. Gleich an deinem ersten freien Abend hast du diesen Brief geschrieben und darin deine Ankunft in Berlin, die Nacht auf dem Bahnhof und den Morgen danach so ausführlich geschildert, als wolltest du jeden einzelnen Schritt festhalten – für deinen Wilek und vielleicht auch für dich selbst, aber ganz bestimmt nicht für mich, deine Ururenkelin, die nun, runde hundert Jahre später, auf deinen Spuren reiste.

Dein Zug hatte mehrere Stunden Verspätung und so trafst du erst eine halbe Stunde vor Mitternacht in Berlin ein. Da hast du nicht mehr gewagt, noch bei deiner künftigen Herrschaft zu klingeln, jenen fremden Leuten, deren Namen deine Eltern gegen eine teure Gebühr von der Berliner Stellenvermittlung erfahren hatten. Außerdem hättest du dich gar nicht durch die nächtliche Stadt gewagt. Warst oft genug gewarnt worden: Berlin – das ist nichts als Verbrechen und Schmutz ... Besonders die Gegend um den Schlesischen Bahnhof war berüchtigt; Verbrecherkneipen, lichtscheues Gesindel, Dirnen, Lustmörder, Kinderschänder sollte es da geben.

Unsicher und allein gelassen standest du in der Schalterhalle herum, in der es nach Kohlenstaub und kaltem Zigarettenqualm roch, bis dir die vielen Männerblicke, die dich abschätzig von allen Seiten trafen, Angst machten. Du hast einen Wartesaal gesucht, und da du 4. Klasse gereist bist, hätte es auch der Wartesaal der 4. Klasse sein müssen. Ein Blick hinein jedoch ließ dich zurückschrecken. Da lagen Menschen wie Lumpenbündel auf dem Fußboden, es stank nach schalem Bier, schlechtem Tabak und Urin und an einer Kneipentheke standen junge Burschen mit tief in die Stirn gezogenen Ballonmützen und schräg in den Mundwinkeln hängenden Zigaretten; die sahen dich an, prosteten dir zu und grinsten frech. Was blieb dir da anderes übrig, als zum ersten Mal in deinem Leben Kühnheit zu beweisen? Hast dich einfach in den Wartesaal 3. Klasse gesetzt, immer in der Furcht, von einer Kontrolle erwischt und mit Schimpf und Schande wieder hinausbefördert zu werden.

Auch in diesem Wartesaal stand der Tabaksqualm senkrecht unter den nur schwach funzelnden Lampen, auch hier wurde nur allerbilligstes Kraut geraucht. So wurde es eine sehr, sehr lange Nacht zwischen all diesen Reisenden mit ihren Traglasten, Koffern, Beuteln und Rucksäcken, die dich entweder nicht zur Kenntnis nahmen oder stundenlang anblickten, als fragten sie sich, wozu du wohl gut sein mochtest. Wie anstrengend muss es gewesen sein, von den Gaffern wegzuschauen und immer nur die anzukucken, die schnarchend schliefen oder düster vor sich hin stierten! Sicher kamen die meisten genau wie du von weit her; alle in der Hoffnung, in der Reichshauptstadt Arbeit und Brot zu finden.

An der Theke dieses Wartesaals gab es nicht nur Bier, sondern auch Kaffee, Limonade und Löffelerbsen. Du hast dennoch nichts bestellt. Die ganze Nacht lang. Wolltest die zwei Mark sparen, die deine Eltern dir zum Abschied schenkten: alles für deinen Wilek und dich, alles für eure gemeinsame Zukunft.

Und zu all der Düsternis um dich herum und der ständigen Angst vor der Kontrolle auch noch die Furcht vor Dieben. Auf Bahnhöfen, so wusstest du von Kindheit an, wird gestohlen.

So hast du jede zweite Minute nach dem Geldbeutel mit den zwei Mark getastet und dein Köfferchen hieltest du mit beiden Armen fest umklammert …

Nie zuvor hatte ich einen solchen Brief gelesen. Keine Frage, von wem Robert sein Talent hat, dachte ich. Andererseits: Diesen Brief lesen und an dein weiteres Schicksal denken stimmt mich noch heute traurig.

Doch was, wenn deine Eltern dich nicht in Stellung gegeben hätten? Was hätte dann aus dir werden können? Tagelöhnerin? Fabrikarbeiterin? Magd auf irgendeinem oberschlesischen Bauernhof? – Das wäre kaum besser gewesen.

Nein, aus der Sicht von Johann Konrad Seemann, dem fleißigen und sparsamen Neustädter Sattlermeister, und seiner Frau Martha war es klug, dich und deine Schwestern in Stellung zu geben. So blieb wenigstens die Hoffnung auf eine gute Partie, auf eine Hochzeit, die die Töchter später einmal absichern würde …

Aber das war kein Trost für dich in jener Nacht im Wartesaal 3. Klasse, als die Züge über deinen Kopf hinwegratterten, als wollten sie dir noch zusätzlich Angst machen. Einzig der Gedanke an Wilek richtete dich auf, der Traum von eurem späteren Glück. Nur diese Hoffnung, so hast du Wilek gestanden, gab dir den notwendigen Mut auszuhalten.

Gegen Morgen wurden in der Küche Breslauer Würste gekocht. Hast es ganz deutlich gerochen. Da überkam dich nagender Hunger. Bist trotzdem nicht aufgestanden, hast dir keine von den Würsten gekauft, sondern nur stur zu der Uhr hochgeschaut, die über der Theke hing: Jeder Groschen gehörte gespart. Für die bessere Zukunft!

Dann aber geschah es doch noch: eine Polizeistreife betrat den Wartesaal! Zu Stein erstarrt hast du dagesessen, obwohl du doch eigentlich aufstehen und fortlaufen wolltest.

»Polizeikontrolle!«, riefen die Polizisten. »Sitzen bleiben, Fahrkarten und Ausweise bereithalten!«

Alle gehorchten, nur ein graues Weib nicht, das, in Lumpen gekleidet und mit zertretenen, an den Nähten schon aufgeplatzten Stiefeln an den Füßen, auf der Bank vor dem schmutzig verschmierten Fenster saß, hinter dem für dich der Morgen heraufgrauen sollte, du aber nur den gelblich-blauen Schimmer einer Gaslaterne erkennen konntest. Sie war dir aufgefallen, weil auch sie dich so lauernd und fordernd angestarrt hatte. Nun sprang sie wie von der Tarantel gestochen auf und stürzte Stühle umreißend durch den ganzen Saal hinter die Theke und in die Küche. Aber auch dort standen Polizisten, die führten die obszön schimpfende Frau sofort ab, während die anderen beiden Polizisten weiter ihre Runde machten, von jedem Einzelnen die Papiere überprüften und einer auch vor dir stehen blieb.

Du bekamst kaum noch Luft vor Beklemmung; du wusstest ja, dass deine Fahrkarte dich als Reisende 4. Klasse verriet. Der Beamte – mit Kaiser-Wilhelm-Schnäuzer und gekrauster Stirn – musterte dich streng. Erst hast du nur den Kopf gesenkt und bist rot geworden, dann hast du leise vor dich hin geflüstert, dass dein Zug Verspätung hatte, du auf dem Weg in deine erste Stelle seist und dich vor dem Wartesaal 4. Klasse so gefürchtet hättest.

Von wo du kommst, wollte der Beamte wissen.

»Neustadt«, hast du nur geflüstert.

Da fragte er: »Neustadt in Oberschlesien?« Und als du nicktest, nannte er einen Ort ganz in der Nähe und sagte, dass er dort aufgewachsen sei. Und ohne ein weiteres Wort reichte er dir Ausweis und Fahrkarte zurück und ging weiter. Was warst du da glücklich! Wenn das kein gutes Omen war! Vielleicht würde ja doch noch alles gut werden.

Wenig später wurde es hell und die schier endlose Nacht war doch vorübergegangen. Dein Köfferchen in der Hand, bist du durch die morgenneblige, dir so riesig und bedrohlich erscheinende Stadt gewandert und dein frisch geborener Optimismus schwand rasch: Hier solltest du nun leben? Ein unvorstellbarer Gedanke! Links vierstöckige Häuser mit unzählig vielen, noch morgenblinden Fenstern, rechts das gleiche Bild. Und die düsteren Kneipen, von denen dir berichtet worden war, es gab sie tatsächlich. Zu ebener Erde lagen sie, im Hochparterre oder im Keller. Daneben ärmliche Pensionen und billige Absteigen, deren bloßer Anblick dir schon Angstschauer über den Rücken jagte.

Und überall Menschen! In so großer Zahl, dass du gar nicht wusstest, wie du ihnen ausweichen solltest. Männer und Frauen, die zur Arbeit wollten, in Scharen zogen sie an dir vorüber! Die vielen gleichgültigen Gesichter aber ließen dein Herz noch stärker klopfen: Konnte man denn atmen inmitten so vieler anderer Menschen? Trat man sich hier nicht gegenseitig auf die Füße? Stieß nicht ständig einer den anderen beiseite? Wie viel Überwindung kostete es dich jedes Mal, nach dem Weg zu fragen! Die Blicke, mit denen du gemustert wurdest, zeigten dir ja deutlich, was diese Menschen von dir dachten: Arme kleine Landpomeranze! Na, viel Glück bei uns! Und hoffentlich landest du nicht in der Gosse.

Allmählich besserte sich die Gegend und plötzlich, für dich viel zu schnell, hattest du die vornehme Große Frankfurter Straße erreicht. Da konntest du mit einem Mal nicht mehr weitergehen, fühltest dich noch kleiner, noch unsicherer, noch mutloser. Hast dich in einer Parkanlage auf die Bank gesetzt, geweint und dich nach Hause zurückgewünscht, zu den Eltern und Geschwistern und zu deinem Wilek. Aber du hattest ja gar keine Rückfahrkarte. Die zwei Mark, die deine Eltern dir mitgegeben hatten, waren dein einziger Besitz und hätten nicht mal für die halbe Rückfahrt gereicht. Also bist du irgendwann Schritt für Schritt doch weitergegangen, hin zum Haus Nr. 51, in dem man dir sicher schon zürnte: Ist nicht pünktlich, das neue Mädchen! Na, der werden wir schon die Hammelbeine lang ziehen!

Vor dem Hauseingang mit den vielen Stuckverzierungen und dem Engelskopf über der Tür hast du dann wieder gezögert. Neben der Haustür, zu der vier hohe Stufen hochführten, hingen zwei emaillierte Blechschilder, auf denen in großen Buchstaben verkündet wurde, Hausangestellte und Lieferanten hätten den Nebenaufgang zu benutzen und jedes Betteln und Hausieren sei verboten. Zaghaft hast du zur Beletage hochgeschaut, der Wohnung im ersten Stock mit den riesigen Fenstern, in der deine Herrschaft wohnen sollte, dann hast du klammen Herzens die so viel kleinere und schmalere, ebenerdige Tür zum Nebenaufgang geöffnet, bist durch einen engen Gang gelaufen und langsam die Hoftreppe hochgestiegen, bis du das Messingschild mit der Aufschrift *Justizrat Theodor F. Franzke* erreicht hattest. Dort hast du dann ganz vorsichtig an der Klingel gezogen.

Es schepperte laut und du glaubtest, jeden Moment vor Furcht und Aufregung in Ohnmacht zu fallen. Doch dann kam alles ganz anders, als du es dir vorgestellt hattest. Frau Justizrat besaß nämlich Telefon. Also hatte sie, nachdem sie tags zuvor vergeblich auf dich gewartet hatte, den Bahnhof angerufen und von der Zugverspätung erfahren. Und hätte ihr Mann, der Herr Justizrat Franzke, nicht sein Veto eingelegt, wie sie dir mit einem bedauernden Lachen erzählte, wäre sie noch in der Nacht mit der Droschke vorgefahren gekommen, um dich aus deinem Wartesaal zu befreien. Der Herr Justizrat aber habe ihr verboten, nachts allein durch die Straßen zu sausen, da ja die Gegend um den Schlesischen Bahnhof nicht gerade den besten Ruf habe. Na, und als gehorsames Eheweib habe sie natürlich parieren müssen. Sagte es und lachte schon wieder und war dir auf Anhieb sympathisch, diese große, kräftige Frau mit dem dichten dunklen Haar und dem freundlich-offenen Gesicht.

Da machte es dir gar nichts aus, dass in der Kammer, die nun die deine war, noch vor zwei Tagen ein anderes Mädchen geschlafen hatte und dass darin nicht mehr stand als Bett, Nachttisch, Waschtisch und unter dem Bett der Nachttopf. Du warst bereit, auf alles zu verzichten, wenn man nur gut zu dir war. Sogar deinen Namen hättest du hergegeben, wusstest du doch von deiner älteren Schwester Emma, dass man sie in ihrer Stellung zur »Anna« gemacht hatte, nur weil ihre Vorgängerin so geheißen hatte und ihre Herrschaft sich keinen neuen Namen merken wollte. Frau Justizrat fand, dass »Minchen« sehr gut zu dir passte, nur »Hermine«, das wäre ihr zu förmlich gewesen.

Was du dann in der ersten Woche alles lernen musstest! Dazu die ewige Angst, womöglich all die vielen Aufträge, die zu festgesetzten Uhrzeiten zu erledigen waren, nicht im Kopf zu behalten. Und dann diese riesige Wohnung, in der hier das lag und dort jenes und in der du dich möglichst schnell zurechtfinden solltest. Hoch über allem – auch über seiner Frau – der gestrenge Herr Justizrat. Nur angstschlotternd hattest du dich ihm genähert, nur ungnädig hatte er deine Anwesenheit zur Kenntnis genommen. »Zu jung«, hatte er seiner Frau zugeknurrt, »viel zu jung!« Die aber hatte dich verteidigt: »Sie wird's schon richten.«

Gleich am ersten Tag lerntest du die anderen Dienstmädchen im Haus kennen, alte und junge. Wie neugierig die kuckten, als deine Gnädige dich den Herrschaften vorstellte!

Und dann Frau Justizrats Küche, in der es Geräte und Bestecke gab, wie du sie noch nie zuvor gesehen hattest, und in der du kochen solltest, was die Frau Justizrat dich lehren wollte. Am Abend, als du zum ersten Mal in dem so fremd riechenden Bett lagst, war dir, als wäre alles im Eilzugtempo an dir vorübergerast. Du hättest müde sein müssen vom langen Tag und der durchwachten Nacht im Wartesaal, in deinem Kopf jedoch schwirrte alles durcheinander und davon wurdest du immer wacher.

An die Eltern hast du gedacht, an deine Geschwister und Freundinnen und natürlich an Wilek. Und hast still gebetet, dass er dir treu bleiben möge. Von ihm allein hing deine Zukunft ab, er bestimmte, ob du glücklich oder unglücklich werden solltest. Und so hast du diesen ersten Brief dann auch nicht an deine Eltern, sondern an deinen Wilek gerichtet.

»Lieber Wilek!«, lauten die letzten hoffnungsfrohen Zeilen. »Ich glaube, mir hat das Glück gewinkt. So unschön die Ankunft in Berlin, so herzlich die Aufnahme durch die Frau Justizrat. Sie ist auch gar nicht ungeduldig, sagt immer: Alles lernt sich, wenn man nur will. Und ich will ja! Will lernen und sparen, damit wir es uns eines Tages recht gemütlich machen können. Vergiss mich nicht. Ich denk immerzu an dich. Dein dir ewig treues Minchen.«

Ich las diese Zeilen wieder und wieder und konnte mir trotz der vielen Leute im Zug die Tränen nicht verkneifen. So viel Zutrauen hast du gehabt, Minchen, so viel Selbstbehauptungswille war in dir! Und was hat es dir genutzt?

Überraschung genug

Berlin! Ich musste aufpassen, mein Gesicht nicht zu dicht an die Fensterscheibe zu pressen: Das also war die Stadt, die ich nur aus dem Fernsehen kannte, die mir aber aus dem Geschichtsunterricht und von Vaters Erzählungen her so vertraut war – Revolution 1848, Reichshauptstadt mit Hohenzollern-Trara, Revolution 1918, Zwanziger-Jahre-Glitzermetropole, Hitlers Hauptstadt, Trümmerstadt, Vier-Sektoren-Stadt, Mauerstadt, Stadt der Studentenunruhen, Kreuzberger Aussteiger-Idylle, wieder vereinigte Stadt. Welche andere Stadt steckt so voller Geschichte? Für mich aber war es in diesem Augenblick vor allem deine Stadt, Minchen, die du noch zu Kaisers Zeiten hierher kamst, und Vaters Stadt, der hier aufgewachsen ist, als junger Bursche aus dem Ostteil in den Westteil flüchten wollte und dafür ins Gefängnis kam. Ein seltsames Gefühl, hier anzukommen! War meine Ankunft denn nicht gleichzeitig eine Art Heimkehr? Hatte diese Stadt auch mit mir etwas vor? Was würde ich hier erleben?

Es ging ein Stück die Autobahn entlang, dazwischen immer wieder Bäume, Wiesen und vereinzelt stehende, hingehuckte Häuser. Danach die ersten Schrebergärten und die verschiedenen S-Bahn-Typen, die der ICE überholte. Inzwischen weiß ich, es fahren vier S-Bahn-Typen durch Berlin: Die alten, karminrot-ockerfarbenen Waggons noch aus den dreißiger Jahren, die neue, rotbraun-beigefarbene West-Berliner, eine neue, knallrote Ost-Berliner und eine ganz neue, gelb-rote, nun wieder Gesamt-Berliner S-Bahn. Auch das ist

Geschichte und eine Einmaligkeit wohl nicht nur in Deutschland. Ich dachte daran, dass vielleicht du, Minchen, mal in einem der alten Waggons gesessen hast, die wir gerade überholten, oder Vater, Robert, dessen Eltern, und ein Schauer lief mir über den Rücken. Ich gebe es ja zu: Mir gefallen solche Spinnereien. Wenn ich alte Dinge berühre, frage ich mich oft, wer sie zuvor schon in der Hand hatte. Betrete ich ein altes Haus, hätte ich gern gewusst, wer schon alles darin wohnte und was für Szenen sich hier abspielten: Geburt und Tod, Liebe und Streit, Verrat und Treue. Ja, ich war ein gutes Werkzeug für Roberts Pläne.

Hinter dem Funkturm, der mich grüßte, als freute er sich über meinen Besuch, begann die »Stadt«. Schöne alte Häuser huschten vorbei, auch weniger schöne und dazwischen supermoderne Bauten. Ich sah Vorkriegswerbeschriften an alten Brandmauern, ein über und über stuckverziertes Theater links vor dem Bahnhof Zoo, die berühmte, im Krieg zerstörte und als Mahnmal erhaltene Gedächtniskirche rechts – und ich wurde immer aufgeregter.

Wenig später hatte der ICE die ersten Baustellen erreicht und fuhr an jeder Menge Kränen und riesigen, tief mit Wasser gefüllten Baugruben vorüber. Hier soll der neue, größtenteils unterirdische Zentralbahnhof entstehen. Danach, gleich hinter der Spree, plötzlich ein rotbraunes Hochhaus mit der Aufschrift »Charité« – jene Universitätsklinik, in der einst du, Minchen, deinen Sohn Arthur zur Welt gebracht hast. Natürlich in einem der vielen alten, roten Backsteingebäude des riesigen Krankenhauskomplexes, den ich vom Zug aus sehen konnte.

Berlin, am 13.7.1909, steht in der Geburtsurkunde. *Die Königliche Charité-Direktion zeigt an, daß von der ledigen Hermine Seemann, Dienstmädchen, katholische Religion, wohnhaft*

St. Josefs-Haus, Berlin, Tilsiter Straße 4, in der Charité am zehnten Juli des Jahres tausendneunhundertneun, vormittags um zehneinhalb Uhr, ein Kind geboren wurde und die Vornamen Arthur Johann Josef erhalten hat. Der Standesbeamte. In Vertretung: Müller.

Ein sehr vergilbtes Papier, Vordruck, ausgefüllt in alter deutscher Schrift. Aber was verrät es nicht alles! Ledig, Dienstmädchen, wohnhaft in einem katholischen Heim. Ein ganzes Schicksal enthüllt sich in diesem, vom stellvertretenden Standesbeamten Müller vielleicht mit einem schmutzigen Grinsen ausgefüllten Formular.

Du hast den Säugling nur sehr unwillig gestillt, wie die Briefe an Wilek verraten, die ich nur wenige Stunden nach meiner Ankunft lesen durfte, und ihn so früh wie möglich weggegeben. In ein katholisches Waisenhaus. Für dich war es nicht dein Kind, du durftest es nicht behalten und wolltest es nicht lieben … Wer kann deine Angst und Hilflosigkeit und deinen Zorn über dieses schlimme, ungerechte Schicksal nicht erahnen, wer will dir ein Jahrhundert später Vorwürfe machen? Mit sechzehn schwanger, mit noch nicht mal siebzehn Mutter! Und das zu einer Zeit, in der man erst mit einundzwanzig volljährig wurde … Nein, da darf man nicht verurteilen, da kann man nur Mitleid haben: mit dem Kind und mit der Mutter!

Doch was für ein Gefühl, bei der Einfahrt in die Innenstadt daran zu denken, dass vor fast genau neunzig Jahren du zum ersten Mal durch diese Häuserschluchten gefahren bist! Aus einer ganz anderen Richtung kommend, anders gekleidet, anders denkend, anders hoffend, anders fürchtend, aber ebenfalls fremd in dieser großen Stadt, auch jung, auch bewegt, wie jetzt ich.

In einem der Briefe, die ich in der Nacht darauf gelesen

habe, hast du Wilek beschrieben, wie du von Berlin aus deine oberschlesische Heimat vor dir sahst: Kutschen mit Pferden, grüne Wälder und Wiesen und Felder, in denen die gerade gezogenen Ackerfurchen bis ins Unendliche reichten; Chausseegräben und Telegrafenmasten im weiten Blau, geduckte Häuser in engen Straßen und Menschen, die dich nie so ließen, wie du wolltest.

Und in Berlin? Durftest du hier, wie du wolltest? Wurde die große Stadt dir Ersatz-Heimat?

Darüber hast du in keinem deiner Briefe ein Wort verloren.

Bahnhof Friedrichstraße. Zu Mauerzeiten *der* Grenzbahnhof; hier teilte sich der Arsch in zwei Hälften, wie Vater das mal nannte, hier standen sich nicht nur Ost- und West-Berlin gegenüber, sondern auch Moskau und Washington, Prag und Paris, Budapest und London. Von einem Bahnsteig auf den anderen zu gelangen sei unmöglich gewesen. Nicht mal hinüberblicken konnte man. Hohe Trennwände aus Stahlplatten schotteten den einen Bahnsteig vom anderen ab, um all die braven DDR-Bürger, so hatte Vater gespottet, nicht in unsozialistische Zweifel zu stürzen. Jetzt hielt der Zug an einem ganz normalen, mehrgleisigen Stadtbahnhof.

Links hinterm Bahnhof der Teil der einstmals so berühmten Geschäfts- und Vergnügungsstraße, der überwiegend noch von DDR-Architekten gestaltet worden war, rechts der bereits von westlichen Bauherren wiederhergestellte Teil; links biedermeierlich wirkende Neubauten, rechts eckige, glatte Fassaden mit dem Anspruch, an alte Traditionen anzuknüpfen.

Ja, ich war nicht unvorbereitet nach Berlin gefahren. Hatte mir Stadtplan und Reiseführer und jede Menge andere Berlin-Lektüre besorgt; ich wollte wissen, was ich sah.

Hackescher Markt, Alexanderplatz. Der berühmte Alexanderplatz! Natürlich hatte ich das Buch von Alfred Döblin gelesen, das den »Alex« der zwanziger Jahre schildert. Was ich zu sehen bekam, hatte damit nichts zu tun: Zwei frisch renovierte Bauten im Stil der Neuen Sachlichkeit, ein Kaufhaus, ein Hochhaus-Hotel, weiter hinten hohe, lang gestreckte Wohnsilos oder Bürozentralen. Rechts von mir, gleich neben dem ebenfalls frisch herausgeputzten Bahnhof, der riesige Fernsehturm. Irgendwann wollte ich da hinauf, um einen Blick über die ganze Stadt zu haben. Aber ich kam nie dazu; Gregg hat mir ein ganz anderes Berlin gezeigt.

Ab Jannowitzbrücke ging's ein Stück zwischen Spree und mehreren modernen Büroneubauten hindurch und mein Herz klopfte immer heftiger. Die nächste Station war Ostbahnhof – der ehemalige Schlesische Bahnhof! Minchens Bahnhof, Vaters Bahnhof! Und dann fuhr der ICE auch schon in die Bahnhofshalle ein – und ich war enttäuscht: Ein stinknormaler, eher schlichter Fernreisebahnhof mit Lautsprecherdurchsagen und ganz gewöhnlichen Reisenden.

Wie dumm von mir! Hatte ich auf Dampflokomotiven gehofft? Auf Kaiser-Wilhelm-Bärte? Pfauenfedern an Damenhüten? Wartesäle 3. und 4. Klasse?

Der Zug hielt, ich stieg aus und blieb neugierig wartend auf dem Bahnsteig stehen, bis sich der Strom der Fahrgäste, die mit mir angekommen waren, ein wenig gelichtet hatte. Ich war mir sicher, dass ich Robert gleich erkennen würde. Aber würde er in mir die Vierzehnjährige wieder erkennen, mit der er Johannisbeeren gepflückt und die ihm so ergriffen gelauscht hatte? Er jedoch hatte mich längst entdeckt, stand schräg hinter mir und beobachtete mich, bis unsere Blicke sich trafen. Da trat er mit strahlendem Gesicht auf mich zu, ergriff mit beiden Händen meine Rechte und sagte mit bewegter Stimme: »Danke, Eva! Danke, dass du gekommen bist!«

Betroffen starrte ich ihn an. Mir war klar gewesen, dass ich mich sehr verändert hatte in diesen sieben Jahren; dass er sich ebenfalls verändert haben könnte, daran hatte ich nicht gedacht. In meiner Erinnerung war er noch immer der füllige, silberhaarige Mann mit dem rundlichen Gesicht – vor mir jedoch stand ein magerer Alter. Die viel zu langen weißen Haare glänzten nicht mehr, tiefe Falten durchfurchten das ehemals so fleischige Gesicht, die hellen Augen wirkten greisenhaft. Dazu diese nicht zu übersehende Altherren-Schmuddligkeit: Sein viel zu großer Anzug – ungebügelt und wohl schon ewig nicht mehr in der Reinigung – schlotterte um ihn herum, der Hemdkragen war zerfasert, der Schlips nur lose gebunden. Hätte ich diesen Robert vor Augen gehabt, ich wäre nicht nach Berlin gefahren.

In meiner Verlegenheit wusste ich mir keinen anderen Rat, als ihn und mich von meiner Enttäuschung abzulenken. »Ist das wirklich der Bahnhof, auf dem Minchen angekommen ist?«, fragte ich.

Er begriff sofort. Erst sah er mich nur an, dann sagte er mit gesenktem Blick: »Aber ja! Er hat sich nur sehr verändert – so wie wir alle uns verändern im Laufe der Zeit.«

»Und der Wartesaal, über den sie geschrieben hat? Gibt's den auch nicht mehr?« O Gott, wie sehnte ich mich in diesem Augenblick nach Lilienthal zurück! Zu Jens und mit ihm nach Griechenland. Wie dumm war ich gewesen! Was hatte ich mir mit meiner nostalgischen Spinnerei da nur eingebrockt!

»Den gibt's auch nicht mehr. Der Bahnhof ist seither ja tausendmal umgebaut worden.« Er bückte sich nach meiner Reisetasche.

Ich war schneller. »Nein, lass nur. Die trag ich selbst.«

Wieder sah er mich so prüfend an. »Jedenfalls noch mal vielen Dank, dass du gekommen bist.«

»Aber wieso denn? Ich hab doch zu danken.« Mir wurde die ganze Sache immer peinlicher. »Wollte ja immer schon mal nach Berlin. War eine gute Idee von dir, dass du mich eingeladen hast.«

Er hörte die Heuchelei heraus und schwieg.

»Bist du mit dem Auto da?«, fragte ich da nur noch.

»Nein.« Er blickte an mir vorbei. »Das ist schon lange hinüber. Reparatur lohnte nicht mehr. Wir müssen S- und U-Bahn nehmen.«

»Kauf dir doch ein neues«, quatschte ich munter weiter, um meine Verlegenheit zu übertönen. »Einen guten Gebrauchten. Dann ärgerst du dich nicht so, wenn's mal bums macht.«

»Wozu denn noch?« Ich glaube, er fand meinen Auftritt inzwischen schon lustig. »Was ich in meinem Leben sehen wollte, hab ich gesehen. Und nach Mexiko kommt man nicht mit dem Auto.«

Mexiko? Was wollte er denn in Mexiko? Endgültig verunsichert, folgte ich ihm durch den Bahnhofstunnel zum S-Bahnsteig hinüber. Da standen wir dann und schwiegen uns an und ich musste an all die Romane und Erzählungen denken, die ich inzwischen von ihm gelesen hatte und die ich ganz sicher sehr gemocht hätte, wenn da nicht immer so viel DDR-Pädagogik drin gewesen wäre. Es waren die Menschen in seinen Büchern, die mir so gefallen hatten, die vielen einfachen Menschen, die er offensichtlich liebte, sonst hätte er sie und ihre Träume nicht so lebendig beschreiben können.

Irgendwann hielt ich dieses stumme Nebeneinander nicht länger aus und fragte zaghaft, wann genau seine Großmutter auf diesem Bahnhof angekommen sei; ich hätte es vergessen. Eine faustdicke Lüge, denn ich hatte die Daten noch ganz genau im Kopf: Am 31.8.1908, eine halbe Stunde vor Mitternacht, bist du angekommen, am 1.9. hast du deinen Dienst angetreten, am 7.9. hast du Wilek den ersten Brief geschrieben.

Er antwortete mir, indem er das blanke Datum nannte; kein Wort zu viel. Da ritt mich der Teufel oder irgendein anderer Mistkerl und ich sagte: »Ja, dein Minchen ist 1908 hier angekommen – und sechsundsechzig Jahre später ist dein Sohn von diesem Bahnhof aus ins Gefängnis transportiert worden.«

Er sah mich an, als wisse er nicht, ob er mit der jungen Frau in Jeans und Pullover, Rucksack auf dem Rücken und Reisetasche in der Hand nicht die falsche abgeholt hatte. Danach blickte er ein Weilchen die Schienen entlang, ob unsere S-Bahn nicht endlich käme, und sagte schließlich fast widerwillig: »Hab mir vorgenommen, viel mit dir zu reden, Eva. Lass uns ein bisschen Zeit.«

Wenig später kam die S-Bahn, die Türen öffneten sich und eine Mutter mit ihrem kleinen Sohn drängte sich beim Aussteigen an uns vorbei. Die Mutter trug einen Blumenstrauß in der Hand, den Jungen musste sie ziehen. »Bringt Onkel Jochen wenigstens 'ne Überraschung mit?«, fragte der Kleine.

»Onkel Jochen ist schon Überraschung genug«, antwortete die gestresste Mutter nur müde.

Ein guter Gag, darüber musste ich lachen. Erlöst sah Robert mir ins Gesicht. »Gott sei Dank!«, sagte er, »Dachte schon, du zeigst deine Zähne nur noch, um zu beißen.«

Ein kurzer Traum

Es war nicht die Falsche, die Robert abgeholt hatte. Aber war es die Richtige? Ich brauchte lange, um mir über meine Rolle klar zu werden. Anfangs dachte ich, als mehr oder weniger unbeteiligte Beobachterin nach Berlin zu fahren, sozusagen als Familienhistorikerin. Erst später erkannte ich, dass mir diese Rolle nicht lag. Bin dazu nicht neutral, nicht unbefangen und auch nicht selbstlos genug.

Denke ich daran, wie Robert und ich an jenem Tag mit der S-Bahn zum Alexanderplatz zurückfuhren, erfüllt mich noch immer Scham. Wir waren wieder ins Schweigen versunken. Eine wahrhaft verunglückte Wiederbegegnung! Aber hätte ich mich weiter verstellen und dummes Zeug quatschen sollen? Bin keine gute Schauspielerin und will auch keine werden.

Vom Alexander- bis zum Rosenthaler Platz ging's mit der U-Bahn weiter. Wieder ohne ein einziges Wort zu sagen. Als wir auf diesem alten, mich sofort an Filme über die dreißiger Jahre erinnernden U-Bahnhof ans Tageslicht hochgestiegen waren, strahlte endlich die Sonne vom Himmel herab. Schon vor Berlin hatte der Regen aufgehört, nun war es richtig warm. Am liebsten hätte ich mir gleich meinen Pullover ausgezogen. Wie doch der Sonnenschein auch schmutzig grauen Mauern sofort einen wunderbar goldfarbenen Schönheitsanstrich verpasst!

Meine Laune besserte sich und ich blickte mich um: da ein Beate Uhse-Shop, hier ein Hamburger-Restaurant, eine Buchhandlung, viele kleine, billig wirkende Geschäfte. Früher, dachte ich, war das hier sicher mal eine sehr belebte Gegend, jetzt bemühten sich die arg heruntergekommenen Straßen rings um den Platz offenbar darum, wieder eine zu werden.

Robert ging ein paar Meter nach links und quer über die Straße und schon standen wir vor der Torstraße 127. Nein, kein Dienstbotenaufgang wie in der Großen Frankfurter Anfang des Jahrhunderts, doch zu jener Zeit sicher auch ein imposantes Haus. Vorsichtig sah Robert mich an, lachte verlegen und zitierte: »So sehr ich nach Hause geeilt, so ungern bin ich angekommen. Denn das Erste, was ich fand, war ich selbst.« Und zögernd fügte er hinzu: »Freund Lessing! Hatte über zwanzig Jahre lang Gültigkeit, dieser Ausspruch eines einsamen Mannes.«

Endlich hatte mal wieder einer von uns den Mund aufgemacht. Doch was sollte ich darauf antworten? Etwa, dass er seine Einsamkeit mitverschuldet hatte? Das hätte unserer Wiederbegegnung den Rest gegeben. So ließ ich meinen Blick nur weiter die Fassade entlanggleiten und versuchte mir vorzustellen, wie dieses Haus zu deinen Zeiten, Minchen, ausgesehen haben musste. Große Fenster, hohe Räume, breite Balkone, jede Menge Stuck an den Fassaden. Jetzt war nur noch kahler, brauner Billigputz zu sehen, der längst wieder abbröckelte.

Links neben dem Haus markierten in einer Kriegslücke Sandkasten, Klettergerüst und Kinderwippe einen Spielplatz. Rechts von der 127 die Nr. 125 – ein unbewohntes Gebäude, in dem die meisten Fenster schon zerstört waren.

Mir war schnell alles klar: Wurde die unbewohnte 125 mitsamt der 127 abgerissen, stand zusammen mit dem Kinderspielplatz – die ehemalige Nr. 129 – ein riesiges Grundstück zur Neubebauung zur Verfügung. Der Besitzer der Häuser und des freien Grundstücks hätte schon ein wahrer

Mieterfreund sein müssen, um darauf zu verzichten, mit der Abrissbirne an diese Gemäuer zu klopfen.

»Und was soll hierhin?«, fragte ich Robert.

»Eigentumswohnungen mit Parkettfußböden und goldenen Wasserhähnen«, antwortete er voll bösem Spott.

»Und die jetzigen Mieter?«

»Sollen bis 31. Juli in irgendwelche Neubauwohnungen ziehen, die der Kettler in Weißensee gebaut hat.«

»Hast du das jetzt erst erfahren?«

Er schüttelte den Kopf. »Die Mietverträge sind schon lange gekündigt. Alle Fristen korrekt eingehalten. Ein seriöser Rausschmiss.«

Dietmar J. Kettler, so heißt der Inhaber der Firma, die hier bauen wollte. Er hatte die zwei Häuser und das freie Grundstück von irgendwelchen in Amerika lebenden Alteigentümern erworben; jüdische Emigranten, die nie gedacht hätten, noch einmal ihren Besitz zurückzubekommen, wenn sie auch lange darum kämpfen mussten. Noch aber sagte der Name Kettler mir nichts. »Ist Weißensee sehr weit draußen?«, fragte ich nur.

»Nein. Aber auch nicht gerade um die Ecke.«

Wir betraten das Haus. Sofort musste ich daran denken, dass auch du, Minchen, oft durch diese Tür geschritten und die Treppen hochgestiegen bist. Heute weiß ich noch mehr: Ich weiß, dass sich in diesem Treppenhaus eine sehr traurige Geschichte abgespielt hat; eine Geschichte, für die ich mich schäme, obwohl ich damit ja eigentlich gar nichts zu tun habe.

Roberts – oder besser: deine, seine, eure, unsere – Wohnung lag in der zweiten Etage links und das Treppensteigen machte ihm mehr Mühe, als ich gedacht hätte. Fünfundsechzig Jahre waren doch noch keine achtzig. Mühevoll zog er sich an dem mit Löwenköpfen verzierten, hölzernen Treppengeländer hoch, blieb auf jedem Absatz lange stehen und rang nach Luft, während ich mir die Fenster zum Hof anschaute: Reste bürgerlichen Wohlstands! Buntes Glas in Bleieinfassung, das Landschaften und Tiere darstellte – Schäfer mit Herde auf grüner Weide, Kühe, die friedlich grasten, Pferde in der Koppel. Sonst wirkte der Treppenaufgang verkommen. Von den Wänden blätterte hellgrüne Farbe, die Stufen knarrten, als wollten sie jeden Augenblick unter uns zusammenstürzen.

Die Wohnungstür! Mächtiges, schwarzbraun gestrichenes Holz, spielerisch verschnörkelte Zierleisten. Als Kontrast dazu ein sehr schlichtes *R. Seemann* auf dem messingnen Schild, unter dem der Klingelknopf angebracht war.

Robert machte ein feierliches Gesicht. »Die Tür, die du hier siehst, hat auch das jung verheiratete Minchen schon auf- und zugeschlossen. Nicht mal streichen lassen haben wir sie in all der Zeit. Alles noch gute alte deutsche Wertarbeit.«

Das Letzte sollte ironisch klingen. »Und Vater?«, fragte ich und besah mir noch mal das Treppengeländer. »Hierauf ist er also immer bis ins Erdgeschoss runtergerutscht. Und einmal hat er sich dabei einen Splitter eingerissen und du hast nicht geschimpft, sondern ihm das Ding nur fachgerecht mit der Pinzette aus dem Hintern gezogen.«

»Also hat er nicht nur Schlechtes über mich erzählt?« Robert versuchte ein mokantes Lächeln. Es verunglückte.

Solange es nicht um politische Fragen ging, hat Vater nie Schlechtes über Robert erzählt. Seinen Kindheitsgeschichten zufolge muss Robert ein sehr großzügiger, geduldiger Vater gewesen sein. Zwar verdrängten die politischen Streitigkeiten später alle freundlichen Erinnerungen, ganz und gar vergessen jedoch hat Vater das harmonische Zusammenleben im Vater-Sohn-Haushalt wohl nie.

Robert öffnete die Tür, stieß sie weit auf und machte eine einladende Handbewegung. »Tritt ein, bring Glück herein!«

»Von welchem Freund ist das?«, scherzte ich vorsichtig.

»Für diesen Spruch muss ich keine Lizenzgebühr bezahlen.« Er lachte erleichtert; offenbar war er froh, dass ich wohl doch keine so dämliche Zicke geworden war, wie er inzwischen schon befürchtet hatte.

In der Wohnung erschien es mir zuerst sehr dunkel. Aber das lag größtenteils an den alten Möbeln, den sehr hohen Wänden und den wohl ewig nicht mehr in die Reinigung gegebenen, groß geblümten und zur Hälfte zugezogenen Übergardinen; Fünfziger-Jahre-Gardinen, sicher noch von Roberts Loreley ausgesucht.

Die erste Überraschung erlebte ich im Flur. Dort waren an die Wand mit der klein gemusterten, schon sehr abgestoßenen Tapete überall kleine Zettelchen mit Sprüchen oder Zitaten gepinnt. Mal waren sie aus einem Kalender oder einer Zeitung gerissen, mal in Roberts Handschrift notiert. Auf einem stand: *Nach Wahrheit forschen, Schönheit lieben, Gutes wollen, das Beste tun – Mendelssohn.* Auf einem anderen: *Es gibt ein Menschenrecht auf Feigheit – Heiner Müller.* Auf wieder einem anderen: *Ohne ein gewisses Quantum an Mumpitz geht es nicht – Fontane.* Und immer so weiter.

Sprachlos sah ich Robert an.

Er zuckte die Achseln. »Ich liebe solche Weisheiten, ganz egal, wie banal manche von ihnen inzwischen schon klingen. Sind ja alles der Menschheit wichtigste Erkenntnisse. Werden nur viel zu wenig beachtet.«

»Wann hast du damit angefangen, sie zu sammeln?«

Er lachte. »Sieh mal an! Kommst gleich zur Sache.« Dann gab er zu: »Nach der Wende. Als plötzlich so viele Wahrheiten zu Lügen geworden waren. An irgendwas muss der Mensch sich doch festhalten … Also habe ich mir kluge Freunde gesucht.«

Ich sah ihn lange an und senkte den Kopf. Früher waren seine Augen beim Lachen fast ganz verschwunden, jetzt waren sie nicht nur größer geworden, es lag auch viel Hoffnungslosigkeit in ihnen.

In der riesigen Küche mit den ehemals beigefarbenen, im Lauf der Jahre dunkel gewordenen Küchenmöbeln stand ein großer, bunter Blumenstrauß auf dem Tisch. Robert nahm ihn aus der Vase, ließ das Wasser abtropfen und überreichte ihn mir. »Für dich! Wollte die Blumen nicht auf den Bahnhof mitschleppen. So lange ohne Wasser, das hätte ihnen nicht gefallen.«

Wann hatte ich schon mal Blumen bekommen? Nie, außer zum Geburtstag. Und nun, an diesem verunglückten Tag, ein so schöner Strauß Sommerblumen. Gleich fühlte ich mich schuldig. »Danke!«, sagte ich gerührt – und dann beugte ich mich vor und küsste Robert auf die Wange.

Das hatte er nicht erwartet. Vor Freude bekam er Farbe. »Ja«, sagte er dann so strahlend, wie er mir auf dem Bahnhof entgegengekommen war, »blicke dich nur um, Evchen. Die ganze Küche – alles noch von Minchen! Ausgenommen natürlich Kühlschrank, Kaffeekocher und so weiter.«

Er lief in den Flur. »Das Vertiko – ein Hochzeitsgeschenk von Wilek!«

Er lief ins Wohnzimmer, das mich an eine Lagerhalle erinnerte, so voll mit Büchern, Zeitschriften, Zeitungen und Briefumschlägen war alles. Auf dem großen Wohnzimmertisch zwei Schreibmaschinen, sechziger-Jahre-Modelle irgendeiner DDR-Produktion, daneben und auf dem Fußboden, dem Sofa, dem riesigen, alten Mahagoni-Büfett, den Schränken und Schränkchen und Stühlen nichts als gestapeltes Papier! Er klopfte auf die einzige freie Stelle seines Büfetts. »Auch von ihr!«

Er lief ins Schlafzimmer, das wie die Küche nach hinten hinaus lag und in dem ebenfalls alles voller Papierstapel war. »Minchens Kleiderschrank! Echte Esche! War in den zwanziger Jahren sehr modern.«

Ich sah nur das Doppelbett an. Da lebte er seit so vielen Jahren allein und schlief noch immer in dem Ehebett, das seine Lore und er sich mal angeschafft hatten ... Gleich darauf fiel mein Blick auf einen rechteckigen, hellen Fleck an der Wand. Dort, direkt über dem Bett, musste das Ölgemälde gehangen haben, das er Vater mitgebracht hatte; Großmutter Lores Bild, das er, wie ich von Vater wusste, zuvor nie abgenommen hatte, obwohl er doch nach ihrem Tod kurze Zeit auch mit anderen Frauen zusammenlebte ...

Es gibt eine Liebesgeschichte von Robert. *Kurzer Traum* heißt sie und ist nur zehn Seiten lang, aber für mich das Schönste, was er je geschrieben hat. Darin geht es um ein junges Paar, das sich im Nachkriegsberlin kennen lernt, eine kurze, aber sehr intensive Zeit miteinander verbringt und durch den Tod der jungen Frau auseinander gerissen wird. Fortan treibt es den jungen Mann – in der Geschichte heißt er Georg – von einer Frau zur anderen, weil er davon überzeugt ist, seine Margot doch noch zurückzubekommen, wenn auch in anderer Gestalt. Immer wieder aber wird er enttäuscht, bis er es schließlich aufgibt.

Vater weiß, dass Robert sich was aus dem Herzen riss, als er ihm dieses Gemälde schenkte. Einmal sah ich ihn, wie er ganz allein davor saß. Ich setzte mich still dazu, wollte ihn nicht stören, aber doch dabei sein. Nach einer Weile hat er mir dann zugeflüstert, dass er als Kind ganz verliebt in die Frau auf dem Bild war. Er war ja, als seine Mutter starb, erst sieben und hat nur sehr dunkle Erinnerungen an sie. Also hatte er früher schon, wenn Robert nicht da war, gern einen Stuhl vor dieses

Bild gerückt und es lange betrachtet. Er erzählte mir das, verstummte und wunderte sich: »Dass er es mir jetzt schon geschenkt hat? Ich weiß gar nicht, was das bedeuten soll.«

Wahrscheinlich ein Geschenk zur Versöhnung, vermutete ich damals; jetzt würde ich eher darauf tippen, dass Robert Vaters Gedächtnis auf die Sprünge helfen wollte. Eine Mahnung zur Erinnerung sozusagen.

Ja, und dann zeigte Robert mir endlich dein Zimmer, Minchen; jenes Zimmer, in dem du geschlafen hast, seit du Witwe geworden warst und untervermieten musstest, und in dem noch immer ein Teil deiner Möbel stand. Dein Bett, der Nachttisch, die weit ausladende Frisierkommode mit dem hohen, dreigeteilten Spiegel, das runde Tischchen mit dem Häkeldeckchen unter der Glasplatte und, gleich daneben, die Stehlampe mit dem rüschenverzierten, hellgelben Stoffschirm.

Auch das schmale Fenster in deinem Zimmer lag zum Hof hin. Das machte den hohen, länglichen Raum so dunkel, dass mir für einen Augenblick richtig gespenstisch zumute wurde. »Darf man hier Licht machen?«, fragte ich übertrieben laut.

»Natürlich«, sagte Robert, der mich neugierig beobachtete, und schon hatte ich die Hand an dem altmodischen braunen Drehschalter. Es gab ein klickendes Geräusch und die Glühbirne in der großen Deckenleuchte aus gelbem Glas flammte auf. Viel heller aber wurde es dadurch nicht; in dieses Zimmer hätte eine ganz andere Leuchte mit mehreren, viel stärkeren Glühbirnen oder Deckenstrahlern gehört. Dennoch fiel mein Blick sofort auf die vielen, von der Zeit braun gewordenen Fotos neben der Frisierkommode. Darunter das sechzehnjährige Minchen, das ich schon kannte, umrahmt von der zwanzigjährigen, der dreißigjährigen und der vierzigjährigen Hermine Stargraff; dein Gesicht, Minchen, wie es immer herber, härter und strenger wurde.

Ich suchte nach einem Hochzeitsfoto, fand keines und fragte Robert danach. Er sagte, es habe nie eines gegeben. Braut in Weiß wäre nach der Geburt eines unehelichen Kindes schlecht möglich gewesen und ein Foto vor dem Standesamt hätte zu deutlich darauf hingewiesen, weshalb eine kirchliche Trauung nicht möglich war.

Inzwischen gehören alle diese Fotos mir, ich kenne sie in- und auswendig. Ein einziges davon zeigt deinen Wilek: Ein damals schon über dreißigjähriger, nicht unsympathisch wirkender Mann in der Uniform der Soldaten aus dem Ersten Weltkrieg. Kaiser-Wilhelm-Schnäuzer, offene Augen, klarer Blick, vielleicht ein wenig zu verbissene Züge um den Mund. Das fiel mir aber erst später auf, als ich eure Geschichte besser kannte.

Auch von deinem Sohn Arthur hing ein Foto an der Wand. Ein mehr verlegen als frech grinsender, dunkelblonder junger Mann, der mich trotz des Zwanziger-Jahre-Kurzhaarschnitts sofort an Vater erinnerte. Niemand sieht diesem Arthur an, dass er bis zur Volljährigkeit Waisenhauszögling war, und ganz sicher warst nicht du es, Minchen, die sein Foto dort aufhängte.

An dem Foto von Arthurs Frau Ilsa, das ich an jenem Tag ebenfalls zum ersten Mal zu sehen bekam, bemerkte ich keinerlei Familienähnlichkeit. So hellblonde Haare gibt es in unserer Familie sonst nicht. Auch ist niemand so zierlich. Trotzdem war auch sie, meine mir bis dahin unbekannte Urgroßmutter, mir sofort symphatisch. Wir hätten Freundinnen werden können, dachte ich, wären wir zur gleichen Zeit jung gewesen.

Unter den Fotos von Arthur und Ilsa eines ihrer drei Kinder: zwei Jungen, ein Mädchen; Robert und seine jüngeren Geschwister Walter und Ruth.

Ich wusste inzwischen, dass ich noch einen Großonkel und eine Großtante hatte, die früher in West-Berlin gewohnt hatten, aber bisher hatte ich auch von ihnen nie ein Foto zu sehen bekommen, geschweige denn etwas über ihr Leben erfahren. Vater war fünf, als die Mauer gebaut wurde, und nach dem Mauerbau waren sie nicht mehr in die Torstraße gekommen, so hat er die beiden nie richtig kennen gelernt.

Robert trägt auf diesem Foto eine dunkle Jacke, eine helle kurze Hose, weiße Kniestrümpfe und einen gepunkteten Schlips. Er ist um die zehn Jahre alt und für diese Atelieraufnahme richtig herausgeputzt worden. Besonders unwohl fühlt er sich aber scheinbar nicht, er schaut in die Kamera, als sei er sich seiner Wichtigkeit als ältester Sohn und Stütze der Mutter deutlich bewusst. Doch natürlich wirkt er sehr ernst. Zu dieser Zeit war ja schon seit vier Jahren Krieg; Todesnachrichten von der Front, Bombentote in der Heimat, das kannte er alles schon.

Der sechs Jahre jüngere Walter ist auf diesem Foto noch ein blondlockiger Knirps im Strickanzug, der ängstlich beobachtet, was da mit ihm und seinen Geschwistern geschieht. Schwesterchen Ruth ist eine zweijährige Dicke mit fetten Beinchen und Pausbacken, aber riesengroßen Augen. Ihre beiden Brüder halten sie an den Händen, wie um sie vor dem Fotografen zu beschützen.

Das Foto, so erzählte Robert mir später, war für den Vater bestimmt. Es sollte ihm Mut machen draußen an der Front, erreichte ihn aber nicht mehr.

»Leben deine Geschwister eigentlich noch?«, fragte ich leise.

»Ja.«

»Weißt du, wo sie wohnen?«

»Immer noch in West-Berlin. Sie haben mir vor ein paar Jahren geschrieben und wir haben uns mal getroffen. In einem

Café am Kudamm.« Er zuckte die Achseln. »Doch was sollten wir uns groß zu sagen haben? Sind uns über die Jahre fremd geworden.«

»Aber du hast ihre Adressen?«

»Spandau und Steglitz.«

»Vielleicht besuch ich sie mal.« Ich sagte das ganz spontan, aus reiner Neugier. Ob Robert ein solcher Besuch recht war, fragte ich nicht.

Doch er war sofort dafür. »Ja«, sagte er. »Fahr hin. Lass dir erzählen, was sie zu berichten haben. Mach dir ein eigenes Bild von unserer Generation.«

Ich nickte, war aber eher unentschlossen. Weshalb, fragte ich mich, hatte Vater seinen Onkel Walter und seine Tante Ruth nie besucht, obwohl sie doch im Westen lebten und er nach seiner Freilassung aus der Haft bei ihnen vielleicht Verständnis und Unterstützung hätte finden können? Lag es nur daran, dass er sie als Kind nicht wirklich kennen gelernt hatte?

Mir fiel ein, was Robert mir auf dem Bahnhof gesagt hatte: dass er sich vorgenommen habe, viel mit mir zu reden. »Und wozu soll ich mir ein Bild machen?«, fragte ich vorsichtig.

Erst schwieg er, dann zuckte er wieder die Achseln. »Vielleicht damit du später mal nicht nur das Sprachrohr deines Vaters bist.«

Kind der Hölle

Als Nächstes besichtigten wir Vaters ehemaliges Zimmer. »Kannst hier schlafen oder in Minchens Bett«, schlug Robert vor. »Ganz wie du willst.« Sagte es und kratzte sich verlegen am Kopf.

Ich blickte mich um und wollte es nicht glauben. Es sah alles noch so aus, wie Vater es vor vierundzwanzig Jahren verlassen haben musste: An den Wänden vergilbte Poster alter Rockgruppen, im Bücherregal jede Menge zerlesene Bücher, zum Teil mit Zetteln zwischen den Seiten, auf dem Schreibtisch ein Bierkrug mit Kugelschreibern, Filzstiften und tintenverschmierten Füllern. Auf dem Schrank ein unförmiger Fußball, in dem keine Luft mehr war, über dem Bett Wimpel irgendwelcher Fußballvereine. Mir war, als könnte der Junge, dem dieses Zimmer gehörte, jeden Augenblick hereinkommen, um den Ball aufzupumpen.

Keine Frage: Roberts Wohnung war ein Museum; ein Museum der Zeitgeschichte! Von der Kaiserzeit bis in die siebziger Jahre reichte es.

Er ahnte, was ich dachte. »Hab nicht etwa aus Pietät alles aufbewahrt«, sagte er mürrisch. »Hab nur die Mühe gescheut. Außerdem: Man soll der Zeit Zeit lassen.«

»Welcher Freund hat das gesagt?«

»Robert Seemann.«

»Ist das ein kluger Mann?«

»Manchmal ja!« Er strahlte. Solche Wortgeplänkel schienen ihm zu gefallen.

Neugierig näherte ich mich den Fotos, die neben dem Schreibtisch an der Wand hingen: Vater als Baby, als Schultütenkind, als verwegen blickender Siebzehnjähriger. Es waren aber auch zwei Fotos vom jungen Robert und seiner Lore dabei. Auf dem einen lehnen sie, sein Arm um ihre Schultern, an einem eisernen Brückengeländer, auf dem anderen liegen sie auf einer Wiese, Baby Wölfi zwischen sich. Wer hatte die Fotos da hingehängt? Vater selbst – oder Robert, nachdem Vater ihn allein gelassen hatte?

»Wo schreibst du eigentlich?« Ich hatte nun alle Räume gesehen, aber keinen, der aussah wie ein Arbeitszimmer.

»Wozu noch schreiben? Bin fünfundsechzig. Rentner! Muss nicht mehr schreiben.« Er krauste die Stirn; das war kein Thema, das ihm gefiel.

»Und wo hast du geschrieben, als du noch nicht Rentner warst?« Wenn ich was wissen will, kann ich hartnäckig sein.

»Im Wohnzimmer«, knurrte er ungeduldig. »Der große Wohnzimmertisch ist besser als jeder Schreibtisch.«

»Ich habe inzwischen alles von dir gelesen«, sagte ich. »Das meiste gefällt mir gut. Wirklich! Besonders die Stahlwerk-Saga und *Kurzer Traum*. Hab lange darüber nachdenken müssen.«

Das ging ihm runter wie warme Milch mit Honig. Ich konnte es ihm deutlich ansehen. Doch er spielte weiter den Mürrischen. »Schnee von gestern. Historie.«

»Und was ist mit Mexiko? Du hast auf dem Bahnhof doch was von Mexiko erzählt. Willst du da mal hin?«

Er winkte ab. »Ein Jugendtraum … Hatte mir mal vorgenommen, eines Tages auf den Spuren der Azteken zu wandeln.«

»Und warum tust du's nicht?«

Das war zu viel der Fragerei, er wurde unwirsch. »Weil es vierzig Jahre lang nicht möglich war! Und weil ich jetzt, verdammt noch mal, andere Sorgen hab. Die neue Wohnung, der Umzug ... Außerdem kostet so 'ne Reise Geld ... Bin kein Dukatenkacker!«

Das waren Ausflüchte, ich spürte es. Doch an diesem ersten Tag und nach all dem Hin und Her unserer Gefühle war dies nicht der rechte Moment, weiter in ihn zu dringen. So sagte ich nur, dass ich mich für Minchens Zimmer entschieden hätte; Vaters Zimmer konnte ich ja hin und wieder besuchen und ein bisschen darin herumstöbern, wenn ich durfte.

Er hatte auch diese Entscheidung vorausgeahnt, zeigte mir die Seite in Minchens Kleiderschrank, die er für meine Sachen freigeräumt hatte, und ließ mich auspacken, während er in der Küche das Abendessen aufbaute: Tomaten, Gurken, Schinken, harte Wurst, Käse, Wein.

Da das Wetter schön geblieben war, schlug ich vor, auf dem Balkon zu essen. Also trugen wir alles hinaus, setzten uns in die alten Korbmöbel, aßen und tranken und Robert fragte nach meinem Auskommen als Studentin. Ich sagte ihm, dass meine Eltern mich unterstützen und dass ich mir hin und wieder durch Jobs was dazuverdiene.

Danach wollte er mehr über meinen Bruder wissen. Ich erzählte ihm, dass Bastian dieses Jahr in die 13. Klasse kam und nächstes Jahr sein Abitur machen würde, obwohl er eigentlich keine Lust dazu hatte, weil er viel lieber Kfz-Mechaniker geworden wäre. Leider habe er keine Lehrstelle gefunden, also müsse er sich weiter durch die Schule quälen. Zum Schluss log ich ihm noch vor, Bastian lasse ihn herzlich grüßen. Ich dachte, irgendwie gehöre sich das so.

Er nickte abwesend, griff zwischen zwei Bissen zu irgendwelchen Tabletten und nahm drei davon. Als er meinen fragenden Blick bemerkte, lächelte er achselzuckend. »Verdauungsprobleme ... Eine Alterserscheinung!«

»Hast du deshalb so abgenommen?«, wagte ich da endlich zu fragen.

Wieder nickte er, dass ihm die Haarsträhne in die Stirn fiel.

»Aber du isst auch sehr wenig.«

Gleich kuckte er wieder mürrisch. »Na, ist doch klar: Wenn unten nichts mehr rauskommt, kann ich nicht oben jede Menge reinstopfen.«

»Entschuldige!« Ich hatte das Gefühl, ihm zu nahe getreten zu sein, und schwieg.

Nach dem Essen erinnerte Robert mich daran, meine Eltern anzurufen, um ihnen zu sagen, dass ich gut angekommen sei. Doch das konnte ich auch später noch tun, jetzt wollte ich erst mal nur meiner Stimmung nachgeben. War doch schließlich was Besonderes, an einem so schönen Sommerabend in einer fremden Stadt zum ersten Mal auf dem Balkon zu sitzen, auf dem mein Vater, meine Großeltern und sogar meine Ururgroßmutter schon gesessen hatten, und dabei diesen alten Mann zu betrachten, der mir noch immer ein sehr fremder Großvater war und so voller Geheimnisse schien.

Vorsichtig fragte ich ihn, ob du, Minchen, auch gern hier gesessen hast.

Das war eine Frage, wie er sie sich erhofft hatte. Bereitwillig erzählte er, dass du die sommerlichen Balkonabende sogar ganz außerordentlich geliebt hättest. Vor allem, weil zu deiner Zeit ja noch nicht so viel Verkehr durch die Straßen gebraust sei.

»Und deine Lore?«

Ja, auch meine Großmutter Lore habe diese Balkonabende sehr geliebt. Der Blick hinüber zu den anderen Fenstern, das Leben auf der Straße, der endlose Himmel über den Dächern, noch in ihren letzten Krankheitstagen habe sie alles in sich aufgesogen, als wollte sie es für immer in sich behalten.

Gleich lief es mir wieder den Rücken herunter. Ein großes Gefühl wehte mich an: Eva Seemann ganz nah bei ihren Ahnen ...

Robert nutzte die Gelegenheit, auch noch von seiner Mutter Ilsa zu erzählen, die ebenfalls gern hier draußen gesessen habe. »Drei Frauen«, sagte er dann. »Drei Generationen, drei sehr unterschiedliche Charaktere ... Aber diese Balkonabende haben sie alle drei geliebt.«

Vier, dachte ich. Vier Frauen! Denn das wusste ich jetzt schon – dass auch ich diese Abende aus vollem Herzen genießen würde.

Er ahnte mal wieder, was in mir vorging, und lächelte verständnisvoll, während ich plötzlich nichts mehr fragen wollte, sondern nur noch still zusah, wie sich die Dämmerung über den Dächern ausbreitete. Ein Weilchen schwiegen wir gemeinsam, dann begann Robert mit einem Mal von seinem Vater Arthur zu erzählen, der diese Wohnung in seinem Leben nie betreten und also auch nie auf diesem Balkon gesessen hatte. »Er war immer im Waisenhaus. Später hat er dann zur Untermiete gewohnt ... Bei 'ner Schlummermutter, wie's damals hieß ... Mal hier, mal dort, nirgends für lange.«

Er sah mich aufmerksam an. Offensichtlich fragte er sich, wie weit mein Interesse reichte. Dann begann er, mir von der Lychener Straße 63 zu erzählen, wo seine Eltern nach der Hochzeit gewohnt haben und wo er und seine beiden Geschwister zur Welt gekommen sind. »Keine so große und schöne Behausung wie diese hier, aber in meiner Erinnerung der Mutterbauch ... Leider eines der ganz wenigen Häuser in jener Straße, das den Bomben zum Opfer fiel.«

Das war zu viel, das wollte ich nicht auch noch hören; nicht an diesem ersten Abend! Er sah es mir an, nickte und dann tranken wir nur noch schweigend unseren Wein und beobachteten, wie der Verkehr rund um den Rosenthaler Platz langsam zur Ruhe kam. Dabei trafen sich manchmal unsere Blicke. Wenn ich dann lächelte, lächelte er zufrieden zurück.

Wir blieben so sitzen, bis die Nacht hereinbrach. Das war an diesem sonnigen, klaren Juliabend erst gegen halb elf. Aber auch die Dunkelheit um uns herum konnte mich nicht bewegen aufzustehen.

Ich hatte mal einen Film gesehen: *Der Himmel über Berlin.* Darin ging's um Engel, die waren angezogen wie ganz normale Leute, sie zogen durch die Stadt und beobachteten das Leben der Menschen ... Und jetzt, an diesem nur vom Mond, den Laternen und dem Licht in den Fenstern erhellten Abend, hätte es mich nicht gewundert, wenn sich einer dieser Engel auf unserer Balkonbrüstung niedergelassen hätte, um uns freundlich zuzunicken. So war meine Stimmung in dieser ersten Berliner Balkonnacht, so hätte ich ewig dasitzen und schweigen mögen.

Irgendwann aber fielen mir die Augen zu. Der Tag war ja doch sehr lang gewesen. Ich stand auf, um schlafen zu gehen.

Robert blieb noch, er wünschte mir eine gute Nacht und sagte, dass es in deinem Zimmer keinerlei Geheimnisse für mich gäbe. Falls ich früh wach werden sollte, dürfte ich nach Herzenslust darin herumstöbern.

Fremde Bäder habe ich noch nie als sehr angenehm empfunden. Besonders, wenn sie nicht lupenrein sauber sind. Bastian hat schon oft über diese Macke von mir gespottet. Roberts Bad aber war nicht nur nicht sauber, es war eine Gerümpelkammer. Was ihn woanders störte, hatte er hier untergebracht: Kisten mit allerlei altem Krempel, mehrere leere Kartons, leere Flaschen, Eimer, irgendwelche Blechbüchsen. Alles ziemlich verstaubt.

Ich hatte das vorher schon bemerkt und beschloss nun, Roberts Altherren-Unordnung entweder nicht zur Kenntnis zu nehmen oder hier bald den Meister Proper zu spielen – für den Fall, dass ich länger bleiben wollte.

Dann, liebes Minchen, legte ich mich in dein Bett! Lag darin und hatte das Gefühl, unerlaubt irgendwo eingedrungen zu sein. Dazu die Finsternis um mich herum, diese plötzliche Stille, die mir in den Ohren klang – und meine Phantasie! War da nicht irgendeine Ahnung von dir in diesem Zimmer zurückgeblieben, eine wie auch immer geartete »Anwesenheit«? Meine Übermüdung, die Aufregungen des Tages, vieles wird da mitgespielt haben. Ich sagte mir das, dieses beklemmende Gefühl in mir aber wuchs und wuchs und nahm mir fast die Luft. Kurz entschlossen schaltete ich die Nachttischlampe ein und blickte mich um, wie ein Kind, das aus Angst vor Gespenstern unters Bett schaut.

Natürlich war nichts zu entdecken. Doch von all meiner Spinnerei war ich wieder hellwach geworden. Also stand ich schließlich auf und ging an den Schrank, dessen eine Hälfte Robert mir freigeräumt hatte. In der anderen Hälfte hatte er all die Dinge gestapelt, die ihm von dir geblieben waren.

Zuerst die Bücher, die nun auch mir gehören. Es sind genau sieben: *Henriette Davidis Kochbuch; Doktor Bocks Buch vom gesunden und kranken Menschen;* Erdmann Graesers humoristischer Roman *Lemkes sel. Witwe; Die schöne Unbekannte* von Hedwig Courths-Mahler; Wilhelm Raabes *Chronik der Sperlingsgasse;* Theodor Fontanes *Effi Briest* – und Hans Falladas *Jeder stirbt für sich allein.*

Ich war überrascht. Die ersten vier Bücher, so etwas hatte ich erwartet: Ratgeber für die Hausfrau und Dienstmädchenlektüre. Aber Fontane und Raabe? Und Falladas Roman eines Ehepaares, das mit Postkarten gegen den Krieg protestierte, in dem der Sohn gefallen war, und dafür von Hitlers und Freislers Volksgerichtshof zum Tode verurteilt und hingerichtet wurde? Es ist die Erstausgabe von 1947. Also hast du dieses Buch kurz vor deinem Tod bekommen. Doch wer hatte es dir geschenkt? Oder hattest du es dir gekauft? Und hast du es noch lesen können?

Behutsam blätterte ich die Bücher durch. In jedem stand dein Name – allerdings in stets veränderter Schrift. In dem Kochbuch und dem Gesundheitsratgeber fand ich die mir schon bekannte Handschrift des noch ganz jungen Minchens. In *Lemkes sel. Witwe* und *Die schöne Unbekannte* sah ich bereits die Schrift der jungen Ehefrau, die offensichtlich fest zupacken konnte. Im Raabe und im Fontane findet man die Handschrift einer reifen, inzwischen sehr selbstsicheren Frau: schlicht, ohne jeden überflüssigen Schnörkel. Im Fallada wirkt deine Schrift zittrig. Dabei warst du doch erst fünfundfünfzig. Was ließ dich so zittern? War es die Krankheit, die bereits von dir Besitz ergriffen hatte?

Eine alte Gebäckdose fiel mir ins Auge. *Bielefelder Knusperchen* stand darauf. Eine Dose noch aus der Kaiserzeit; jedenfalls deutete der blumige Stil, in dem sie beschriftet und verziert worden ist, darauf hin. Ich nahm sie in die Hand, öffnete sie – und erschrak: Briefe! Alle adressiert an Wilhelm Stargraff, Neustadt, Oberschlesien, Krämergasse 7, oder an Hermine Seemann bei Justizrat Franzke, Berlin NO, Große Frankfurter Straße 51, an Hermine Seemann im St.-Josefs-Heim, Berlin O, Tilsiter Straße 4 und an Hermine Seemann bei Oberstudienrat Falke, Berlin N, Metzer Straße 12.

Mit einem Gefühl, als hätte ich mich schuldig gemacht, schloss ich die Dose wieder und sah mich weiter in dem Schrank um. Einen großen braunen Briefumschlag mit allen möglichen Urkunden fand ich, ein schon ziemlich abgestoßenes Fotoalbum, das ich nur kurz durchblätterte, um nicht durch immer neue Gesichter noch aufgeregter zu werden, als ich es ohnehin schon war, eine Schmuckkassette mit billigem alten Modeschmuck und viele Tischtücher und Servietten, sicher alle von dir selbst bestickt. Außerdem zwei goldumrandete Kaffeetassen, eine Zuckerdose mit Kaiser-Wilhelm-Porträt, einen metallenen Bettwärmer und eine Schatulle mit Kriegsauszeichnungen aus dem Ersten Weltkrieg.

Wieder sah ich die Gebäckdose an. *Bielefelder Knusperchen.* Ersatz für die vermissten Bublitchki? Ein kurzes Zögern, dann kroch ich mit der Dose ins Bett zurück.

Ja, und dann las ich deine und Wileks Briefe. Fast die ganze Nacht hindurch. Oft viel zu rasch, viel zu hektisch, um alles richtig auf mich wirken lassen zu können. Wurde ich müde, riss mich die Empörung schon im nächsten Moment wieder hoch.

Was für Briefe, was für ein Leben! Und doch: kein besonderes Schicksal! Es gab zigtausende solcher Dienstmädchen-Tragödien in Kaisers Berlin.

Sechs Uhr morgens begann dein Arbeitstag, vor abends um zehn war er nie zu Ende. Das waren sechzehn Stunden unentwegtes Auf-den-Beinen-Sein, dazwischen immer wieder sogar Schwerstarbeit. Kamen Gäste, ging es bis spät in die Nacht. Für alles warst du zuständig, für die Mühsal der großen Wäsche auf dem Dachboden genauso wie für Holz und Kohlen im Keller, die du heraufschleppen musstest in die Beletage, um im Winter täglich alle sieben Zimmer und sommers wie winters den riesigen Küchenherd zu heizen. Strümpfe stopfen, Wäsche ausbessern, Essen kochen, Tisch decken, Essen auftragen, Essen abräumen, Geschirr abwaschen, Betten machen, Schuhe putzen – fortwährend bist du durch die Justizratswohnung geflitzt. Schrillte an der Tür die Klingel, musstest du hin;

niemand sonst hätte sich erhoben. Und egal, ob du gerade den Fußboden geschrubbt, Fenster geputzt oder über dem schlecht ziehenden, qualmenden Herd geschwitzt hast, an der Tür musstest du nett und adrett aussehen. Da war die Frau Justizrat ganz pingelig. Aufgeschürztes Kleid oder hochgekrempelte Ärmel waren Verbrechen, nur mit blütenweißem Häubchen und steif gestärkter Schürze durftest du dich sehen lassen.

Dazu jede Menge Benimmregeln; Regeln, die dir noch in Fleisch und Blut übergehen würden, wie die Frau Justizrat dir versprach. Beim Öffnen der Tür zum Beispiel durftest du nur an der Seite stehen, damit der Besucher bequem eintreten konnte. Überreichte er dir seine Visitenkarte, durftest du sie nur mit der Rechten nehmen, musstest dankbar knicksen und sie flugs der Herrschaft bringen. Und natürlich hatte ein manierliches Mädchen jeden schleppenden, geräuschvollen Gang zu vermeiden und durfte die Tür nur ganz sachte öffnen und schließen. Denn das beste Mädchen, so die Frau Justizrat, sei noch immer dasjenige, das von ihrer Herrschaft am allerwenigsten wahrgenommen würde und bei dem trotzdem alles wie am Schnürchen lief.

Es waren lange Berichte über die ersten Wochen deines Berliner Lebens, die du deinem Wilek geschickt hast. Stets doppelseitig beschriebene Papierbögen, selten weniger als zwei Seiten stark. Zum einen wolltest du, dass er alles über dein neues Leben erfuhr, zum anderen brauchtest du eine Beschwerdestelle. Bei irgendwem musstest du ja loswerden, wie du die ewige Putzerei der Franzkeschen Zimmer gehasst hast. All diese vielen Stores und Plüschvorhänge vor den Tür- und Fensternischen, für deren Pflege du zuständig warst; die unzähligen Paradekissen und Häkeldeckchen, die immer und überall akkurat zu liegen hatten; das Geschnitzte und Gedrechselte an den Möbeln, das zu glänzen hatte wie die liebe

Sonne; die Gipsbüsten auf den Mahagonisäulen und die drei Standuhren in Salon, Arbeitszimmer und Bibliothek, die stets und ständig abgestaubt werden mussten; nicht zuletzt die riesige Lüsterleuchte mit ihren tausend Kristallen, die im Salon hing und die du, auf der hohen Leiter stehend, alle vierzehn Tage ebenfalls abstauben und vom Fliegendreck befreien musstest. Endlose Arbeiten, die dennoch nie lange dauern durften. Und war das etwa alles? Da gab es ja noch den mächtigen, bis an die Zimmerdecke reichenden Ofen. In jede einzelne Verzierung musste der Lappen hinein, damit die Kacheln nicht blind wurden. Da gab es die vielen Polstermöbel, die jede Woche ausgebürstet, und die schweren, dicken Teppiche, die alle vier Wochen geklopft werden mussten. Da gab es die weit mehr als zweitausend Bücher in Herrn Justizrats Bibliothek, auf denen kein Staubfusselchen liegen durfte, und das riesige Gemälde im breiten Goldrahmen über dem Büfett – Schlacht bei Sedan 1870 mit Wilhelm I. und Bismarck hoch zu Ross im Pulverdampf –, das stets repräsentativ glänzen musste. Da gab es all das Silber, Kupfer, Messing, Zinn und Weißblech in der Küche, das jederzeit zu blinken und zu blitzen hatte.

Eine Tretmühle war das, die sieben Tage die Woche andauerte. Nur Dienstagnachmittag hattest du vier Stunden frei. Und alle vierzehn Tage gehörte dir – nach dem Abwasch vom Mittagessen – der halbe Sonntag: Ausgang bis zehn Uhr abends. Die Frau Justizrat aber hätte es lieber gesehen, wenn du gar nicht ausgegangen wärst. Was hatte ein allein stehendes Mädchen in einer fremden Stadt denn auf der Straße zu suchen? Immer fürchtete sie, du könntest auf irgendwelche leichtfertigen Vergnüglinge hereinfallen. Besonders der »bunte Rock« – die Soldaten – machte ihr Sorgen. Du aber gingst trotzdem, bist durch die ganze Stadt gewandert, hast dir alles angekuckt: das Schloss, den Lustgarten, die berühmte Straße Unter den Linden, die glitzernden Geschäfte an der belebten Friedrichstraße. Im Haushalt der Frau Justizrat gehörtest du nie dir selbst, kamst du nie zum Nachdenken, hattest du immer auf dem Sprung zu sein; inmitten all der fremden Leute warst du endlich mal für dich allein, konntest du nachdenken oder träumen. Und sprach dich tatsächlich mal ein bunter Rock oder ein lustiger Handwerksgeselle an, dann bist du immer schnell weitergegangen, wie du Wilek versichert hast.

Von anderen Männern, die dich angesprochen haben, hast du ein bisschen oft geschrieben. Wie um ihm Angst zu machen. Du wolltest, dass er auch nach Berlin kam. Und das möglichst rasch. Er sei doch Stuckateur, hast du ihm gleich mehrmals geschrieben, und in Berlin werde so viel gebaut, da würde er ganz gewiss sein gutes Auskommen finden.

Wilek aber wollte nicht in diesen Ameisenhaufen von Stadt. Er hoffte immer noch, dass du eines Tages, wenn er erst genug verdiente, um dich heiraten zu können, zu ihm zurückkehren würdest.

Dann: dein sechster Brief! Da bist du, die doch sonst alles so ausführlich schilderte, auf einmal sehr einsilbig. Bei Justizrats habe es ein großes Fest gegeben, schreibst du in diesem kurzen Brief. Der einzige Sohn der Franzkes, der junge Herr Richard, sei vom Militär heimgekommen, um seinen fünfundzwanzigsten Geburtstag und seine Ernennung zum Leutnant zu feiern. Es habe viel Arbeit gegeben, du seist immer noch müde. Und dann steht da nur noch: »Liebe Grüße dein dich ewig liebendes Minchen.«

Dein dich ewig liebendes Minchen! Ich hab extra noch mal nachgelesen – und richtig: alle vorherigen Briefe hattest du mit »dein dir ewig treues Minchen« unterzeichnet, unter allen späteren steht »dein dich ewig liebendes Minchen«. Innerhalb einer einzigen Woche keine »Treue« mehr, nur noch »Liebe«?

Hat sich dir die Hand gesträubt bei dem Wörtchen »treu«? Vielleicht weil du meintest, deinem Wilek nicht treu geblieben zu sein? An einen Zufall kann ich nicht glauben.

Wilek schreibt dazu nichts. Hat er es gar nicht bemerkt? War ihm der Unterschied nicht so wichtig? Wenn ja, lag es daran, dass er ein Mann war; eine Frau hätte sofort gestutzt.

Doch egal, ob ich da etwas hineingeheimnisse oder nicht, in jener Geburtstagsnacht muss es passiert sein. Alle folgenden Briefe weisen darauf hin. Nie wieder hast du so unbefangen drauflosgeplaudert wie in den ersten fünf. Und man braucht ja nur nachzurechnen: Dein sechster Brief datiert vom 12. Oktober 1908 – am 10. Juli 1909 kam dein Sohn Arthur zur Welt.

Aber auch wenn du nicht schwanger geworden wärst, was in jener Nacht geschah, muss eine Katastrophe für dich gewesen sein. Nach dem Motto »Wie das Veilchen im Moose, bescheiden, sittsam und rein, so sollen junge Mädchen sein« bist du erzogen worden; nun warst du plötzlich ein »gefallenes Mädchen«. Eine, die beschmutzt worden war; keine Jungfrau mehr; keine, auf die ihr Wilek noch stolz sein konnte. – Wie sollte er in der Hochzeitsnacht denn nicht merken, was geschehen war?

Kleinlaut sind alle folgenden Briefe. So, als hättest du irgendwas falsch gemacht; so, als schämte sich das Opfer, die Schlechtigkeit des Täters herausgefordert zu haben.

Nach der Scham aber stieg Wut in dir auf. Das merkt man deinen Briefen an. Da hast du zum ersten Mal so richtig begriffen, dass du als Dienstmädchen nur ein Gegenstand, eine Maschine warst, die benutzt wurde und zu funktionieren hatte. Eigene Empfindungen, eine Seele gar hattest du nicht zu haben. In deinem achten Brief schreibst du, wenn ein Mädchen in Stellung geht, gebe es für ihre Herrschaft nur folgende Fragen: Wie kräftig ist sie? Wie belastbar? Stiehlt sie? Wie viel isst sie? Hat sie ein Privatleben? Kann sie kochen? Deine Schlussfolgerung: Als Dienstmädchen lebt man zwar in der gleichen Wohnung wie seine Herrschaft, aber in einer ganz anderen, viel, viel niederen Welt.

Ende Oktober, Anfang November bleiben deine wöchentlichen Briefe mit einem Mal aus. »Weshalb schreibst du nicht mehr?«, fragt Wilek besorgt. »Gibt es einen anderen? Hast du vergessen, was wir uns geschworen haben? Bedeute ich dir gar nichts mehr?«

Du hast dich zusammengerissen und ihm im nächsten Brief vorgelogen, dass du neuerdings auch an deinen freien Nachmittagen sehr viel zu tun hättest. So kämst du kaum noch zum Schreiben. Gleich darauf beteuerst du eindringlich, wie sehr du ihn immer noch liebst und dass es nie, nie, nie einen anderen für dich geben wird. Zwischen den Zeilen jedoch ist die bange Frage herauszulesen, ob er, wenn er erst alles weiß, sein Minchen nicht verstoßen wird.

Ende November wirst du dann zum ersten Mal deutlicher. »Wenn mir einmal etwas Schlimmes angetan werden sollte, ob du mich dann trotzdem noch lieben könntest?«, willst du wissen.

Da ahnt er etwas, glaubt aber nicht, dass das »Schlimme« bereits geschehen ist. So bittet er dich nur voll Verzweiflung, rasch zu ihm zurückzuehren. Wenn man müsse, dann könne man auch in Neustadt sein Auskommen finden, schreibt er, obwohl er drei Absätze später zugibt, nicht sicher zu sein, noch lange Arbeit zu haben. »Mein Meister will aufgeben, sich lieber selbst verdingen, als weiterhin diese böse Jagd nach immer neuen Aufträgen mitzumachen, die seinem kranken Herzen so sehr zusetzt.«

In Romanen, die um die Jahrhundertwende spielen, liest man immer wieder von Verzweiflungstaten junger Mädchen, die ein ähnliches Schicksal hatten. Sie nahmen heiße Fußbäder, sprangen vom Tisch, schluckten irgendwelche Pülverchen oder gingen zu einer Engelmacherin. Auch du, liebes Minchen, wirst eine Abtreibung in Erwägung gezogen haben. Hast es aber nicht getan. Wegen deiner katholischen Erziehung? Oder weil du es nicht fertig brachtest, das Leben, das da in dir heranwuchs, umbringen zu lassen?

Oder hast du vielleicht doch irgendein Mittelchen versucht und es hat nicht geklappt?

Eine Woche vor Weihnachten – die Beichte!

»Lieber Wilek!«, beginnt dieser Brief. »Heute heißt es voneinander scheiden, so weh mir dieser Schritt auch tut. Ich weiß, was ich dir damit antue, und ich schäme mich dafür. Aber es geht nicht mehr anders. Ich will dir das Fest nicht trüben, mir die heiligen Tage aber auch nicht mit einer Lüge erschweren. – Mein herzallerliebster Wilek! Was wir befürchtet haben, ist eingetroffen. Ich weiß es seit langem, habe aber nicht gewagt, dir davon zu berichten. Doch nun bin ich schon im dritten Monat und die Wahrheit kommt über kurz oder lang ja doch ans Licht. Ich werde ein Kind bekommen, Wilek! Ein Kind, das nicht das unsere ist … Ich hasse es jetzt schon; hasse es, um es nicht lieben zu müssen. Denn ich will es nicht lieben, Wilek. Es zerstört mein Leben und es zerstört deines. Es ist ein Kind der Hölle.«

Kind der Hölle! Wie kann eine Mutter das von ihrem eigenen Sohn sagen? Beim ersten Lesen war ich empört. Später hat Robert mir erzählt, was es bedeutete, zu deiner Zeit in einem erzkatholischen Elternhaus aufgewachsen zu sein, mit Weihrauch und Kreuzkriecherei, Sündentrieb und Fegefeuer. Da wurde mir klar, dass deine Not in Wahrheit noch viel größer war, als ich angenommen hatte. Abtreibung war ja nicht die einzige Lösungsmöglichkeit für all deine Probleme. Du hättest auch ins Wasser gehen, den Gashahn aufdrehen oder dich vor einen Zug werfen können, wie so viele andere in deiner Situation es taten. Bestimmt hast auch du diesen furchtbaren Schritt erwogen, ihn dann aber doch nicht getan. Vielleicht, weil du trotz dieses Briefes auf deinen Wilek gehofft hast?

Wie musst du dann auf eine Antwort von ihm gewartet haben! Doch lange keine Reaktion von Wilek. Das ganze Weihnachtsfest über, Silvester und Neujahr keine einzige Zeile. Kein Frohes Fest, kein Neujahrswunsch! Erst mitten im Januar 1909 wieder ein Brief von ihm. Da musst du vor Freude laut geweint und gleich mehrere Dankgebete zum Himmel hinaufgeschickt haben. Zuerst schrieb er natürlich von dem Hieb, den du ihm zugefügt hättest, verbesserte sich aber sofort: »Nein, Minchen, es ist ein Hieb, den man uns zugefügt hat. Ich weiß ja, dass du nicht leichtsinnig bist … Eine wie du wirft sich nicht weg. Es muss Gewalt im Spiel gewesen sein oder böse Einschüchterung … Eines aber muss ich von dir verlangen: Du musst das Kind weggeben! Ich will es niemals sehen und auch über den verbrecherischen Vergewaltiger kein Sterbenswörtchen hören … Leider kann ich nicht kommen, um dir in diesen schweren Tagen beizustehen. Mein Meister will mir keinen Urlaub geben. Bin ja nun sein einziger Geselle …«

Es spricht viel Vertrauen aus diesem Brief, andererseits verrät er, wie sehr sich euer Verhältnis nach dieser Beichte veränderte. In allen früheren Briefen erschienst du als die Stärkere, obwohl Wilek doch der Ältere war. Von nun an ist es umgekehrt: Er hat dich eines Gnadenaktes für wert befunden und sagt dir fortan, was du zu tun hast. So rät – oder besser:

befiehlt – er dir, dich einem Pfarrer anzuvertrauen und das Kind gleich nach der Entbindung ins Waisenhaus zu geben. Erst danach könne er dich heiraten und in Berlin eine Existenz gründen. Jetzt wusste er ja, dass er über kurz oder lang doch nach Berlin gehen musste. In Neustadt wäre euer Geheimnis nicht zu bewahren gewesen. Das war ja eine seiner Hauptforderungen: Er verlangte von dir, dafür zu sorgen, dass in Neustadt niemand etwas über dieses Kind erfuhr. Vor allem nicht eure Eltern. Es würde ihnen das Herz brechen und ihm die Hochzeit mit dir unmöglich machen.

Notgedrungen nahmst du die neue Rolle an. Hast dich immer wieder für seine »großartige Treue in der Not« bedankt, als hätte er dir damit das Leben gerettet – was er ja vielleicht auch getan hat –, und ihm voller Demut versichert, dass du alles Erdenkliche tun wolltest, damit niemand etwas über dieses Kind erfuhr. Du selbst wolltest es vergessen, sowie es erst geboren war.

Und von diesem Augenblick an, als dir eine Zukunft an der Seite von Wilek wieder möglich erschien, hast du, liebes Minchen, ein sechzehnjähriges Mädchen, so klug und umsichtig gehandelt, dass es mich nur wundern kann. Hast deine Schwangerschaft verschwiegen, bis du im siebten Monat warst, hast dich mit engen, dich schlimm einschnürenden Leibbinden herumgequält und den anderen Dienstmädchen vorgelogen, wie wohl du dich bei Justizrats fühltest, sogar zugenommen hättest du durch die gute Kost. Erst als es beim besten Willen nicht länger zu verheimlichen war, hast du die Stellung gekündigt. Deine Mutter sei erkrankt, logst du der Frau Justizrat vor. Du müsstest heim, sie und die jüngeren Geschwister versorgen, da von deinen beiden älteren Schwestern inzwischen die eine auswärts verheiratet und die andere ebenfalls in Stellung sei.

Auch das, jede Einzelheit hast du Wilek geschrieben und seinen Rat befolgt, über deine Schande kein Wort zu verlieren: »Auf niemanden deutete mein Finger.«

Nein, du hast den Vater deines Kindes nicht verraten. Weil Wilek es nicht wollte und weil du es nicht wolltest. Der »Verbrecher« sollte nichts von den Folgen seiner Schandtat erfahren. »Denn weiß er davon, gibt er mir vielleicht Geld und erwartet dafür, dass ich sein Kind aufziehe. Oder er will wissen, wo ich es hingebe. Und dann bleibe ich für ewig die Mutter seines Bankert. Er soll froh sein, dass ich zu gottesfürchtig erzogen bin, um als Kindsmörderin zu enden.«

Meintest du damit die Abtreibung, die du nicht ausgeführt hattest? Oder dachtest du beim Schreiben dieser Zeilen an eine Kindstötung gleich nach der Geburt? Mir wird noch immer ganz heiß bei diesem Gedanken. So etwas kommt ja auch heute hin und wieder vor. Und das nicht nur in der Dritten Welt, sondern auch im reichen Europa. Aber als ich diese Zeilen zum ersten Mal las – es war ganz sicher schon drei, vier Uhr morgens –, da hätte ich beinahe Verständnis für eine solche Verzweiflungstat gehabt: Was seid ihr Dienstmädchen nur für arme, rechtlose Frauen gewesen! Erst verführt und weggeworfen und dann auch noch allein gelassen von aller Welt. Wie solltet ihr da nicht in Panik geraten?

Wileks Rat, nicht über deine Schande zu reden, hatte jedoch noch einen anderen, sehr wesentlichen Grund: das Dienstbuch! Jedes Dienstmädchen besaß ein von der Polizei ausgestelltes Dienstbuch, in das ihre Herrschaft ihr ein Zeugnis mit auf den Weg gab, wenn es die Stellung wechselte. Es galt zugleich als polizeiliches Führungszeugnis, denn jede Eintragung der Herrschaft musste polizeilich beglaubigt werden. Hättest du mit dem Finger auf jemanden gedeutet, wer weiß, was die Frau Justizrat dann dort eingetragen hätte.

Es war ja immer das Mädchen schuld, wenn etwas passierte.

Aber Wilek und du, ihr habt klug und umsichtig gehandelt und so bekamst du ein sehr gutes Zeugnis mit auf den Weg und als Abschiedsgeschenk von der Frau Justizrat auch noch ein abgelegtes Kleid, das du dir passend machen solltest, und ein paar Schuhe, die dir, mit Papier ausgestopft, ebenfalls passen würden. Du hast geknickst und danke schön gesagt, dann bist du gegangen. Und man hat in diesem Haus nie wieder etwas von dir gehört.

Für uns, für alle nachgeborenen Seemänner, bleibt nun natürlich eine Frage offen: Wenn du doch auf jemanden gedeutet hättest, Minchen, wer wäre es gewesen? Leider eine Frage, die uns niemand mehr beantworten kann. So werden wir nie erfahren, ob wir in Wahrheit nicht Franzke heißen müssten – nach dem Herrn Justizrat oder dem jungen Herrn Richard, dem damals frisch gebackenen Leutnant, der, wie du in einem deiner Briefe bemerkst, so gern Gedichte schrieb und dir beim Frühstück einmal eines vorlas, in dem es um jung im Felde gefallene Helden ging.

Meine Vermutung, dass Robert sein Talent von dir geerbt hat, muss also nicht stimmen, es könnten auch die Gene seines unbekannten Großvaters gewesen sein, die ihn (und vielleicht auch mich) zum Schreiben brachten. Andererseits: Wer fabriziert in seiner Jugend nicht alles Gedichte? Und weshalb sollte es nicht einer von Richards Regimentskameraden gewesen sein, der im Champagner- und Kognak-Rausch das schüchterne junge Mädchen mal schnell in ihre Kammer drängte? Vielleicht waren es ja auch mehrere Helden. Auch so was ist schon vorgekommen.

Du wolltest nicht zurückblicken, wie du Wilek schriebst, und wir sollen es wohl auch nicht. Also gehorche ich und sehe dir nur schweigend zu, wie du mit deinem Koffer in der Hand die Große Frankfurter Straße hinuntergehst und die nächste katholische Kirche betrittst, um dem Herrn Pfarrer dort dein Unglück zu beichten. Du nennst deinen Namen, sagst aber nicht, woher du kommst, wer deine Eltern sind und wer es war, der dich ins Unglück stürzte; alles, wie mit Wilek abgesprochen. Der Pfarrer, in solchen Dingen kein Neuling, bringt dich bis zur Entbindung im St. Josefs-Heim für gefallene Mädchen unter, das auf der Geburtsurkunde deines Arthur erwähnt ist. Dort ist es trotz des strengen Nonnenregiments nicht so unangenehm, wie du befürchtet hast. Du bist ja auch nicht die einzige »Gefallene«, findest sogar »Tuschelfreundinnen«, mit denen du dich austauschen kannst.

Dann die Geburt! Du hast dein Kind nur ein einziges Mal angesehen und später, beim Stillen, jedes Mal den Kopf weggedreht. Wolltest es nicht sehen, um es nicht lieb zu gewinnen, wie du Wilek schriebst.

Ein versteckter Hilferuf? Letzte Hoffnung, dass er sich seine Bedingungen für eure Hochzeit noch einmal durch den Kopf gehen lässt? – Egal, was dahinter steckte, Wilek hat nicht darauf reagiert. Vielleicht hast du deshalb, nachdem du den kleinen Arthur in das katholische Waisenhaus in der Greifswalder Straße gebracht hattest, kein Wort zu viel darüber verloren. Nur die bloße Tatsache hast du Wilek mitgeteilt. Es liest sich wie »Es ist weg«.

Nein, keine Vorwürfe! Als lediges Mädchen mit Kind hättest du ja nie wieder eine Stellung gefunden. *Du* wärst an allem schuld gewesen, du und deine verführerische Jugend! So aber konntest du schon bald eine Stellenvermittlung aufsuchen und gegen Zahlung einer Gebühr und mit dem guten Zeugnis der Frau Justizrat in der Hand bei einer neuen Herrschaft vorsprechen: Oberstudienrat Falke, Berlin N, Metzer

Straße 12. »Gebildete Leute«, hast du voller Optimismus an Wilek geschrieben. »Beide ständig über Büchern. Es ist ein leichtes Arbeiten.«

Franzke und Falke – die Namen klingen ähnlich. Es war aber alles ganz anders in diesem Lehrerhaushalt. Vor allem war es kein leichteres Arbeiten als bei den Justizrats, wie es schon wenige Briefe später deutlich wird. Hier hattest du keine eigene Kammer, hier hast du in einer fensterlosen Rumpelkammer schlafen müssen. Das eiserne Bettgestell musste jeden Abend auf- und jeden Morgen zusammengeklappt werden, weil tagsüber sonst niemand diesen Raum hätte betreten können, so wenig Platz war darin. Nach dem ersten Großputz hast du Schwarzes gespuckt, so lange war die Vier-Zimmer-Wohnung nicht mehr gründlich gereinigt worden. Weil kein Mädchen im Haus war, wie die Frau Oberstudienrat dir erklärte. Auf die Idee, dass sie selber mal Wischlappen und Staubtuch hätte schwingen können, war sie nicht gekommen. Dafür kontrollierte sie ständig die Lebensmittel und ließ zur Probe öfter mal was liegen – eine Münze, einen Geldschein, ein billiges Schmuckstück –, nur um zu sehen, ob das neue Mädchen stiehlt.

Beim Herrn Justizrat bekamst du einen Monatslohn von zwanzig Mark, und waren Gäste eingeladen, erhieltst du von denen hin und wieder ein kleines Trinkgeld. Der Herr Oberstudienrat zahlte nur fünfzehn Mark und Gäste lud er nicht ein. Dafür klingelten ständig irgendwelche Gymnasiasten, die zum Nachhilfeunterricht kamen und dich wie »schmutzige Luft« behandelten.

Zu essen bekamst du nur das ausgekochte Fleisch aus der Bouillon, dazu billiges Kohlgemüse und zwei, drei Kartoffeln. Oder Suppe aus Wurstpelle mit Brot, das schon dem Alten Fritzen nicht mehr frisch genug gewesen wäre.

Und zu allem andern Übel auch noch diese Marotte der gnädigen Frau, du könntest mit anderen Dienstmädchen über sie tratschen! Als ob sie irgendwas Furchtbares zu verbergen hatte. Manchmal hättest du diesem ewig misstrauischen Weib den Wischlappen ins Gesicht klatschen können. Aber du hast alles runtergeschluckt, du wusstest ja, dass nun bald dein Wilek kommen und sich dein Leben von Grund auf ändern würde.

In jener Zeit hat dir auch dein Vater mal geschrieben; es ist der einzige Brief, der von ihm zu finden ist. Das Schreiben fiel dem Sattlermeister Seemann offensichtlich schwer, die ungelenke Handschrift und die vielen grammatikalischen und orthographischen Fehler beweisen es.

»Meine liebe Hermine«, schrieb Johann Konrad Seemann im Winter 1909 an seine Tochter, »deine liebe Mutter und ich hoffen, es geht dir gut. Obwohl wir nicht verstehen können, wieso denn ein Oberstudienrat etwas Besseres ist als ein Justizrat? Aber du musst ja wissen, wo es dir besser gefällt. Wenn du nur recht zufrieden bist, wollen wir es auch sein … Der Wilhelm Stargraff kommt öfter zu uns und will wissen, wie es dir geht. Gestern hat er bei Mutter und mir um deine Hand angehalten. Das hat uns sehr gefreut. Wie schön, dass du ein so treues und gutes Herz für dich gewinnen konntest … Er will ja nun auch nach Berlin. Hat keine Arbeit mehr. Nun, da ist er dir wenigstens nahe. Wenn du ihn also auch gern hast, darfst du ihn von jetzt an als deinen Verlobten betrachten. Er ist ein anständiger junger Mann aus einer rechtschaffenen Familie, du darfst ihm vertrauen. Trotzdem wollen wir dich mahnen. Solange euch der Herr Pfarrer nicht den Segen gegeben hat, müsst ihr schicklich Abstand halten. Es ist schade, dass Mutter und ich nicht darüber wachen können. So können wir nur hoffen, dass du uns eine folgsame Tochter bist.«

Ich habe die Fehler korrigiert. Will mich ja nicht über meinen eigenen Ururugroßvater lustig machen, der für seine mangelnde Schulbildung schließlich nichts konnte. Er war ein armer Mann, der von frühmorgens bis spätnachts arbeitete, um seine vielköpfige Familie ernähren zu können. Seiner Frau – das kann man sich denken – wird es nicht besser gegangen sein.

Zum Schluss hat dir dein Vater noch ans Herz gelegt, die Hochzeit unbedingt in Neustadt zu feiern, mit beiden Familien und allen Verwandten und Bekannten. Dann würde euch derselbe Pfarrer trauen, der euch getauft und auf die heilige Kommunion vorbereitet hatte.

Ihr habt eure Hochzeit dennoch nicht in Neustadt gefeiert. Wie hättest du deiner Familie, und Wilek der seinen, denn erklären sollen, weshalb ihr nicht kirchlich getraut werden wolltet? Wie hättet ihr all eure Verwandten und auch den Herrn Pfarrer belügen dürfen? Ihr wolltet euch nicht noch mehr versündigen. Deshalb die stille, nur standesamtliche Hochzeit mit nicht mehr als einer Berliner Weißen, einem Bier und je einer Bockwurst als Festgelage. Die schriftliche Einwilligung deines Vaters hatte Wilek mitgebracht; du warst ja noch nicht volljährig. Allerdings steht in keinem von Wileks Briefen, mit welchen Argumenten er deinem Vater dieses Schriftstück abluchste.

Nach diesem väterlichen Einwilligungsschreiben keine einzige Zeile aus Neustadt mehr. War vielleicht doch etwas durchgesickert? Oder hast du selbst die Kontakte abgebrochen, weil du bis an dein Lebensende Angst hattest, die Schande könnte herauskommen?

Und der kleine Arthur im Waisenhaus? War er wirklich »weg«, Minchen? Oder ging er dir, gerade weil du ihn weggegeben hattest, von morgens bis abends nicht aus dem Kopf?

Auch auf diese Fragen werden wir keine Antwort mehr erhalten, wir sind auf unsere Phantasie angewiesen. Und die funktioniert bei jedem anders, denn letztlich glaubt jeder, was er glauben will. Ich, liebes Minchen, bin überzeugt davon, dass dein Arthur immer bei dir war – und dass du ihn gerade deshalb sein Leben lang so schlecht behandelt hast.

Friedhöfe und andere Ereignisse

Wann ich in dieser Nacht eingeschlafen bin, weiß ich nicht mehr. Ich weiß aber noch, was ich Furchtbares träumte. In einem deiner letzten Briefe aus dem Haushalt der Falkes hast du, Minchen, deinem Wilek berichtet, dass auf einer Parkbank ganz in der Nähe der Wohnung deiner neuen Herrschaft eines Morgens der abgeschnittene Kopf einer Frau gefunden worden wäre. Der Täter sei schon gefasst, es sei der eigene, geistig verwirrte Ehemann gewesen. Tatmotiv: krankhafte Eifersucht!

Kein Wunder, dass ich vor dem Einschlafen immer nur diesen Frauenkopf vor mir sah und mich diese Geschichte bis in meine Träume begleitete. Im Traum aber war ich plötzlich du, Minchen, bin durch alte Straßen mit bläulich funzelnden Gaslaternen gelaufen und ein Mann verfolgte mich. Anfangs glaubte ich, dass es Wilek sei, dann verwandelte Wilek sich in Jens und noch später in einen Frauenmörder aus irgendeinem Film, den ich vor kurzem gesehen hatte. Als er mich eingeholt hatte, standen wir schon vor der Parkbank. Sein fettes, bartstoppeliges Gesicht war hassverzerrt, er brüllte irgendetwas Unverständliches, hob die Hand mit dem Messer und wuchs ins Riesige. Schweißgebadet schrie ich auf und erwachte.

Und was war mein erster Gedanke? Du hast vergessen, zu Hause anzurufen! – Verrückt! Das passte überhaupt nicht zusammen, dieser Traum und der vergessene Anruf … Ich lag da, starrte zum Fenster hin, draußen war es schon fast hell, und wunderte mich über mich selbst, bis ich wieder einschlief.

Als ich das zweite Mal erwachte, war es nicht wegen einem bösen Traum. Im Gegenteil: Ich war mit einem richtig schönen Gefühl wach geworden. Ich nahm meine Armbanduhr vom Nachttisch und wollte es nicht glauben: Schon zehn Uhr! Gleich sprang ich auf, öffnete die Tür einen Spaltbreit und lauschte.

Robert hantierte in der Küche. Ich rief ihm ein lautes »Guten Morgen!« zu, lief ins Bad und wusch mich. Als ich damit fertig war, beschloss ich endgültig, in dieser Staub-, Kisten-, Eimer- und Kartonscheune aufzuräumen, zog mich an und wollte Robert bei den Frühstücksvorbereitungen helfen. Kaum stand ich ihm gegenüber, erschrak ich.

Er sah noch viel schlimmer aus als tags zuvor. Graues, verfallenes Gesicht, wirre Haare, zittrige Hände. Und er wusste, wie er aussah! Unsicher wünschte er mir einen guten Morgen, erinnerte mich an das vergessene Telefonat und fragte mich, ob ich auf dem Balkon frühstücken wolle. Zwar hätten wir nicht gerade afrikanisches Tropenklima, aber es sei sonnig.

Inzwischen hatte ich auf dem Tisch die Tablettenpackung und neben dem Mülleimer eine leere Flasche Wein und eine leere Flasche Whisky entdeckt. »Hast du das alles gestern noch getrunken?«, entfuhr es mir.

»I wo!« Er spielte den Unbekümmerten. »Waren ja nur noch lumpige Reste. Außerdem gab's einen Grund zum Feiern – meine Enkeltochter aus dem fernen Lilienthal ist zu Besuch. Denk dir nur: Der olle Robert hat zum ersten Mal seit vierundzwanzig Jahren Besuch von seiner Familie.«

Ich blieb skeptisch, ging aber erst mal zum Telefon, um zu Hause meine körperliche und geistige Unversehrtheit kundzutun.

Vater kam an den Apparat und natürlich war er beleidigt. Ich hätte gestern anrufen müssen. Bahnfahren sei ja auch nicht mehr so ganz ungefährlich. Außerdem sei ich doch jetzt in der Wohnung, in der er seine Kindheit verbracht hatte. Da sei er doch neugierig, wie es mir dort gefalle. Ob ich mir das nicht denken könne?

Wo er Recht hatte, hatte er Recht. Obwohl er ziemlich dick auftrug. Wenn mein Zug verunglückt wäre, hätte er das spätestens in den Abendnachrichten erfahren. Doch sollte ich mich mit all den neuen Eindrücken entschuldigen, die mich abgelenkt hatten? Das wäre ein bisschen mager gewesen. Also platzte ich, ohne auf seine Vorwürfe einzugehen, gleich damit heraus, dass es in seinem Zimmer noch genauso aussähe wie zu seiner Zeit. »Wenn du herkommen würdest, das wäre wie eine Zeitreise in die Vergangenheit.«

Lange blieb er stumm. Dann fragte er leise: »Und sonst?«

Was sollte ich da berichten? Robert, der unser Frühstück auf den Balkon trug, kam ja jede zweite Minute an mir vorüber. Wie hätte ich da von der Unruhe erzählen sollen, die sein Anblick in mir ausgelöst hatte? »Sonst ist alles okay«, antwortete ich locker. »Heute Nacht habe ich in Minchens Bett geschlafen und jetzt werde ich mich bald auf den Weg machen, Berlin zu entdecken.«

Das war wohl das Startzeichen für Mutter, den Hörer zu übernehmen. Erst machte auch sie mir Vorwürfe, dass ich nicht gleich angerufen hatte, dann bat sie mich, schön auf mich Acht zu geben. »Passiert ja heutzutage so viel.«

Ich versprach ihr, jeden Tag, bevor es dunkel wurde, zu Hause zu sein und keine Bonbons von fremden Männern zu nehmen. »Zufrieden?«

Sie lachte und Bastian kam an den Apparat. Ob Berlin immer noch so geil sei, wollte er wissen. In der Mittelstufe hatte er mit seiner Klasse mal eine Fahrt hierher gemacht.

»Supergeil«, prahlte ich, um ihn neidisch zu machen.

»Und hat unser Herr Opa eventuell viel Platz in seiner Wohnung?«

Was sollte denn diese Frage? Bastian wollte doch wohl nicht etwa herkommen? Und vielleicht noch den einen oder andern Kumpel mitbringen?

»Nicht, solange ich hier bin!«, trompetete ich sofort los. Das konnte zweierlei bedeuten: Erstens, solange ich hier war, gab es nicht genügend Platz; zweitens, solange ich hier war, war niemand anderes erwünscht.

Er hatte verstanden. »Und wie lange hast du vor zu bleiben?«

»Vier, fünf Wochen mindestens.« Ich sagte das nur, um Bastians Berlin-Pläne gleich völlig zum Platzen zu bringen. Nicht im Traum hätte ich daran gedacht, so lange Roberts Bad zu ertragen.

»Ratte!«

»Neidhammel!«

Damit war das Gespräch beendet und ich ging zu Robert auf den Balkon und setzte mich in die schon angenehm warme Vormittagssonne. Sofort wurde ich ganz aufgedreht und ich erklärte Robert, was ich an diesem Tag alles vorhatte: Erstens Putzzeug einkaufen, damit ich am Sonntagvormittag mal gründlich bei ihm putzen konnte, zweitens eine lange, lange Stadtwanderung mit ihm machen.

Die Idee mit der Stadtwanderung gefiel ihm, das Putzen wollte er mir ausreden. Also musste ich mit meiner wirksamsten Waffe zuschlagen und ihm erklären, dass ich ansonsten stehenden Fußes nach Lilienthal zurückeilen würde. Drei, vier Wochen in seiner Wohnung, ohne ein einziges Mal für ihn zu putzen, wäre für ein ordentliches Mädchen unmöglich. Schließlich müsste ich mich für die kostenlose Unterkunft ja irgendwie bedanken. Und wenn schon putzen, dann am besten gleich zu Anfang.

Da strahlte er, weil ich das mit den »drei, vier Wochen« gesagt hatte, und ich schämte mich nicht mal für diesen Schachzug. Wer wusste denn, ob ich nicht tatsächlich so lange blieb? Was, außer Jens, zog mich zurück?

Gut gelaunt ging ich nach dem Frühstück mit Roberts Geld in die nächste Drogerie – ja, und da passierte es dann: Meine erste Begegnung mit Gregg! Natürlich wusste ich noch nicht, wer er war und wie er war und dass er zusammen mit fünf anderen jungen Leuten in der Wohnung gleich neben Robert lebte. Ich sah ihn nur an der Kasse stehen in seinen abgewetzten Schlabberjeans und dem viel zu weiten blauen T-Shirt, das auch einem Grizzlybären gepasst haben dürfte: schmales, knochiges Gesicht, leicht gebogene Nase, bisschen weit abstehende Ohren, kräftiges Kinn, Augen kohlrabenschwarz, Lockenpracht nicht viel heller, etwa fünfundzwanzig. Als ich eintrat, blickte er auf – und lächelte mir zu.

Ich kann's heute noch kaum glauben! Es klingt alles so märchenhaft! Aber es ist wahr: Bei mir hat's sofort gefunkt! Dieses Lachen – als ob die Sonne aufgeht! Dieser Blick – als ob wir uns schon seit hundert Jahren kannten! Eine Wahnsinnsverlegenheit erfasste mich, Kribbeln im Bauch, Hitze im Kopf. Rasch zog ich mich hinter die Regale zurück und spielte Klein-Eva beim Einkaufen. Als ich endlich wagte, mal zur Kasse zurückzuschielen, war er schon gegangen.

Die junge Kassiererin, eine dicke Frau mit blassem Teint, hatte was gemerkt. »Lächeln kann der!«, seufzte sie, als ich mit meinen Einkäufen ans Band trat. »Det jeht einem durch und durch, nich wahr?«

Ich tat, als hätte ich nicht verstanden. »Von wem reden Sie?«

Da lachte sie wissend. »Nischt mitbekommen, wa? – Na ja! Mit Sirup fängt man mehr Fliegen als mit Essig. Alte Jeschichte!«

Ein toller Vergleich! Noch während ich meine Einkäufe in Roberts Wohnung hochschleppte, dachte ich darüber nach, wie die Kassiererin ihre Worte wohl gemeint haben könnte: War Gregg der Sirup und ich die Fliege, die auf ihn flog? Oder war ich der Sirup, auf den die Fliegen flogen, und sie der Essig, auf dem Gregg nicht landen wollte?

Falls sie das Letztere gemeint hatte, musste mein weibliches Ego ihr sehr dankbar sein. Ich hatte nie eine allzu hohe Meinung von meinen äußeren Reizen – kein silikonverdächtiger Busen, kein Knackhintern, kein Schmollmund, keine Belladonna-Kuckis. Wenn trotzdem irgendwas Sirupartiges an mir war, umso besser!

Robert hatte sich inzwischen umgezogen, er trug einen leichten Sommerhut, ein wohl gerade erst aus der Reinigung geholtes weißes Hemd, eine helle Jacke und eine ebenfalls helle Hose. Die war ihm zwar etwas zu weit, aber er musste sie, während ich einkaufen war, frisch gebügelt haben. In der Hand drehte er eine Sonnenbrille, die noch ganz neu aussah. »Die Führung beginnt in wenigen Minuten«, scherzte er. »Wer zu spät kommt, den bestraft zwar nicht das Leben, aber vielleicht der liebe Gott, indem er uns Regen schickt.«

Es war ihm deutlich anzusehen, wie sehr er sich auf diesen Tag freute. Das steigerte auch meine Laune noch mal beträchtlich. Mutig, wie ich auf einmal war, zog ich das leichte Sommerkleid an, das ich für Griechenland gekauft hatte, dann trat ich zu ihm in den Flur hinaus. »Die Exkursion kann beginnen.«

Er musterte mich zufrieden. »Alle Achtung! Wie wir beide aussehen, werden wir uns wohl vor Paparazzi nicht retten können!«

»Sollen sie nur kommen!«, rief ich übermütig – um gleich

darauf vorsichtig zu fragen: »Warum ziehst du dich nicht öfter so schick an?«

Er wusste sofort, worauf ich anspielte. »Wenn du jung bist, Evchen, kuckste dich immer nur von außen an. Wirste älter, kuckste mehr in dich rein«, antwortete er und fügte nach kurzem Zögern noch hinzu: »Außerdem gibt's Situationen im Leben, da ist dir dein Äußeres so schnurzpiepegal wie der kalte Winter von 1731, Fräulein Seemann.«

Welche Situationen meinte er? Die Schreiberei, die nicht mehr funktionierte? Den bevorstehenden Umzug? Seine Verdauungsprobleme? Ich fragte nicht weiter, wollte uns nicht den schönen Tag verderben, und so zogen wir schließlich los.

Zuerst ging's die Torstraße in Richtung Chausseestraße hinunter. Zum Dorotheenstädtischen Friedhof. Hier zeigte Robert mir das Grab seines »Freundes« Bertolt Brecht und nicht weit entfernt davon das seines »lebenslangen Kameraden« Heinrich Mann, dessen Asche einst von Amerika hierher überführt worden war. Er erzählte mir von Heinrich Manns Leben und der Rivalität zwischen den beiden großen Dichterbrüdern Thomas und Heinrich Mann und zeigte mir danach, welch berühmte Persönlichkeiten – »Dichter und anderes Gelichter« – noch hier lagen: Philosophen, Musiker, Bildhauer, berühmte Schauspieler.

In dem grauen, unauffälligen Wohnhaus gleich neben dem Friedhof, erklärte er mir zum Schluss, habe Brecht seine letzten Jahre verbracht. Also hätte sein berühmter Kollege jedes Mal, wenn er kurzsichtig blinzelnd aus dem Fenster sah, seine zukünftige Heimstatt vor Augen gehabt. Seine Fenster gingen alle auf den Friedhof hinaus, soll er in einem Brief sogar mal geschrieben haben, und der sei nicht ohne Heiterkeit.

Auch mir erschien dieser Friedhof mit den vielen großen, alten Gräbern, den antikisierenden Säulen, den mächtigen

Sarkophagen und Totenwache haltenden Steinengeln irgendwie heiter. Außerdem beeindruckten mich die vielen großen Namen. Andererseits wollte ich Robert zeigen, dass auch ich was wusste, und sagte, ein so toller Mensch sei sein Freund Brecht aber nicht gewesen, schließlich habe er ganz schön seine Frauen ausgebeutet.

Für Robert war das ein Grund zu lachen. »Ist doch ein Kleinkinderglaube, dass große Talente auch große Charaktere sind. Nimm nur mich.«

War das ein Versuch, über seine Schreiberei zu reden? Unsicher scherzte ich mit, dass ich ihn später, wenn er mal auf diesem Prominentenfriedhof liegen sollte, ganz bestimmt oft besuchen kommen würde – trotz seines unbedeutenden Charakters.

Da wurde er mit einem Mal sehr ernst und sagte, es gäbe noch einen anderen Friedhof, auf dem er viel lieber liegen würde. Wenn ich wollte, würde er mir den auch zeigen.

»Den, auf dem Minchen bestattet wurde?«

»Nein«, antwortete er leise. »Auf dem werde ich zwar mal landen, aber mein Wunschfriedhof ist das nicht.«

Ich fragte nicht weiter, sondern ließ mich überraschen, und ab ging's durch die ganze Stadt. Mit der U-Bahn, der Straßenbahn, der S-Bahn und zu Fuß. Robert zeigte mir dies und zeigte mir das und irgendwann standen wir dann auch vor seinem Wunschfriedhof. Es war der Jüdische Friedhof draußen in Weißensee, jenem Stadtteil, in den die Bewohner der Torstraße 127 bald umziehen sollten.

Anfangs war ich sehr verwundert, dass Robert ausgerechnet diesen Friedhof bevorzugte; nach den ersten Schritten die Reihen der Gräber hindurch verstand ich ihn: Es ist ein fast verwunschen schöner Friedhof. Die vielen, beinah zugewachsenen Grabsteine zwischen den hohen, efeuumrankten Bäumen; die großen, alten, jüdischen Namen, von denen mir viele aus der deutschen Kulturgeschichte bekannt waren; die Unmengen kleiner Steinchen auf den Grabsteinen, zum Zeichen dafür, dass Besucher der Toten gedacht hatten. Doch wir stießen auch auf Erschreckendes: zahlreiche Steintafeln, die mit wenigen Worten verkündeten, dass derjenige, dessen Name darauf verzeichnet ist, nicht auf diesem Friedhof liegt, sondern in irgendeinem Nazi-KZ ermordet wurde; Namen ohne genaues Todesdatum, oft auch ohne Todesort.

Wir gingen von Grab zu Grab und nun wusste ich auch, weshalb Robert einen Hut aufgesetzt hatte: Männern ohne Kopfbedeckung ist es nicht erlaubt, eine jüdische Gedenkstätte zu betreten. So hatte er also von Anfang an vorgehabt, mir diesen Friedhof zu zeigen?

Als wir wieder am Friedhofstor angelangt waren, war ich bedrückt. Am liebsten hätte ich auf jeder der kleinen Tafeln ohne genaue Todesdaten ein Steinchen niedergelegt. Aber durfte ich das – eine aus dem Volk der Täter?

Auf dem Weg zur Straßenbahn sprach ich dann Robert darauf an. Ob es nicht seltsam sei, dass ich, zweiunddreißig Jahre nach dem Untergang des Nazi-Reichs geboren, ein schlechtes Gewissen hatte, wenn ich an die Gräueltaten dieser Zeit dachte?

Er schwieg lange, dann sagte er, auch er sei bei Kriegsende erst zwölf gewesen, trotzdem habe er sich in seiner Jugend die gleiche Frage gestellt und irgendwann eine ganz simple Antwort darauf gefunden: Dass er ein schlechtes Gewissen hatte, war nicht seltsam, sondern richtig. Niemand dürfe sagen, die Taten seiner Väter oder Großväter, Mütter oder Großmütter gingen ihn nichts an. Und das vor allem deshalb, weil der erste Schritt zur Versöhnung nur von den Nachfahren der Opfer, nicht etwa von denen der Täter ausgehen könne, ganz egal, wie viel Reue das Tätervolk inzwischen schon gezeigt habe. Er zögerte einen Augenblick, als wollte er noch etwas hinzufügen, doch dann kam die Straßenbahn und wir setzten das Gespräch nicht fort.

Inzwischen weiß ich, was er sich damals verkniff, und bin froh darüber, dass er nicht weitersprach. Es hätte uns den ganzen Tag verdorben.

Was Robert mir vor und nach unserer Fahrt nach Weißensee noch alles zeigte, hatte entweder mit Literatur oder Geschichte zu tun! Er führte mich am Brandenburger Tor vorbei zu jener Straßenecke, an der einst die Gebrüder Grimm wohnten – natürlich stand das Haus nicht mehr. Er schleppte mich dorthin, wo Heinrich Heine seine *Briefe aus Berlin* verfasst hatte – das Haus war ebenfalls längst durch ein anderes ersetzt worden. Er lief mit mir in die Gegend, in der die Mendelssohn-Familie gelebt hatte – und da war gar nichts mehr zu sehen, nur ein riesiger weiter Platz zwischen Marienkirche, Fernsehturm und Rotem Rathaus. Dafür in der Mitte das Rondell des Neptunbrunnens mit seinen Wassergöttinnen, in dem an diesem sonnigen Samstag Kinder plantschten und junge Leute ihre Füße badeten.

Worauf Robert mich immer wieder hinwies, waren die Spuren des Krieges: Häuser, übersät mit Einschusslöchern; berühmte Gebäude, die es nicht mehr gab, weil sie im Krieg zerstört und danach abgerissen wurden; Grünanlagen, die Orte des Verbrechens verbargen.

Irgendwann wurde es mir zu viel. Mir schwirrte der Kopf von all den Ereignissen, Namen und Daten und ich begann die versprengten Love-Paradler zu beneiden, die uns immer wieder begegneten. Schrill angezogene, bunt geschminkte, aufgedrehte Leute. Im »Zug der Lebensfreude und der Liebe«

würden über eine Million von ihnen mitlaufen, mittanzen, mitjubeln, hatte in den Zeitungen gestanden. Bin kein Techno-Freak und so beängstigend große Menschenmengen mag ich schon gar nicht, trotzdem hätte ich gern mal einen Blick auf diesen bunten Zug geworfen. Robert aber kannte kein Erbarmen und trieb mich auf meinen immer kürzer werdenden Beinen auch noch durchs Scheunenviertel. Hier wohnten früher viele arme Juden, gleichzeitig war es ein berühmt-berüchtigtes Verbrecher- und Dirnenquartier.

Alles sehr interessant. Aber ich war voll wie ein Eimer, der schon überläuft. Ich beschwerte mich, genug gesehen zu haben. Jedenfalls für den ersten Tag. »Will ja kein Berlin-Lexikon herausgeben.«

Robert lachte. »Das würde ich mir auch nicht kaufen.« Aus Büchern erworbener Reichtum fremder Erfahrung sei ja nur Gelehrsamkeit. Allein eigene Erfahrung bringe Weisheit. Freund Lessing!

Am liebsten hätte ich geantwortet, er solle seine toten Freunde endlich ruhen lassen und mir dafür was Lebendiges zeigen, verkniff es mir aber. Robert gab sich solche Mühe; und was hatte ich denn anderes von ihm erwartet als eine »literarhistorische« Stadtwanderung?

Wenigstens schlugen wir nun den Rückweg ein. Der ging über den Monbijoupark, von dem aus wir einen tollen Blick auf den Berliner Dom und die Museumsinsel hatten (von dem ich damals aber noch nicht wissen konnte, dass Gregg und ich schon bald so viele Nächte in seinem Grün zubringen sollten), und durch die Oranienburger Straße an der großen jüdischen Synagoge mit der golden glänzenden Kuppel vorbei.

Das war natürlich ein Umweg. Aber laut Robert musste er sein, weil er mir auf diese Weise auch noch erzählen konnte, wie diese Synagoge während der Pogromnacht vom November 1938 durch einen beherzten Polizeireviervorsteher davor bewahrt wurde, ebenfalls in Flammen aufzugehen.

Ich war beeindruckt. Es stimmte also nicht, dass man damals gegen nichts etwas unternehmen konnte.

Durch ein paar schmalere Straßen mit zum Teil sehr verkommen aussehenden, zum Teil aber auch schön restaurierten alten Häusern gelangten wir dann wieder auf die breite Torstraße zurück und Robert führte mich vor ein Gebäude, das gerade abgetragen wurde.

Was für ein trauriger Anblick! Eisenarmierungen, Kabel und Betonbrocken ragten aus dem Schutt, an den Restmauern hingen noch die Tapeten, im Geröll entdeckte ich Fensterrahmen, Kacheln, Fliesen und Stuckbrocken.

»Häuser sterben leise«, flüsterte Robert mir zu, als dürfe er im Anblick dieses Schlachtens nicht laut reden. »Sie können sich nicht wehren, nicht schreien, nicht darauf hinweisen, dass sie doch eigentlich noch ganz gesund sind.«

Ich wusste, dass er jetzt an die Torstraße 127 dachte, das Haus, in dem er fast sein ganzes Leben verbracht hatte. Doch was sollte ich dazu sagen? Dass es der Lauf der Dinge war, dass alte Häuser neuen Häusern Platz machen mussten? Dass sicher auch dieses Haus, das jetzt gerade abgetragen wurde, mal ein anderes, noch älteres verdrängt hatte? Das war alles so banal; lieber schweig ich.

Auf dem Weg zur Nr. 127 erzählte Robert mir dann, dass die Torstraße zu deiner Zeit, Minchen, zum einen Teil Elsässer und zum anderen Lothringer Straße geheißen hatte. Nach dem Krieg sei sie dann nach dem damaligen Staatspräsidenten der DDR in Wilhelm-Pieck-Straße umbenannt worden.

»Jetzt heißt sie wieder Torstraße wie noch Mitte des neunzehnten Jahrhunderts, obwohl es die drei Stadttore, die sie miteinander verband, schon lange nicht mehr gibt.« Robert seufzte und fügte ärgerlich hinzu, dass in dieser Straße immerhin Ernst Lubitsch geboren sei, der große Hollywood-Regisseur, und dass die jungen Leute in seinem Haus lange Zeit dafür gekämpft hätten, dass die Straße nach ihm benannt würde. »Aber nein, kluge Köpfe aus Verwaltung und Politik fanden Torstraße ohne Stadttore passender.«

Das war das erste Mal, dass Robert die jungen Leute in seinem Haus erwähnte. Doch ich hakte nicht nach, dachte an ganz übliche junge Leute – Paare mit Kindern, Studenten, Schüler; und so hatte ich von dem, was mich an diesem Nachmittag erwartete, nicht die geringste Vorahnung.

Aquarium Berlin

Zweiter Adventssonntag, und ich schreibe immer noch. Und das jeden Abend und jeden freien Tag und Frau Kruses schmales Zimmerchen wird mir nicht zum Gefängnis. Diese Geduld hätte ich mir nicht zugetraut. Und Britta mir erst recht nicht. Wenn sie mich besucht, liest sie, was ich schon ausgedruckt habe, und sitzt danach am trotz der Kälte offenen Fenster, um rasch eine zu qualmen und mein Geschreibsel zu kommentieren: So viel Leidenschaft also steckt in der ansonsten immer so abwägend vernünftigen Eva! Sogar Witz bringt sie auf! Und manchmal wird sie direkt poetisch! Eva, Eva, wer kennt sich mit dir aus?

Ja, woher kommt das alles? Bleibt nur eine Antwort: Die in der Welt herumwuselnde und die schreibende Eva sind offensichtlich nicht dieselben. Aber beide stecken sie in mir, mit keiner von beiden habe ich Probleme; im Gegenteil, vielleicht gefällt mir die schreibende sogar besser als die Alltags-Eva.

Es macht Spaß, zurückzuschauen und alles noch mal zu erleben; ich freue mich sogar darauf, dass es noch so viel zu erzählen gibt. An jenem Samstag, an dem ich mit Robert von der Stadtwanderung zurückkehrte, begann mein Berlin-Besuch ja erst richtig.

Da lauerte Gregg schon hinter der Tür der Nachbarwohnung; da sollte ich Leo kennen lernen, Leo, der manchmal ein wenig nervig ist, aber so herrlich über alle weltbewegenden Probleme hinwegwitzeln kann; da begegnete ich Phil und Benno, ein schwules Paar, das schon seit Jahren zusammenlebt und in Lilienthal kaum glücklich geworden wäre; da freundete ich mich mit Rico und Heide an, die bald ein Baby bekommen werden, eines Tages bessere Menschen sein wollen und es vielleicht sogar schon sind.

Diese sechs, mit denen ich jetzt jeden zweiten, dritten Tag telefoniere, waren es, die Robert die jungen Leute nannte und von denen wir, als wir ermüdet von unserer Tour heimkehrten, einen Zettel an seiner Tür vorfanden. Mit Tesafilm aufs Holz geklebt und dick mit rotem Filzstift beschrieben: »Um 19 Uhr Treffen in der WG. Es geht um Widerstand!!!«

»Welche Wohngemeinschaft denn?«, fragte ich. »Was für ein Widerstand?«

Mürrisch klärte Robert mich darüber auf, dass die »verträumten jungen Leute« in der Nachbarwohnung mit dem Abriss ihres Hauses nach wie vor nicht einverstanden waren. »Sie sinnen schon seit Wochen auf Maßnahmen dagegen. Sind ein bisschen blauäugig, aber sonst ganz nett.«

Verwundert schüttelte ich den Kopf. Ich begriff einfach nicht, was an dem Umzug nach Weißensee so schlimm sein sollte. Eine Gegend draußen im Grünen – was war daran so schlecht? Man musste doch nicht unbedingt mitten auf dem Rosenthaler Platz wohnen.

Robert sah mich nachdenklich an, dann schlug er vor: »Am besten, du kommst mit.«

Warum nicht? Um noch mal durch die Straßen zu wandern, war ich sowieso zu müde. Und was sollte ich allein in Roberts Wohnung? Also machten wir uns frisch und aßen eine Kleinigkeit, dann klingelte Robert an der Tür zur Nachbarwohnung.

Und wer öffnete? Mein Prinz aus der Drogerie! »Hallo!«, sagte er und ließ gleich wieder die Sonne aufgehen und da wusste ich sofort, dass er aus einem Märchenland weit hinter den Bergen gekommen sein musste. Sein »Hallo!« hatte wie »Xallo!« geklungen.

»Wir haben eine Einladung bekommen.« Robert wies mit dem Daumen hinter sich, auf den rot beschrifteten Zettel, der noch immer an seiner Tür klebte. »Und da sind wir!«

Der Lockenkopf mit den schwarzen Augen und den abstehenden Ohren blickte nur mich an. Es ging ihm wie mir, er konnte es einfach nicht fassen, dass ich da so leibhaftig vor ihm stand.

Verlegen blickte ich an ihm vorbei, bis er uns endlich in den Flur winkte. »Kommt nur rein. Nicht jeder Gast ist unser Freund, aber jeder Freund ist unser Gast.«

»Sprüche aus der Heimat, was?« Robert schmunzelte, dann stellte er mich vor: »Das ist Eva, meine Enkelin. Sie kommt aus Lilienthal bei Bremen und studiert in Hamburg. Also eine echte Wessifrau, die sich mal anhören möchte, was wir Ossis so für Probleme haben.«

Dieser Ton gefiel mir nicht. Verlegen wollte ich Gregg nur zunicken, doch er sagte gleich: »Wir kennen uns schon.«

»Nanu?«, staunte Robert. »Das ging aber schnell.«

»Wir sind uns in der Drogerie begegnet«, klärte ich ihn auf. »Aber nur ganz flüchtig.«

Da stellte er mir Gregg vor: »Na gut! Dann machen wir die Sache komplett: Vor dir steht mein junger Freund Grigorij Jefimowitsch Massajew, eingedeutscht Gregor, abgekürzt Gregg. Geboren in Leningrad, ausgewandert aus St. Petersburg, von Beruf Uhrmacher und Kunstmaler.«

»Pinselfritze!«, verbesserte ihn Gregg und zitierte damit offenbar einen Ausdruck von Robert. Dann machte er eine zweite, weit ausholende Armbewegung, um uns zum Eintreten aufzufordern.

Ich war total verwirrt. Dieser Strahlemann hatte etwas,

dagegen kam ich nicht an. Sogar seine Stimme ging mir unter die Haut. Gregg spricht sehr gut Deutsch, hatte bereits in Russland Deutschunterricht und berlinert ab und zu schon ein bisschen. Doch natürlich stimmt oft die Betonung nicht und manchmal macht er kleine Pausen, um das richtige Wort zu finden. Und das H wird er als Russe sowieso nie lernen, bestenfalls wird ein X daraus. Irgendwie aber kommt dadurch eine sehr angenehme Sprachmelodie zustande.

Es ist verrückt mit der Liebe, niemand kann sie erklären. Für mich ist sie einfach ein Bauch-, Augen- und Ohrengefühl; lohnt nicht, sich dagegen zu wehren.

In diesem Zustand – verwirrt, bestürzt, neugierig – betrat ich die Küche der WG. Dort steht ein Tisch, so groß, dass mindestens zehn Leute, zur Not aber auch fünfzehn oder mehr an ihm Platz finden. An jenem späten Nachmittag aber saß nur Leo in der Küche, Leo mit dem strohigen Blondhaar, dem ewigen Grinsen im Gesicht und dem – man kann es nicht anders nennen – prächtigen Pferdegebiss. Er sah mich an und vergaß sein mit Gemüsepastete beschmiertes Brot, an dem er gerade herumkaute. »Robert!«, rief er in gespieltem Entsetzen. »Wanderste in deinem Alter noch auf Freiersfüßen? Denk an deine Herzkranzjefäße!«

Robert drohte ihm mit dem Finger. »Geh in dich, Leo!«

»Da war ick schon. Is ooch nischt los!« Dazu ein Grinsen wie von einem rüpelhaften Dreizehnjährigen, das ist Leo – richtig: Alexander Pold. Er weiß selbst nicht mehr, wer ihn zuerst Leo taufte. Man muss ihn näher kennen lernen, um ihn zu mögen. Soll er den Mund halten, erstickt er an seinen Witzen.

Ich sagte ihm brav Guten Tag und nannte meinen Namen, dann betraten schon Phil und Benno den Raum. Beide dunkelblond, beide rundgesichtig, beide in Jeans und karierten

Hemden. Wer sie zum ersten Mal sieht, könnte sie für Brüder halten, die Unterschiede fallen einem erst später auf. Benno hat sehr volles Haar, blaue Augen, aufgeworfene Lippen und eine ausgeprägte Himmelfahrtsnase; Phil hat grüne Augen, einen sehr schmalen Mund und schon ziemlich lichtes, auf ein paar Millimeter zurückgestutztes Haar. Phil ist so um die dreißig, Benno vier, fünf Jahre jünger. Sie kuckten neugierig, Robert aber wartete, bis auch Heide und Rico die Küche betreten hatten, erst dann stellte er mich vor.

Phil und Benno gaben mir die Hand, Heide und Rico nickten mir nur freundlich zu. Heide, eine sehr weißhäutige, rotblonde, mir sofort sympathische Frau im weiten Wallegewand, tippte sich dabei auf den schon ziemlich kräftigen Bauch. »Fünfter Monat, aber bereits ein Zappelphilipp.« Rico, lang, hager und trotz seiner kurzen Shorts sehr ernst wirkend mit seinem dunkelblonden Vollbart, blickte mich nur prüfend an. Das machte mich verlegen und so war ich froh, dass Robert mir nun, während wir auf die anderen Hausbewohner warteten, die WG vorstellte. Ich erfuhr, dass Leo als Krankenpfleger in der Charité arbeitet (was ich von diesem Possenreißer nie erwartet hätte), dass Phil und Benno eine kleine Galerie in der Linienstraße betreiben – Poster, Postkarten, Gemäldereproduktionen und »avantgardistische Werke zeitgenössischer Künstler« –, dass Rico Zahnmedizin studiert und Heide Tischlerin ist. Gregg, Leo und die beiden Paare würden jeweils ein Zimmer bewohnen, die Küche sei der Gemeinschaftsraum, Miete und alle Nebenkosten gingen durch vier.

»Aber reicht die Küche denn als Versammlungsort?«, fragte ich. Immerhin gab es neben dem Vorderhaus noch zwei Seitenaufgänge.

»Es kommen sowieso nur die, die nicht schon die Umzugswagen bestellt haben.« Benno blies verächtlich die Backen auf und Leo ergänzte: »Wir allein sind der harte Kern der weichen Kekse – das weithin berühmt-berüchtigte Sechser-Pack!«

Alles grinste, dann wurde auf die Uhr gesehen. Es war erst kurz vor sieben.

So suchten alle Blicke wieder mich. Niemand hatte geahnt, dass Robert noch Familie besaß, und nun hockte da auf einmal so eine Westpflanze an ihrem Tisch.

»Rico?«, fragte ich verlegen. »Ist das italienisch?«

Wieder grinsten alle, dann klärte Rico mich auf, dass er in Wahrheit Enrico heiße, was ja nun tatsächlich ein italienischer Name sei. In der DDR aber hätten viele Eltern ihr ungestilltes Fernweh in die Namensgebung ihrer Kinder einfließen lassen, so sei er kein Sonderfall, sondern noch froh, nicht Giacomo, Jean-Claude oder Quasimodo getauft worden zu sein.

Zum dritten Mal Gegrinse und Gekicher. Mich machte das noch verlegener, darum wandte ich mich Heide zu. »Du bist Tischlerin? Hast du den Beruf richtig erlernt?«

»Was denn sonst?«

Ich wusste natürlich, dass immer mehr Frauen in so genannte Männerberufe gehen, eine Tischlerin jedoch war mir noch nicht untergekommen. »Und was machst du da so? Stellst du Möbel her?«

»Erdmöbel«, sagte Leo mit tieftraurigem Bestattergesicht.

»Du stellst Särge her?« Verblüfft sah ich Heide an.

»Quatsch!« Sie feuerte ein Bonbon nach Leo. »Der Typ kann nicht anders. Hör gar nicht zu.« Und bereitwillig erzählte sie mir von ihrer Arbeit als Möbelrestauratorin, die sie sehr liebe, weil die Beschäftigung mit Dingen, die Generationen vor ihr geschaffen hätten, das Interessanteste sei, was sie sich vorstellen könne. »Jedes Mal hast du das Gefühl, mit einem der alten Meister Hand in Hand zu arbeiten, begreifst seine Intentionen und gibst dir Mühe, ihnen gerecht zu werden.«

Diese Worte machten sie mir noch sympathischer. Am liebsten hätte ich mich gleich viel intensiver mit ihr unterhalten, doch da schrillte zum ersten Mal die Türklingel und so nach und nach füllte sich die Küche. Manche der Ankömmlinge schauten mich verwundert an, dachten wohl, da sei so wenige Wochen vor dem Abriss noch eine Neue eingezogen, andere blickten über mich hinweg. Offensichtlich hatten sie andere Sorgen.

Was für ein ereignisreicher Tag, dieser erste volle Tag in Berlin! Erst war die Stadt an mir vorübergezogen, jetzt lernte ich ihre Bewohner kennen. Natürlich fühlte ich mich anfangs als überflüssiger Zaungast. Es ging mich ja gar nichts an, was da beredet wurde. Auch waren es zu viele Leute, die nun die Küche betraten und einander laut oder leise begrüßten oder sich auch nur reserviert zunickten. Und Gregg? Sah er nicht dauernd zu mir her? Überlagerte seine Anwesenheit nicht alles andere?

Gerne hätte ich ihn etwas genauer unter die Lupe genommen, aber wie sollte das gehen? Sah ich mal wie unabsichtlich in seine Richtung, kuckte er mir gleich in die Augen; machte ich dann ein unwirsches Gesicht, zauberte er wie zur Entschuldigung dieses verfluchte Lächeln hervor.

Mühsam versuchte ich, mich auf die Leute zu konzentrieren, die um mich herumstanden oder -saßen. Robert flüsterte mir immer wieder Namen zu, ich behielt zuerst nur einen einzigen, den des Ehepaars Winkler aus dem Parterre, beide über achtzig und grau in grau gekleidet. Das waren so milde lächelnde alte Leute, die gefielen mir sofort. Nebeneinander sitzend hörten sie zu, wie Rico in seiner sachlich-ruhigen Art berichtete, dass Heide und er sich endgültig entschlossen hätten, nicht nach Weißensee zu ziehen. Sie wollten in keine gesichtslose Neubauwohnung; das viel gepriesene Grün locke sie nicht, das hätten sie im Monbijoupark und im Friedrichshain genauso. Außerdem würde beim Abriss der Nr. 127 wertvolle Bausubstanz und damit Volksvermögen vernichtet. Es sei ein Unding, dass nach all den Erfahrungen der Nachkriegsjahrzehnte, in denen so viele alte Häuser verschwunden seien, noch immer einfach so weitergemacht werde. An dem Haus sei ja nichts, was nicht repariert werden könnte. Und auch der Kakerlakenpalast, die Nr. 125, könnte instand gesetzt werden. Ein Freund von ihm, ein Bauingenieur, hätte sich das Haus mal angesehen. Man sollte es ihm schenken, hätte er gesagt, er würde einen Menschenpalast daraus machen.

Ich hörte immer gebannter zu und vergaß sogar Greggs Blicke für eine Weile.

Wie sich herausstellte, gab es bereits Pläne für den Um- und Ausbau der beiden Häuser – Pläne, die Rico und Heide und die anderen Mitglieder der WG gern in die Tat umgesetzt hätten, um irgendwann in richtigen Schmuckkästen leben zu können. Auf dem jetzigen Spielplatz, der ehemaligen Nr. 129, könnte natürlich gebaut werden, fuhr Rico fort, dann wäre die Lücke zwischen den Häusern gefüllt. Ihrer Ansicht nach aber wäre es viel vernünftiger, dort einen besseren Spielplatz einzurichten, mit grünen Hügeln und Sträuchern, Rutschbahn, großem Sandkasten, Schaukel, Klettergerüst und was es sonst noch so alles gab. Es zögen ja immer mehr junge Leute in diese Gegend und die hätten nun mal oft Kinder.

»Aber die hässlichen Brandmauern«, sagte eine schon ziemlich alte, verhärmt aussehende Frau, deren nervöse Hände mir aufgefallen waren. »Ich weiß nicht … Das ist doch nicht schön.«

In der WG hatte man auch darüber schon nachgedacht. Die

Brandmauern könnten mit wildem Wein oder anderen Kletterpflanzen bepflanzt werden, sagte Benno, das wäre die kostengünstigste Lösung. Aber auch ein neuer Verputz wäre möglich, den seine Künstlerfreunde dann kindgemäß gestalten würden.

»Mal was Schönes für die Kleinen«, wieherte Leo, »damit se lachen und nicht weinen.«

»Und wer soll das bezahlen?« Der alte Herr Winkler kratzte sich besorgt sein weißes Schnurrbärtchen. »Das kostet doch alles Geld – und an so was hat der Kettler doch kein Interesse.«

»Wir haben Sponsoren«, meldete sich Heide zu Wort. »Leute, die nicht gerade Hunger leiden und eine gute Sache unterstützen wollen. Aber natürlich nur, wenn sie Hand und Fuß hat.«

»Darf man erfahren, was das für Leute sind?«, rief ein kleiner, schmaler Mann mit Vogelkopf.

»Leute aus allen möglichen Berufen«, antwortete Heide. »Professoren, Schauspieler, Banker, Schriftsteller, Gewerbetreibende. Bevor wir mit der Spendenliste herumgehen, müssen wir aber erst mal wissen, wie viele von uns überhaupt dahinter stehen.« Und der nachdenkliche Phil ergänzte, es gehe bei dieser Sache um nicht weniger als eine echte Alternative. Dieses neue Berlin, das jetzt an allen Ecken und Enden aus der Erde sprieße, werde ja immer unlebens- und damit auch unliebenswerter; da solle ja nur noch verdient und nicht mehr gelebt werden. »Wir wollen aber nicht nur Kommerz und Regierungspräsentation, nicht nur Edelläden und aufgeblasene Museen. Wer soll sich denn da noch wohl fühlen?«

»Richtig!«, unterstützte ihn Benno. »Wir wollen in der Stadt leben, nicht vor der Stadt. Also brauchen wir Wohnungen, die unsereins bezahlen kann, obwohl sie in der Stadt liegen.«

Die Hausbewohner hörten zu, aber so richtig Stellung beziehen wollte niemand. Zwar schien den meisten ganz gut zu gefallen, was Rico, Heide, Phil und Benno da gesagt hatten, offenbar aber glaubten sie nicht, dass an dem Abriss ihrer Wohnungen noch was zu ändern war.

Heide nahm wieder das Wort. Früher habe es für Frauen die drei K's gegeben: Kinder, Küche, Kirche. In diesem Dreieck ohne Ausweg hätte sie nicht leben wollen. Heute gebe es die fünf K's: Kommerz, Karriere, Konkurrenz, Korruption, Konsum. Die aber würden für alle gelten, für Männer und Frauen, die ganze Stadt, das ganze Land. In diesem Quadrat aus Haben und Wollen, Neid und Ellenbogen wolle sie erst recht nicht leben. »In den armen Ländern stiehlt man den Menschen das Brot, uns will man die letzten Träume rauben. Weshalb freuen wir uns denn über jedes bisschen Stuck an einem alten Haus? Weil uns Wärme fehlt! Weil alles nur noch quadratisch, rechtwinklig oder dreieckig ist. Weil kalte Glasfassaden uns anblinken. Wenn wir nicht aufpassen, verkommen wir noch ganz und gar zur Legostadt.«

Alles Argumente, die ich sympathisch fand. Aber waren die Pläne der WG denn durchsetzbar? Redeten sie sich da nicht nur irgendetwas ein?

Eine junge Frau mit Kind auf dem Arm musste sich Ähnliches gefragt haben. »Wart ihr denn schon mal beim Kettler?«, wollte sie wissen. »Habt ihr mit ihm über alles gesprochen?«

Rico und Heide hatten in der Firma Kettler vorgesprochen, waren aber nur auf Unverständnis gestoßen. Sie hatten Warnungen zu hören bekommen – jede in das versponnene Projekt hineingesteckte Mark sei eine verlorene Mark – und Tröstungen: In Weißensee lebe man doch wie in den Ferien! Andere wären froh, aus der Stadt herauszukommen.

»Du redest, es knallt, es zischt, kapiert ham se nischt!« Leo!

Nun wurden viele der Anwesenden etwas munterer. So sagte ein Mann mit schütterem Haar und spitzem Kinn, der zuvor schon sehr skeptisch zugehört hatte, er glaube nicht, dass diese Pläne sich durchsetzen ließen. Wie heute mit den Menschen umgesprungen werde, das dürfte so manchem eine heilsame Lehre sein. In der DDR sei eine solche Vergeudung von Volksvermögen jedenfalls nicht möglich gewesen. Da habe noch das Volk regiert und nicht das Geld.

Gleich hagelte es von allen Seiten Widerspruch. In der DDR seien doch noch ganz andere Sachen möglich gewesen, rief die alte Frau mit den nervösen Händen aufgebracht. Da seien auf Parteitagsbeschluss ja gleich ganze Landstriche umgesiedelt worden. Und wer, bitte schön, habe denn damals zu protestieren gewagt? Und seien die, die es dennoch gewagt hätten, etwa nicht allesamt hinter Schloss und Riegel verschwunden oder in den Westen abgeschoben worden?

Worte, die Phil aus dem Herzen sprachen. Er als ehemaliger Wessi könne dieses ewige Damals-war-alles-besser-Gerede schon lange nicht mehr hören, pflichtete er ihr bei. So werde nach jeder politischen Wende herumgequatscht. Verlogene Nostalgie aber bringe sie nicht weiter. »Inzwischen leben wir doch alle in unserem Berliner Aquarium und müssen sehen, dass wir von den Haien, die mit uns darin herumschwimmen, nicht gefressen werden.«

»Aber das ist es ja gerade!«, rief der mit dem spitzen Kinn verbittert. »Es geht um die Machtfrage.« Wer keine Macht besitze, sei den Herrschenden nun mal hilflos ausgeliefert, wie es das einfache Volk im Kapitalismus jeden einzelnen Tag zu spüren bekomme.

»Wahrheiten von der Müllkippe!« Das hatte Gregg gesagt. Und spöttisch grinsend fügte er hinzu, es sei sicher ein großer Fortschritt, dass die Macht nicht mehr per Geburtsrecht verliehen werde. Leider würden aber immer und überall nur diejenigen an die Macht kommen, die sie mit aller Gewalt suchten. Und das seien nun mal in keinem System die Besten.

Er sagte es in seinem melodiösen Singsang-Deutsch und lächelte mir fragend zu, als wäre ich die Einzige unter den Anwesenden, auf deren Meinung er Wert legte.

Es gab Gemurmel und ablehnende oder zustimmende Gesten, dann mahnte Heide, zum eigentlichen Problem zurückzukehren. Leo, Gregg, Phil, Benno, Rico und sie seien ja nicht dumm. Sie hätten gewusst, dass sie beim Kettler abblitzen würden, aber sie seien trotzdem hingegangen, weil es ja ein Grundgesetz gebe, in dem was von »Eigentum verpflichtet« stehe. Außerdem sei dieses offizielle Anklopfen nur ein erster, notwendiger Schritt gewesen; jetzt, da sie ihre Abfuhr erhalten hätten, könnten sie den Widerstand planen.

»Aber das ist doch alles Wortgeschiss!«, rief ein dickbäuchiger Mittfünfziger in Anzug und Krawatte aufgebracht. »Pubertäre Träume, weiter nichts!«

»Es wird niemand gezwungen mitzumachen.« Rico lächelte gelassen. »Wir aber – zumindest wir sechs von der WG – möchten den Stadtvergewaltigern wenigstens mal zeigen, wie wir zu leben wünschen. Das heißt auf Deutsch: Wir bauen den Spielplatz um, wie er unserer Meinung nach aussehen müsste, und setzen die Nr. 125 instand. Positiven Widerstand würde ich das nennen. Keine Gewalt, kein Geschrei! Wir setzen den Baulöwen einfach mal ein vegetarisches Gericht vor. Vielleicht schmeckt's ihnen ja sogar.«

»Und wenn nicht«, ergänzte Heide, »wird unsere Aktion auf jeden Fall publik. Und das ist auch ein Erfolg.«

»Aber wer soll denn in der 125 wohnen?«, fragte die alte Frau Winkler verwundert.

»Am besten Obdachlose«, antwortete Benno sofort. »So

genannter Wohlstandsmüll.« Und er erzählte, erst tags zuvor habe in der Zeitung gestanden, in Berlin gäbe es inzwischen weit mehr als zehntausend Obdachlose, die in Abriss- und Leerstandshäusern, auf Dachböden und in Kellern hausten oder im wahrsten Sinne des Wortes auf der Straße lägen. Wäre doch eine tolle Sache, denen zu helfen. Das Motto »Jeder denkt an sich, nur ich, ich denk an mich« müsse doch nicht ewig gelten. Sagte es und krauste fragend seine Himmelfahrts-nase.

Ein Weilchen kuckten alle nur verblüfft, dann erwiderte der Dicke mit der Krawatte, dass die ganze Sache also zur Haus-besetzung ausarten solle und so was sei doch illegal und auch völlig unzeitgemäß, da es längst genügend Wohnungen gebe.

»Aber leider nicht für Leute ohne Geld auf der Bank!« Leo blickte den Dicken an, als hätte er ihn am liebsten massakriert.

Rico blieb ruhig. »Wir sind keine Hausbesetzer, wir wollen nur nicht, dass andere unsere Häuser besetzen. Wohnungen sind Brot – und Brot wirft man nicht weg. Und wenn wir denen, die kraft ihres Geldes oder weil sie von der Mehrheit gewählt wurden, über unser Leben bestimmen, nicht zeigen, was wir wirklich wollen, haben wir Mitschuld an dem, was sie zerstören.«

»Klingt gut!« Der Dicke blieb stur. »Aber ist es deshalb etwa keine Gesetzesübertretung?«

Gelegenheit für Robert, ein Zitat anzubringen: »Wenn man alle Gesetze erst studieren sollte, so hätte man gar keine Zeit, sie zu übertreten. Freund Goethe.«

Es wurde gelacht und Beifall geklatscht, weiter hinten aber rief einer, das helfe doch alles nichts. An der menschlichen Dummheit etwas ändern zu wollen, sei ein genauso sinnloses Unterfangen wie der Versuch, einen Ofen mit Schnee zu heizen.

»Bei allem Engagement für Obdachlose«, meldete sich da einer zu Wort, der bisher noch nichts gesagt hatte, ein gut gekleideter junger Mann, der mit leicht sächselnder Stimme sprach und von dem ich später erfuhr, dass er Klenke heißt und Abteilungsleiter in einem Warenhaus am Alexanderplatz ist. »Und bei aller Sympathie für diese betagten Häuser, in denen ja auch ich lieber wohne als in einer der Weißenseer Hutschachteln – das Ganze hat doch wirklich keine Aussicht auf Erfolg!«

»Na und?« Robert hatte der Beifall ein bisschen belebt. Gleich glänzte er mit einem zweiten Zitat: »Wer das Mögliche erreichen will, muss das Unmögliche anstreben. Heiner Müller.«

»Der ist schon lange tot.« Klenke machte eine wegwerfende Handbewegung, die so viel bedeuten sollte wie: Kommen Sie mir doch nicht mit Ihren literarischen Spinnereien!

Das ärgerte Robert. »Im Gegenteil!«, giftete er zurück. »Der lebt länger als Sie.«

Die meisten lachten, aber der junge Klenke verzog keine Miene. »Frechheiten ersetzen keine Argumente.«

»Bravo!« Leo klatschte ihm Beifall. »Richtig schön zurückgeschossen! Trotzdem 'n kleenen Hinweis für die Zukunft: Wenn de uns det nächste Mal deine Meinung unterbreiten willst, Meister Kleiderbügel, frag vorher, welche.«

Es war dumm von ihm, das zu sagen, und so reichte es den meisten. Der Dicke mit der Krawatte, von dem ich später erfuhr, dass er Willumeit heißt, mal Betriebsdirektor in einem großen Werk war und nun Versicherungsvertreter ist, murmelte was von »Kindergartengeschwätz« und verabschiedete sich mit einem Gesicht, das deutlich verriet, wie sehr ihn die vertane Zeit reute. Der junge Klenke ging und der mit dem spitzen Kinn, Hans Bredow, ehemaliger SED-Parteisekretär im Fischgroßhandel, drängte sich ebenfalls durch die Reihen. Andere schlossen sich an, wieder andere aber schienen nun erst recht bleiben zu wollen. Darunter die alte Frau mit den nervösen Händen, von der ich tags darauf erfuhr, dass sie Annemarie Störikow heißt und Mutter eines Sohnes ist, der sich Ende der sechziger Jahre im Stasi-Gefängnis an seinem in Streifen gerissenen Häftlingshemd erhängte. Ein Selbstmord, an den sie bis heute nicht glauben will. Entweder habe man ihren Sohn durch brutale Gewalt zu der Tat getrieben, sagt sie immer wieder, dann wäre es kein »Selbstmord« gewesen, oder man habe ihn während der Verhöre aus Versehen erschlagen. Weshalb sonst hatte sie erst nach der Einäscherung von seinem Tod erfahren? Weshalb sonst hatte man ihr ein letztes Abschiednehmen unmöglich gemacht?

Die Störikow ist eine Frau mit Macken und Mucken, es fällt nicht immer leicht, mit ihr umzugehen. Dennoch bewundere ich sie. Einfach, weil sie am Leben nicht verzweifelt und noch immer kämpfen will, obwohl sie nun schon auf die dreiundsiebzig zugeht.

Auch das alte Ehepaar Winkler, seit fünfzig Jahren in derselben Parterrewohnung lebend, blieb und die Mutter mit dem Kind: Inke Moor, eine allein erziehende Supermarktkassiererin mit wunderschön dichtem, fast bernsteinfarbenem Haar und vielen Männergeschichten, wie die Störikow mir später mal zuflüsterte.

»So!«, freute sich Leo über den verbliebenen Rest. »Runspuns, jetzt sind wir unter uns!«

Mein Blick suchte Gregg. »Demokratie!«, rief er mir achselzuckend zu. »Habt ihr uns doch beschert, oder?«

»Gibt's was Besseres?«, fragte ich mutig zurück.

Er überlegte kurz, dann schien in seinem Gesicht wieder die Sonne. »Selbstverständlich: die Liebe!«

Da wurde ich rot wie ein Schulmädchen vor dem ersten Kuss und das freute ihn. Aber er nutzte meine Verlegenheit nicht aus, nickte mir nur zu, als wollte er mir zu verstehen geben, dass er ganz genau wusste, was in mir vorging – und dass es ihn nicht weniger heftig erwischt hatte …

Zwei Geschichten von Männern und Frauen

Es wurde noch lange weiterdiskutiert. Mir schwirrte bald der Kopf. Tags zuvor hatte ich noch in Lilienthal gefrühstückt, inzwischen drängte halb Berlin mit seiner Vergangenheit, Gegenwart und Zukunft auf mich ein.

Als die Runde sich dann auflöste, stand fest, dass, wer bis zuletzt geblieben war – etwa zwanzig Leute –, Ricos Plan vom positiven Widerstand unterstützte. Es war lange über Aktionen beratschlagt und es waren erste Einzelheiten festgelegt worden; vor allem aber sollten alle sich bemühen, jede Menge Außenstehende zum Mitmachen zu gewinnen.

Gregg brachte uns noch zur Tür. »Das war ein sehr, sehr schöner Tag!«, sagte er zum Abschied zu mir. »Danke – Ewotschka!«

Robert ahnte, dass da was auf dem Weg war, und schmunzelte vergnügt. »Na, dann genieß sie mal schön, deine schönen Tage, Grigorij Jefimowitsch. Wirklich schöne Tage sind selten. Musst sie hegen und pflegen wie empfindliche Pflanzen.«

»Mach ich.« Strahlend gab Gregg mir die Hand – und da drückte ich sie ein wenig zu fest, merkte es und erschrak. Nur gut, dass Robert bereits die Tür aufgeschlossen hatte und ich rasch in seine Wohnung verschwinden konnte, um nicht vor Verlegenheit im Boden zu versinken.

Ja, und dann? Dann saßen Robert und ich wie tags zuvor auf dem Balkon und aßen zu Abend, wobei Robert außer seinen Verdauungspillen und mehreren Gläsern Rotwein nicht viel zu sich nahm. Ich hingegen hatte Hunger wie ein Wolf;

schwummrige Gefühle haben mich schon immer hungrig gemacht.

Nach dem Essen der zweite Balkonabend mit Blick auf die von der Abendsonne beschienenen Häuser und Dächer. Allerdings nahm ich nicht viel davon war, dachte fast nur an meinen russischen Romeo. Konnte es denn so etwas geben, so einen plötzlichen Sturm in meiner bis dahin ruhigen Gefühlswelt? Ich liebte doch Jens – oder etwa nicht?

Es diskutierte in mir, freute und schämte sich, bis Robert mich auf einmal leise fragte, ob ich heute Nacht deine Briefe gelesen hätte. Dabei sah er mich so neugierig an, dass ich ganz verlegen wurde. Er ahnte wohl, was für eine Nacht ich hinter mir hatte. Ich nickte und sagte, es sei sehr schade, dass ihr euren Briefverkehr nach der Hochzeit nicht fortgesetzt hättet.

Er schmunzelte. »Weshalb soll man einander schreiben, wenn man sich jeden Tag sieht?«

»Aber als Wilek im Krieg war, weshalb gibt's denn aus dieser Zeit keine Briefe?«

Er zuckte die Achseln. »Wird schon welche gegeben haben, aus irgendeinem Grund wollte sie die wohl nicht aufbewahren.«

»Und weshalb hat sie ihren Eltern nicht mehr geschrieben?«

»Weil sie sich geschämt hat. Es waren ja mindestens zwei Todsünden, die sie begangen hatte. Sie hatte ein uneheliches Kind zur Welt gebracht – und sie hatte dieses Kind fortgegeben.«

Ja, das hatte ich mir auch schon gedacht. Ich nickte still und wartete. Er wollte erzählen, das sah ich ihm an. Und ich war ja hergekommen, um möglichst viel zu erfahren, und nicht, um die Julia zu spielen. So bekam ich an diesem Abend noch zwei Geschichten zu hören, zwei Geschichten von Männern und Frauen, die ich seither in mir trage, als hätte ich sie selbst erlebt.

Die erste Geschichte: Du, Minchen, warst noch bei den Falkes in Stellung, da kam Wilek nach Berlin. Eure zwei silbernen und drei goldenen Jahre begannen. Denn das Glück, das du dir so erhofft hattest, für kurze Zeit traf es ein: Wilek fand bald Arbeit und das bei einem Meister, der seine handwerklichen Fähigkeiten schnell schätzen lernte und ihn schon bald aufforderte, selbst seinen Meister zu machen.

Die zwei Jahre bis zur bestandenen Meisterprüfung, die gemeinsamen Spaziergänge an deinen freien Nachmittagen, das unentwegte Pläneschmieden zwischen Küssen und anderen Zärtlichkeiten in den verschiedenen Parkanlagen, das Sparen jedes einzelnen Groschens, bis ihr endlich Hochzeit feiern konntet, das waren eure silbernen Jahre. Die drei Jahre danach, als dein Wilek, ein Könner seines Fachs, der hauptsächlich Aufträge zur Restaurierung von Schlossfassaden übernahm, gut verdiente und ihr endlich ein eigenes Heim beziehen konntet, das waren eure goldenen Jahre.

Vier Zimmer, Bad und Küche; weniger Räume in einem weniger repräsentativen Haus hätten Meister Stargraff und seiner jungen Frau nicht genügt. Ihr wolltet ja noch Kinder haben, Wileks Kinder, also brauchtet ihr ein großes, schönes Nest.

Robert erzählte langsam und weitschweifig und ich versuchte, mir dein neues Leben vorzustellen: Das Minchen aus Neustadt in Oberschlesien, Justizrats Minchen, Oberstudienrats Minchen – nun stolze Hausfrau in einer großen Berliner Wohnung! Keinen Dreck wegputzen für fremde Leute, sondern den eigenen Fußboden wischen! Für Wilek kochen und nicht mehr für die geizige Frau Oberstudienrat. Eigenes Haushaltsgeld besitzen! Sicher hast du vor lauter Lebensfreude oft vor dich hin geträllert; bestimmt hätte man bei dir vom Fußboden essen können, so lautete ja damals das Ideal vieler Hausfrauen.

Ganz und gar ungetrübt aber waren auch diese goldenen Jahre nicht. Da war ja immer noch der kleine Arthur, der im Waisenhaus heranwuchs! Hast ihn kaum besucht, Minchen, wolltest dir dein Glück nicht stören lassen. Vergessen aber konntest du ihn ebenso wenig wie Wilek, der sich nach seinem beruflichen Aufstieg nur noch eines wünschte: Kinder! Eigene Kinder! Und dem du keine schenken konntest, wie es damals hieß.

Im Hause des Justizrats genügte ein erstes Mal und du warst geschwängert. Mit Wilek wirst du sehr oft geschlafen haben und das vielleicht sogar mit großer Lust, aber schwanger wurdest du nicht.

Und wie sollte es anders sein: Wilek schob dieses Versagen schon bald auf dich. Das erste Kind hätte etwas in dir kaputtgemacht, vermutete er.

Du liefst zum Arzt, er konnte nicht helfen, du liefst zum nächsten Arzt und zu noch einem. Auf die Idee, dass vielleicht Wilek der Unfruchtbare war, wagtet ihr gar nicht erst zu kommen. Dabei hattest du doch längst bewiesen, dass du Kinder bekommen konntest. Der eine oder andere Arzt wird dir das gesagt haben. Doch wie solltest du Wilek diese für ihn so traurige Wahrheit mitteilen?

Und dann waren die drei goldenen Jahre und damit eure gesamte glückliche Zeit auch schon vorüber. Auf den Berliner Straßen wurde der Petersburger Marsch gespielt, der Erste Weltkrieg hatte begonnen. Bald klebten an der Kriegsakademie in der Dorotheenstraße die ersten Verlustlisten …

Von Politik hast du nicht viel verstanden. Der Kaiser hatte gesagt, die anderen hätten den Krieg begonnen und deshalb müsste Deutschland sich natürlich verteidigen. Wie hättest du diese Worte in Zweifel ziehen sollen? Hast ihm, dem von Gott Berufenen, und den Zeitungsschreibern geglaubt und warst bereit, all jene Nationen, die Deutschland diese Verteidigung aufgezwungen hatten – die Russen, Franzosen, Engländer –, zu hassen. Wolltest doch weiter so glücklich leben und hast gehofft, dass wenigstens dein Wilek verschont bleiben würde.

Er wurde dann aber doch noch eingezogen, wenn auch erst im zweiten Kriegsjahr – so lange war der Stuck an den Hohenzollernschlössern wichtiger. Er überlebte zweieinhalb Jahre Frankreich, kam dreimal zu Weihnachten auf Urlaub und hoffte nach jeder Rückkehr an die Front auf Kinder. Du aber wurdest und wurdest nicht schwanger.

Im Frühjahr 1918 kam dann die Meldung, dass dein Wilek »auf dem Felde der Ehre« gefallen sei. Für Kaiser, Volk und Vaterland. Für dich. Aber du hast nach wie vor nicht diejenigen gehasst, die den Krieg verursacht hatten; dein Hass galt dem Franzosen, der die Granate abfeuerte, die deinen Wilek traf.

Und wieder die Frage, weshalb du keinen eurer Briefe aus dieser Zeit aufbewahrt hast. Waren Wileks Feldpostbriefe voller Vorhaltungen über eure Kinderlosigkeit? Litt er darunter, ständig Todesnähe ertragen zu müssen, ohne die Gewissheit zu haben, dass ein Kind von ihm weiterlebte? Machte er dir Vorwürfe, den Vater deines Sohnes damals nicht eindeutig genug abgewehrt zu haben?

Auch das werden wir nicht mehr erfahren, auch das hast du uns verheimlicht, Minchen. Du hast auch nie mit Robert darüber gesprochen, was die Nachricht von Wileks Tod für dich bedeutete und ob du lange getrauert hast. Nur eines hast du immer wieder beteuert: Dass du sofort wusstest, dass du nie wieder heiraten würdest! Wolltest es fortan allein schaffen. Vielleicht, weil du wegen deines Arthurs keine Vorwürfe mehr hören und nicht wieder auf den Schwangerschaftsprüfstand wolltest? Ohne schwer wiegende Gründe wird eine nur sechsundzwanzig Jahre alte Kriegerwitwe einen solchen Entschluss nicht gefasst haben.

Wie du dich damals durchgeschlagen hast, hat Robert später oft zu hören bekommen. Denn nun wurde aus dem weichen, kindlichen Minchen Seemann die resolute Hermine Stargraff. Nach den silbernen und goldenen Jahren begannen die eisernen.

Während des Krieges hattest du wie fast alle Soldatenfrauen in der Fabrik gearbeitet. Granaten drehen. Damit die deutschen Wileks englische, russische, französische Wileks umbringen konnten. Nach dem verlorenen Krieg und der Revolution, die dir den Kaiser hinwegfegte, wurden aus den Granaten Maschinenteile. Zu essen gab es in jenen Jahren kaum etwas, dir aber hat weder die harte Arbeit noch die schlechte Ernährung viel ausgemacht. Nach der Fabrikarbeit bist du sogar noch putzen gegangen, in einem Frisiersalon in der Friedrichstraße. Weil du ein großes Ziel hattest, im Krieg und auch danach: Du wolltest die schöne Vier-Zimmer-Wohnung nicht aufgeben. Für diese, in deinen Augen hochherrschaftliche Wohnung, die jetzt, achtzig Jahre später, einem Neubau weichen soll, hast du den Rest deines Lebens gekämpft.

Und weil du in diesem Kampf siegen wolltest, hast du untervermietet. Fast dreißig Jahre lang blieb dir von deinen vier Zimmern nur ein einziges, das spätere Minchen-Zimmer. Aber all die jungen Herren oder Damen, die im Laufe der Jahre bei dir einzogen, waren (wie jetzt ich bei meiner Frau Kruse) so genannte möblierte Herren und Damen, sie wohnten in deinen Möbeln und mussten dafür zahlen. Das ersparte dir ab 1921 die Fabrik. Dennoch hast du weiter im Friseursalon geputzt. Jeden Abend zwei Stunden, nachdem du zuvor schon alle vier Zimmer, Bad und Küche auf Vordermann gebracht hattest.

In jenen ersten Jahren der Weimarer Republik hättest du deinen Sohn Arthur zu dir holen können. Du hast es nicht getan, hast ihn auch nicht öfter besucht als zuvor. Einmal im Sommer, einmal im Winter, lautete deine Regel. Dann hast du mit dem Jungen, der von Besuch zu Besuch mehr begriff, jedes Mal im Besucherzimmer herumgesessen und ihn mit Süßigkeiten gefüttert. Bist nicht auf die Straße mit ihm gegangen, hast ihn nicht ein einziges Mal in deine Wohnung mitgenommen, wolltest noch immer nicht mit ihm gesehen werden; hast nur immer weiter das Waisenhaus für ihn bezahlt, was bestimmt viel Geld verschlungen hat.

Vor Robert hast du dich deswegen verteidigt. »Wenn dir Schande zugefügt wird«, hast du mal zu dem Dreizehn-, Vierzehnjährigen gesagt, »zeigst du sie nicht der ganzen Welt. Wenn du wie Dreck behandelt wirst, wachsen dir keine Engelsflügel. Soll Gott mich richten, sonst erlaube ich das niemandem.«

In den zwanziger Jahren wuchs Berlin ganz rasant. Aus allen deutschen Landen zog es die Menschen in der Hoffnung auf Arbeit in die Reichshauptstadt, viele Vororte wurden eingemeindet, aus zwei Millionen Einwohnern wurden vier. Da gab es plötzlich jede Menge sehr viel billigere Putzfrauen als Minchen Stargraff. Du suchtest eine neue Nebenerwerbsquelle und fandst eine Ganztagsbeschäftigung: im *Wäsche-Express* in der Brunnenstraße. Dort hast du drei Jahre als Wäscherin gearbeitet, dann durftest du vier Jahre lang die Kunden bedienen, schließlich, als die Buchhalterin wegen – wie man heute sagen würde – »kreativer Buchführung« entlassen wurde, durftest du dich mit den Büchern beschäftigen. Alles neben der Zimmervermietung. Das war deine Karriere, dein Aufstieg; das machte dich zu einer stolzen Frau.

Schaue ich mir die späten Fotos an, dann sehe ich sie, jene

nun schon fast vierzigjährige Hermine Stargraff, die ihr Leben gemeistert hat. Doch sympathisch bist du mir auf diesen Fotos nicht. Lege ich das sechzehnjährige Minchen daneben, werde ich traurig. Aber vielleicht warst du ja auch traurig? Weiß ich, wie dir an den vielen einsamen Abenden in deinem Zimmer zumute war? Weiß ich, ob du sie nicht manchmal gehasst hast, diese fleißige, tapfere, mit sich selbst und anderen so strenge Frau, die aus dir geworden war?

Nein, ändern konntest du dein Leben nicht mehr. Hattest es längst nicht mehr nötig, drei deiner Zimmer zu vermieten, hast dennoch stets darauf geachtet, dass keines frei blieb. Jede Mark, jeder Pfennig bedeutete dir Sicherheit. Erst mit dem Ende des Zweiten Weltkriegs wandelte sich das. Da standen eines Tages der zwölfjährige Robert, seine Mutter Ilsa und seine beiden jüngeren Geschwister vor deiner Tür. Sie waren ausgebombt, genau wie Ilsa Seemanns Eltern. Und war die junge Frau auch nicht gern gekommen – wusste sie doch von ihrem Arthur, was für eine Mutter du gewesen warst –, so hatte sie doch an ihre Kinder denken müssen. Freier Wohnraum war schwer zu bekommen in einer Stadt, die zu zwei Dritteln zerstört war; bei dir jedoch, Hermine Stargraff, war gerade ein Zimmer frei geworden. Der möblierte Herr, ein fanatischer Nazi, war an der Oder den erträumten Heldentod gestorben.

Von dem freien Zimmer hatten die vier keine Ahnung. Du aber hast es ihnen sofort angeboten. Schon nach dem zweiten Satz, den ihr miteinander gewechselt habt; ohne auch nur eine Sekunde zu zögern – und wohl auch ohne es jemals zu bereuen.

Fügung des Schicksals? Ilsa Seemann hatte nicht viel Zeit, darüber nachzudenken. Sie zog in das frei gewordene Zimmer und ihre drei Kinder zockelten wie verschüchterte Entenküken hinterher; eine Großmutter, die sie überhaupt nicht kannten, was sollte das schon für eine Oma sein?

Doch die junge Kriegerwitwe und ihre drei Kinder waren auf eine andere Hermine Stargraff gestoßen als jene, von der ihnen der Ehemann und Vater berichtet hatte. Die inzwischen Dreiundfünfzigjährige wollte gutmachen, was sie an ihrem so jung im Krieg gefallenen Sohn versäumt hatte. So begann sie für ihre Schwiegertochter, eine ihr bis dahin völlig unbekannte Frau, und deren drei Kinder zu sorgen, so gut es in jenen Tagen eben ging.

Ja, und Robert – deinem Bobby – wurde all die Liebe zuteil, die du seinem Vater vorenthalten hattest. Es mag Reue gewesen sein, oder der Gedanke, dass du vielleicht schon bald vor deinen Gott treten musstest – egal, weshalb und warum: Aus der Rabenmutter wurde die Löwenoma, die ihre vier Jungen zäh und umsichtig vor der Not der Hungerjahre bewahrte und die auf diese Weise endlich aus ihrer langjährigen, schlimmen Einsamkeit gerissen wurde …

Am Rosenthaler Platz quietschten Reifen, es wurde gehupt, geschimpft und weitergefahren, aus einem weit offenen Fenster uns gegenüber drang lautes Lachen. Ich versuchte mir vorzustellen, wie es kurz nach dem Krieg hier ausgesehen hatte, wenn an den Sommerabenden die beiden Frauen mit ihren drei Kindern auf dem Balkon saßen, und sah bald Bilder vor mir: Die Gesichter auf den Fotos, die ich gesehen hatte, für kurze Zeit erwachten sie zum Leben. Alles bewegte sich, sprach miteinander, lachte über irgendwas; ein richtiger kleiner Schwarzweißfilm lief da in mir ab – schwarzweiß, weil ich mir die Nachkriegszeit einfach nicht in Farbe vorstellen kann.

Robert ließ mir Zeit für die Bilder in meinem Kopf, vielleicht sah auch er alles wieder vor sich. Doch dann wollte ich mehr wissen. Sein Vater Arthur, sagte ich zu ihm, was für ein unglücklicher junger Mann musste er gewesen sein. Robert jedoch belehrte mich eines Besseren, indem er mir von einem lebenslustigen jungen Burschen erzählte, den weder die Jahre im Waisenhaus noch das Wissen um die fremde, kalte Mutter gebrochen hatten. Und das, obwohl in den Waisenhäusern jener Tage sturste Härte und grausamste Strenge oberstes Erziehungsgebot waren. Schlägereien, Liebschaften, Tanzvergnügen hätten seines Vaters Jugend bestimmt, ein Hans Dampf in allen Gassen sei er gewesen, der Maurergeselle Arthur Seemann, einer, der auch in schlimmsten Zeiten noch lachen konnte.

Damit beginnt die zweite Geschichte: Sprung zurück in die dreißiger Jahre. Du, Hermine Stargraff, warst gerade erst zur Buchhalterin im *Wäsche-Express* aufgestiegen, da wurde dein Sohn Arthur arbeitslos wie sechshunderttausend andere Berliner auch. Für ein paar Groschen half er in *Onkel Pelles Nordpark* aus, einem Rummelplatz mitten zwischen den Weddinger Mietskasernen. In dickem Rollkragenpullover und dünner Jacke und mit schief aufgesetzter Ballonmütze half er Kindern und jungen Mädchen auf die hohen Karussellpferde und passte auf, dass auch jeder bezahlte. In der Vorweihnachtszeit 1931 passierte es dann. Da wollte ein blasses, zierliches Mädchen mit roter Wollmütze und kessem, hellblondem Bubikopf sich partout nicht von ihm anfassen lassen. »Pfoten weg!«, fauchte sie ihn an, als er sie unter den Achseln packen und ihr aufs Pferd helfen wollte.

»Aber ich tu dir doch nichts«, grinste er die Kleine an.

»Bist 'n Mann!«, lautete die entschiedene Zurechtweisung. Und damit schwang sich dieses Rotkäppchen auch schon locker und leicht auf das hohe Holzpferd und blitzte ihn von oben herab triumphierend an.

Verwundert starrte er ihr nach, und als die kleine Zierliche mit der roten Wollmütze ihm beim dritten oder vierten Vorbeifahren die Zunge rausstreckte, war es um ihn geschehen. Er ließ Karussell Karussell sein – warf damit eine der wenigen Verdienstmöglichkeiten jener Tage einfach weg! – und folgte dem Mädchen und seiner Freundin von Bude zu Bude und Karussell zu Karussell. Die beiden kicherten über den seltsamen Verehrer und die kleine Blonde zeigte ihm einen Vogel nach dem anderen, er aber blieb an ihr dran, bis er am Glücksrad endlich für ein paar Minuten neben ihr stehen durfte.

»Nummer 22«, flüsterte der große, kräftige Bursche der kleinen Widerspenstigen ins Ohr.

»Wieso?«, fragte sie überrascht und sah ihn dabei endlich mal richtig an.

»Na, weil ich zweiundzwanzig bin.«

»Ph!«, machte sie da nur und setzte ihren Groschen auf die Achtzehn.

Das freute ihn. »Also achtzehn biste! Und wie heißte?«

»Ilsa«, meldete sich die Freundin, eine kleine Pummelige, zu Wort. »Und ich bin die Hilde.«

Bei dieser Hilde hätte Arthur mehr Chancen gehabt, das merkte er gleich. Doch er hatte nur Augen für die kleine Blonde. Und offenbar gefiel es Ilsa, dass sie auf diesen jungen Mann mehr Eindruck machte als ihre Freundin mit dem Puppengesicht, nach der doch sonst immer alle die Augen verdrehten. Vielleicht war es aber auch das rasselnd rotierende Glücksrad, das, als es endlich zum Stillstand kam, tatsächlich auf die Nummer 22 zeigte, was ihr zu denken gab. Auf jeden Fall war sie nun bereit, dem aufdringlichen Kerl das eine oder andere Wörtchen zu gönnen, und dankbar strahlte Arthur sie an, bis die pummelige Hilde plötzlich hinter einer Bude verschwunden war. Weil sie nicht länger stören wollte, wie sie später zu Ilsa sagte; weil sie nicht länger nur eine Nebenrolle spielen wollte, wie Ilsa vermutete.

Wie es aber damals so war, bekam das Mädchen Ilsa einen furchtbaren Schreck, als sie plötzlich ohne ihre Freundin einem fremden jungen Mann gegenüberstand. Zwei Mädchen, das ging. Da galt immer die eine für die andere als Anstandswauwau. Ein Mädchen allein schickte sich nicht. Sofort wollte sie nach Hause und Arthur musste große Schritte machen, damit ihm seine Eroberung nicht entschwand. Um sie erneut ins Gespräch zu ziehen, fragte er, was sie am Glücksrad denn am liebsten gewonnen hätte: den großen Teddybär, die Flasche Sekt, das Pfund Würfelzucker, den Bohnenkaffee, die riesige Tüte Weizenmehl, das Stück Speck oder die Pralinen?

Sie überlegte nicht lange. »Das Weizenmehl. Das sind fünf Pfund. Da kann man was draus backen.«

Das hat ihm den Rest gegeben. Die ist praktisch, dachte er, die backt gerne und kann rechnen, so eine kann man heiraten. Ein gemütliches Zuhause war für den Jungen aus dem Waisenhaus und ewigen Untermieter ja schon damals sein allergrößter Wunschtraum. Frech, wie er war, machte er ihr sofort einen Heiratsantrag.

Erst schluckte sie nur, dann wollte sie ihm eine kleine Abkühlung verschaffen. Daraus werde leider nichts, antwortete sie schnippisch, Männer mit Schiebermütze hätten ihr noch nie gefallen.

»So?«, fragte er nur, dann nahm er – sie standen direkt vor einer Brandmauer mit dem Plakat *Vorsicht Taschendiebe!* – ruckartig seine Mütze ab und warf sie weit von sich.

»Biste verrückt geworden?«, schrie sie entsetzt auf. »War doch nur Spaß.« Und damit lief sie schon auf die Fahrbahn, mitten zwischen die wild hupenden Autos, um ihm seine

Mütze zurückzubringen. »Die kostet doch Geld«, schimpfte sie ihn aus. »Heißte mit Nachnamen vielleicht Rockefeller?«

Gleich hatte er sich zum dritten Mal in sie verliebt. Einfach, weil sie etwas für ihn getan hatte.

In ihr aber wuchs die Angst. Sie waren nun schon in ihrer Gegend. Wenn sie mit diesem fremden jungen Mann gesehen wurde, was sollten die Leute von ihr denken? Inbrünstig bat sie ihn, sie doch nun endlich gehen zu lassen; sie sei nicht dümmer als ein Hund und finde allein nach Hause.

Er aber ließ sie nicht aus den Augen, hielt nur Abstand, damit niemand erkennen konnte, dass er sie begleitete, und brachte sie auf diese Weise bis vor ihre Haustür. Damit er wusste, wo sie wohnte. Das ärgerte sie, deshalb warf sie ihm zum Abschied einen so bösen Blick zu, dass jeder andere wohl endgültig alle Hoffnungen fahren lassen hätte. Nicht aber Arthur Seemann, der überzeugt war, die Richtige gefunden zu haben. So stellte er sich ihr, als sie gerade aufschließen wollte, mutig in den Weg und sagte mit fester Stimme, dass er sie unbedingt wieder sehen müsse. Es gehe um ihr beider Lebensglück. Sie wisse das vielleicht noch nicht, ihm aber sei die Sache völlig klar.

Sie stand wie auf glühenden Kohlen. Jeden Augenblick konnten ihre Eltern oder Geschwister aus dem Haus treten oder irgendwelche Nachbarn, die ihren Eltern oder Geschwistern von dem Kavalier vor ihrer Tür erzählen würden. Also verabredete sie sich, nur um ihn loszuwerden, für den nächsten Tag mit ihm: S-Bahnhof Wedding, 19 Uhr. Doch es war ihr klar, dass sie nicht hingehen würde. Noch beim Einschlafen dachte sie: Was soll ich mit diesem Rummelplatz-Casanova?

Tags darauf aber musste sie schon am frühen Morgen an diesen Arthur denken, und als es Abend wurde und kurz vor sieben war, da hatte sie auf einmal Angst, tatsächlich etwas für ihr Leben sehr Wichtiges zu versäumen. Und sie ging hin!

Eine schöne Geschichte. Endlich mal ein Happyend! Zwar wollten Ilsas Eltern diesen Arthur aus dem Waisenhaus anfangs nicht zum Schwiegersohn, weil von dort ja nichts Vernünftiges kommen konnte, doch als Ilsa schwanger wurde, drängten sie mit aller Macht zur Hochzeit.

»Kann schon mal vorkommen, det die Nachkommen zu früh kommen«, habe Ilsas Vater, ein alter Sozialdemokrat mit manchmal sehr konservativen und manchmal sehr fortschrittlichen Anschauungen, nur noch gewitzelt, dann aber hatten seine Frau und er den jungen Leuten geholfen, sich am Prenzlauer Berg, Lychener Straße 63, Hinterhaus, dritter Stock, eine Wohnung einzurichten.

»War Minchen auf der Hochzeit?«, lautete meine erste Frage.

Aber nein, wie ich's mir schon gedacht hatte, weder zur Hochzeit noch zu den Kindtaufen hatte Arthur seine Mutter eingeladen. Und hätte er es getan, so Robert, wärst du ganz sicher nicht hingegangen.

Das Kind – mein Großvater Robert – kam dann am 21. Januar 1933 zur Welt: Neun Tage später hieß der Reichskanzler Adolf Hitler!

Eine Weile schwieg ich, dann fragte ich vorsichtig: »Waren Arthur und Ilsa Nazis?«

»Nein!« Robert schüttelte sofort den Kopf. Ilsas sozialdemokratisches Elternhaus und Arthurs Unangepasstheit hätten sie davor bewahrt, mit den Nazis auch nur zu sympathisieren. Widerstandskämpfer allerdings seien sie auch nicht gewesen. »Sie suchten beide, genau wie Minchen und Wilek, nur ihr privates Glück.« Und das hätten sie – zumindest bis zum Kriegsausbruch – beieinander wohl auch gefunden.

Ich nickte nur still. Zwei Paare, die ihr Glück suchten und nicht glücklich werden durften, zwei Kriege, die überstanden werden mussten, zwei Männer, die von ihren Vorgesetzten in den Tod geschickt wurden, und das für nichts und wieder nichts. Mir wurde kalt und das nicht nur, weil sich inzwischen dunkelgraue Wolken vor den nachtschwarzen Himmel geschoben hatten und leiser Regen auf die Dächer niederging. Hineingehen aber wollte ich nicht, so holte ich mir nur einen Pullover, blickte weiter in die Nacht hinaus und erwärmte mich an dem Gedanken, dass ich mit diesen beiden Geschichten ja auch zwei Schätze gehoben hatte; zwei Schätze, die ich unbedingt weiterverschenken musste. Vater und Mutter sollten diese Geschichten hören, Bastian und eines Tages auch Bastians und meine Kinder.

Ganz und gar zufrieden aber war ich nicht. Es ging mir wie am Vormittag, als wir vom Jüdischen Friedhof kamen: Wieder spürte ich, dass Robert mir noch nicht alles gesagt hatte. Da gab es etwas, woran er immerzu denken musste, wenn er von der Vergangenheit sprach, was er aber aus irgendeinem Grund noch für sich behalten wollte.

Dieser Gedanke beunruhigte mich. Was konnte das sein, worüber sich so schwer sprechen ließ? Und: Würde es mich, wenn ich erst alles wusste, sehr erschrecken?

Steine sind wahrhaftiger

Am nächsten Morgen – ein Sonntag, wie man ihn sich nicht sonniger wünschen kann – putzte ich tatsächlich. Ich fing schon damit an, als Robert noch schlief; wollte alles an diesem einen Vormittag schaffen.

Natürlich ärgerte mich mein Reinlichkeitsfimmel: Ein so schöner Tag und ich schwitzte über Staub und Dreck! Warum schlüpfte ich in die typische Frauenrolle? Wieso fühlte ich mich für Ordnung und Sauberkeit zuständig?

Ich begann meine Putzerei in Roberts Wohnzimmer mit all den Büchern und Zeitschriften und Bergen von Schriftverkehr. Zwar ließ ich seine wie auch immer organisierte Ordnung unberührt, wagte nicht, auch nur ein Blatt von einem Stoß auf den anderen zu legen, aber abgestaubt musste das Ganze doch werden. Und dazu musste ich es in die Hand nehmen. Tja, und da flatterten mit einem Mal, ich war in Gedanken noch bei den beiden Geschichten, die Robert mir am Abend zuvor erzählt hatte, aus einem offenen Umschlag Fotos heraus – Fotos, auf denen zu sehen war, wie Robert von einst führenden DDR-Politikern Orden, Auszeichnungen und Urkunden überreicht bekam. Jener dicke weißhaarige Wilhelm Pieck, nach dem die Torstraße mal benannt war, lächelte ihm gemütlich zu, der spitzbärtige Walter Ulbricht, einst im Westen bestgehasster SED-Parteichef, blitzte ihn durch seine Brille an, der »furztrockene« (mein Herr Vater!) Erich Honecker machte sein Bürovorsteher-Gesicht. Und auch andere, weniger bekannte Persönlichkeiten überreichten dem jungen und älteren Robert Auszeichnungen und drückten ihm die Hand.

Dieser Anblick versetzte mir einen Stich; die Fotos taten weh, obwohl sie mir nichts Neues verrieten, wusste ich doch seit langem, dass Robert, wie alle staatstreuen Künstler der DDR, immer wieder ausgezeichnet worden war: Nationalpreise der verschiedenen Klassen, Vaterländischer Verdienstorden in Silber, Held der Arbeit, Banner der Arbeit, Kunstpreis der DDR-Einheitsgewerkschaft ... Aber ihn so zu sehen, als Dreißig-, Vierzig-, Fünfzigjährigen, und immer dieses beglückte Strahlen im Gesicht, während an der Grenze seines Staates Leute erschossen wurden, die nur ihr ganz normales Menschenrecht in Anspruch nehmen wollten, das ging mir tiefer unter die Haut, als ich zuvor gedacht hätte.

Hastig schob ich die Fotos in den Umschlag zurück, aber vergessen konnte ich sie nicht. Der dumme Tyrann drangsaliert sein Volk, der schlaue lobt es, der kluge wendet beide Methoden an, hatte Vater mal gesagt. Hatte Robert diese »Staatspädagogik« nicht erkannt? War er so unkritisch parteiisch gewesen? Ich versuchte mich damit zu trösten, dass Robert ja nicht der Einzige war, der sich den Verhältnissen, unter denen er lebte, angepasst hatte. Nach dem Motto: Es hätten ja nicht alle weggehen können; wer Eltern hatte, Brüder, Schwestern, enge Freunde, der wollte doch nicht in die Fremde ... Auf Robert jedoch traf das nicht zu. Er hatte seine DDR immer gewollt, hatte noch in Lilienthal die »Fehler« seines untergegangenen Staates damit verteidigt, dass jene »Irrtümer«, gemessen am »unbarmherzigen Kapitalismus des Westens«, das geringere Übel gewesen seien.

Mit diesen Gedanken im Kopf war ich mit meiner Putzerei bis ins Bad gelangt, das ich mir als größte Herausforderung bis ganz zuletzt aufgehoben hatte. Kaum war ich drin, hörte ich, wie Robert aufstand. Rasch flüchtete ich in die Küche; tat so, als räumte ich das Bad, damit er seine Morgenwäsche vornehmen konnte. In Wahrheit wollte ich ihm in diesem Augenblick lieber nicht begegnen.

Später, als er in der Küchentür stand, sah ich, dass er am Abend zuvor wieder getrunken hatte. Dieses müde, verfallene Gesicht, mit seinem Alter oder Verdauungsproblemen hatte das ganz bestimmt nichts zu tun. Es sei denn, er hatte Probleme, die neue Wirklichkeit zu verdauen.

Er sah mir meine Missbilligung an, glaubte, sie hinge allein mit seiner Trinkerei zusammen, und versuchte, meine stummen Vorwürfe ins Lächerliche zu ziehen: »Na, Frau Gouvernante? Kleine Gardinenpredigt fällig?«

Ich antwortete böse, ironisch: »Hast du die leeren Flaschen unterm Bett versteckt?«

Erst winkte er ab, dann sagte er einfach: »Ja.«

Ich senkte den Kopf. Warum trank er? Hing das nur mit seiner Vergangenheit zusammen? Wollte er vergessen? Oder fürchtete er sich vor der Zukunft, ein Leben ohne Schreiben, ohne Ehrungen durch Staatsoberhäupter oder Parteisekretäre? – Oder war etwa der bevorstehende Umzug nach Weißensee der alleinige Grund? Immerhin hatte er über fünfzig Jahre in dieser Wohnung gelebt.

»Selbst wenn du wegkuckst, hast du diesen scharfen Blick!« Er schüttelte den Kopf. »Da fühlt man sich durchleuchtet bis auf die Knochen!«

Rasch zwängte ich mich an ihm vorbei. »Muss noch das Bad fertig putzen.«

Da sagte er nichts mehr, blieb in der Küche, frühstückte.

Als ich dann endlich mit dem Bad fertig war, aber noch keine Zeit gehabt hatte, mich frisch zu machen und umzuziehen, klingelte es an der Tür. Robert ging hin, öffnete und wechselte mit irgendjemand ein paar Worte, dann rief er: »Für dich, Mademoiselle Heilsarmee!«

Es war Gregg, der da – Schlabberjeans und T-Shirt voller Farbkleckse, Haare zerwühlt – in der Tür stand. »Guten Morgen!«, strahlte er mich an, verbesserte sich aber gleich: »Pardon! Guten Tag! Für Frühaufsteher ist ja schon Mittag.«

»Guten Mo… guten Tag!«, stammelte ich verwirrt. Mit diesem Besuch hatte ich ganz und gar nicht gerechnet, hielt noch immer den Eimer in der Hand, den ich gerade wegstellen wollte.

Gespielt vorwurfsvoll blickte Gregg Robert an. »Lässt du deine Gäste deinen Dreck wegmachen?«

»War doch ihr Wunsch, nicht meiner«, knurrte Robert nur, dann zog er sich in die Küche zurück.

Darauf hatte Gregg nur gewartet. Gleich flüsterte er mir zu: »Komm mit! Ich will dir was schenken.«

So, wie ich aussah, sollte ich mit ihm kommen? »Weshalb bringst du's nicht einfach her?« – Wieso hatte er denn ein Geschenk für mich? Auf so vertrautem Fuß standen wir doch gar nicht.

»Ist noch nicht trocken.« Er legte bittend die Hände zusammen.

Was blieb mir da anderes übrig? Ich stellte den Eimer weg, wusch mir Hände und Gesicht und fuhr mir mit der Bürste durchs Haar, dann folgte ich ihm.

Er ging vor mir her durch den Flur der Nachbarwohnung, öffnete die Tür zu dem Raum gleich gegenüber der Küche – und da stand ich in einer stark nach Farbe riechenden Werkstatt mit Matratze und Garderobenständer. Beinahe hätte ich laut aufgelacht. Hier sah es ja noch schlimmer aus als in Roberts Papierkeller. Auf dem Garderobenständer hingen

Greggs sämtliche Klamotten, auf dem riesigen Arbeitstisch lagen allerhand Werkzeuge, Skizzenblöcke, Farbtuben und Uhren, um den Tisch gruppierten sich Krüge mit Pinseln in allen Formen und Größen. Und dann lag da noch ein großer, runder Stein auf dem Tisch, bemalt mit einer bunten Meereslandschaft: Wasserpflanzen, Korallen, Quallen und dazwischen die farbenprächtigsten Fischarten. Signiert mit *Gregg 98.*

»Das ist er.« Gregg zuckte die Achseln, als täte es ihm Leid, mit keiner größeren Überraschung aufgewartet zu haben. »Darfst ihn nur noch nicht anfassen, die Farben sind noch nicht trocken.«

Für mich? Dieser Stein war für mich?

Ich wusste nicht, was ich sagen sollte, beugte mich nur tiefer über den Stein und erkannte, dass die Fische auf dem Stein Menschenköpfe hatten. Es waren aber nicht irgendwelche Köpfe, die da, aufgesetzt auf Fischkörpern, durch die bunte Wasserwelt schwammen, es waren deutlich erkennbare Köpfe. Den dicken Willumeit mit der bunten Krawatte auf dem Fischleib entdeckte ich, den schütterflossigen Bredow, den schrillen Klenke, die verhärmte, aber resolute Frau Störikow, die geradewegs auf den Willumeit losschwamm, den beschützenden Mutterfisch Inke Moor, das Ehepaar Winkler – vor einer dunklen Grotte Flosse an Flosse nebeneinander schwimmend –, Leo, den Clownsfisch, Rico und Heide, das sanfte Fischpaar, das einem fernen Licht entgegenschwamm, Phil und Benno in einer Felsnische ganz für sich allein und noch viele andere mir vom Vortag bekannte Gesichter mehr. Hoch über allen anderen schwammen Gregg und ich. Ich, silbrig glänzend, vorneweg, er mit großer Selbstgewissheit und Ruhe in meinem Gefolge. Ein Stück unterhalb von uns zog ein nachdenklicher Robert seine Bahn.

»Wann hast du das gemacht?«, brachte ich endlich heraus.

»Heute Nacht.« Er grinste verlegen.

»Und du hast es für mich gemacht?«

»Ja.«

Ja! Ganz einfach ja! So viel Mühe, so viel Begeisterung für diese Arbeit – allein für mich?

»Aber das kann ich doch gar nicht annehmen!« Fast war ich beleidigt. Wir kannten uns schließlich erst einen Tag, da machte man doch nicht solche Geschenke.

»Und warum nicht?«

»Weil der ja viel zu schwer ist«, log ich. »Wie soll ich den denn nach Hause bringen?«

»Ich bring ihn dir.«

Er sagte das so selbstverständlich, als wäre unser zukünftiges gemeinsames Leben bereits beschlossene Sache.

»Ich hab einen Freund!«, antwortete ich zickig.

»Er ist der Falsche.« Sagte es, sah mir in die Augen und blieb ganz ernst.

Da wurde ich wütend. »Ach so! Und du? Du bist wohl der Richtige?«

»Ja.«

Wieder dieses selbstverständliche Ja! Ich wollte gerade noch heftiger werden und mir verbitten, dass er so mit mir umging, da sagte er auf einmal: »Gegen die Liebe kann man nichts machen, Ewotschka. Wozu sich lange sträuben?«

»Ach ja?« Ich gab mich weiterhin schnippisch, obwohl ich ja längst zu derselben Erkenntnis gekommen war. Es ging mir nur alles viel zu schnell. Unsicher beugte ich mich noch mal über den Meeresstein. »Wie bist du nur darauf gekommen?«

»Phil hat mich drauf gebracht. Aquarium Berlin! Ein kluges Wort.«

Mir hatte dieser Vergleich auch gefallen, aber auf eine solche Idee wäre ich nicht gekommen. Beeindruckt sah ich mich in

Greggs Werkstatt um und entdeckte unter dem gardinenlosen Fenster einen zweiten, ähnlichen Stein. Auf dem wimmelte es nur so von Ratten. Manche gebärdeten sich als Künstler – Maler, Musiker, Schauspieler, Schriftsteller glaubte ich an Haltung, Kleidung und Frisuren zu erkennen –, andere sahen aus wie Banker oder Industriemanager, wieder andere stellten offensichtlich Politiker dar: weit aufgerissene Schnauzen, scheinheilige Blicke, selbstherrliche Posen. Im Hintergrund ein paar typische Berliner Straßenzüge, dazwischen ein Gewusel von grauen Alltagsratten, keine einzige unsympathisch dargestellt und dennoch als Menschen irgendwie sehr realistisch. Signiert war dieser Stein mit *Gregg 97.*

Ich war baff. Ein anderes Wort gibt es dafür nicht. Mein Romeo war ja wirklich ein Künstler. »Hast du noch mehr solcher Steine?«, konnte ich nur flüstern.

Er hatte. Und er zeigte sie mir. Ganze Kisten voll mit bemalten Steinen breitete er vor mir aus. Alle waren sie sorgfältig in luftgepolstertes Plastikmaterial verpackt, alle stellten sie Landschaften, Porträts oder Phantasiekompositionen dar. In Ausführung und künstlerischer Qualität jedoch kamen diese kleineren Steine an den Meeres- und den Rattenstein nicht heran, wenngleich auch davon mir einige sehr gefielen.

»Was machst du mit all den Steinen?«

»Verkaufen! Von irgendwas muss man ja leben.« Das Reparieren von Uhren sei nur so eine Art Hobby von ihm, obwohl er den Beruf mal erlernt habe. Er arbeite allein für seinen Bekanntenkreis und da gäbe es, je nach Schwierigkeit der Arbeit, nur drei Preise: fünf, zehn oder zwanzig Mark. In einer Zeit, in der man schon ganz brauchbare Zwanzig-Mark-Uhren herstellen könne, ließen die Leute aber nur sehr teure, wertvolle Uhren reparieren – und welcher seiner Bekannten besäße schon eine teure Uhr?

»Aber da stehen doch so viele.«

»Die sind zum Ausschlachten. Ersatzteile.«

»Und die Steine? Wo verkaufst du die?«

»In Phils und Bennos Laden, auf Kunstmärkten, Flohmärkten, manchmal auch in Kneipen.«

Eine seltsame Art, seinen Lebensunterhalt zu bestreiten! Von armen Künstlern hatte ich schon jede Menge gehört; die meisten heute weltberühmten Maler waren irgendwann mal solche Idealisten. Aber immerhin hatten sie Materialien bearbeitet, die man sich an die Wand hängen konnte, keine unpraktischen Steine.

Behutsam fragte ich, weshalb er denn unbedingt Steine bemalen wollte.

Seine Antwort: »Leinwand, Pappe, Papier – das ist alles von Menschenhand gemacht. Glatt, keine Verformungen! Steine sind viel wahrhaftiger. Jeder bringt seine eigene Geschichte mit, jeder fordert dich anders heraus.« Außerdem wolle er seine Bilder ja gerade nicht an die Wand hängen, sondern sie überall hinlegen, ja, sich sogar draufsetzen oder sie streicheln dürfen, ohne befürchten zu müssen, irgendwas zu zerstören.

Hörte sich alles sehr gut an, wenn man die finanzielle Seite der Angelegenheit außer Acht ließ. Die aber wollte ich lieber nicht erörtern, das hätte so nach »Können Sie meine Tochter denn überhaupt ernähren?« geklungen.

Gregg jedoch wusste, was mir durch den Kopf ging. Für ihn bedeute Leben vor allen Dingen sich niemals langweilen oder vor irgendetwas fürchten zu müssen, sagte er. Beides könne er nur erreichen, wenn er machte, was er wirklich wollte, und sich nicht von irgendwelchen überlieferten Vorstellungen einengen ließ.

Also war er von seiner ganzen Lebenseinstellung her Künstler? Einer, der weder anders konnte noch anders wollte? Ich hätte ihn gern noch mehr gefragt, da klopfte es plötzlich an die Tür und Leo schob seinen Kopf herein. Erst wollte er Gregg nur wecken – »Dem Alltagsstress kannste entjehn, vermeideste, früh aufzustehn!« –, dann entdeckte er mich und kuckte verblüfft: »Nanu? Schwätzchen mit dem Schätzchen?« Gleich darauf brüllte er los: »Essen fassen, Rembrandt!«

Ich wollte gehen, Gregg hielt mich zurück. »Iss mit. Wir haben immer viel zu viel.«

»Und Robert?«

»Der isst mittags doch nie was.«

»Dafür trinkt er umso mehr.« Wenn Gregg so viel über Robert wusste, musste er auch das wissen.

Wieder dieses selbstverständliche Ja.

»Weil er unglücklich ist?«, fragte ich.

»Weil er sich fürchtet.«

»Vor der Zukunft? – Oder vor seiner Vergangenheit?«

»Vielleicht nur vor sich selbst.« Bittend nahm er meine Hand. »Iss mit uns, Ewotschka! Heute haben Phil und Benno gekocht. Die beiden sind die wahren Künstler.«

So saß ich also schon wieder an diesem riesigen Küchentisch und niemand schien etwas dabei zu finden. Außer Leo natürlich, der Gregg und mich immer wieder anstarrte, als könnte er gar nicht fassen, wie schnell wir zwei zusammengefunden hatten.

Und Gregg hatte Recht: Phil und Benno sind tatsächlich Künstler. Sie hatten zweimal libanesischen Auflauf aus der Ofenröhre geholt, für die Vegetarier Rico, Heide und Leo ohne Hackfleisch, für die anderen mit. Ein Essen, bei dem man am liebsten Messer und Gabel mitgeschluckt hätte, so gut schmeckte es. Und der weiße Landwein, den Phil dazu einschenkte, war auch ganz köstlich. In so einer WG, dachte ich, könnte ich mich wohl fühlen. In Hamburg lebe ich ziemlich allein, außer Britta habe ich dort keine Freunde, nur sehr, sehr viele Bekannte. Was vor allem daran liegt, dass ich an den Wochenenden immer nach Lilienthal fahre. Ich war aber noch nie ein großes Herdentier – vielleicht, weil ich die richtige Herde bisher nicht gefunden hatte?

Natürlich wurde beim Essen viel geredet. Die Aktionen, die tags zuvor beschlossen worden waren, mussten ja in die Tat umgesetzt werden. Rico und Heide hatten sich schon Notizen gemacht, was sie in der kommenden Woche in Angriff nehmen wollten, und auch Phil und Benno und Leo wussten bereits ihre ersten Schritte und wen sie noch alles für ihre Pläne begeistern wollten. Meister Gregg wiederum hatte schon mal eine sehr warme Fassadengestaltung entworfen: viel helles

Gelb und um die Fenster einen ockerfarbenen Rahmen, dazu unter jedem Fenster eine dezente Tiervignette in Englischrot als Ersatz für den fehlenden Stuck. Er erntete viel Beifall für seinen Entwurf und auch Eva aus dem fernen Lilienthal war begeistert. Traumhaft, was man aus alten Häusern machen kann, wenn man ein bisschen Phantasie hat. An eine echte Chance für diese Pläne aber glaubte ich nach wie vor nicht. Deshalb hörte ich gar nicht richtig zu, was da so alles besprochen wurde. Rico und Heide, Benno und Phil, Gregg und Leo selbst interessierten mich viel mehr: Was hatte die sechs zusammengeführt? Wo kamen sie her? Dass sie nicht alle geborene Berliner waren, hatte ich längst herausgehört. So fragte ich Phil und Benno in einer Gesprächspause einfach mal, wie sie denn auf dieses tolle Gericht gekommen seien. Ihre Mütter hätten ihnen doch ganz sicher keine libanesischen Aufläufe beigebracht.

Benno grinste nur. Er ahnte meine Neugier. Phil jedoch, der eigentlich Philipp heißt, es aber satt hat, immer wieder erklären zu müssen, ob sein Name mit ll und pp, einem l und zwei p oder zwei l und einem p geschrieben wird, und sich deshalb nur noch Phil nennt, erzählte bereitwillig, dass er im West-Berliner Charlottenburg aufgewachsen sei, dort Koch gelernt und lange in einem arabisch-griechischen Restaurant gearbeitet habe. Seine Mutter habe ihm vor allem gute Umgangsformen beigebracht, nicht aber das Kochen. Für einen schwulen Koch als Sohn, der ganz sicher niemals seinen Doktor machen und ihr auch keine Enkel schenken würde, habe sie sich immer nur geschämt.

Es wurde gegrinst und gekichert und Benno rief vergnügt, er würde Phils Mutter ja gern zur Oma machen, er hätte nur Angst vor dem Kaiserschnitt.

Wieder Gelächter, dann erzählte Benno von sich. Er komme aus einem kleinen Ort in der Nähe von Stuttgart: »Fünfhundert Einwohner, tausend Hunde, zwei Kirchen, zwei Friedhöfe, drei Gasthöfe.« Da hätten schon früh alle Männlein und Weiblein und Hunde gewusst, dass aus ihm nie ein ganzer Kerl würde. Ein Grund für seine Eltern, ihm immer wieder die ältere Schwester vorzuhalten, die im Leben viel besser ihren Mann stünde. »Na, da wusste ich nach dem Abi doch gleich, was ich zu tun hatte: Das Beutele geschnürt und ab nach Berlin, wo es noch mehr solche Perversele geben sollte.«

Erneutes Gekicher, dann schilderte uns Benno mit viel Spaß am Erzählen, wie er in seinen ersten Berliner Monaten gegen das Verhungern angekämpft hatte. Theater- und Filmstatist sei er gewesen, Fahrradkurier, Möbelausträger, Eisverkäufer und immer so weiter, zuletzt Kartenabreißer im Kino. Dort, als sie gerade die siebentausendfünfhundertneunundneunzigste Vorstellung von Woody Allens *Stadtneurotiker* gaben, habe er den Kulturfreak Phil kennen gelernt. Er sei bei ihm eingezogen, damit sie immer zusammen frühstücken konnten, und irgendwann hätten sie dann die Idee von der Galerie im Posterladen gehabt. »Schwule haben ja alle Kunstverstand. Kein Wunder, dass wir so erfolgreich sind.«

Wieder wurde gelacht und ich lachte mit. In Wahrheit war mir meine Neugier längst peinlich. Wie zur Entschuldigung sagte ich, in Lilienthal sei man auch nicht viel klüger als in Bennos schwäbischem Heimatort.

Gleich darauf legte Leo los. »Bin leider kein Wessi«, erklärte er mit treuherzigem Augenaufschlag. »Bin 'n ganz langweiliger Ossi, jammere gern, gehe nur grau in grau und träume mich jeden Abend vor dem Einschlafen in realsozialistische Zeiten zurück.«

Besonders lautes Gelächter! Was ihn natürlich zu einer Sondervorstellung animierte. Nicht weit von der Torstraße entfernt sei er aufgewachsen, seine Kindheit sei alles in allem sehr DDR-harmonisch verlaufen: Kinderkrippe, Kindergarten, Schule, Pubertät, Midlife-Crisis. – Jubelndes Gelächter! – Wenige Wochen bevor er eingeäschert werden sollte, mit fünfzehn, habe dann plötzlich die Erde gebebt und da habe er wie weiland das schlafende Schneewittchen den giftigen Apfel schnell wieder erbrochen und sei auferstanden aus Ruinen. Denn an diesem grauen Novembertag sei die Berliner Mauer gefallen.

»Weißte, was das war – die Berliner Mauer?«

Alle lachten, ich zeigte ihm einen Vogel.

»Nun denn!« Leo mimte weiter den orientalischen Märchenerzähler. An jenem Novemberabend sei er gerade aus dem Kino gekommen, da habe sein Freund Ulle schon wartend vor der Haustür gestanden. Im Fernsehen sei was von neuen Reisebestimmungen und Grenzöffnung gefaselt worden, er wolle sich das mal ansehen. Also seien sie losgezogen, hin zur Bornholmer Brücke. Dort hätten schon ein paar tausend Leutchen gestanden und von Minute zu Minute seien es mehr geworden. Alle hatten sie irgendwas gehört, aber keiner erinnerte sich an den genauen Wortlaut der Erklärung, die da im Fernsehen verlesen worden war. So verlangten sie schlicht, sofort über die Grenze gelassen zu werden. Sie kämen auch ganz bestimmt wieder, hätten sie doch noch ihre Blumentöpfe und Oma und Opa im Osten.

Er wartete auf unsere Lacher; als keine kamen, wurde er von seiner eigenen Erzählung fortgerissen und schilderte uns voll Begeisterung, wie die Offiziere vor den Grenzbaracken sich ungewöhnlich höflich dafür entschuldigten, von ihrer übergeordneten Dienststelle noch keinerlei Anweisungen erhalten zu haben. Deshalb, so die Offiziere, sei es sicher besser, den morgigen Tag abzuwarten. Es wollte aber niemand nach Hause gehen; alle ahnten, dass was in der Luft lag. Und richtig, kurz nach elf sei der Grenzübergang doch noch geöffnet worden. Ein Hauptmann der Grenztruppen, so habe es später in den Zeitungen gestanden, hatte die Weltgeschichte in eigener Machtvollkommenheit ins Laufen gebracht.

»Uff eenmal hat's jeflutscht wie 'n Zäpfchen durch 'n Darm: Ausweis her, Stempel rin, rüber!« Noch vor wenigen Tagen seien an dieser Grenze Menschen erschossen worden, jetzt habe es auf einmal geheißen: Freie Bahn dem Drängler!

Leo strahlte und wir strahlten mit. Es war ja tatsächlich ein weltgeschichtliches Ereignis, über das er berichtete. Und wir alle hatten es miterlebt, wenn auch größtenteils nur vor dem Fernseher.

Danach der Westen: der Verkehr, die Leuchtschriften, die Schaufenster! Als Leo und Ulle geboren wurden, stand die Mauer ja schon dreizehn Jahre; West-Berlin war für sie immer nur die Stadt aus dem Fernsehen gewesen. Jetzt drückten sie sich an den Kudamm-Schaufenstern die Nase platt und wunderten sich, dass die Kneipen nicht schlossen. Und wie die Westler ihre Brüder und Schwestern aus dem Osten begrüßt hätten! Sekt auf Trabis, Bananen immer in die offenen Wagenfenster hinein, Bonbonregen aus Westzigaretten. Bier und Cola hätten sie ihnen eingetrichtert, Curry-Würste in den Hals gestopft und die Schultern blau geklopft. Überall das große Glück; sie hätten heulen können vor so viel Wiedervereinigung.

Am nächsten Tag, sie hatten noch kein Auge zugemacht: Tanz auf der Mauer! Bands spielten, Kerzen wurden angezündet, die Grenzsoldaten ließen sich Nelken anstecken. Hätte er, Leo, denn je gedacht, dass ihr antifaschistischer Schutzwall vor dem Brandenburger Tor drei Meter dick war? Hätte er je zu träumen gewagt, dass Mauerspechte das Ding eines Tages auf ganz und gar kapitalistische Weise zu Geld machen würden? –

Ach, und dann der Höhepunkt von seines und Ulles Glück: Küssetauschen mit zwei West-Berliner Mädchen, die tatsächlich ganz echt berlinerten und genauso berauscht waren wie sie. Immer wieder seien sie zu viert durch den Todesstreifen geflitzt, niemand habe auf sie geschossen. Nur gedroht hätten die Grenzer. »Wie die Eunuchen, immer nur gedroht!«

»Und danach?«, fragte ich gespannt. Ich wollte wissen, wie es Leo und seinem Freund nach der großen Euphorie ergangen war: das Erwachen in Arbeitslosigkeit, die Enttäuschung über die einfach nicht blühen wollenden Ostlandschaften, das Empfinden, einen traurigen Absturz erlebt zu haben. Ich hatte viel über den großen Wendefrust gehört, aber immer nur aus zweiter Hand.

Leo schnaubte verächtlich. »Wat willste denn hören? Dass ick die olle DDR wiederhaben will?«

»Die Wahrheit natürlich.«

Er wieherte vor Vergnügen. »Die Wahrheit! Au prima! Die Wahrheit!« Und dann piekte er mich mit seinem Zeigefinger und sagte: »Die Wahrheit is, dass de aus 'm Huhn Frikassee, aber aus dem Frikassee keen Huhn mehr machen kannst – besonders nich, wenn du's schon verdaut hast.«

»Und wenn doch?«, hakte ich nach. »Ich meine, wenn es doch möglich wäre, würdest du das Huhn dann wiederhaben wollen?«

Da hatte er Mitleid mit der Wessifrau, die sich offensichtlich für alle nicht aufgegangenen Blütenknospen verantwortlich fühlte. »Nee«, tröstete er mich. »Wieso denn? Hab keen Anlass zur Beschwerde. Bin 'n Vereinijungsjewinner.« Und dann erzählte er mir stolz, wie er und sein Freund Ulle gleich nach der Währungsunion in ihren letzten Schulferien durch halb Europa trampten. Und das mit nicht mehr als dreihundert selbst erjobbten D-Mark im Brustbeutel. Frankreich,

Spanien, Portugal, Italien, Österreich, Schweiz – »allet am Stück!« Wo es schön war, seien sie länger geblieben; was ihnen an Geld fehlte, hätten sie sich auf Bahnhofsvorplätzen erklimpert. »Mit 'nem Kassettenrekorder, 'ner Gitarre und 'nem Hut.« Nur zwölf Songs waren auf dem Band und Ulles Gitarre sei ziemlich verstimmt gewesen, also hätten sie ihren Madison Square Garden alle dreiviertel Stunde woandershin verlegen müssen, verhungert aber seien sie nicht.

»Danach hab ick Krankenpfleger jelernt, Bundeswehr verweijert, Zivildienst jemacht. Allet ohne Probleme! Du siehst, olle Leo is anjekommen in eurer freien Marktwirtschaft.«

»Und warum bist du dann so ironisch?«

»Weil wir uns alle sehr verändert haben in diesen Jahren«, schaltete Heide sich ein. »Früher ging's bei uns nicht so sehr ums Geld … Für die harte Mark und nun bald den Euro aber tun viele alles.«

Ein Beweis mehr, dass die Menschen in vierzig Jahren verordnetem Realsozialismus auch nicht klüger oder besser geworden waren, dachte ich, verkniff mir aber, das zu sagen. Ich wollte nicht gleich ein Ost-West-Streitgespräch riskieren, so neu, wie ich in dieser Runde war.

Die anderen spürten meine Unsicherheit. Ein Weilchen kuckten sie nur verlegen, dann stand Phil auf und begann türkischen Kaffee zu kochen. Nach einem libanesischen Auflauf, sagte er, schmecke Filterkaffee wie Apfelessig.

Ein erlösendes Lächeln ging durch die Runde und Heide erklärte mir, dass das Sonntagsessen in der WG eine Zeremonie sei und nicht unter zwei Stunden dauere. Wer vorher aufstehe, begehe ein Sakrileg.

»Na, dann haben wir ja noch Zeit.« Wieder mutig geworden, zwinkerte ich Heide zu. Nun wollte ich ihre und Ricos Story auch noch hören.

Heide kommt aus einem kleinen Dorf in Mecklenburg und ist direkt an der Ostseeküste aufgewachsen, Rico ist Thüringer. Kennen gelernt haben die beiden sich, als er vor drei Jahren in ihrem Dorf Ferien machte.

»Hat sofort gefunkt«, sagte Heide kichernd, als sie mir beim Kaffee davon erzählte. »Lag wohl an meinem neuen Badeanzug.«

»Und was hat euch nach Berlin getrieben?«

Ricos Studium, erklärte mir Heide, sei der Grund dafür gewesen, dass sie Berge und Meer mit der Großstadt vertauschten, ein bisschen aber auch Ricos Jugendfreund Franz, seit fünf Jahren Pfarrer in einer Berliner Gemeinde. Ja, und sie habe in der Liebe nun mal die Einstellung: Wo du hingehst, da will auch ich sein!

Mal wieder Gelächter.

»Seid ihr gläubig?« Ich hatte schon seit einer Weile das Gefühl, dass Rico und Heide religiös denkende Menschen waren; das mit dem befreundeten Pfarrer erleichterte mir, danach zu fragen.

»Ja«, antwortete Rico für Heide – und dann hielt er mir, um meine Neugier zu befriedigen, einen Vortrag: Im Marxismus habe es stets nur geheißen, Religionen seien nichts anderes als Opium fürs Volk. Mit diesem Gedankengut seien Heide und er aufgewachsen. Und so ganz falsch sei das ja auch nicht gewesen. Wie oft waren Religionen dazu missbraucht worden, Menschen dumm zu halten und zu unterdrücken. »Leider war der Marxismus bei uns längst zur Ersatzreligion geworden. Man glaubte dran oder nicht. Jetzt sind die falschen Götter gestürzt. Doch was passiert mit den Menschen, wenn sie keine Ideale mehr haben? Woran sollen sie sich festhalten?«

Er sah Heide an, nahm ihre Hand und sagte, jede Revolution vernichte die alte Ordnung. Es bliebe ihr dann gar nichts anderes übrig, als eine neue Ordnung herzustellen. Ob die neue aber die gerechtere wäre? Heide und er glaubten an keine politischen Entwürfe mehr. In denen würde ihnen zu viel mit dem Kopf und zu wenig mit dem Herzen gedacht.

Gregg zwinkerte mir zu: »Und weil er so denkt, unser Apostel Enricus, spielt er nicht mal Schach mit mir.«

Ich verstand nicht, was er damit sagen wollte, und Rico musste mir erklären, dass er das Schachspielen ablehne, weil es bei diesem Spiel allein darum gehe, Macht über den anderen zu erringen. »Man will dem Partner Überlegenheit beweisen. Spiele ich Mensch-ärgere-dich-nicht, kann ich lachen, beim Schach kämpfe ich um den Triumph.«

Mir erschien das ein bisschen übertrieben und kauzig und Heide sah mir meine Skepsis wohl an. »Wir wollen die Welt verändern, indem wir uns verändern, verstehst du? Die Leistungsgesellschaft macht uns sonst noch alle zu Robotern.«

Da konnte Phil nicht länger nur still zuhören. Was das alles mit Religiosität zu tun hatte, fragte er. Mit dem Herzen denken, das könnten schließlich auch die, die nicht an Gott glaubten. Er empfinde es als sehr naiv zu glauben, die religiösen Lehren, die sich doch nur Menschen ausgedacht hätten, wären irgendeines Gottes Wort. Seiner Meinung nach beleidige es alle menschliche Intelligenz, wenn die unglaubwürdigen und einander widersprechenden biblischen Weisheiten über alle Naturgesetze gestellt würden.

Ich dachte, jeden Moment würde die Bombe platzen. War ja starker Tobak, was Phil den beiden da entgegengeschleudert hatte. Aber nein, sie lächelten nur, als hätten sie diese Argumente schon tausendmal gehört, und Rico blieb ganz sachlich, als er erwiderte, religiöse Fragen seien nun mal nicht mit mathematischen oder physikalischen Formeln zu beantworten. Ihm gehe es vor allem um ein neues, mehr geistiges als materielles Denken und damit um ein bewussteres Leben.

Grund genug für Benno, seinem Partner Phil zur Seite zu springen. Er habe nichts gegen neue Wege und hohe Ideale, sagte er, es sei bisher nur leider oft so gewesen, dass gerade die größten Verbrechen im Auftrag höchstgeistiger Ideale begangen wurden, wie die religiösen Konflikte überall in der Welt bewiesen. Deshalb hätte er es lieber eine Nummer kleiner. »Und was euren Gott betrifft – egal, ob er 'n weißen Rauschebart trägt, als kosmischer Geist durchs Weltall schwirrt oder ›im Herzen der Menschen seine Wohnung hat‹, – solange er nichts verhindern kann und nichts bewegen will, sondern alles uns überlässt, soll er mir gestohlen bleiben. Ein Gott, den man für nichts verantwortlich machen kann, ist wie 'n Minister ohne Ressort, er kassiert Gehalt, ist aber zu nichts nütze.«

Rico und Heide lachten nur. »Die alte Geschichte«, sagte Heide dann zu mir, »wer an nichts glauben will, glaubt an nichts.«

»Irrtum!«, widersprach Gregg ernst. »Nur wer glauben will, glaubt.«

Eva Seemann war begeistert! Hier wurde um Weltanschauungen gestritten, ohne dass der eine dem anderen ernsthaft böse war, nur weil er seine Meinung nicht teilte. Das hatte ich so noch nie erlebt. »Geht ihr immer so offen und tolerant miteinander um?«, fragte ich beeindruckt.

»Meistens!«, antwortete Benno. »Aber wir gehören nicht etwa zu denen, die nur friedfertig sind, weil ihnen alles Wurscht ist.« Dann fasste er mich eingehender ins Auge und fragte mit gespielter Strenge: »Hast uns ausgehorcht wie eine von der Stasi, jetzt leg deine Karten mal schön neben unsere.«

Was sollte ich da groß erzählen? Ich halte mich für ziemlich unentschieden in meiner Meinung. Nicht alles Neue muss gut sein, nicht alles Alte schlecht. Umgekehrt gilt das Gleiche.

Nur eines weiß ich sicher: Wir Jungen leben in keiner gesegneten Zeit, nur weil es die Ost-West-Konfrontation nicht mehr gibt. Auf uns stürzen täglich jede Menge neue Probleme ein, darunter solche, deren Ausmaß mir manchmal den ganzen Lebensmut nimmt, wie zum Beispiel die unsägliche Armut in der Dritten Welt oder unser Umgang mit dem Planeten, auf dem wir leben. Die politischen Systeme haben sich längst als unfähig entpuppt, die Zukunft zu gestalten. Ihr Pragmatismus, der nur noch Nutzen und Gewinn als Werte anerkennt, hat sie in die Irre geführt. Deshalb ist sicher ein großes Umdenken erforderlich, müssen neue Visionen entwickelt werden und wir uns mehr darauf besinnen, was wir selbst dazu beitragen können, unsere Welt vor dem drohenden Absturz zu bewahren. Also fand ich Ricos und Heides Ansätze nicht schlecht, obwohl ich, was Religion betrifft, eher dem zuneigte, was Phil und Benno gesagt hatten. Jedenfalls tue ich mich schwer mit einem Gott, der so viel Leid und Ungerechtigkeit zulässt.

Ich zögerte einen Augenblick, dann ließ ich das alles vom Stapel. Als es heraus war, sah ich, wie Gregg mir lächelnd zunickte und auch Rico, Heide, Phil und Benno mir ihr Einverständnis signalisierten; ich hatte wohl den kleinsten gemeinsamen Nenner getroffen.

»Gut gebrüllt, Rippe Adams!«, lobte mich sogar Leo. Aber dann wollte er mehr von mir wissen: »Schuhgröße, Kinderkrankheiten und andere Delikatessen!«

Lieber hätte ich erst noch Greggs Geschichte gehört und erfahren, was diese sechs zusammengeführt hatte. Doch sicher war es schöner, Gregg erzählen zu lassen, wenn wir beide mal miteinander allein waren. So fing ich noch mal von mir an. Redete und redete und fand kein Ende. Von Minchen erzählte ich und von Vater, der in diesem Haus aufgewachsen und eines Tages auf so traurige Weise fortgegangen war, und weshalb ich Robert besuchte.

Alle lauschten gespannt. Meine war die einzige Geschichte, die sie noch nicht kannten.

Als ich fertig war, reichte Leo mir feierlich die Hand: »Wer so schön spinnt, der passt zu uns. Also: Willkommen im Klub! Eintritt frei, Garderobe nur, wenn vorhanden.«

Diesmal lachte keiner, aber alle lächelten mir freundlich zu.

Reiter ohne Ross

Da hatte ich tatsächlich meinen Klub gefunden. Noch ewig hätte ich in dieser Küche sitzen und diskutieren können. Nach dem Essen aber verzogen sich alle an ihre »Sonntagsnachmittagsarbeitsplätze«. Phil und Benno hatten in ihrem Laden zu tun, Rico wollte schon mal ein paar eventuelle Unterstützer für seine Widerstandsaktion besuchen, Heide sich mit einem Buch über gesunde Säuglingsernährung befassen, Leo auf seinem Bett für den Nachtdienst in der Charité vorschlafen und Gregg zwei Uhren reparieren, die Landsleute bei ihm abgegeben hatten.

»Würde mich gern am Abend mit dir treffen«, sagte er zum Abschied.

Doch am Abend konnte und wollte ich nicht mit Gregg zusammen sein. Ich war ja bei Robert zu Besuch und nicht bei der WG. Also vertröstete ich ihn auf Montag, bedankte mich noch mal für das Mittagessen und ging in Roberts Wohnung zurück. Vor seiner Wohnungstür stockte ich. Sie war nur angelehnt.

Er war weggegangen und hatte meinetwegen einfach die Tür offen gelassen.

Ein Weilchen stand ich hilflos in der Wohnung herum. Ohne Robert erschien sie mir fremd. Dann ging ich auf den Balkon. Auf der Straße war es sonntäglich still, Robert aber war nirgends zu sehen. War er vor seiner Gouvernante geflohen?

Ich erwägte kurz, zu Hause anzurufen. Doch was hätte ich berichten sollen? Von der WG und ihrem positiven Widerstand? Von Greggs Steinen? Von Roberts Erzählungen über Minchen, Arthur und Ilsa? Das gehörte alles erst mal nur mir und musste verdaut werden. So ließ ich den Telefonhörer unberührt und flüchtete mich zu dir, Minchen, legte mich in deinem Zimmer aufs Bett, las noch einmal alle deine Briefe, nur diesmal viel gründlicher, studierte noch mal alle Fotos, auch die aus dem Fotoalbum, und nahm in die Hand, was noch an Erinnerungsstücken zu finden war.

Diesmal war es ganz anders als zwei Tage zuvor, als ich von all diesen Stöbereien den fürchterlichen Alptraum bekam. Inzwischen wusste ich, wie tüchtig und hart du sein konntest, und sah alles mit anderen Augen.

In mein Nachdenken über dein Leben versunken, hörte ich Robert zurückkommen. Er schloss die Wohnungstür auf, betrat den Flur, klopfte leise bei mir an und rief meinen Namen.

Ich antwortete nur unlustig. Die Fotos, Urkunden und Orden, die ich am Morgen gefunden hatte – wir mussten darüber reden und ich fürchtete mich davor: die Enkelin, die ihren Großvater zur Rede stellt! Durfte ich mir diese Rolle anmaßen? Andererseits: So tun, als ob nichts passiert war, konnte ich auch nicht.

Er öffnete die Tür einen Spalt weit und steckte den Kopf herein. »Frieden?«

»Ja.«

Da kam er ins Zimmer, legte etwas Flaches, in Papier Gewickeltes aufs Bett und sagte feierlich: »Hab ich dir mitgebracht.«

Es war eine Mappe mit alten Berliner Stadtplänen. Der erste war von 1652, der letzte von 1957.

»Danke!«, sagte ich, und da ich ehrlichen Herzens für Frieden war, küsste ich ihn so auf die Wange, wie ich es getan hatte, als er mir die Blumen überreichte.

Er freute sich, zog mit mir und den Stadtplänen an den großen Wohnzimmertisch, schob ein paar Papierstöße zur Seite und schlug eine Karte nach der anderen auf, um mir zu zeigen, wie die Bezeichnungen der Straßen, Plätze und Bahnhöfe sich im Lauf der Zeit verändert hatten. Mit dem Ostbahnhof fing er an. Der habe ganz früher Frankfurter Bahnhof geheißen, weil man von dort aus nach Frankfurt/Oder fuhr, dann kurze Zeit Niederschlesisch-Märkischer Bahnhof, dann Schlesischer Bahnhof, dann – weil Schlesien ja nach dem Zweiten Weltkrieg nicht mehr zu Deutschland gehörte – Ostbahnhof und später Hauptbahnhof, weil die Hauptstadt der DDR nun mal auch einen Hauptbahnhof haben wollte. Vor wenigen Wochen sei er dann wieder in Ostbahnhof umbenannt worden, damit es keine Verwechslung mit dem am Lehrter Bahnhof entstehenden Zentralbahnhof gebe. Einigen »Experten« zufolge aber hätte der Hauptbahnhof nicht in Ostbahnhof, sondern in Schlesischer Bahnhof zurückbenannt werden müssen – so als hätte es den Zweiten Weltkrieg und den Verlust Schlesiens überhaupt nicht gegeben.

Ich verstand wahrhaftig nur noch Bahnhof. Doch Robert, einmal in Fahrt, zeigte mir auch noch mehrere Ost-Berliner Straßen, die nach von den Nazis ermordeten Kommunisten benannt worden waren und nach dem Mauerfall diese Namen verloren hatten. Nach dem Motto: An diese Opfer wolle man lieber nicht erinnern, weil sie ja Kommunisten und also selber »Verbrecher« gewesen seien. In West-Berlin aber gebe es nach wie vor einen Hindenburgdamm. Also sei man auf die Untaten dieses zutiefst reaktionären Generals und späteren Reichspräsidenten, der zum bösen Schluss seiner militaristischen Karriere Hitler die Ernennung zum Reichskanzler überreichte, heute noch stolz? Und auf die Spanische Allee, draußen in Nikolassee, auch? Die sei schließlich zu Ehren der Legion Condor so genannt worden, jener »Fliegerhelden«, die im Spanischen Bürgerkrieg die Franco-Faschisten unterstützten und die Stadt Guernica in Grund und Boden bombten. Viele tausend Tote hätte es dort gegeben, alles Zivilisten, Mütter und Kinder. Doch als gefordert wurde, dass diese Allee umbenannt wird, hätten die Anwohner sich gewehrt. Und das mit Erfolg! Wer sich im Osten wehrte, kämpfte vergeblich.

Das war ein bisschen viel, was da auf mich einstürzte. Dennoch hätte ich Robert in den meisten Punkten sicher Recht gegeben, wenn ich nicht ständig meinen morgendlichen Fund im Hinterkopf gehabt hätte. Sofern es um andere ging, war er ein hundertprozentiger Moralist; über seine eigenen Verstrickungen sprach er nicht so gern. Irgendwann konnte ich nicht mehr zuhören, trat an den Stapel Papier, in dem ich den Umschlag mit den Fotos, Orden und Auszeichnungen wusste, zog ihn heraus und legte ihn auf den Tisch. Direkt auf Roberts Kartenparade. »Weshalb hast du diese Sachen aussortiert?«

Er sah auf, schob sich mit einer fahrigen Bewegung die Haarsträhne aus der Stirn und sah mich lange an. »Also deshalb warst du heute Morgen so ungemütlich!«

Nicht gerade zartfühlend von mir, derart herauszuplatzen. Doch es lag mir noch nie, erst lange um den heißen Brei herumzuschleichen. Ohne darauf einzugehen, dass ich mich am Morgen auch über seine allnächtliche Trinkerei geärgert hatte, erklärte ich ihm, dass ich nicht etwa spioniert hätte. Die Fotos seien beim Putzen herausgefallen. »Du wolltest doch viel mit mir reden. Auch darüber?«

Er machte ein nachdenkliches Gesicht, dann sagte er ernst: »Auch darüber! Aber dazu muss ich mich erst setzen.« Damit ging er in die Küche, nahm eine Flasche Wein aus dem Schrank, öffnete sie und sah mich fragend an.

Ich schüttelte den Kopf, er goss sich ein und ich setzte mich ihm gegenüber. Ich kam mir elend vor. War erst zwei Tage hier und spielte schon die Richterin … Wollte die zukünftige Journalistin etwa einen Skandal aufdecken?

»Also erst mal: Ich hab das Zeug nicht aussortiert! Alles, was ich an Fotos besitze, findest du in irgendwelchen Umschlägen. Diese hier habe ich gleich zu den Orden und Urkunden gelegt. Gehört ja irgendwie zusammen, der ganze Klimbim.« Er atmete schwer und trank einen Schluck. »Doch dir geht's in Wahrheit ja um was ganz anderes – um mein Mitmachen, nicht wahr?«

Ich nickte nur stumm.

Da trank er wieder, steckte sich eine Zigarette an, lehnte sich – fast schon ein wenig entspannt – in seinen Stuhl zurück und begann mit der Erschaffung der Welt, nämlich mit dem Ideal von Freiheit, Gleichheit und Brüderlichkeit und dem Traum von der klassenlosen Gesellschaft, den wohl alle fortschrittlichen Köpfe und damit auch er mal geträumt hatten.

»Lass dir eine Geschichte erzählen, Evchen. Brecht, über seine Haltung zum Sozialismus befragt, antwortete mal: Hab ein Pferd, das Pferd schielt, lahmt, hat die Räude. Einer kommt, sagt: Das Pferd schielt aber und es lahmt. Und sehen Sie nur, es hat die Räude. Er hat Recht, heißt es bei Brecht, aber was nutzt es mir? Habe nun mal kein anderes Pferd.«

Keine andere Hoffnung als den Sozialismus! Eine schöne Parabel. Aber erklärt sie, weshalb eine solche Hoffnung berechtigt, gegen alle humanistischen Regeln zu verstoßen? Ich hätte nachhaken können, wollte ihn aber nicht mit meinen Fragen überschütten. Erst mal wollte ich hören, was Robert von sich aus sagte; ich war die Katze, die wusste, dass ihr die Maus nicht entkommen konnte.

Was nun folgte, dieses ganze, lange Gespräch, füllt in meinem Tagebuch mehrere Seiten. Ich muss zusammenfassen, um nicht auszuufern.

Zuerst sprach Robert lange über all das Positive in der jungen DDR, darunter die Bodenreform von 1945, die jeglichen Großgrundbesitz abschaffte, die Enteignung der Konzerne, deren Begierden die Welt zweimal in furchtbare Kriege gestürzt hatten, die Aufhebung des Bildungsmonopols der bürgerlichen Schichten, die soziale Sicherheit, den vom Staat getragenen Antifaschismus.

»Hab ja die Nazi-Zeit noch miterlebt«, sagte er dann. »Dieses Befreiungsgefühl, als der Faschismus zerschlagen war! Welcher junge Mensch will das nachempfinden können? Keine KZ mehr, kein Terror, keine Todesangst, nur weil man am Radio den Feindsender eingestellt hatte … So etwas wollte ich nie wieder erleben und der neue Staat schien mir eine Garantie dafür zu sein.«

In jenen Jahren, so Robert, hätten viele von einem besseren Deutschland geträumt: einem Land, von dem nie wieder ein Krieg ausgehen würde; einem Land, in dem das einfache Volk keiner Willkürherrschaft mehr ausgesetzt war, sondern selbst die Macht besaß; einem Land, in dem Frieden und Menschlichkeit oberste Gebote waren und es Brot für alle gab.

Um dieses neue Deutschland zu erreichen, so habe es damals geheißen, müssten vorübergehende Unfreiheiten in Kauf genommen werden: »Wenn wir erst gesiegt haben im Kalten Krieg der Systeme, dann können wir großzügiger sein.«

Ich sah ihn nur an, sagte kein Wort.

Natürlich, er lachte traurig, heute könne, wer wolle, solche Naivität lächerlich finden. Aber wer käme schon unbeschädigt durch ein langes Leben? Die Politik einer Partei mitzutragen bedeute in jedem Fall, auch Irrtümer, Fehlentscheidungen und sogar bewusste Lügen zu akzeptieren.

»Und Verbrechen?«, warf ich da zum ersten Mal ein.

Seine Hand mit der Zigarette zitterte. »Verbrechen?«, wiederholte er leise. »Ja, es hat auch Verbrechen gegeben … Und vorübergehende Verbrechen, die gibt's wohl nicht …«

Ich sah ihn nur an, half ihm nicht, fühlte mich im Moment wirklich als eine Art übergeordnete Instanz. Da begann er über die Verwerflichkeit jeder Parteidisziplin zu reden, weil die das eigene Denken beschädige. »Irgendwann musst du dir dann eingestehen: Was ich zu verantworten habe, das wollte ich nicht – und was ich wollte, das hab ich verraten.«

War das eine Antwort auf meinen Einwurf? Durfte ich mich damit zufrieden geben? War das genug »Reue«? Oder, verdammt noch mal, was für Eingeständnisse erwartete ich?

Er dachte nach, trank und rauchte, dann sagte er, der Sozialismus, das wisse er nun, sei nach wie vor eine große Idee. »Nur passen Mensch und Idee nicht zusammen. So ist's ja immer, legen wir erst mal Hand an unsere Ideale, um sie zu verwirklichen, gibt's bald keine Ideale mehr.«

Kann eine Idee groß sein, wenn die Menschen zu klein dafür sind? Oder gilt auch hier Roberts Heiner-Müller-Zitat vom Unmöglichen, das versucht werden muss, um das Mögliche zu erreichen? Das aber frage ich mich erst jetzt, an jenem Sonntag war ich noch nicht so weit, da wandte ich nur leise ein, dass es in der DDR doch auch jede Menge Leute gegeben habe, die sich ihre Ideale nicht nehmen ließen.

Er sinnierte einen Augenblick, dann sagte er, bei Immanuel Kant heiße es: Habe den Mut, dich deines eigenen Verstandes zu bedienen. Er, Robert Seemann, habe nicht genug von dieser Art Mut gehabt, das wisse er wohl, und deshalb sei er mit schuld daran, dass aus dem großen Menschheitstraum nichts geworden sei. Doch, das frage er sich immer noch, was hätte er tun sollen? Die ganze Wahrheit schreiben, die nur im Westen zu veröffentlichen war? Einige seiner Kollegen hätten das getan, ihm aber sei das immer als falsch erschienen. Von Lenin habe er die Frage gelernt: Wem nützt es? Und so hätten er und viele andere Autoren sich immer wieder gefragt, ob eine zu harsche Kritik am System nicht zuallererst dem Klassengegner nutze. »Wir wollten in der DDR um die DDR und für die DDR kämpfen und nicht die neutralen Beobachter spielen.«

Im Studium habe ich gelernt, in einem totalitären System könne die Presse immer nur der begleitende Chor, niemals aber ein wahrhaft selbstständig handelndes Organ sein. Für Buchautoren, die in einem solchen System publiziert werden wollen, gilt sicher das Gleiche. Vater jedoch hat es noch besser und allgemeiner formuliert: Ein Schreiber, der allein vom staatspolitischen Standpunkt aus schreibt, wird irgendwann zur Tinte der Macht.

Das sagte ich und Robert wusste gleich, woher es kam. Ja, antwortete er, ich sei eine gute Zuhörerin, das habe er schon bemerkt, die Wahrheit aber sei nicht so einfach gestrickt wie dieser Spruch. Und damit begann er von einer gewissen Margarete Arzt zu erzählen, einer alten Frau, die er in den sechziger Jahren kennen gelernt hatte. Bereits 1919 sei sie in die KPD eingetreten, später vor den Nazis in die Sowjetunion geflohen und dort wegen angeblicher Spionage für die Nazis zuerst zum Tode verurteilt und danach zu zwanzigjähriger Zwangsarbeit begnadigt worden.

Erst nach dem letzten Tag dieser zwanzig Jahre sei sie freigekommen, in die DDR gegangen und dort geblieben, obwohl es damals die Mauer noch nicht gab und sie ohne große Probleme in den Westen hätte verschwinden können. »Sie blieb, weil sie trotz der grausamen Ungerechtigkeit, die ihr widerfahren war, und trotz der Millionen Toten, die ein Stalin und seine Schergen auf dem Gewissen hatten, weiter an den Sozialismus glaubte. Es durfte einfach nicht sein, dass ihr Traum nicht funktionierte ... Sollten denn so viele aufrechte Kommunisten in Hitlers und Stalins Lagern ihr Leben gelassen haben, nur damit eine borniert Funktionärsclique in aller Ruhe ihren Spießbürgersozialismus aufbauen konnte? Nein, das war nicht das Ziel ihres lebenslangen Kampfes. Also schluckte sie runter, was ihr die Galle hochtrieb, also verbog auch sie sich. Weil sie nach wie vor an unsere Chance glaubte! Weil sie fest davon überzeugt war, dass nur wir Sozialisten eine menschlichere Welt schaffen konnten.«

Wie sollte diese Geschichte mich nicht beeindrucken? Robert nahm es befriedigt zur Kenntnis und fügte hinzu, so wie jene einfache Frau, die immer sagte, sie dürfe ihr eigenes kleines Schicksal nicht in die Waagschale werfen, wenn es um eine so große Sache wie das Glück der Menschheit gehe, so habe auch er immer gedacht. Und das trotz der Schüsse an der Mauer, die ihn jedes Mal zutiefst geschmerzt hätten, wenn im Westfernsehen darüber berichtet worden sei und die ich wohl hauptsächlich meinte, wenn ich von »Verbrechen« sprach.

Hatte ich allein die Schüsse gemeint? Nein! Da gab es vieles, was ich als Verbrechen an der Menschlichkeit bezeichnen würde. Irgendwie aber war mir die Lust vergangen, ich wollte nicht länger Richterin spielen und auch keine Verteidigungsreden mehr hören. Robert jedoch wollte weiterreden, wie um alles an einem einzigen Nachmittag zu klären, und fing nun auch noch mit dem Kalten Krieg an, der ihn und seine Generation so geprägt habe. Dabei ging er nach und nach immer mehr zum Angriff über. Erst nannte er das Westdeutschland des Kalten Krieges einen klerikalfaschistischen Staat, dann erinnerte er an die dreiundfünfzig alten Nazis im ersten Bundestag, an Hans Globke, der unter Hitler Spezialist für Judenangelegenheiten und Mitarbeiter an den Nürnberger Rassengesetzen war und dann unter Adenauer zehn Jahre lang Staatssekretär im Bundeskanzleramt, an Hans Filbinger, der noch in den letzten Kriegstagen als Marinerichter einen jungen Deserteur zum Tode verurteilt hatte und ohne das geringste Unrechtsbewusstsein zwölf Jahre lang dem Bundesland Baden-Württemberg als Ministerpräsident vorstand, und an Kurt Georg Kiesinger, Nazi von Anfang an, der es sogar bis zum Bundeskanzler brachte.

»Glaub mir, ich könnte dir noch mehr Beispiele liefern«, sagte er dann fast ein wenig nachsichtig. »Doch wozu? Dass die Bonner Republik für Leute, die nach den Erfahrungen beider Weltkriege einen neuen Weg einschlagen wollten, in den fünfziger und sechziger Jahren keine wirkliche Alternative war, interessiert doch heute niemanden mehr.«

Mir waren die drei Namen und die mangelhafte Verfolgung der Nazi-Täter in der Bundesrepublik bestens bekannt. Mit meinen Bremerhavener Großeltern hatte ich oft darüber geredet, auch in der Schule war darüber gesprochen worden. Schmutziges Wasser dürfe man erst dann wegkippen, wenn man schon sauberes habe, hatte unser erster Bundeskanzler Adenauer mal zu diesem Problem gesagt. Von Vater jedoch wusste ich, dass es in der DDR nicht so viel anders gewesen war. Wenn einer nicht gerade als KZ-Wächter gedient, dafür aber bereut und seine Kraft dem Aufbau des Sozialismus zur Verfügung gestellt hatte, habe er Karriere machen dürfen. Und warum? Weil keiner der beiden deutschen Staaten sein Volk hätte austauschen können und leider auch nicht auf »Fachleute«, gleich welcher Art, verzichten wollte. So seien alte braune Denkweisen in beide Staaten und alle neuen Parteien hineingetragen worden und in der DDR sei das aufgrund der vielen Parallelen in Bürokratie und Organisation sogar besonders leicht gewesen.

All das hätte ich Robert antworten können. Am besten kühl und überlegen. Seine Nachsicht mit mir Dummchen, die ich ja in Wahrheit von nichts 'ne Ahnung hatte, jedoch ärgerte mich. So hielt ich ihm prompt entgegen, dass einer, der die Verbrechen in seinem eigenen Land vierzig Jahre lang kleingeredet oder verschwiegen und dafür die Orden gleich im Dutzend nachgeworfen bekommen hatte, überhaupt kein Recht habe, ein anderes Land mit einem anderen politischen System zu kritisieren. Ich fühlte mich provoziert und wollte selber provozieren.

Das klappte auch. Beinahe feindselig starrte er mich an.

Immer noch hart in der Sache, aber versöhnlicher im Ton fügte ich hinzu, dass mich alle Einseitigkeiten, aus welcher Richtung auch immer, an der Moral der Kritiker zweifeln ließen. So würden zum Beispiel Kommunisten, die die Nazi-KZ anprangerten, auf mich nur verlogen wirken, solange sie nicht auch die Stalinschen Gulags verurteilten.

Zu meinem Erstaunen hörte ich keine Widerrede. Dabei hatte ich schon gedacht, nun müsste ich meine Sachen packen und auf Nimmerwiedersehen nach Lilienthal zurückzuckeln. Doch Robert schwenkte plötzlich ein. Natürlich seien die Stalinschen Lager nicht weniger verabscheuungswürdig als Hitlers Todesfabriken, wenn man mal von der bürokratischen Perfektion der Nazis absah. Er sei gern bereit, mir das einzugestehen. Heute jedoch gehe es um eine ganz andere Problematik. Er habe es satt, immer nur das eigene Versagen unter die Nase gerieben zu bekommen. »In eurer westlichen Freiheit darfste alles sagen, darfst schreiben, was du willst, darfst reisen, wohin du willst, wenn dein Bankkonto es zulässt. Aber ist das wirklich Demokratie – Volksherrschaft? Bewirkt deine ›freie Meinung‹ irgendwas? Kannst du was Grundlegendes ändern? – Eine Partei kannst du abwählen, aber nicht den Geldadel. Der lebt im Kapitalschutzpark, an den kommt keiner ran.«

Er steckte sich eine neue Zigarette an, trank einen Schluck und schüttelte heftig den Kopf. Nein, in einer Gesellschaft, mit der er sich identifizieren könnte, müsste immer und zuallererst der Mensch im Mittelpunkt stehen, nicht das Geld. Firmenchefs zum Beispiel, die in Billiglohnländern produzieren ließen, um auf diese Weise »ihre Betriebe zu retten«, seien für ihn Ganoven; nach dem kapitalistischen Wertesystem aber seien sie nur kluge Rechner, ganz egal, wie viele Arbeitsplätze ihre Rechnerei in Deutschland vernichtete.

Bemerkungen, die ich teilweise hätte unterschreiben können. Trotzdem wurde ich das Gefühl nicht los, dass er mit all dieser Kritik von seiner eigenen Verstrickung in das DDR-Regime ablenken wollte. Und dann sagte er auch noch etwas, das mich persönlich sehr traf. Ob ich denn zum westlichen System, das auf Zerstörung und Ungerechtigkeit beruhe, irgendeine wahrhaft demokratische Alternative sähe? Unsere Caritas- und Greenpeace-Aktionen, mit denen gutherzige Menschen sich ihr Gewissen erleichterten, seien doch nichts anderes als Heftpflaster auf dem Körper eines bereits im Koma liegenden Patienten.

Das waren nun Argumente, wie sie im Westen jene gebrauchen, die ein Alibi für ihr Nichtstun suchen. Habe mich oft genug darüber geärgert, vor allem, weil ich weiß, dass ein Körnchen Wahrheit drinsteckt. Aber ich will ja Journalistin werden, weil ich nach wie vor glaube, dass Veränderungen möglich sind. Ohne diese Hoffnung hätte das Leben doch irgendwie gar keinen Sinn. Soziale Gerechtigkeit, wahrhafte Demokratie und die Schaffung eines ökologischen Gleichgewichtes sind möglich! Daran glaube ich. Und in Rom, London, Paris oder dem heutigen Berlin kann man für diese Ziele eintreten, in Roberts DDR wurden Leute mit genau diesen Zielen eingesperrt. Wenn in der Bundesrepublik die demokratischen Freiheiten manchmal auch ziemlich eingeengt werden, in der DDR hat es sie nicht einmal gegeben.

Das alles haute ich Robert um die Ohren. Und weil ich gerade so schön in Rage war, hielt ich ihm vor, dass er die realsozialistischen Verbrechen mit einer einzigen Handbewegung als Fehler, Irrtümer und Irrwege abtat, obwohl es unter der Diktatur des Proletariats doch mit zu den größten Verbrechen der Menschheitsgeschichte gekommen sei. Für unsere Gesellschaft jedoch, die ganz sicher auch nicht die menschenfreundlichste sei, die aber all jene, die eine andere Meinung haben oder ihr Land verlassen wollen, wenigstens nicht umbringe oder in Gefängnisse und Lager stecke, habe er sehr viel kritischere Worte gefunden.

Und auch damit war ich noch nicht am Ende angelangt. Ich ignorierte Roberts Stirnrunzeln und fragte ihn, ob er etwa glaube, dass kommunistische Mörder, nur weil sie keine so primitive Weltanschauung hatten wie die Nazis, anständigere Mörder gewesen wären? Er kenne doch bestimmt den Ausspruch des russischen Schriftstellers Alexander Herzen: Schriftsteller seien zwar nicht die Ärzte der Gesellschaft, wohl aber ihr Schmerz. (Ich beziehe dieses Wort übrigens auch auf den Journalismus.) Er, Robert, aber habe den Schmerz nicht nur nicht beschrieben, er habe ihn sogar geleugnet und seine Leser mit verlogenen Zukunftsphrasen getröstet.

Keulenschläge, ich weiß! Aber sorry – bin nun mal noch keine resignative alte Dame und will so schnell auch keine werden.

Roberts Reaktion? Er verließ den Raum.

Doch da kannte er Eva Seemann schlecht. So einfach ließ ich mich nicht abschütteln. Bis ins Wohnzimmer, wo er vor dem offenen Schrank stand, Tabletten schluckte und Whisky trank, lief ich ihm nach.

Was er denn von mir erwartet habe, wollte ich wissen. Ob ich etwa keine eigene Meinung zu unserer Geschichte und zum Schreiben haben dürfe. Schließlich hätten seine Leser ihm doch vertraut, hätten vielleicht sogar gedacht, wenn ein so guter Schriftsteller wie dieser Robert Seemann bestimmte Verbrechen, Ungerechtigkeiten, Sorgen und Nöte nicht thematisiere, dann könnten sie so schlimm nicht sein. Aber nein, in all seinen Werken kein einziges Wort über die Stalinschen KZ, die er doch nun selbst mit denen der Nazis verglichen hatte, keines über die Mauertoten, die ihn doch so geschmerzt hätten, keines über die vielen, die eine andere Meinung hatten und dafür jahrelang ins Gefängnis gesteckt wurden. Immer nur Mäkeleien an irgendwelchen größenwahnsinnigen Betriebsdirektoren und jene allseits bekannten vorübergehenden Schwierigkeiten beim Aufbau des Sozialismus. Immer nur Hügel und Steinchen, die im Wege lagen, kein einziges Gebirge.

»Hör auf!«, unterbrach er mich plötzlich mit heiserer Stimme. »Ich weiß ja selbst, dass ich versagt habe.« Und wie er mich dabei anblickte mit seinen hellen, müden Augen, das ging mir durch und durch.

Erst jetzt begriff ich die ganze Tragweite seiner Tragödie: Er hatte den Brechtschen Gaul geritten, das einzige Pferd, auf das er seine Hoffnungen setzte – nun war er ein Reiter ohne Ross.

Vorsichtig trat ich auf ihn zu, nahm seine Hand und entschuldigte mich für die Heftigkeit meiner Vorwürfe. Dann bat ich ihn, doch das Trinken zu lassen. »Nützt doch nichts, wenn du dich totsäufst.«

Er erwiderte nichts darauf und so entschuldigte ich mich noch mal für meine strengen Vorwürfe und gab zu, ihm und seinen Nöten niemals wirklich gerecht werden zu können – weil ich ja damals in der DDR nicht dabei gewesen war.

Da zuckte er nur traurig die Achseln. »Arm ist nicht reich, krumm und gerade sind nicht gleich! Hat unser Minchen oft gesagt. Weshalb sollten wir uns denn in allem einig sein? Friedliche Koexistenz war mal ein hehres Ziel, streben wir es von neuem an.«

Darauf erwiderte ich nichts mehr und so nahm er nach längerem Brüten den Umschlag mit den Orden, Auszeichnungen und Fotos in die Hand und fragte mich, als wäre es die ganze Zeit allein darum gegangen: »Und was, du dreimal kluge Eva, machen wir nun mit diesem ganzen Klumpatsch? Wegwerfen? Ab in den Mülleimer? Außer Spesen nichts gewesen?«

»Nein«, sagte ich sofort. »Das wäre die allergrößte Lüge.«

Eine Antwort, die er schweigend zur Kenntnis nahm. Erst später am Abend, als wir einen Spaziergang durchs Viertel machten und aus den offenen Fenstern der aufgeregte Fernsehkommentar zum Endspiel der Fußballweltmeisterschaft zu uns hinausdrang, kam Robert noch einmal darauf zurück. Er habe sich entschieden, sagte er, alle seine Auszeichnungen und Preise zu den Sprüchen im Flur zu pinnen. Früher habe er so was als dümmliche Protzerei empfunden, jetzt aber wolle er, dass nie wieder jemand auf die Idee käme, er hätte diese Ehrungen aus seinem Leben gestrichen.

Sein Vorhaben gefiel mir. Voller Einverständnis drückte ich seinen Arm.

Da sagte er leise: »Ich wusste schon, weshalb ich wollte, dass du kommst, Evchen …«

Sieben auf einen Streich

So endete dieses lange, von mir vielleicht etwas inquisitorisch geführte Streitgespräch noch halbwegs versöhnlich. Was wir an jenem Tag gesagt und einander vorgeworfen hatten, war damit aber nicht aus der Welt. Wir waren uns nur näher gekommen, respektierten uns mehr.

Wie es danach weiterging? Auf diesen Sonntag, den ich mit Putzen und Kennenlernen und Diskutieren und nur einem einzigen kleinen Abendspaziergang in der für mich noch immer fremden Stadt zugebracht hatte, folgte eine Woche, die es in sich hatte. Von Tag zu Tag wurde es lebendiger vor und in den Häusern Torstraße 127 und 125 und auf dem Spielplatz daneben. Wer Zeit hatte, fand sich ein, um mitzumachen bei der positiven Aktion der Nr. 127. Das waren aber nicht nur Leute aus dem Haus; Rico und Heide, Leo, Phil und Benno, auch Gregg, Inke Moor, die resolute Annemarie Störikow, das alte Ehepaar Winkler und noch andere Hausbewohner, alle brachten sie Freunde, Bekannte, Kollegen oder ehemalige Kollegen mit, die helfen wollten. Darunter Arbeitslose aus sehr nützlichen Berufen – Ingenieure, Maurer, Installateure, Zimmerleute –, die auch am Morgen schon Zeit hatten.

»Schade, dass wir nur vier Millionen Arbeitslose haben«, witzelte Leo. »Hätten wir acht Millionen, würden doppelt so viele mitmachen.«

Erstaunlich, wer alles Spaß daran hatte, allein für ein fröhliches Dankeschön zu arbeiten. An den Abenden wimmelte es manchmal nur so von Helfern. Bis in die tiefe Dunkelheit hinein wurde gewerkelt und oft noch darüber hinaus. Zwar war ich immer noch davon überzeugt, dass Ricos und Heides Projekt keine Chance hatte, doch waren es so tolle, lustige Leute, die hier schippten, hämmerten, mauerten, malerten und was sonst noch alles taten, dass auch ich bald zu Schippe oder Pinsel griff.

Das hatte natürlich auch mit Gregg zu tun. Bei der Arbeit konnte ich ihn beobachten – und mich über ihn wundern: Alle drei Minuten strahlte er mich an, als wäre ich nur für ihn direkt vom Himmel gefallen, doch kein einziges Mal versuchte er, zärtlich zu werden. War er sich über meine Gefühle für ihn noch nicht im Klaren? Hatte ich ihm nicht deutlich genug zu verstehen gegeben, dass ich zumindest neugierig auf ihn war? Fürchtete er, ein zu früher Annäherungsversuch könnte falsch ankommen? – Ich durfte rätseln, weiter abwarten und trotz aller Unschuld mein schlechtes Gewissen pflegen: War Jens nicht mein Wilek? Verriet ich ihn nicht, wenn ich einfach nur zusah, was aus Gregg und mir wurde?

In Wahrheit waren das rein theoretische Quälereien. Es hatte schließlich schon öfter mal ein Mädchen einen Freund gehabt, der am Ende nicht ihre große Liebe wurde. Weshalb hätte ausgerechnet in meinem Fall der Erste der Richtige sein sollen? Trotzdem: Jens und ich, wir kannten uns seit unserer Kindheit; das war schon fast eine hundertjährige Ehe, die gab man nicht so einfach auf.

Aber auch die anderen aus der WG lernte ich bei der Arbeit immer besser kennen und erfuhr schon bald, wie die sechs zusammengefunden hatten: Phil und Benno waren es, die gern in die leere Wohnung neben Robert einziehen wollten. Weil sie allein die Miete nicht aufbringen konnten, fragten sie Gregg, ob er nicht vielleicht auch ein schönes Zimmer suchte. Gregg suchte eines, aber nicht zwei. Und auch für Phil und

Benno wären zwei Zimmer noch immer zu teuer gewesen. Also sprach Gregg Heide an – ein Landsmann von ihm ist ihr Kollege – und Heide brachte Rico mit und Rico später Leo. Dass sie sich alle sechs so gut verstanden, war reines Glück, ein Zufallstreffer, ein Grund, dem Schicksal dankbar zu sein. Je unterschiedlicher die Leute, wie Phil gern sagte, desto größer die Chance, dass sie einander respektierten.

Ja, und je länger ich die sechs beobachten konnte, desto besser gefielen sie mir. Das waren noch Leute, die was bewirken wollten und bei »Erfolg« nicht nur an ihr eigenes Vorwärtskommen dachten! Die hatten nicht nur Träume, die versuchten, ihre Träume wahr zu machen, obwohl sie ganz genau wussten, wie gering ihre Chance war. Gäbe es mehr von ihnen, wäre die Welt viel lebendiger.

Was genau da alles gearbeitet wurde? Auf dem Spielplatz wurden Löcher gebuddelt und kleine Wälle aufgeschaufelt, auf den so entstandenen Hügeln Rasen gesät und in die Löcher Büsche und kleine Bäume gepflanzt. Dafür war jetzt, im Sommer, nicht gerade die richtige Zeit, einer von Leos Freunden jedoch, ein Gärtner, hatte die mit dicken Wurzelballen angelieferten Pflanzen ausgesucht und wollte sich auch weiterhin um sie kümmern. Wir konnten ja nicht bis zum Frühjahr warten. Es wurden Schaukeln, Wippen und ein großes Klettergerüst gebaut, ein riesiger Sandkasten kam hinzu, voll mit weißem Sand, wie man ihn sonst nur an Meeresstränden findet. In der Nr. 125 sollte das Dach erneuert, defekte Wasserrohre und Fenster ersetzt und, nachdem beide Häuser eingerüstet waren, als Erstes der alte, billige Verputz abgeklopft werden.

Ricos Sponsoren – darunter mehrere für ihr ökologisches Engagement bekannte Firmen, allesamt mit ihren Markenzeichen am Gerüst – zeigten sich sehr großzügig, obwohl sie wussten, auf welch wackligen Füßen unsere Aktion stand. Sie betrachteten das Ganze als eine Investition in die Zukunft; beste Werbung für ihre Produkte, falls unser Beispiel Schule machte und die Medien sich eines Tages mit uns beschäftigten. Die Chefs dieser Firmen, aber auch viele private Spender kamen hin und wieder vorbei, sahen sich an, was mit ihrem Geld geschah, tranken was mit uns, wünschten uns viel Glück und dampften wieder ab.

Dafür zogen schon bald die ersten Mieter in den ehemaligen Kakerlakenpalast, obwohl der sich ja noch mitten im Umbau befand. Die meisten waren Obdachlose, solche, wie man sie in jeder Großstadt kennt – alte und junge Männer mit zum Teil schon sehr verwitterten Gesichtern und langen Bärten –, aber auch andere, die auf den ersten Blick niemand für Obdachlose gehalten hätte, weil sie ihr Äußeres so gut in Ordnung hielten, immer in der Hoffnung, noch mal den Sprung zurück in ihre alte Welt zu schaffen.

Zwei Frauen mit grauen, vom Alkohol aufgedunsenen Gesichtern und bös ausgefransten Haaren und ein junger Mann, der für eine Obdachlosenzeitung schrieb, waren auch darunter. Er erzählte von anderen Wohnprojekten für Obdachlose und welche Erfahrungen man dort gemacht habe. Mit unserer Aktion war das freilich nicht zu vergleichen. Unser Vorhaben war eine Versuchsrakete; wir wussten noch nicht, ob das Ding flog.

Die neuen Mieter, die vom ersten Tag an mitarbeiteten, als gelte es, sich ein Eigenheim zu schaffen, glaubten dennoch kaum an eine echte Chance. »Wir schinden uns hier ab«, hieß es schon bald, »und nachher ist alles für die Katz.« Ohne Stempel und Unterschrift, ohne reelle Mietverträge seien sie hier ja doch nur Einbrecher.

Rico allein wagte es, ihnen zu widersprechen. »Wenn man

für eine Sache Herz und Hand einbringt, bekommt man immer was zurück.«

Klar, dass er für solche Sprüche nur Hohn und Spott erntete. Auf die ersten Einzüge in die Nr. 125 folgten die ersten Auszüge aus der 127. »Brennnesseln sollen ihm aus allen seinen Löchern sprießen«, schimpfte Leo, als Hans Bredow, jener ehemalige Parteisekretär im VEB Fischgroßhandel, »die Mücke machte«. Und über ein älteres Ehepaar, das auszog, sagte er: »Die haben unter Hitler gejammert und pariert, um immer Fleisch in der Suppe zu haben, und unter der Partei, die immer Recht hatte, gejammert und pariert, auf dass ihre Suppe nicht dünner wurde. Weshalb sollten sie ihr Erfolgsrezept jetzt ändern?«

Ein andermal ärgerte ihn der Auszug eines ehemaligen Sportfunktionärs, für den bis zum Mauerfall jeder sportliche Wettkampf ein Krieg der Systeme gewesen war und der nun mit Leib und Seele einem Profiverein vorstand. »Das is 'n Typ, aus dem kann jeder sich 'ne Schalmei schnitzen.« Wieder ein anderes Mal fuchste ihn die »Fahnenflucht« einer auffällig modern gekleideten jungen Familie, die lauthals verkündete, dass sie gern ins grüne Weißensee umzog. »Born to shop!«, schimpfte er ihnen nach. »Und so wat hat mal jebrüllt: Wir sind det Volk!«

Mich interessierten unsere Obdachlosen mehr. Ihr Ältester, ein Riese weit über die siebzig, sehr knorrig und mit langem Bart, kuckte uns junge Leute in den ersten Tagen unter seinem breitkrempigen Hut hervor nur abschätzig an. So, als wollte er sagen: Was wisst ihr schon vom Leben? Seine Kumpel nennen ihn »Stalingrad«, weil er als junger Soldat noch den Kampf um Stalingrad miterlebt hat und, angetrunken, gern die haarsträubendsten Kriegsgeschichten erzählt. Wir haben ihn bald genauso gerufen.

Von Beruf ist Stalingrad Bauinstallateur, er macht aber schon seit über zwanzig Jahren – seit dem Tod seiner Frau – die Platte. Stalingrad kennt alle Überlebenstricks, trotzdem fühlt er sich jetzt, »nach drei Jahren Krieg, sieben Jahren Gefangenschaft und zweiundzwanzig Jahren Wind und Wetter auf'm Bau«, zu alt, um weiter »die Steine zu wärmen«. Nur deshalb, so betonte er stolz, habe er sich überhaupt auf uns eingelassen.

Die anderen in der Nr. 125 waren durch ähnliche Geschichten – Verlust der Arbeit oder des Ehepartners, Suff und andere Pechsträhnen – in Not geraten. Fast alle sehnten sie sich in ein normales, bürgerliches Leben zurück.

Die beiden Frauen erweckten natürlich ganz besonders meine Neugier. Sie werden »Bohnen-Gertie« und »Katzen-Molly« gerufen.

Die Bohnen-Gertie ist eine weißhaarige, oft betrunkene, aber stets hilfsbereite Frau um die fünfzig, von der erzählt wird, der Tod ihrer beiden Kinder durch einen von ihr selbst verschuldeten Verkehrsunfall habe sie aus der Bahn geworfen. Früher war sie mal eine wohlhabende Geschäftsfrau. Ihren Spitznamen verdankt sie der Tatsache, dass sie so gern grüne Bohnen isst. Ungekocht! Wegen der Vitamine und weil sie roh schneller sättigen, wie sie sagt.

Die Katzen-Molly ist sehr viel jünger, vielleicht dreißig, mit fast dunkelblauen Augen und blassblondem, strähnigem Haar. Sie füttert gern die überall in den Stadtparks herumstreunenden Katzen. Daher ihr Spitzname. Von ihr heißt es, sie sei ihrem Mann weggelaufen, einem Schläger, der ihr im Laufe ihrer Ehejahre jeden Knochen einzeln gebrochen habe.

Offen gestanden bin ich anfangs erst mal auf Distanz gegangen zu all diesen nicht gerade Vertrauen erweckenden Gestalten. Erst als ich die beiden Frauen und ein paar der Männer näher kennen gelernt hatte, änderte sich das. Zwar gab es nach wie vor welche, deren düstere Gesichter mich abschreckten, zu den meisten jedoch hatte ich schon bald ein ganz freundschaftliches Verhältnis.

Die für mich interessantesten »Neumieter« aber tauchten eines verregneten Nachmittags auf, als ich und ein paar andere gerade dabei waren, die große Grube für den neuen Sandkasten auszuheben. Leo hatte sie zuerst gesehen. »Jetzt wird's bunt«, kicherte er. Ich blickte auf und sah einen Trupp Punks auf uns zumarschieren, wie sie mir so schrill und abgefahren zuvor noch nie begegnet waren. In ihren regennassen Klamotten kamen sie heran und dann standen sie zu siebt vor uns und kuckten uns nur herausfordernd an.

»Sucht ihr eure Mutti?«, witzelte Leo. »Oder müsst ihr nur mal aufs Pinkulatorium?«

»Hier soll'n noch 'n paar Löcher frei sein«, sagte da einer von ihnen. »Woll'n ma kucken, ob das was für uns ist.«

Es war Feuerwasser, der uns zuerst ansprach. Feuerwasser ist etwa achtzehn, trägt einen roten Irokesenkamm und dazu eine ganz verrückte, goldfarben angepinselte Hornbrille. Im linken Ohr stecken sieben silberne Ringe, im rechten neun, in beiden Nasenflügeln jeweils drei, am Kinn fünf. Um den Hals schlingt er sich jeden Morgen ein mit eisernen Sternen beschlagenes Lederband, sein Oberkörper unter der zerschlissenen Lederjacke ist über und über mit Tätowierungen verziert, die weite, weiße Matrosenhose muss er in irgendeinem Kostümverleih abgestaubt haben.

»Moment!« Leo steckte zwei Finger in den Mund und pfiff schrill, um die anderen zusammenzutrommeln. Gleich darauf standen wir alle im Kreis um die Punks herum und debattierten mit ihnen.

Um es kurz zu machen: Wir hatten nichts gegen diese bunte

Truppe, die da so abwartend und misstrauisch vor uns stand. Es waren ja wirklich noch Wohnungen frei. Stalingrad und die anderen älteren Obdachlosen aber waren nicht sehr begeistert. Diese Horrortruppe würde nur Ärger machen und damit die ganze Aktion gefährden, war die einhellige Meinung.

»Bist wohl hier der Hausmeister?«, sagte Feuerwasser zu Stalingrad und spuckte voll Verachtung vor ihm aus. »Geh mir aus 'm Weg, Opa! Kann den Alte-Männer-Mief nicht ertragen.«

Sofort wollte Stalingrad sich auf Feuerwasser stürzen, Rico musste vermittelnd dazwischenspringen. Solange noch Wohnungen freistünden, sei jeder willkommen, der keine habe, sagte er zu Stalingrad. Und zu Feuerwasser, dass, wer hier einziehen wolle, auch mitarbeiten und irgendwann Miete zahlen, also Einnahmen haben müsse. Wie sie sich das vorstellten?

Die älteren Obdachlosen, das wussten wir, hofften alle, dass sie wieder Arbeit finden würden, wenn sie erst einen festen Wohnsitz hatten. Diese sieben Jungen und Mädchen sahen nicht so aus, als suchten sie den Weg in ein geordnetes Leben. Und richtig, Rebecca, ein hübsches, schwarzhaariges, aber fast kahl geschorenes Mädchen, das an diesem Tag nicht viel mehr als einen breiten, silberbeschlagenen Gürtel, eine lange, durchsichtige schwarze Bluse und an den Füßen riesige schwarze Schuhe mit extrem hohen Absätzen trug, murmelte gleich was von Spießerverein und wollte sofort wieder kehrtmachen.

Feuerwasser hielt sie zurück. Er ist so was wie der Chef der Truppe, fühlt sich für die anderen verantwortlich und hatte offenbar längst entschieden, irgendwo sesshaft zu werden.

Doch nun will ich sie erst mal kurz vorstellen, unsere Punks:

Feuerwasser kommt aus Nürnberg, hatte Krach mit seinen Eltern und deshalb eine Mechanikerlehre abgebrochen. Erst trieb er sich in München, danach in Berlin, später in Hamburg herum. Jetzt ist er wieder in Berlin und diesmal will er »endgültig« bleiben, weil seiner Meinung nach in Berlin »die Szene« besser ist.

Rebecca ist so etwas wie Feuerwassers Frau. Freundin wäre zu kurz gegriffen, die beiden verhalten sich in allem wie ein Ehepaar und wollen irgendwie auch eines sein. Ihren Namen hat Rebecca sich selbst gegeben. Er habe so was Wildes, Zigeunerhaftes, sagte sie mal und ich folgere daraus, dass sie sich solch ein Leben wünscht. Sie schimpft gern und gibt sich bei der geringsten Kleinigkeit aufmüpfig, ist aber in Wahrheit die Mutter der Truppe, obwohl sie kaum älter als siebzehn ist.

Vor allem Bambi hängt sehr an Rebecca, die kleine Fünfzehnjährige mit dem grünen Seidenschal, den grün lackierten Fingernägeln und den giftgrünen Haaren, deren viel zu großes, löchriges schwarzes T-Shirt, das an der rechten Schulter nur von einer Sicherheitsnadel zusammengehalten wird, wohl ein Kleid ersetzen soll. Auch Bambi trägt Piercings im Gesicht, ihre schwarzen Strumpfhosen bestehen ebenfalls nur noch aus aneinander gereihten Löchern, ihre mageren weißen Beine sehen ständig verfroren aus. Sie spielt gern die Freche, ist in Wahrheit aber ein eher liebes Ding.

Das dritte Mädchen der bunten Truppe sollte unser Problemkind werden: Jeanie.

Jeanie war letzten Sommer nicht älter als dreizehn, die eine Hälfte ihres Gesichts war von einer orangefarbenen Haarsträhne verdeckt, auf der anderen Seite der Stirn bis über die halbseitige Glatze hatte sie eine Tätowierung – »Fuck you!«. Dennoch genierte sie sich nicht, eine Zahnspange zu tragen, obwohl doch weit und breit keine Eltern waren, die sie dazu genötigt haben konnten. »Bin ja nicht blöd«, sagte sie mal zu mir, »will ja, wenn ick mal so alt bin wie du, nich aussehen wie die Großmutter vom weißen Hai.«

Ich mochte Jeanie sofort, ahnte aber früh, dass sie wohl nicht lange bleiben würde. Leider habe ich mich nicht getäuscht.

Die drei Jungen neben Feuerwasser sind Jöte, ein knapp Achtzehnjähriger, der so gerufen wird, weil er aus Weimar kommt, auf dem Gymnasium gewesen ist und zur Glatze einen langen Zopf trägt; Porky Pig, ein sechzehnjähriger, dicklicher Blonder mit Schweinsäuglein und pfiffigem Grinsen, der immer eine mit allen möglichen Anstecknadeln verzierte, früher sicher mal weiße Baseballmütze spazieren trägt; und Papa Tute, der schon um die fünfundzwanzig sein muss, alle nur mit »Brother« oder »Sister« anredet und seine Springerstiefel ganz besonders fest schnürt. Papa Tutes hellblauer Irokesenschnitt reicht bis in den bulligen Nacken, die braunen Augen blicken immer neugierig. Weshalb er Tute gerufen wird, habe ich bis heute nicht herausfinden können; Papa wird er wohl wegen seines »hohen Alters« genannt. Auf jeden Fall ist er ein praktisches Genie. Es gibt nichts, was er nicht kann, und das, obwohl er nie einen Beruf erlernt hat. Stand einer aus der WG mal vor irgendeinem handwerklichen Problem, hieß es bald: »Ruf doch mal Papa Tute!« Papa Tute kam, sah und siegte.

Diese in allen Farben schillernde Gesellschaft also palaverte an jenem Nachmittag lange mit uns herum, ob sie denn nun bleiben sollte oder nicht. Manchmal war es richtig lustig, denn besonders die drei Mädchen redeten, als würden sie uns mit ihrem Bleiben eine Gnade erweisen.

Annemarie Störikow gefiel diese Truppe genauso wenig wie den älteren Obdachlosen. Die Frage, wovon denn Miete, Gas, Licht, Wasser und Heizung bezahlt werden sollten, war ja immer noch nicht geklärt. Annemarie Störikow war der festen

Überzeugung, dass wir uns mit solchen Mietern nur Kuckuckseier ins Nest setzten. »Lassen sich von uns füttern und zum Dank dafür klauen se uns das Weiße aus 'm Auge.«

»Wir klauen nicht«, verteidigte Feuerwasser sich und seine Freunde. »Und füttern muss uns auch keiner, wir haben unsere eigenen Quellen.«

»Und wo fließen die?« Die Störikow kann, wenn sie will, eine Klappe wie ein Scheunentor haben; eine echte alte Berlinerin aus dem Kiez. »Etwa auf 'm Bahnhofsklo?«

Wieder versuchte Rico zu vermitteln. »Nun sagt doch mal, wie stellt ihr euch das mit den Kosten vor? Wovon wollt ihr leben?«

»Na, vom Ableiern natürlich«, antwortete Rebecca, als hätte er sie gefragt, ob sie zum Atmen etwa Luft benötige. Und Feuerwasser ergänzte cool wie ein Eisberg, deshalb sei er doch nach Berlin zurückgekommen. Hier bringe das Ableiern in der Stunde bis zu fünfzehn Mark, in Hamburg gebe es nur zehn, in München nur fünf, in Stuttgart sogar nur zwei.

Ich begriff nicht gleich, dass mit »Ableiern« Betteln gemeint war, und musste, als es endlich klick gemacht hatte, laut lachen. Sofort kuckten alle sieben böse zu mir her und dann wurde wieder was von Spießern gesagt und es fielen die Worte »lieber frei leben wollen«.

»Frei leben? Dass ick nich lache! Schmarotzern wollt ihr, nichts anderes!« Das war wieder die Störikow. Für die älteren Arbeitslosen hatte sie viel Verständnis; junge Leute, die allein vom Betteln leben wollten, gingen ihrer Vorstellung von Lebensbewältigung deutlich gegen den Strich.

»Die einen schmarotzern auf die feine Weise, die anderen eben so.« Eine alte Frau konnte einen Feuerwasser nicht beleidigen. Er wollte endlich eine Bleibe finden, also rechnete er der Störikow geduldig vor: »Wenn jeder von uns pro

Tag fuffzig Eier ableiert, sind das am Abend dreihundertfuffzig. Macht im Monat zehntausend. Die werden doch wohl für eure Laubhütte reichen?«

Erst kuckten wir nur ungläubig, dann zuckten wir die Achseln. Was war ungehörig an dieser Art Gelderwerb? Feuerwasser hatte ja irgendwie Recht: Der eine macht Aktiengewinne, der andere verkauft Leuten irgendeinen Mist, den sie gar nicht brauchen, der Dritte nutzt jede Menge prima Abschreibungsmodelle, um möglichst keine Steuern zahlen zu müssen. Betteln war dagegen ja fast noch ehrenhaft.

Die Störikow war natürlich nach wie vor anderer Meinung, doch sie konnte uns ansehen, dass wir innerlich längst den Daumen gehoben hatten. »Ihr müsst ja wissen, was ihr macht«, schimpfte sie. »Ich sage euch: Mit so was kommen wir keine Nacht zur Ruhe.«

Auch Stalingrad war noch nicht so ganz besänftigt. »Aber dass ihr uns keine Ratten ins Haus schleppt!«, murrte er. »Und keine Freier! Sonst fliegt ihr achtkantig wieder raus.«

Damit war das Urteil gesprochen und der Störikow blieb nichts weiter übrig, als noch stundenlang über uns »jutmütige Phantasten« zu schimpfen, die verdrecktes und verlaustes Stroh zu Gold spinnen wollten.

Da waren die sieben aber schon dabei, sich eine Wohnung auszukucken. Eine im zweiten Stock erschien ihnen ganz okay, also richteten sie sich mit ihren Schlafsäcken – und in den nächsten Tagen mit allerlei Sperrmüll – wohnlich dort ein.

Am Morgen nach ihrem Einzug lautete die spannendste Frage: Würden sie mitarbeiten? Auch da gingen die Ansichten weit auseinander. Die sieben jedoch straften alle Zweifler Lügen, gleich am ersten Tag packten Jöte und Feuerwasser und Bambi und Rebecca mit an; anfangs nicht mit der allergrößten Lust, später »nicht unbegeistert«, wie Jöte sagte.

Tags darauf traten dann wieder vier zur Arbeit an, diesmal waren es Papa Tute, Porky Pig, Jöte und Jeanie. Als wir uns darüber wunderten, klärte Jeanie uns auf: »Wir haben uns jeeinigt: dreie leiern ab und viere arbeiten mit. So könnt ihr nich meckern und wir haben wat zu fressen.«

Es dauerte nicht lange und wir bekamen mit, dass sie sich heimlich stritten, wer mitarbeiten *durfte* und wer ableiern gehen *musste*.

Was wollten wir mehr?

Wünsch dir was

Roberts Haltung zu unseren Plänen änderte sich von Tag zu Tag. Mal fand er unsere Sache unterstützenswert, dann arbeitete er mit, mal empfand er sie als vergebliche Liebesmüh, dann lästerte er, wir wollten mit Gummizähnen Eisengitter durchknabbern. Traf er auf Gegner der Aktion, verteidigte er sie, uns hielt er immer wieder vor, kein Kapitalist würde sich durch solche Kindergartenmätzchen von irgendwelchen Reichtum mehrenden Aktivitäten abhalten lassen.

Ich dachte kaum anders und hatte Robert das auch schon gesagt. Dennoch hielt er mich seit jenem Ross-und-Reiter-Gespräch für eine Sozialromantikerin, die noch zu jung und unreif war, um die Kämpfe der Zeit in ihrem ganzen Ausmaß zu begreifen. Manchmal meinte er sogar, mich als Verteidigerin eines rigorosen Kapitalismus angreifen zu müssen.

Ich hatte bald den Eindruck, es gehe ihm nach wie vor allein darum, mir zu beweisen, dass alles, was mit der DDR untergegangen war, verglichen mit dem System, in dem er jetzt lebte, das kleinere Übel gewesen sei.

»Siehste!«, sagte er an jenem Nachmittag, als die ersten Obdachlosen in die Nr. 125 eingezogen waren und Leo und ich mit ihm zusammen auf dem Spielplatz Gärtnerarbeit leisteten. »Um solche Leute kümmert sich in eurer freien Marktwirtschaft kein Schwein.«

»Aber wir kümmern uns doch«, lautete meine hilflose Antwort, über die ich mich gleich darauf ärgerte: Wieso redete ich denn, als hätte ich was zu verteidigen?

»Almosen!«, spottete er. »Milde Gaben, die ihnen schon bald wieder weggenommen werden.« Und er zitierte den alten Satz von Karl Marx, nach dem man die Welt nicht nur interpretieren, kritisieren oder verachten dürfe, sondern versuchen müsse, sie zu verändern.

»Kommt nur darauf an, mit welchen Mitteln«, antwortete ich. Und Leo klatschte mir laut Beifall und erinnerte Robert genüsslich grinsend an die gute alte, glorreiche Zeit, als alles noch Robert Seemanns sozialistischen Gang ging und Obdachlose – sprich: Asoziale – einfach in den Knast oder ins Arbeitslager abgeschoben wurden. Ja, da hätten all die Parteibonzen mit Marx-Zitaten auf den Lippen noch die Welt verändert, wie man es sich besser nicht wünschen konnte, da sei jede politische Großtat erhaben und fortschrittlich gewesen.

Ob Robert diese Worte ärgerten? Auf jeden Fall ließ er sich nichts anmerken. Er winkte ab, als hätte Leo mal wieder nur den Clown gespielt.

Wenige Tage später tauchten dann unsere Punks auf. Da fragte ich Robert beim Abendessen auf dem Balkon, ob er denn nicht gut fände, dass wir sie bei uns aufgenommen hätten. Schließlich sei sein Vater Arthur zu einer anderen Zeit ja auch mal so ein Ausgestoßener ohne richtiges Zuhause gewesen.

Total erstaunt sah er mich an. »Du kommst auf Vergleiche!«

Ich fand den Vergleich nicht so falsch und auch nicht ehrenrührig. Was wäre aus deinem Arthur wohl geworden, Minchen, wenn er das Waisenhaus nicht ausgehalten hätte?

Robert jedoch steckten meine Worte noch lange im Hals. Zwei Tage später, beim Frühstück, kam er darauf zurück und erklärte mir, wenn einer sich Gedanken über die Jugend seines Vaters gemacht habe, dann er. Und natürlich wisse er, dass auch der junge Arthur so ein Unglückswurm war. Im Gegensatz zu unseren Punks aber habe Arthur alles getan, um nicht in der Gosse zu landen. Deshalb sollte ich solche Vergleiche künftig lieber sein lassen. Sagte es und schwieg für den Rest des Tages.

Seine Orden und Urkunden und auch die Fotos hatte Robert inzwischen im Flur an die Wand gepinnt, direkt zwischen die Sprüche. Eines Morgens, als ich davor stand, um die einzelnen Fotos noch mal genauer zu betrachten, stellte er sich neben mich, tippte auf sein strahlendes Gesicht und sagte, Fotos seien die größten Lügner der Weltgeschichte. »Zu bestimmten Anlässen machen Menschen nun mal bestimmte Gesichter, auch wenn sie insgeheim ganz anders denken.«

Was war denn das? Hatten ihn seine Preise und Auszeichnungen etwa nicht gefreut?

Er winkte ab. Mit Lob und Blech sei in der DDR doch nur so um sich geworfen worden, um die Leute anzufeuern, weiter so fleißig und dem Staat ergeben zu arbeiten, wenn man ihnen schon keinen westlichen Lebensstandard bieten konnte.

Wie hatte er gesagt, als wir uns vor sieben Jahren kennen lernten? – Versuch, aus mir schlau zu werden!

Guter Ratschlag, aber einfach war das nicht. Mal sah er vieles ein, mal gab er sich bockig wie ein kleines Kind, dem man sein Spielzeug weggenommen hatte. Ich wusste nie, auf welchem Fuß ich ihn gerade erwischte.

An den Tagen, an denen Robert nicht mitarbeitete, schrieb er. Auch das weiß ich nun. Mir gegenüber jedoch tat er noch immer so, als würde er nach wie vor keine einzige Zeile zu Papier bringen. Woran er schrieb, sollte ich aber erst sehr viel später erfahren.

Kamen wir an solchen Tagen müde von der Schinderei am Abend die Treppe hoch, stand er in der Tür, applaudierte uns und zitierte Freund Goethe – »Wer redlich ficht, wird gekrönt!« – oder Albert Einstein, der, wie ich dabei erfuhr, auch Verse gemacht hatte:

> »Nun der Tag sich naht dem End'
> mach ich euch mein Kompliment.
> Alles habt ihr gut gemacht!
> Und die liebe Sonne lacht!«

Kam ich – wie so oft – abends erst sehr spät nach Hause, zitierte er mal wieder dich, Minchen: »Hat man Töchter, vergeht's Gelächter!« oder »Sonntags geht's heidideldei, montags sind die Strümpfe entzwei.«

Ärgerte es ihn, dass ich nicht alle Abende mit ihm verbrachte? War er eifersüchtig? Das war das Einzige, was ich mich fragte. Hätte ich gewusst, woran er schrieb, hätte mich vor allem seine gute Laune erschreckt.

Ansonsten hatte ich mich an seine vielen Zitate längst gewöhnt und begriffen, was dahinter steckte: keine lustige Marotte, wie ich anfangs geglaubt hatte, sondern eine Art Rückzug aus dem eigenen Ich. Was andere gesagt hatten, musste schließlich nicht er verantworten.

Wo ich war, wenn ich erst so spät heimkehrte? Mal mit Gregg, Rico und Heide unterwegs, mal mit Gregg allein. Leo hatte oft Nachtdienst, Benno und Phil gingen lieber ins Kino, in ein Konzert oder in das kleine Underground-Theater nur ein paar Häuser weiter. Dort werden freche und mutige Stücke aufgeführt und nach jeder Aufführung gibt's nächtelange Diskussionen mit den Theatermachern.

Benno und Phil sind da Stammgäste, und auch Gregg, der für die Truppe schon das eine oder andere Bühnenbild entworfen hat, und ich gingen hin und wieder mit.

Noch lieber aber zog ich mit Heide, Rico und Gregg durch die Stadt. Es war so schön, in den Sommernächten durch die endlosen Straßen zu laufen oder an einem Kneipentisch im Freien über Gott und die Welt zu diskutieren. Und was gibt es nicht alles für Kneipen in Berlin! Kneipen mit New Yorker Modern-Art-Installationen oder DDR-Nostalgie-Plunder an den Wänden; Studentenkneipen, deren Mobiliar aus irgendwelchen plüschigen Wohnzimmern stammen muss oder die an nackte, kahle, neonbeleuchtete Schwimmhallen erinnern; Kneipen, in denen man Billard, Backgammon, Schach oder auch nur Mensch-ärgere-dich-nicht spielen kann; Kneipen, in denen rund um die Uhr gefrühstückt wird. Am interessantesten aber sind die Leute, die man dort treffen kann, junge Leute von überallher: Norddeutsche, Süddeutsche, Westdeutsche, Ostdeutsche; Leute aus allen Gegenden der Welt. Dazwischen ein paar Berliner, alte und junge, und viele, die erst in den letzten Jahren in die Stadt gezogen sind.

Durch diese nächtlichen Stadtwanderungen wurden Rico und Heide mir immer vertrauter und ich merkte bald, dass sie mich auch mochten. Das war – und ist noch immer! – ein sehr, sehr schönes Gefühl.

Und Gregg? Mir war schon aufgefallen, dass er in größerer Runde nie viel sprach, sondern nur beobachtete und zuhörte und ab und zu mal was kommentierte. Waren wir miteinander allein, war er ganz anders. Dann fragte und erzählte er viel. Oft wurden unsere Spaziergänge durch die Straßen zu einem einzigen langen Gespräch.

Waren wir danach müde, setzten wir uns im Monbijoupark auf eine Bank zwischen den nun still und leer im Mondschein liegenden Spielplätzen und Wiesen, hörten dem Nachtwind zu, der in den Bäumen und Büschen raschelte und wisperte, sahen zur Büste Adalbert von Chamissos hin, die nachts etwas

Geheimnisvolles hatte, oder träumten Hand in Hand über die Uferpromenade und die schwarz glitzernde Spree hinweg zur Domkuppel hinüber.

Romantik pur! Doch wie hätte es anders sein sollen an einem solchen Ort? Früher stand hier mal ein wunderschönes Schloss – Monbijou, mein Juwel! –, es wurde im Krieg zerstört und abgetragen und nun ist hier alles voller Grün. Seit Gregg mir von dem Schloss erzählt hatte, musste ich oft an dieses Juwel denken. Ich kaufte mir einen alten Stich davon und versuchte, es an seinen Platz zurückzuzaubern. Und (ätsch, liebe Britta!) manchmal gelang es mir sogar.

An manchen Abenden saß unter Chamissos Büste ein russischer Harmonikaspieler; einer der vielen russischen Künstler, die in ihrer Heimat kein Engagement mehr finden und sich in Berliner S- und U-Bahnhöfen oder auf öffentlichen Plätzen ein bisschen was verdienen. Ich fand sein getragenes, oft wehmütig klingendes Spiel sehr bewegend und warf ihm jedes Mal was in die Mütze. Auch Gregg müssen diese Heimatklänge sehr berührt haben. Weshalb sonst zog es ihn immer wieder hierher? Es gibt ja noch andere schöne Plätze in Berlin. Doch wenn ich ihn danach fragte, wich er mir aus oder schimpfte auf die Verhältnisse in seiner Heimat, wo die so genannten »neuen Russen« alles beiseite drängten, um »Bisnes« zu machen, Geschäfte ohne Moral. Das ganze Land und so auch die Künstler, die nun in Berlin und anderswo als Straßenmusikanten um ihr Überleben kämpften, seien deren Opfer.

Das machte mich nur noch neugieriger und so kratzte ich eines Abends den Schorf von seiner Wunde, indem ich immer weiter nachfragte, obwohl ich spürte, wie sehr dieses Thema ihn erregte und dass er lieber nicht darüber gesprochen hätte. Sorry, aber so bin ich nun mal: Ich will den Dingen auf den Grund gehen! Und irgendwie erschien mir das auch ganz normal, dass ich wissen wollte, weshalb er seine Heimat verlassen hatte.

Lange versuchte er, sich in Ausflüchte zu retten. Bis er irgendwann nicht mehr an sich halten konnte und laut lospolterte, in Russland habe man das Kind mit dem Bade ausgeschüttet und die Zeit gleich bis vor die Oktoberrevolution zurückgedreht. »Plötzlich ist der Zar, der ›Ausbeuter und Blutsauger‹, wieder ein guter Mann! Sogar ein nachträgliches Staatsbegräbnis wird er bekommen … In der Sowjetunion wurde, wer krumme Geschäfte machte, erschossen, wie man Fliegen totklatscht. Jetzt wird der gleiche Gauner Millionär und schickt seine Frau zum Einkaufen in die Schweiz, während andere vor Hunger das Moos von den Wänden fressen.«

Er hatte Tränen in den Augen, als er das sagte, und ich schämte mich ein bisschen wegen meiner Neugier. Aber nun war er nicht mehr zu bremsen. Sie widerten ihn an, all diese neu gebackenen Demokraten, die unter Freiheit nur verstehen, sich auf anderer Leute Kosten gesundzustoßen, schimpfte er. Noch mehr aber verachte er jene Dummköpfe, die plötzlich wieder Stalin durch die Straßen trügen, als handelte es sich bei ihm nicht um einen der größten Verbrecher der Weltgeschichte. Es sei so schlimm, dass zu allen Zeiten immer die Dümmsten die Lautesten sind, doch zum Glück sei das nicht nur bei den Russen so.

Ich zog es vor, das Thema nicht weiter zu vertiefen, obwohl ich nun natürlich erst recht neugierig geworden war: War es das Chaos in seiner Heimat, das ihn vertrieben hatte? Die allgemeine Not? Oder die Wut auf seine Landsleute, die entweder ihr Versagen nicht erkennen wollten oder nur ans Geldscheffeln dachten?

Was wirklich dahinter steckte, sollte ich eines Abends erfahren, als es besonders still und warm war. Wir saßen an der

Uferböschung, warfen kleine Steine in die Spree und weit hinter uns spielte die Harmonika, als ich – plötzlich mutig geworden – Gregg zum ersten Mal nach seiner Kindheit fragte. Da erzählte er mir leise von seinem geliebten Piter, wie er St. Petersburg immer nur nennt. Straßen und Plätze schilderte er mir, die langen Sommernächte, den Hafen, das Meer. Von Peter dem Ersten, der die Stadt einst bauen ließ, erzählte er und von der Hungerblockade durch die Deutschen während des Zweiten Weltkriegs. Bestimmt, dachte ich mir, würde er eines Tages einen »Piterstein« malen, auf dem all das zu sehen wäre, was er da vor seinem geistigen Auge entwarf.

»Und deine Familie?«, fragte ich. Ich fand es seltsam, dass einer zuerst von seiner Stadt erzählte anstatt von Vater, Mutter, Geschwistern.

Ein Weilchen schwieg er, dann sagte er, sein Vater sei bis vor ein paar Jahren auch so ein Robert gewesen: ein zutiefst vom Guten im Menschen überzeugter, gläubiger Sozialist. Als die Sowjetunion zusammenbrach, sei auch sein Weltbild zerbrochen. Das habe den bisher so erfolgreichen, nun arbeitslosen Tiefbauingenieur hart, böse und ungerecht gemacht. Seine Partei und er hätten immer nur das Beste gewollt, verkünde er noch heute jedem, der es hören wollte, jetzt sei das einst fortschrittlichste Land der Welt ins Mittelalter zurückgefallen.

Ich verstand: Sein Vater war auch so ein »Dummkopf«, der die gute alte Zeit verklärte. »Und deine Mutter?«

Wieder schwieg er sehr lange, dann sagte er, seine Mutter, fromm erzogene Jüdin, habe früher eher verächtlich von jeder Religion, besonders aber vom Judentum gesprochen. Jetzt wende sie sich langsam wieder dem Glauben zu – und damit immer mehr von seinem unglücklichen Vater ab, der nie viel mit seinem Judentum habe anfangen können.

Sagte es, schwieg erneut – und plötzlich kam es mir vor, als plumpsten die Steinchen, die er ins Wasser warf, viel lauter als vorher.

Was hatte er da eben gesagt? Seine Eltern sind Juden? Aber dann ist ja auch er Jude! Wieso wusste ich das denn noch nicht? Weil es nicht wichtig war? Aber es war wichtig, ist wichtig und wird immer wichtig bleiben! Bin ja eine Nachfahrin jener Männer und Frauen, die sich mal Arier nannten und sechs Millionen Juden umbrachten, weil sie an deren Untermenschentum glaubten oder willig als Helfershelfer funktionierten. Daran musste er doch auch gedacht haben!

Oder hatte er nur deshalb so ganz nebenbei von seinem Judentum gesprochen, weil er mich auf antisemitische Gefühle testen wollte? Und war er vielleicht nur deshalb noch nie zärtlich geworden, weil er nicht wusste, wie ich reagieren würde, wenn ich davon erfuhr? Oder – und das erschien mir in jener Nacht als die am nächsten liegende Möglichkeit – hielt er so viel Abstand, weil er sich selber noch nicht sicher war, ob er sich mit einer nichtjüdischen Deutschen einlassen sollte?

Ich saß da und war wie vor den Kopf geschlagen, wusste einfach nicht, wie ich auf diese mir so versteckt untergeschobene Offenbarung reagieren sollte: Ach, das macht doch nichts, dass du Jude bist? – Das wäre nicht die Wahrheit gewesen. Nicht etwa, weil da doch ein Hauch Antisemitismus in mir gesteckt hätte, nein, nur weil wir doch die geschichtlichen Tatsachen nicht leugnen konnten: Meine Leute hatten seine umgebracht! Wie sollten wir diesen Gedanken je beiseite schieben können?

Die Scham, die mich auf dem Jüdischen Friedhof bedrängt hatte, da war sie wieder! Es war verrückt: Ich hielt mich für schuldlos, verachtete und hasste die Täter und hatte dennoch Schuldgefühle!

Mein langes Schweigen ergrimmte Gregg. Er warf alle Steinchen, die er in den Händen hielt, auf einmal ins Wasser und fragte böse: »Was hat dir die Sprache verschlagen? Sind es vielleicht meine jüdischen Eltern?«

Also doch – ein Test! Und das hieß, ich musste endlich irgendwas sagen. Am besten etwas politisch Korrektes. Das aber hätte bedeutet, nicht ganz ehrlich zu sein: Er stellte da so einen blöden Test mit mir an und ich fiel vor ihm auf die Knie! Kannte er mich denn nicht? »Von mir aus kannst du alles sein«, fuhr ich ihn an, »Buddhist, Mohammedaner, Christ, Jude – wenn du nur kein vernagelter Fanatiker bist! Nur gegen die hab ich was, weil die nämlich überall auf der Welt nur Krieg bringen und keinen Frieden.«

Er senkte den Kopf. »Entschuldige …«

»Entschuldige! Entschuldige!«, äffte ich ihn nach. »Was sollte denn dieses klammheimliche Auf-die-Probe-stellen? Was denkst du denn von mir? Hältst du mich für eine Nazi-Zicke, oder was?«

»Es war keine Probe.« Er schüttelte den Kopf. »Ich wusste nur nicht, wie ich's dir sagen sollte. – Hallo, Ewotschka, übrigens: ich bin Jude, willste nachkucken?«

Darüber musste ich leider lachen. Er lachte mit, griff nach meiner Hand und streichelte sie. »Nicht böse sein! In solchen Sachen stelle ich mich oft sehr ungeschickt an.«

Er hatte etwas gutzumachen und ich nutzte das aus, indem ich ihn nun ganz konkret fragte, weshalb er denn aus seinem geliebten Piter weggegangen sei. Not und Chaos, da war ich mir nun sicher, konnten nicht die Gründe dafür gewesen sein. Außerdem wollte ich wissen, weshalb er aus Grigorij Gregor gemacht hatte. Nur wegen des einprägsamen Künstlernamens Gregg?

Da wurde er gleich wieder sehr ernst und erzählte was von

Brücken abbrechen und neuer Heimat. Die Einwanderer in Amerika hätten es doch ebenso gemacht. Jeder Waldemar Lewinsohn wäre zu Woody Levinson, jeder Iwan Kapotschnikow zu John Capote geworden. In Russland habe man ihn, den Juden, nie als Russen anerkannt. Weshalb hätte er mit aller Gewalt einer sein wollen?

Ich begriff: Auch in Russland hatten die Juden es nie leicht gehabt. Er war weggegangen, um irgendwo in der Welt keinen Vorurteilen mehr ausgesetzt zu sein.

»Aber warum bist du ausgerechnet nach Deutschland gekommen?«, fragte ich vorsichtig und fügte, um nicht missverstanden zu werden, hinzu: »Hab so viel von Juden gehört, die gerade hier nicht leben wollen.«

»Weil unsereins hier bevorzugt behandelt wird.« Er grinste spöttisch. »Wir sind keine unerwünschten Asylanten, die man schnell wieder loswerden möchte. Wir nutzen euer schlechtes Gewissen aus … nach allem, was gewesen ist …«

Da war etwas Wahres dran, aber so, wie er es gesagt hatte, gefiel es mir nicht.

Er sah mir meinen Unmut an und erklärte achselzuckend, dass es viele russische Juden nach Deutschland und ganz besonders nach Berlin ziehe, weil Berlin zwar Osten, aber immer noch Europa sei. »Sollen wir denn alle nach Israel auswandern? Alle Juden der Welt in dieses kleine Land?« Und er zitierte, was ein alter russischer Jude, der auch nach Berlin gegangen war, Leuten wie mir auf diese Frage geantwortet habe: In Deutschland hätten die Antisemiten einen Krieg verloren. Alle Welt beobachte sie. Die Deutschen müssten beweisen, keine Judenfeinde mehr zu sein. Die russischen, polnischen, französischen, englischen und amerikanischen Antisemiten gehörten zu denen, die den Krieg gewonnen hätten. Die müssten nichts beweisen. Auf die würde keiner aufpassen.

Eine einfache Wahrheit, aber eine, die mich traf wie ein Schlag auf den Kopf. Er hatte ja Recht, unsere Vergangenheit machte uns »ungefährlicher« als andere.

Gregg las neue Steinchen auf und warf sie wieder einen nach dem andern ins Wasser, dann sagte er nachdenklich, dass es ihm sehr schwer gefallen sei, aus Piter wegzugehen. Das ewige Ausgegrenztsein aber hätte er nicht länger ausgehalten; ich solle wirklich nicht glauben, nur in Deutschland gebe es Antisemiten.

»Und deine Mutter?«, fragte ich. »Weshalb ist sie nicht mit dir gegangen, wenn dein Vater und sie doch inzwischen so unterschiedlich denken?«

»Sie liebt die alten Straßen eben noch mehr als ich.« Er lachte leise und ich wusste, warum: Nur weil sie ihre Heimat nicht verlassen wollten, waren so viele deutsche Juden der Hitler-Diktatur zum Opfer gefallen – und das, obwohl ihnen von den Nazis immer wieder vorgeworfen worden war, keine Heimatgefühle zu haben.

Es war inzwischen weit nach Mitternacht. Der Harmonikaspieler hatte sein Instrument längst eingepackt, da saßen wir immer noch an der Spree. Und als wir endlich aufstanden, zog es uns nicht in die Torstraße zurück. Wie hätten wir denn nach solch einem Gespräch müde sein können?

Immer weiter wanderten wir durch die Nacht, über die Friedrichsbrücke und den Lustgarten hinweg, am Dom vorüber und in die Linden hinein, jene berühmte Straße Unter den Linden, diesen Prachtboulevard mit den vielen imposanten Gebäuden, der jetzt aber ziemlich verlassen dalag. An der Humboldt-Universität, der Friedrichstraße und dem Hotel Adlon spazierten wir vorbei und durchs Brandenburger Tor hindurch, bis wir den Tiergarten erreicht hatten, diesen riesigen Park, der mir nachts immer ein wenig unheimlich erscheint.

Der Dunst des Tages hing noch in den Bäumen, Fahrradlichter blitzten hin und wieder durch die Büsche, an manchen Stellen glommen Zigaretten auf; Gekicher war zu hören und manchmal zärtliches Geflüster. Über uns ein Mond, dass mir ganz seltsam wurde. Vorsichtig drückte ich Greggs Hand. Eine zarte Aufforderung, endlich mal mehr als nur meine Hand zu nehmen. Er aber reagierte nicht darauf.

Das machte mich gleich wieder unsicher. Wenn er keine Vorurteile hatte, weshalb verhielt er sich so? Ich wollte ihm endlich nahe sein, wollte mit ihm schmusen, verdammt noch mal!

Um ihm Mut zu machen, verriet ich ihm, dass ich in Wahrheit eine gute Fee sei und er drei Wünsche frei habe – und hoffte still bei mir, dass zumindest einer dieser drei Wünsche mit mir zu tun haben würde.

Seine Antwort: In so einer schönen Nacht, mit mir an seiner Seite, sei er wunschlos glücklich. Als ich das nicht glauben wollte, erzählte er mir, auf meinen Märchenton eingehend, vom dummen Iwan, der keine Schuhe hatte, sich unbedingt welche wünschte und bitter unglücklich war, so arm zu sein, sich keine kaufen zu können. Bis er eines Tages einem Mann begegnete, der keine Beine mehr hatte. »Von da an war Iwan auch ohne Schuhe der glücklichste Bursche der Welt.«

»Ist das ein altes russisches Volksmärchen?«

»Mein Vater hat die Geschichte oft erzählt. Weiß der Teufel, wo er sie herhatte.«

Ich fand, dass diese Geschichte auf ziemlich grobe Art Bescheidenheit lehren wollte. An diesem Abend aber wollte ich nicht bescheiden sein. »Sag mir, was du dir wünschst, und ich sage dir, wer du bist«, drang ich weiter in Gregg. Da wünschte er sich dann endlich etwas. Und was? Ein Land, in dem es eine Diktatur der Menschlichkeit gebe, die einzige Staatsform, die die Menschheit glücklich machen könnte. Da Diktatur und Menschlichkeit aber einander ausschlössen, sei dieser Wunsch unerfüllbar.

Ich seufzte. »Und sonst? Was wünschst du dir noch?«

Zweitens wünschte Gregg sich, dass alle Religionen zu einer einzigen zusammengefasst würden, damit es keine Streitigkeiten über den wahren Gott mehr gäbe; drittens, dass dann sofort der ewige Weltfrieden ausbräche; viertens, dass es keinerlei Not und Elend mehr gäbe, sondern nur noch satte, kluge, friedliche und zufriedene Menschen.

»Ein Wunsch zu viel«, murrte ich.

Bei unerfüllbaren Wünschen, so Gregg, sei das egal.

Als uns vom Laufen die Beine schwer waren, setzten wir uns auf eine Parkbank und ich dachte daran, irgendwo mal gelesen zu haben, dass Mädchenaugen im Mondlicht groß, schwarz, tief und geheimnisvoll wirken. Beinahe hätte ich's ausprobiert und Gregg angeschmachtet.

Ein Nachtvogel schrie, in den Büschen hinter uns raschelte es, die Lichter eines Flugzeugs kreuzten den Sternenhimmel. Dazu Greggs hehre, weltverändernde Wünsche, die mir im Kopf herumspukten; mich schauderte es. »Willst du nun wissen, was du bist?«, fragte ich.

»Ja«, sagte er nur und kuckte neugierig.

»Du bist Sozialist«, verkündete ich. »Genau wie dein Vater, genau wie Robert. Du bist nur klüger, weil du weißt, was aus ihren Träumen geworden ist.«

Ein Weilchen dachte er nach, dann zuckte er die Achseln. »Das trifft auf dich genauso zu.«

»Wieso auf mich?«, fragte ich verwundert.

»Weil alle guten Menschen vom Gefühl her ›Sozialisten‹

sind. Wahre Nächstenliebe, das wäre der einzig wirkliche Sozialismus.«

»So einfach ist das?«

»So einfach ist das!«

Sicher ist es so einfach. Aber nur, wenn man Grigorij Jefimowitsch Massajew heißt. Ich sah ihn lange an und wünschte mir immer noch, dass er mich endlich mal küsste. Doch knutscht man rum, wenn man gerade die ideale Welt entworfen hat?

Es waren schöne Tage und Abende. Von früh bis spät arbeiteten wir am Haus, machten Pläne und hofften auf ein Wunder. Nie zuvor hatte ich einen Sommer so intensiv erlebt. Und das, obwohl ich nicht am Mittelmeerstrand lag, in keinem griechischen Fischerdorf zu Abend speiste und nicht die Seele mal so richtig baumeln lassen konnte, sondern jeden Tag Neues – und nicht nur Schönes – auf mich einstürzte.

Die wahre Größe des Wunders, das wir erhofften, begriff ich allerdings erst, als eines Tages die Bosse vorgefahren kamen.

Ich mag das Wort »Bosse« eigentlich nicht, es klingt so naiv und klischeehaft. Papa Tute hatte die Abgesandten der Firma Kettler so genannt, also blieb es bei der Bezeichnung. Doch es war nicht wie im Film, es parkten keine protzigen Limousinen vor unserer Haustür und die Bosse trugen keine Nadelstreifenanzüge, sondern Jeans oder weite Sommerhosen und kurzärmelige Hemden; nette Nachbarn, Leute wie du und ich waren zu Besuch gekommen.

Was wir hier täten, sei sinnlos, erklärten sie kopfschüttelnd. Es wäre ja längst alles unter Dach und Fach, Abriss- und Baugenehmigung lägen vor. Wir sollten doch nicht Geld und Zeit für eine so hoffnungslose Sache verschwenden. Außerdem seien die Wohnungen in Weißensee doch alle in bester Lage, mitten im Grünen. Was wir denn eigentlich wollten? Natürlich, zur Innenstadt sei es ein bisschen weit. Aber wozu gebe es Busse und Straßenbahnen? Und mit dem Auto sei man in zehn Minuten am Alexanderplatz.

»Vor allem im Berufsverkehr!« Leo bleckte die Zähne, als hätte er am liebsten zugebissen.

Kettlers Leute jedoch konnten uns wirklich nicht verstehen. Einer sagte milde wie ein Pastor, so sei das Leben nun mal, wir müssten uns den Realitäten stellen; Traumgespinste schafften nur Probleme.

Ich war froh, dass Rico in diesem Augenblick nicht da war. Er hätte diesen netten Robotern wahrscheinlich was vom Denken mit dem Herzen erzählt, und wer weiß, vielleicht wäre es zu einem Streit gekommen.

Sie fuhren wieder ab und wir konnten weiterarbeiten. Aber waren wir noch so recht bei der Sache? Wer baut schon mit Lust und Liebe etwas auf, von dem er weiß, dass es in wenigen Tagen der Abrissbirne zum Opfer fällt?

Tags darauf, an einem schwülheißen Nachmittag, kam der Oberboss vorgefahren: Dietmar J. Kettler persönlich! Robert, der mal wieder am Spielplatz mitarbeitete, machte mich auf den am Straßenrand haltenden Mercedes aufmerksam. »Doch den lasst nicht zu euch herein, der anderen schadet, um etwas zu sein«, zitierte er Freund Goethe, während er sich die verschwitzte Haarsträhne aus der Stirn strich.

Auch der Kettler entsprach nicht dem Klischeebild des eiskalten Bosses. Ein dicklicher Mann um die vierzig mit Halbglatze und in der Sommerhitze hochrotem Gesicht kam da auf uns zu. Die Jacke hatte er im Wagen liegen lassen, über dem weißen Hemd mit den dunklen Schweißflecken hing ein breiter, knallbunter Schlips auf Halbmast.

»Kinder, wat soll denn dit?«, begrüßte er uns mit sorgenvoller Miene. »Seid doch vernünftig! Tut einem ja Leid um das ville Jeld und die Zeit, die ihr hier verplempert.«

Bambi, die den Kettler angestarrt hatte, als hätte sich ein Monster aus einem Gruselfilm vor ihr aufgebaut, lief gleich los, um Rico, Tute und Stalingrad aus der 125 zu holen; Annemarie Störikow, die neben mir stand, als wollte sie von mir beschützt werden, flüsterte mir zu, jetzt könnten wir endgültig einpacken; Gregg sagte freundlich guten Tag; Leo sah wieder aus, als wollte er jeden Moment zuschnappen. »Ich glaube, wir sind uns noch nicht vorgestellt worden«, machte er den Kettler an.

Der lachte nur gutmütig. »Kettler heiß ick. Bin der, der euch leider 'n bisschen Kummer machen muss … Also, wat ihr euch in 'n Kopp jesetzt habt, jeht nich. Is ja allet schon am Laufen. Jenehmigungen, Kredite – allet bewilligt. Ihr wollt mir doch nich ruinieren?«

Er berlinerte absichtlich so sehr, es sollte leutselig klingen: Bin aus 'm Volk, mit mir kann man reden, hab 'n Herz.

»Klar wollen wir dich ruinieren.« Porky Pig grinste fröhlich. »Warum soll's dir besser gehen als uns, reicher Mann?«

»Also passt mal auf!« Der Kettler wischte sich mit dem Taschentuch den Schweiß von Stirn, Hals und Nacken und erklärte uns ganz kameradschaftlich, dass er auf gar keinen Fall Ärger wolle. Die Medien bauschten nur alles auf und er sei dann wieder der große böse Wolf, der die kleinen Zicklein fresse. Deshalb – und weil er uns ja irgendwie verstehen könne – sei er bereit, uns alle bisher entstandenen Kosten zu ersetzen. Wir müssten nur sofort mit dem Unsinn aufhören. Das sei ein sehr großzügiges Entgegenkommen, denn rechtlich sei er dazu nicht verpflichtet. Aber er sei nun mal Mensch und wolle es auch bleiben.

Inzwischen waren alle, die Bambi alarmiert hatte, herangekommen. Stalingrad, den Kettlers Worte nur belustigten, rief mit Donnerstimme: »Mensch sein ist das eine, menschlich sein das andere!«

Er erntete dafür viel Beifall, Rico aber bat ihn, still zu sein.

Und dann trat der lange, hagere, nur in einer Turnhose steckende und über und über mörtelverschmierte Rico vor den eher kleinen, dicken Kettler hin, stellte sich höflich vor und begann unsere Absichten zu erklären. Dass wir niemandem seinen Besitz rauben, sondern nur wertvolle Bausubstanz retten wollten, sagte er, und dass die Firma Kettler auf unsere Vorschläge zur Rettung der beiden Häuser leider nicht eingegangen sei. Also hätten wir handeln müssen, um der Vernunft zum Siege zu verhelfen. Und er erläuterte dem nur widerstrebend lauschenden Kettler bis ins letzte Detail, wie wenig abbruchreif die beiden Häuser seien und was wir mit ihnen vorhätten. Zum Schluss machte er dann den Vorschlag, dass wir die Nr. 125 und auch die 127 von innen und außen instand setzen wollten, wenn der Kettler dafür die Sanierung der Hausinstallationen übernehmen würde. Auf diese Weise käme ihm der Erhalt der Häuser doch sehr viel billiger, als er geschätzt haben mochte.

Der Kettler hatte sich Ricos ausführliche Erklärung geduldig angehört, die steile Falte des Missmuts auf seiner Stirn jedoch verriet, wie sehr er sich am Ende dabei bezähmen musste. »Aber Kinder!«, rief er nun. »Hört sich ja allet janz jut an, nur is die Leiche längst in der Kiste.« Und er sagte noch mal, dass alle Genehmigungen bereits vorlägen und auch die Kredite schon bewilligt seien. Träte er jetzt von dem Projekt zurück, müsste er die nächste Nacht auf einer Parkbank schlafen, so pleite wäre er dann.

»Wir rücken zusammen!«, rief Feuerwasser und wieder gab's viel Gelächter und Beifall.

Mit säuerlicher Miene lachte der Kettler mit. Dann sagte er, dass er uns doch nur helfen wolle. Uns solle kein Schaden entstehen. Allerdings müssten wir vernünftig werden und unser, zugegeben, ganz originelles Vorhaben fallen lassen.

Leider waren Phil und Benno nicht da. Sie hatten wochentags in ihrem Laden zu tun. Phil wäre ganz sicher ein besserer Verhandlungspartner für den Kettler gewesen als Rico, der nie begreifen konnte, dass andere trotz seiner vernünftigen Argumente so uneinsichtig blieben. Und Heide war zur Arbeit ...

Also versuchten andere, Rico zur Seite zu stehen.

»Helfen willste uns?« Die Bohnen-Gertie rückte gegen den Kettler vor, bis sie fast Bauch an Bauch mit ihm stand. »Wir haben keene Bleibe, Dicker! Wir woll'n 'n Dach übern Kopp! Wenn de uns helfen willst, lass uns hier bleiben und de Welt is in Ordnung.«

Auch die Katzen-Molly schob sich dicht vor den Kettler und blitzte ihn mit ihren blauen Augen verschmitzt an. »Warum machste *uns* denn keen Anjebot, nach Weißensee zu ziehn? Wirst dich wundern, wie schnell wir da sind.«

Erst wich der Kettler nur zurück, dann straffte er sich. »Wenn Sie auf mein Angebot zur gütlichen Einigung nicht eingehen, muss ich polizeilich räumen lassen. Jeder Tag, den sich der Abriss verzögert, kostet mich Geld. Nehmen Sie das bitte zur Kenntnis.«

Eine Drohung, die unsere Punks in ein Pfeifkonzert ausbrechen ließ. Und Stalingrad und ein paar andere Obdachlose drängten so zornig auf den Kettler los, dass er seinen Bekehrungsversuch aufgeben und in seinen Wagen flüchten musste.

Als er anfuhr, sprang Jeanie, die kleine, dreizehnjährige Jeanie mit der Zahnspange und dem orangefarbenen Haar, auf einmal vor, hielt ihr aufgeklapptes Taschenmesser an den Mercedes und zerkratzte im Zickzack die gesamte rechte Wagenhälfte. Der Kettler schrie empört auf, die Punks winkten ihm vergnügt nach.

Das konnte uns nicht gefallen. »Bist du denn bescheuert?«

Sogar Rico verlor die Fassung. »So was setzt uns nur ins Unrecht.«

Annemarie Störikow war das zu wenig. Sie lief auf Jeanie zu und knallte ihr eine. »Wenn de meine Tochter wärst«, schrie sie, »hätteste davon noch mehr bekommen.«

Jeanie kuckte die verhärmte alte Frau, die offenbar noch viel Kraft in den Händen hatte, nur verdutzt an, dann heulte sie laut auf wie ein kleines Mädchen, dem man die Puppe gestohlen hat. Papa Tute nahm sie in die Arme und tröstete sie: »Lass nur! Die olle Kuh hat nischt anderet jelernt.«

»Jott sei Dank hab ick dit noch jelernt!« Die Störikow war überzeugt davon, das einzig Richtige getan zu haben, und wir anderen konnten ihr diese Ohrfeige in dem Moment auch nicht so recht übel nehmen. Also wurde weitergearbeitet. Aber der Glaube ans Gelingen war endgültig geschwunden. Es war, als hätte jemand ein paar Eisklumpen in eine köchelnde Suppe gekippt; wir arbeiteten nur noch lauwarm weiter.

Rico versuchte uns Mut zu machen. Es habe ja wohl keiner angenommen, dass wir die Sache gleich auf Anhieb zu einem guten Ende bringen würden. Wir dürften auf keinen Fall aufgeben, müssten unbedingt weitermachen. Wenn es hart auf hart käme, würde er die Medien informieren. Die würden sich freuen, ihr Sommerloch mit unserer Story füllen zu können. Dann würden andere von unserer Aktion erfahren und vielleicht unserem Beispiel folgen. Außerdem wüssten wir ja gar nicht, ob der Kettler nicht inzwischen ins Nachdenken gekommen sei. Sein Angebot beweise doch, dass er sich davor scheue, eine so gute Sache wie die unsere einfach niederwalzen zu lassen.

Ich sagte mir, dass es schön wäre, wenn Rico Recht behielte. Meine Skepsis jedoch war stärker: Keine noch so wohlwollende Berichterstattung über unsere Aktion würde etwas daran ändern, dass Kettler im Recht war. Es war zwar kein gutes Recht, wenn es vorhandenes Volksvermögen nicht schützte, nur damit ein Einzelner noch mehr Privatvermögen anhäufen konnte, aber es war Recht – und damit hatte Kettler alle Staatsgewalt auf seiner Seite.

In Leos Worten hörte sich das so an: »Der Gestank bricht mir noch das Nasenbein.« Roberts Kommentar: »Des Zielstrebigen Hand sich noch keiner entwand.« Freund Volksmund.

Alles in allem eine nicht gerade erbauliche Situation. Ich hatte Ricos Projekt von Anfang an kaum eine Chance gegeben, aber nun hing ich mit drin. Vor allem gefühlsmäßig. Sollte die viele Arbeit denn umsonst gewesen sein? Andererseits fiel es mir schwer, mit anzusehen, wie weitergearbeitet wurde, ohne dass noch Aussicht auf Erfolg bestand. Also verdrückte ich mich für ein paar Tage. Mir war »eingefallen«, dass ich ja von Berlin noch was sehen wollte. Eine Ausrede, für die alle Verständnis hatten. Sie hätten sich sowieso schon gewundert, dass ich meine Ferien unbedingt auf einer Baustelle verbringen wollte.

Drei Tage lang zog ich kreuz und quer durch die Innenstadt. Komischerweise landete ich auf dem Rückweg immer wieder vor dem Haus in der Torstraße, das Robert mir mal gezeigt hatte; jenes Haus, das gerade abgerissen wurde. Da war nun schon fast gar nichts mehr zu sehen, nur die Fundamentreste waren noch übrig geblieben.

Es war grotesk, auch auf den Titelblättern der Zeitungen gab es in diesen Tagen nichts als Schutt und Ruinen zu sehen. Erst war da diese Gasexplosion in Steglitz, einem südlichen Berliner Bezirk, dann gingen die Fotos von den Terroranschlägen auf die amerikanischen Botschaften von Daressalam und Nairobi um die Welt. Ich stand vor den Zeitungskiosken und starrte die Fotos an, sah aber nur die Häuser Torstraße

125 und 127 vor mir. Blöd von mir, ich weiß. Bei uns würde es keine Toten geben und nichts in die Luft fliegen, alles würde nur fein säuberlich abgetragen werden, damit Neues entstehen konnte. Häuserleiche aber blieb Häuserleiche, oder etwa nicht?

Ich fuhr zum Schloss Charlottenburg, besuchte den Zoo, latschte über den Kudamm, die Friedrichstraße entlang und über den Alexanderplatz – und langweilte mich. Offenbar war ich es nicht mehr gewohnt, allein zu sein; Gregg gehörte an meine Seite. Aber natürlich durfte er die anderen nicht im Stich lassen.

Mich nervten auch die aufdringlichen Blicke vieler Männer, wenn ich luftig gekleidet irgendwo ganz allein meinen Kaffee trank. Also reichte es mir bald und so fragte ich Robert eines Morgens, ob es das Haus in der Großen Frankfurter Straße, in dem du, Minchen, einst deine erste Stellung antratst, noch gebe. Vielleicht wäre es ja einen gemeinsamen Besuch wert.

Die Arglosigkeit, mit der ich diese Frage gestellt hatte, belustigte ihn. Ob ich mir denn die Stadtpläne, die er mir geschenkt hatte, nie richtig angesehen hätte? Die Große Frankfurter sei doch im Krieg völlig zerstört worden, habe nach dem Wiederaufbau im Moskauer Stil lange Zeit Stalinallee geheißen und sei später nach Karl Marx benannt worden. Vom Alexanderplatz aus hätte ich die Fünfziger- und Sechziger-Jahre-Bauten sehen können; wie nebeneinander gereihte Streichholzschachteln sähen sie aus. Und Oberstudienrat Falkes Haus in der Metzer Straße gebe es auch nicht mehr. Auf dem Ruinengrundstück sei in den siebziger Jahren ein Schulkomplex entstanden.

Romantische Spurensuche ade! Doch wozu war ich in Berlin, wenn nicht, um meine Familie väterlicherseits besser kennen zu lernen? Kurz entschlossen erwiderte ich, dass ich dann wenigstens seine West-Berliner Geschwister, also meinen Großonkel und meine Großtante besuchen wollte.

Er hatte nach wie vor nichts dagegen, wollte nur nicht mitkommen. »Fahr allein hin. Mach dir dein eigenes Bild.«

Also gut! Warum denn nicht? Bevor ich mich dort anmeldete, telefonierte ich aber erst noch mit Vater: Weshalb er nie den Kontakt zu seiner Tante und seinem Onkel gesucht hatte? Vor allem damals, als er in den Westen kam und ganz allein dastand?

Er antwortete, dass er, als die Mauer gebaut wurde, ja erst fünf Jahre alt war und dass Robert später, als Besuche von West nach Ost erlaubt waren, keinen Besuch aus dem Westen haben wollte. Solche Besuche seien ja nicht gerade karriereförderlich gewesen. Außerdem habe sich Robert mit seinen schon früh in den Westen gegangenen Geschwistern politisch nicht verstanden. So habe er, Vater, die West-Berliner Verwandtschaft nie wirklich kennen gelernt. Und hätte er denn bei ihm völlig Fremden als Bittsteller aufkreuzen sollen? Die West-Berliner kannten die DDR zu dieser Zeit doch fast nur durch ihre Medien; da hätte er den Mauerstaat womöglich noch vor unqualifizierten Angriffen verteidigen müssen.

Worte, die mir nicht gerade Mut machten. Dennoch rief ich an. Zuerst bei »Tante Ruth«. Niemand nahm den Hörer ab. Dann bei »Onkel Walter«. Es dauerte einen Moment, dann meldete sich eine tiefe Männerstimme: »Seemann.«

Komisch, den eigenen Namen von einem Verwandten gesagt zu bekommen, den man noch nie zuvor gesehen hat! Umständlich wollte ich mich vorstellen, doch Onkel Walter unterbrach mich. »Ja, ja!«, rief er. »Robert hat von dir erzählt. Eine Seemann aus der Nähe von Bremen – na, da passen Seemänner doch hin, hab ich zu ihm gesagt.«

Ein herzliches Lachen, und sofort wurde mir leichter ums Herz. Vorsichtig fragte ich, ob ich mal vorbeikommen dürfte. Ich würde gern mehr über meine Familie erfahren.

»Warum denn nicht?« Wieder lachte er. »Vielleicht sehen wir uns ja sogar ähnlich.« Und dann schlug er mir vor, gleich am Nachmittag zu kommen. Er habe gerade Urlaub, es passe ihm prima.

Was war das für eine endlose U-Bahn-Fahrt vom Rosenthaler Platz bis nach Spandau! Ich dachte, ich käme überhaupt nicht mehr ans Tageslicht. Vom Rathaus Spandau ging's dann noch ein paar Stationen mit dem Bus weiter und zum Schluss einige hundert Meter zu Fuß.

Onkel Walter wohnt im Sommer in einer Laubenkolonie. *Vorsicht bissiger Hund* las ich an einigen Gartentüren, auf einem Sportplatz jagten Mädchen einem Fußball nach, vor einer barackenartigen Kneipe saßen Männer und Frauen in bunter Freizeitkleidung, unterhielten sich, tranken Bier und sahen mir neugierig nach. Es erschien mir hier überhaupt alles sehr farbenfroh: die grün, rot, gelb angestrichenen Holzhäuschen, die leuchtenden Blumenbeete, das satte Grün der Sträucher, Büsche und Bäume. Dazu die blumigen Namen der Gartenwege: Oleanderweg, Rosenweg, Tulpenweg, Nelkenweg und immer so weiter. Ein ganz anderes Berlin hier draußen.

Onkel Walters Laube liegt im Narzissenweg 13. Nur mit weißer Turnhose bekleidet, den nackten, sonnengebräunten Bauch selbstbewusst vorgestreckt, saß er am Gartentisch, hatte eine Zeitung vor sich und stand gleich auf, als er mich bemerkte. »Eva?«

Ich nickte nur.

»Komm rein!« Er winkte erfreut. Und nach hinten, zum Haus hin, brüllte er: »Monika! Familientreffen!«

Er war mir auf Anhieb sympathisch. Große, gütige Augen, Lachfältchen, randlose Brille, volles graues Haar. Mit seiner

Frau Monika und seinem Sohn Benny erging es mir nicht anders.

Monika Seemann ist etwas jünger als ihr Mann, vielleicht fünfundfünfzig, aber noch sehr schlank. Ihr hellblondes Haar trägt sie nach hinten gekämmt, ihr Gesicht wirkt sehr schmal, ihre Nase ein wenig eckig.

Als sie aus dem Haus trat, um mich zu begrüßen, kam auch ihr Sohn Benny mit; ein wahrer Riese von einem Mann, etwa dreißig und so werbefotoblond wie seine Mutter. Computerfachmann und Hobby-Ruderer ist er, wie ich später erfuhr.

Sie machten es mir alle drei sehr leicht, meine Hemmungen abzulegen, und luden mich sofort ein, doch bis nach dem Abendbrot zu bleiben. Benny würde mich dann mit seinem Wagen zur Torstraße zurückbringen. Ich war sehr einverstanden damit, nicht wieder in diesen endlosen Tunnel zurückzumüssen, und so saßen wir dann bei Kaffee und Kuchen, Apfelschorle und Kirschen und beschnupperten uns.

Onkel Walter verbringt seinen Urlaub immer im Garten, wie er mir gleich zu Anfang erklärte. Ölsardinenstrände auf Mallorca und Bildungsreisen nach Nepal reizten ihn nicht. Beruflich habe er seinerzeit Elektromonteur gelernt, nun sei er aber schon seit vielen Jahren hauptamtlich bei der Gewerkschaft tätig. »Einer von den vielen faulen Säcken, die von den Beiträgen anderer leben.« Er lachte schon wieder, nahm sich offensichtlich überhaupt nicht ernst.

Tante Monika war lange Meisterin in einer Textilfabrik, nun ist sie schon seit Jahren arbeitslos und hat sich damit abgefunden. »Soll ich etwa heulen?«, fragte sie mich mit bitterer Selbstironie. »Was wir fabriziert haben, wird in Taiwan doch viel billiger hergestellt. Also lassen wir die Taiwanesen schuften, schonen uns und hoffen darauf, dass die, die noch Arbeit haben, uns weiterhin miternähren.«

Mir fiel ein, was Robert über die Geschäfte mit den Billiglohnländern gesagt hatte. Neugierig suchte ich in Onkel Walters Gesicht nach Ähnlichkeiten zwischen den beiden Brüdern. Doch da war nichts zu finden. Auch Onkel Walters Vermutung, er und ich könnten uns ähnlich sehen, hatte sich nicht bestätigt.

Ich fand es erstaunlich, wie bereitwillig die drei Spandauer Seemänner von sich erzählten. Da war keinerlei Abstand, keine vorsichtige Abwägung zu spüren. Als die Sprache auf mich kam, tat ich es ihnen nach, berichtete von meinem Studium, von Lilienthal, Vater, Mutter, Bastian. Ganz zum Schluss rückte ich mit meiner Spurensuche heraus; und dass ich gerne wissen wollte, welche Erinnerungen Onkel Walter an seine Großmutter habe.

Doch da war nicht viel. Er wusste nur zu erzählen, dass der kleine Walter immer große Angst vor der Omä mit dem strengen Blick hatte. »Irgendwie war se 'n Feldwebel. Sah alles, hörte alles, wusste alles. Da konnte sich keiner verstecken.« Er lachte schon wieder.

Natürlich hatte auch der kleine Walter früh bemerkt, dass der große Bruder Omas Liebling war, und sich darüber gewundert: Sonst sei doch immer das kleinste Küken der Sonnenschein der Großeltern – was ja Schwesterchen Ruth gewesen wäre –, aber du, Minchen, hättest den großen, intelligenten Robert bevorzugt. Und es werden sicher nicht allein Wiedergutmachungsabsichten wegen deiner Versäumnisse seinem Vater gegenüber gewesen sein, die dahinter steckten, meinte er. Viel eher sei zu vermuten, dass der große Junge eine Art Ersatz-Mann für dich war, nachdem du dich fast dreißig Jahre allein durchs Leben geschlagen hattest.

Ich glaube, damit hat er nicht ganz Unrecht; es wird wohl eine Mischung aus beidem gewesen sein. Und vielleicht warst du dir dieser Bevorzugung Roberts sogar nicht einmal bewusst.

Irgendwann wurde das Gespräch dann politisch. Bei Vaters und Roberts Vergangenheit lag das nahe. Doch die Spandauer Seemänner dachten und redeten nicht so feindselig gegenüber der früheren DDR, wie ich es mir nach Roberts Berichten und Vaters Befürchtungen vorgestellt hatte. Allerdings hatten die Nachkriegszeit, der Kalte Krieg, die Jahre, die sie im vom Realsozialismus umzingelten West-Berlin zubringen mussten, in ihnen durchaus ihre Spuren hinterlassen. Das konnte ja auch gar nicht anders sein nach dieser ewigen Angst, eines Tages in den Ostblock eingegliedert zu werden oder aus der Heimatstadt fortgehen zu müssen, und in Erinnerung an die große Not, die das West-Berliner Kind Monika miterlebt hatte, als die Sowjetunion die Blockade über den Westteil der Stadt verhängte. Über zehn Monate lang, von 1948 bis 1949, waren alle Verbindungswege in die restliche Welt gekappt, mussten die Amerikaner und Engländer die West-Berliner aus der Luft versorgen, mit Lebensmitteln und Medikamenten und sogar mit Kohlen. Alle zwei, drei Minuten landete so ein »Rosinenbomber« auf dem Flugplatz Tempelhof; der erste Höhepunkt des Kalten Krieges Ost gegen West und West gegen Ost.

Ja, diese Zeit werde sie bis an ihr Lebensende nicht vergessen, sagte Tante Monika. Kommunistenfresserin wäre sie deshalb aber noch lange nicht, nur eben sehr, sehr vorsichtig im Umgang mit Leuten, die unter Freiheit nichts anderes als freiwillige Unterordnung unter irgendwelche staatlichen oder ideologischen Notwendigkeiten verstünden.

Ich hatte von dieser Blockade schon gehört, aber das war Geschichtsunterricht gewesen. Sah ich in Tante Monikas Gesicht, konnte ich mir das kleine Mädchen vorstellen, das sich vor einem neuen Krieg fürchtete, nachdem doch drei Jahre zuvor erst ein schlimmer Krieg zu Ende gegangen war; ein Krieg, der ihr die halbe Familie – Vater, Bruder, Großeltern – genommen hatte.

Auch in unseren Ansichten über die Wiedervereinigung lagen wir nicht weit auseinander. Da sei so vieles falsch gelaufen, sagte Tante Monika. Miese Geschäftemacher hätten denen im Osten im Nu beigebracht, wie Recht die SED-Funktionäre mit den ewigen Warnungen vor dem Kapitalismus gehabt hätten. Und Onkel Walter sagte, was ich so ähnlich auch schon von Vater gehört hatte: Für jeden einigermaßen gerecht denkenden Menschen sei es unmöglich, im Kapitalismus kein Sozialist zu werden, aber genauso unmöglich sei es, unter realsozialistischen Bedingungen, wie wir sie in diesem Jahrhundert kennen gelernt hätten, einer zu bleiben.

Benny hörte erst nur zu und grinste hin und wieder, als hätte er das alles schon tausendmal gehört. Schließlich aber sagte er – und er blickte dabei nur mich an –, er halte das ganze Sozialismus-Kapitalismus-Denken für überholt. Versagt hätten beide Lager. Tatsache sei doch, dass die Menschheit unfähig sei, ein System zu erfinden, das ein friedliches und einigermaßen solidarisches Umgehen miteinander ermögliche.

Und überhaupt: Die moderne Politik sei doch nur noch Demoskopie. Als Politiker wolle man gewählt werden, ein unbequemer Standpunkt könne dabei nur schaden. Und den Kopf hinhalten für eine Überzeugung, das werde heute – auch von der breiten Masse – nur noch als Dummheit angesehen.

»Und was folgerst du für dich selbst daraus?«, fragte ich.

»Erwarte niemals irgendwelche Geschenke!« Er lachte, aber er meinte es ernst.

Onkel Walter und Tante Monika gefiel nicht, was ihr Sohn da gesagt hatte. Eine lange Debatte über Solidarität und Selbstsucht setzte ein, die damit endete, dass Onkel Walter sagte, das Schlimmste sei für ihn die hohe Arbeitslosigkeit und dass wir längst damit leben gelernt hätten; schließlich werde der Mensch doch erst durch Arbeit zum Menschen. Und das betreffe besonders die Jugend, über deren manchmal so entsetzliche Brutalität sich nur wundern könne, wer selbst nie ein sinnleeres Leben führen musste. »Was geschieht denn wirklich, wenn so ein Trupp neuer Nazis auf Ausländer einprügelt? Dann schlagen verrohte Zukurzgekommene auf eingeschüchterte Zukurzgekommene ein, nichts weiter.«

Ich wollte ihm gerade aus vollem Herzen Recht geben, da traf noch ein Besuch ein: Tante Ruth!

Als ich versucht hatte sie anzurufen, hatte ich ihre Privatnummer gewählt – Robert kannte nur die –, Onkel Walter aber hatte sie, nachdem wir uns für den Nachmittag verabredet hatten, unter ihrer Geschäftsnummer angerufen. Und da war sie, voller Neugier auf die so plötzlich aufgetauchte Verwandtschaft, nach der Arbeit gleich hier herausgekommen.

Wie sie auf mich wirkte? Da fällt mir nur ein Wort ein: imposant! Eine sehr groß gewachsene, stattliche Frau, sehr gut angezogen, halblanges, kastanienbraun gefärbtes Haar, keine Spur von siebenundfünfzig.

»Ruth Seemann, Perle der Familie, zeitlebens unbemanntes Raumschiff, aber Besitzerin dreier gut gehender Drogerien«, stellte Onkel Walter mir seine Schwester vor. Als sie ihn dafür strafend am Ohr zupfte, wies er zur Rache auf ihr modernes Outfit hin: »Schöne Leute haben schöne Sachen – und haben se keene, lassen se sich welche machen.«

Alle lachten, doch diese Tante – die unseren Mund hat, Minchen – ließ mich nicht aus den Augen. »Bisschen was von Mutter«, sagte sie dann.

Das war mir neu. Ich hatte Ilsa Seemanns Foto lange betrachtet, aber eine Ähnlichkeit zwischen mir und der zierlichen Frau war mir nicht aufgefallen.

Es gab ein Begrüßungsschlückchen, dann wurde zu Abend gegessen: Schinken und Käse vom Stück, Tomaten, saure Gurken, Wein und Bier. Onkel Walter sprach das Tischgebet: »Nach des Tages Müh'n und Lasten soll der brave Mann nicht fasten. Denn sein liebes Weib mag 'nen strammen Leib.«

Sein liebes Weib zeigte ihm dafür einen Vogel. Er solle sich nicht selbst belügen, sein Kugelbauch wirke auf sie so erotisch wie ein Luftballon am Besenstiel.

Wieder wurde herzhaft gelacht. Ich fühlte mich sehr wohl in dieser Runde.

Nach dem Essen packte Tante Ruth dann jede Menge Fotos aus. Und es waren tatsächlich welche drunter, die eine gewisse Ähnlichkeit zwischen ihrer Mutter und mir verrieten. Was mich sehr berührte. Ich sah dem jungen Minchen ähnlich, da gab es keinerlei Zweifel, vom Profil her erinnerte ich aber auch ein wenig an die junge Ilsa, das selbstbewusste Mädchen, das Arthur Seemann einst auf dem Rummelplatz kennen gelernt hatte.

Tante Ruth wusste viel von ihrer Mutter zu erzählen. Die berühmte kleine Frau mit dem großen Herzen sei sie gewesen, sagte sie stolz. »Eine der vielen Heldinnen, die ihre verfressenen Kinder durch Krieg und Nachkriegszeit brachten.«

An dich, Minchen, hat sie kaum Erinnerungen. Sie war ja erst sechs, als du starbst. Sprach sie von dir, dann immer nur von »Großmutter Stargraff«.

Von Robert sagte Tante Ruth, sie habe ihn stets gemocht und später sein Talent zum Schreiben sehr bewundert. Irgendwie aber sei er ihr immer zu treu gewesen. Erst sei er Großmutter Stargraff ewig treu geblieben, obwohl sie in Wahrheit doch gar kein so liebenswerter Mensch gewesen sei, dann habe er die Fahne seiner Partei über alle Zweifel hinweg hochgehalten. Diese Art Nibelungentreue sei nicht ihr Fall. Deshalb hätte sie gern mal ihren Neffen Wolfgang kennen gelernt, den sie nur als Säugling und Kleinkind zwei- oder dreimal auf dem Arm gehalten habe. Nach dem, was Robert über meinen Vater berichtet habe, sei sie richtig neugierig auf ihn geworden.

Das mit Roberts Treue stimmte. Er war ja auch seiner Loreley ewig treu geblieben; vor allem in jener Zeit, als er sie in anderen Frauen wieder zu finden hoffte. Doch das sagte ich nicht, das hätte irgendwie zu weit geführt, wenn ich junges Ding so über meinen Großvater geurteilt hätte. Stattdessen griff ich Tante Ruths Wunsch auf, Vater kennen zu lernen, und schlug vor, mal ein großes Familientreffen zu organisieren, in Berlin oder Lilienthal. Ich erntete damit viel Zustimmung und war mir sicher, meine halbe Einladung nicht bereuen zu müssen. Die Spandauer Seemänner würden Vater und Mutter auch gefallen. Oder war es nur dieser laue Sommerabend im Garten und Onkel Walters aromatischer Landwein, der mich so großzügig stimmte?

Nein! Es hat sich ja später bestätigt, dass ich mich nicht irrte. Und weil ich das tief drinnen in mir schon ahnte, wurde meine Stimmung, je weiter der Abend voranschritt, immer besser. Und – das verwirrt mich noch heute – je besser gelaunt ich war, desto öfter musste ich an Gregg denken: Eine tiefe Sehnsucht nach ihm war da auf einmal in mir; eine Sehnsucht, wie ich sie nie zuvor gespürt hatte; eine Sehnsucht, die mich ganz unruhig machte, weil ich mich ihr so ausgesetzt fühlte.

Eva im Paradies

Die Rückfahrt zur Torstraße! Benny machte sich den Spaß, mich über viele Umwege heimzubringen. In seinem offenen Kabriolett fuhren wir den abendlich belebten, lichterstrahlenden Kurfürstendamm hinunter und später am Potsdamer Platz mit seinen vielen halb fertigen Hochhäusern vorüber. Gleich darauf machte Benny einen Schlenker durchs türkische Kreuzberg und flitzte nur wenig später zwischen den Fünfziger- und Sechziger-Jahre-Bauten der Karl-Marx-Allee hindurch.

Ich blickte mich neugierig um: Also das war die ehemalige Große Frankfurter Straße, durch die du, Minchen, eines grauen Morgens deinen Koffer zu Justizrats schlepptest! Ich erzählte Benny davon, doch es beeindruckte ihn nicht sehr. Er hatte diesen Weg nur genommen, um endlich zur Torstraße zu gelangen. Dass seine Urgroßmutter hier seinen Großvater empfangen und damit unsere Familie gegründet hatte, erheiterte ihn nur.

Ich hatte eine ernsthaftere Reaktion erwartet, er merkte mir das an und grinste achselzuckend. Solange die Mauer stand, habe er sich weder um den Ostteil Berlins noch um die Familiengeschichte viel gekümmert. In den USA, Frankreich, England und sogar in Indien sei er als junger Bursche herumgetrampt, doch den Alexanderplatz, den wir nun passierten, habe er vor dem Mauerfall nur aus dem Fernsehen gekannt. Das Gefühl, etwas versäumt zu haben, aber habe er nicht. Oder empfände ich hier irgendwas als schön? Alles DDR-

Erbe, einfallslos und hässlich. Aber man könne ja nicht die halbe Stadt abreißen und wieder neu aufbauen, oder?

Der Platz mit all den klobigen, viereckigen, allein durch Leuchtreklamen verzierten Bauten ist wirklich nicht schön. Aber wird der Potsdamer Platz »schöner«? Moderner, schräger, blinkender, ja – aber schöner, liebenswerter? Eine Stadt, wie Rico sie sich vorstellte, könnte mich faszinieren. Glitzerwelten reizen den Betrachter einen Abend lang, dann sieht er darin nur noch Kulissen.

Da Benny und ich in dieser Hinsicht aber kaum einer Meinung sein würden, verkniff ich mir jede Diskussion. Ich spürte lieber diesem flirrenden und beunruhigenden Sehnsuchtsgefühl nach, das ich noch immer empfand. So war es kein Wunder, dass ich mich, kaum hatten wir vor der 127 gehalten, wo Benny neugierig zu dem eingerüsteten Haus hochspähte, von dem er wusste, dass darin sein schriftstellernder Onkel lebte, sehr rasch verabschiedete. »Also dann – bis Lilienthal oder Berlin!«

Er stieg aus, gab mir die Hand und küsste mich auf die Wange. »War schön, dass du da warst.«

»Danke fürs Heimbringen!« Eine halbe Minute winkte ich ihm noch nach, dann ließ auch ich meine Augen die Hausfassade entlangwandern und sah, dass in keinem von Roberts Zimmern Licht brannte.

Saß er mit seiner Wein- oder Whiskyflasche auf dem dunklen Balkon und wartete auf mich, um mich sogleich über meine Eindrücke befragen zu können?

Die Fenster der WG: In Ricos und Heides Zimmer brannte Licht, in Greggs nicht; Leos Zimmer und das von Benno und Phil gehen nach hinten raus, die konnte ich nicht sehen. Eilig schloss ich die Haustür auf, lief die Treppe hoch und klingelte bei der WG. Ein Geruch nach asiatischem Essen drang durch die Türritzen; wäre ich nicht so satt gewesen, hätte ich Appetit bekommen.

Heide, offensichtlich gerade beim Kochen, öffnete.

»Ist Gregg nicht da?«

»Der arbeitet noch in der 125. Die Haustür steht offen.« Sie kuckte mich verwundert an. »Was ist denn mit dir los? Strahlst, als hättest du in der Lotterie gewonnen.«

»Hab ich ja auch«, rief ich und stürzte gleich wieder die Treppe hinunter.

Wie sollte ich denn nicht in der Lotterie gewonnen haben, so voller Sehnsucht, wie ich war? Ob es das große Los war, würde sich erst noch zeigen müssen; ein Treffer war's auf jeden Fall.

In der 125 ging es ziemlich laut zu. Im ersten Stock stritten zwei der älteren Obdachlosen heftig miteinander, bewarfen sich mit den unflätigsten Schimpfwörtern und stießen oder prügelten sich durch den ganzen Raum; immer wieder hörte ich es heftig poltern. Stalingrad versuchte zu vermitteln und schrie dabei noch lauter als die beiden anderen. Seine mächtige Stimme erinnerte an einen betrunkenen Gott, eine Art proletarischen Zeus.

Im zweiten Stock dröhnte Musik, dass die Wände zitterten. Durch die offene Tür sah ich Rebecca, Jeanie und Bambi im Kerzenschein miteinander tanzen, Papa Tute lag auf einer Matratze und stierte stumm vor sich hin; Jöte, Feuerwasser und Porky Pig waren nirgends zu sehen. Wahrscheinlich waren sie noch ableiern oder Sperrmüll organisieren. Oder sie saßen irgendwo im Hintergrund, tranken Bier und spielten Skat; ein Spiel, das besonders Porky sehr liebt.

Leise stieg ich weiter durch das mit Baumaterialien voll gestellte Treppenhaus, in dem es wie im ganzen Haus noch kein Licht gab, bis in den dritten Stock hoch. In der Wohnung rechts, die noch immer unbewohnt war, konnte ich im Hintergrund einen hellen Schein erkennen. Vorsichtig, um nicht über irgendeinen Eimer oder sonst was zu stolpern, betrat ich den Flur – und blieb auch schon wie vom Blitz getroffen stehen: Was war denn das? Von der großen Wohnzimmerwand, die durch einen hellen, von einer Autobatterie betriebenen Scheinwerfer angestrahlt wurde, leuchtete mir ein Dschungel entgegen; grün war er und sehr bunt, ein richtiger Garten Eden, bevölkert von jeder Menge schrillfarbiger Vögel, riesigen, doch gemütlich wirkenden Raubkatzen und vielen anderen überaus friedlich dreinblickenden Tierarten. Ganz oben jedoch, in einem dicht belaubten, Phantasiefrüchte tragenden Baum, saß ein nacktes Paar und hielt sich bei den Händen; eindeutig Gregg und ich … Vor dem Gemälde der ganz und gar in seine Arbeit versunkene Künstler, wie er einem braunen Teufelchen von Ziegenbock gerade bunte Lampions an die Hörner malte.

»Was machst du denn da?«, flüsterte ich.

Er fuhr herum – und lächelte. »Hier würde ich gern mit dir leben, Ewotschka!«

Die schwarzen Augen, der Singsang seiner Stimme, sein Lächeln – wie fühlte ich mich gleich wieder zu ihm hingezogen. »In diesem Dschungel? Oder in dieser Wohnung?«, konnte ich nur flüstern.

»In diesem Wohnungsdschungel.«

»Aber das Haus wird abgerissen«, stammelte ich verwirrt. Er hatte dieses Gemälde auf die kahle Wand gepinselt. Wie schade um die viele Mühe, die er sich gemacht hatte!

»Hast du's dir angesehen?«, fragte er nur.

»Ja.« Ich verstand nicht.

»Dann hat es sich schon gelohnt.«

Mal wieder eine Liebeserklärung! »Blöder Hund!«, schimpfte ich. Aber dann konnte ich nicht mehr anders, stürzte einfach auf ihn zu, flüsterte »Ich liebe, liebe, liebe dich!«, schlang die Arme um seinen Hals und küsste ihn.

Danach geschah dann alles wie von selbst. Nachdenken, abwägen war nicht mehr drin. Weder hatte ich ein Kondom in der Tasche noch fragte ich Gregg danach. Dachte nicht an Aids oder dass ich schwanger werden könnte oder gar an Jens; wir ließen uns einfach auf den Fußboden fallen, zwischen Farbeimern und Pinseln, das Dröhnen der Musik im Ohr, nichts hörend, nichts sehend; Eva im Paradies!

Wie lange wir später noch so dagelegen haben, weiß ich nicht mehr. Wir wollten einfach nicht aufstehen. Gregg küsste und streichelte seine Ewotschka, als könnte er nicht genug von ihr kriegen, und ich staunte nur verwundert in mich hinein: Wie hatte ich, die sonst immer und überall so vernünftig war, nur so leichtsinnig sein können? Nicht allein wegen Aids oder weil ich schwanger werden könnte – es hätte ja auch jeden Augenblick jemand die Wohnung betreten können! Nicht mal die Tür hatten wir geschlossen! Das alles ging mir durch den Kopf, ich war längst wieder die vernünftige Eva – und war dennoch nicht in der Lage aufzustehen, um mich anzuziehen oder wenigstens die Tür zu schließen. Lag nur da, staunte und hielt meinen Gregg umklammert.

»Hab so auf dich gewartet«, flüsterte er mir irgendwann zu.

Ich begriff nicht gleich, was er damit meinte, so nach und nach aber wurde mir klar: Dass er nicht schon lange vorher zärtlich geworden war, hatte nichts mit Reserviertheit oder irgendwelchen Vorurteilen zu tun – er hatte mich einfach nicht überrumpeln wollen! Immerhin gab es da ja den Freund, von dem ich erzählt hatte …

Also hatte er gewartet, bis ich ihn mir schnappte, damit ich wusste, was ich tat.

Allein dafür hätte ich mich in ihn verlieben müssen. Andere hätten wohl nicht so viel Geduld gehabt, hätten gedrängt und gedrängt …

Zärtlich küsste ich Gregg, als wir plötzlich Schritte hörten. Erschrocken, aber auch albern kichernd, zogen wir uns an und standen danach, da der Jemand nicht bis in den dritten Stock hinaufgekommen war, lange eng umschlungen vor Greggs Ölgemälde.

Obwohl er, wie er mir nun gestand, schon seit vielen Tagen daran arbeitete, war das meiste noch im Entwurfsstadium. Dennoch gab es keinen Zweifel an seiner Absicht: Er wollte einen friedlichen Dschungel darstellen. Kein Tier war des anderen Feind. Dem Löwen saß ein großer, bunter Schmetterling auf der Nase, zwei kleine Affen hatten sich eine große, zusammengeringelte Schlange zum Schlafplatz erkoren, ein Papagei ritt auf einem Elefantenrüssel – und Gregg und ich saßen in unserem Baum, hielten uns an den Händen und erfreuten uns der Paradieslandschaft um uns herum.

»Bist schon 'n großer Spinner«, schimpfte ich ihn liebevoll aus. »So viel Friede, Freude, Eierkuchen wird's nie geben.«

Da zitierte auch er den Spruch vom Unmöglichen, das man anstreben müsse, um das Mögliche zu erreichen. Und ich glaube, erst in jenem Augenblick habe ich diesen Satz, der in der Torstraße längst zum geflügelten Wort geworden war, in seiner ganzen Tragweite verstanden.

Leise fragte ich Gregg, ob er denn wirklich mit mir hier leben wollte.

Er nickte nur still und da dachte ich sofort: Warum denn nicht? Der Kreis schließt sich! Eva kehrt zurück in Minchens Berlin, Arthur und Ilsas Berlin, Roberts Berlin, Vaters Berlin.

Was kann daran falsch sein?

Ja, und von da an bangte ich endgültig mit den anderen: Wenn doch nur der Kettler nachgeben würde! Wenn doch nur Rico Recht behielt mit seinem Optimismus! Greggs Gemälde sollte bitte, bitte nicht der Abrissbirne zum Opfer fallen!

Die dreizehnte Tür

Dritter Adventssonntag, und Ewotschka hockt am Computer, als wäre der Monitor ein Fernsehbildschirm, auf dem ihr eigenes Leben vorgeführt wird. Mal regnet es vor Frau Kruses kleinem Fenster, mal tanzen Schneeflocken dran vorbei, mal durchschneiden Autoscheinwerfer die Finsternis dieses nasskalten Winterabends, in mir aber ist heller Sommer.

Es gibt einen doofen Spruch, der besagt, Glück sei nichts anderes als die Abwesenheit von Unglück. Das stimmt nicht. Es gibt noch mehr, als nur nicht unglücklich zu sein, viel mehr! Seit Gregg und ich uns unserer Liebe sicher waren, wusste ich das. Wir tanzten ja nur noch so durch diesen Sommer. Wurde es mal herbstlich kühl, was kümmerte uns das Wetter? Wir liefen im T-Shirt herum und wärmten uns einer am anderen! Passierte uns irgendein Missgeschick – Daumen breit gehämmert, in einen Eimer Farbe gestapft, mit dem Fuß umgeknickt –, dann lachten wir nur: Das Leben war so schön, schöner konnte es gar nicht werden.

Allein die Frage, wie es weitergehen würde mit unserer Aktion, ob wir wirklich eine Chance bekämen, eines Tages in unser Paradies zu ziehen, vergällte uns die Hochstimmung ein wenig. Immer öfter wollten einige von uns alles hinwerfen. Dann war plötzlich ich es, die voller Optimismus an Ricos und Heides Seite stand und wie Stalingrad redete: Solange wir kämpften, war der Krieg noch nicht verloren!

Robert hatte all diese Veränderungen an mir beobachtet, er war ja nicht blind. Doch er sprach nicht darüber, sprach überhaupt kaum noch mit mir. Seit jenem Tag, an dem ich in Spandau gewesen war, begegnete er mir mit Misstrauen. Erst später erfuhr ich, was dahinter steckte.

Er hatte an diesem Abend tatsächlich auf dem Balkon gewartet – mit Wein *und* Whisky! – und mit angesehen, wie freundschaftlich Benny sich von mir verabschiedete. Als ich ins Haus lief, ging er zur Tür und horchte. So bekam er mit, wie ich Heide nach Gregg fragte, und ahnte schon, dass er nun noch länger warten musste. Beunruhigt trank er weiter und war, als ich dann endlich kam, schon ziemlich betrunken. Da hatte die Eva aus dem Paradies keine Lust, mit ihm zu reden; und er, der »gebrandmarkte Ossi«, dachte, er wäre mir keines Wortes mehr wert, nachdem die »Wessis« sich getroffen und gegen ihn verschworen hatten.

Da ich das alles erst viel später erfahren habe, schleppten wir dieses Missverständnis tagelang mit uns herum. Beide beleidigt, beide stur, nach dem Motto: Komm gefälligst zu mir, wenn du was von mir willst!

Hinzu kam, dass ich ja Gregg hatte. Was musste ich mich da mit dem ewig mies gelaunten Robert abplagen?

Während ich durch die Sonne tanzte, ließ ich Robert im Regen stehen. Fühlte mich so stark, so selbstsicher, so unverletzlich; der düstere Robert mit all seinen Sorgen und Problemen und Zitaten war mir da nur ein Klotz am Bein.

Aber, liebes Minchen, vielleicht kannst du mich ja verstehen: Nie zuvor hatte ich so intensiv gelebt, nie zuvor hatte ich mich selbst so gemocht. Und ich war ja von nun an keine einzige Minute mehr allein, immer war Gregg bei mir. Entweder arbeiteten wir gemeinsam an der Renovierung der Häuser mit oder wir fuhrwerkten, einen wunderbaren Zukunftsplan durch den anderen ersetzend, in unserem Paradies herum. Oder ich begleitete Gregg beim Verkauf seiner Steine.

Auch das war schön. Dabei lernte ich fast die ganze Stadt kennen und hatte manchmal das Gefühl, in diesen Tagen irgendwie überdimensional zu leben: Alles drehte sich nur um mich! Gott hatte die Welt ganz allein für Eva Seemann und ihren Gregg erschaffen. S- und U-Bahnen, Straßenbahnen und Busse fuhren nur, um uns von einem Ort zum anderen zu bringen. Die Sonne schien allein für uns und der Gewitterregen prasselte nur deshalb so heftig aufs Straßenpflaster, damit wir unseren Spaß daran hatten. Begegneten uns andere Paare, die zur gleichen Zeit glücklich waren, beobachtete ich sie und dachte mir, dass deren Liebe vielleicht nur einen Abend oder einen Sommer, vielleicht aber auch ein ganzes Leben dauern würde. Dann war dies der Anfang, an den das Paar noch im Jahr 2050 zurückdenken würde. In hundert Jahren aber würde es gar nicht mehr wichtig sein, ob diese große Liebe nur einen Tag, einen Sommer oder ein Leben gedauert hatte; in hundert Jahren war nur wichtig, dass es auch dann wieder Liebespaare gab ...

Spinnereien? Natürlich! Wer sich so leicht fühlt, schwebt eben hin und wieder davon. Andererseits war es gerade dieses Hochgefühl, das die kluge Eva abends, wenn sie in deinem Bett lag, Minchen, manchmal zweifeln ließ: Redete ich mir diese große Liebe nicht nur ein? Womit hatte denn gerade ich dieses Überglück verdient?

Doch es gelang mir immer wieder, mich zu beschwichtigen: Glücksmarie und Pechmarie – wenn ich mir diesen Himmelssegen irgendwie verdient hatte, stand er mir zu.

Für Robert blieb da wenig Platz. Und vielleicht war das auch ganz normal so. Alles, was mit Robert zusammenhing, hatte mit der Vergangenheit zu tun; mit Gregg lebte ich in der Gegenwart und plante und träumte für die Zukunft. Robert hatte mich durch sein Berlin geführt, Gregg zeigte mir seines;

Roberts Tour de Berlin hatte mich nachdenklich gestimmt, Greggs Stadtführungen ließen mich aufatmen. Da gab es so viele Plätze, die er ganz besonders mochte und die verrieten, dass er Maler ist – die vielen stillen, grünen Winkel abseits vom Großstadtgetöse, in denen man vergessen kann, dass man sich in einem riesigen Steinhaufen befindet; die alten, engen Gassen rund um die Parochialkirche; die Kneipen und Cafés in den S-Bahnbögen an der Friedrichstraße oder am Savignyplatz; der Blick vom Kaiserdamm fast über die ganze Stadt hinweg – in einer Linie Charlottenburger Tor und Siegessäule, Brandenburger Tor, Rotes Rathaus und Fernsehturm …

Ja, in diesem Berlin konnte ich mir vorstellen zu leben.

An manchen Tagen begleitete ich Gregg auch zum Kunst- und Flohmarkt am Charlottenburger Tor. Dort verkauft er die meisten Steine, dort trifft er viele Freunde, darunter Landsleute und jede Menge Modemacher und Kunstgewerbler, die wie er ihre eigenen Ideen verwirklichen wollen. Mit fast allen kam ich schnell ins Gespräch, war keine Sekunde lang die Fremde.

Auch in Gemäldegalerien und Kunstausstellungen führte mich Gregg. Dabei standen wir einmal lange vor einem, wie ich fand, sehr hässlichen Bild, das einen Geschlechtsakt darstellte. Viel grelles Gelb, viel knalliges Rot, drum herum nur tristes Grau; die Gesichter des verkrampft ineinander verklammerten Paares verzerrt. Wie ein ewig andauernder Ringkampf wirkte dieser »Liebesakt«; bestenfalls wütende Geilheit war darin zu entdecken, kein Hauch Zärtlichkeit.

Gregg gefiel dieses Bild ebenfalls nicht, doch er wollte es nicht verurteilen. Darüber hätten wir uns fast gestritten. Manchmal male, wer die Schönheit am heftigsten liebe, eben die hässlichsten Bilder, sagte er. Einfach, weil der Künstler die Schönheit zu lange gesucht und unter den Menschen nicht gefunden habe.

Dann solle ich dieses abstoßende Bild wohl als Kritik an der heutigen Auffassung von Erotik verstehen, fragte ich zweifelnd.

Er zuckte die Achseln. »Kritik oder vorgefundene Welt. Wir haben nicht das Recht, anderen unsere Augen aufzuschwatzen.«

Das saß. Darüber musste ich lange nachdenken.

Natürlich hatten alle aus der WG und auch die anderen Mieter der beiden Häuser längst mitbekommen, dass es zwischen Gregg und mir passiert sein musste. Wir liefen ja nur noch Hand in Hand herum, und wenn wir uns küssen wollten, fragten wir nicht lange, ob jemand zusah. Rico und Heide, Benno und Phil freuten sich mit uns, allein Leo lästerte: »Wer mir liebt, den lieb ick wieder! Nur Pantoffeltierchen haben keene Glieder.«

Na ja! Wir haben es als Kompliment verstanden.

Die Punks fanden wohl, dass wir ein niedliches, spießiges Paar waren, die älteren Obdachlosen kümmerte es nicht, wer von uns mit wem ging.

Und Robert?

Robert nahm es hin. Er hatte Gregg immer gemocht, weshalb sollte er etwas dagegen haben, dass ich ihn auch mochte? »Wirst schon wissen, was du tust«, sagte er eines Morgens beim Frühstück zu mir, als er nach längerer Zeit mal wieder den Mund aufmachte, um mehr mit mir zu reden als nur das Notwendigste. Und förmlich wie ein Sozialarbeiter vom Jugendamt fügte er hinzu: »Deine Eltern zu verständigen, halte ich von meiner Seite aus nicht für notwendig.«

Von meiner Seite aus hielt ich das auch nicht für notwendig. Erstens bin ich seit drei Jahren volljährig und zweitens: Was hätte ich am Telefon denn sagen sollen? Hab 'nen neuen

Freund, schlafe oft mit ihm, muss mir demnächst die Pille verschreiben lassen, mit Kondom macht's nicht so viel Spaß? – Nein, über Gregg wollte ich am Telefon nichts erzählen! Auch wegen Jens nicht. Er sollte es nicht über fünf Ecken erfahren. Ich wollte es ihm schonend beibringen. Ein solches Gespräch erfordert Nähe, finde ich; da muss man sein Gesicht zeigen und auch dem anderen ins Gesicht schauen können.

Stattdessen informierte ich meine liebe Familie über die neu entdeckten Seemänner und schwärmte ihnen meterlang von den vielen tollen Ausstellungen vor, die ich gesehen hatte. Auch von unserer positiven Aktion, die Vater sehr interessierte, Mutter aber eher beunruhigte, berichtete ich. Von allem erzählte ich, nur nicht von Gregg. Und wann ich wieder heimkommen wollte, wusste ich auch noch nicht.

Eines Abends, gerade als ich anrief, war Jens bei Bastian und kam ebenfalls an den Apparat. Mir passte das natürlich gar nicht. Aber hätte ich ablehnen sollen, mit ihm zu reden? Mir blieb nichts anderes übrig, als mich möglichst unbefangen zu geben; konnte doch nicht per Telefon mit ihm Schluss machen.

Natürlich merkte er mir mein schlechtes Gewissen an. »Is was?«, fragte er ganz besorgt.

»Nein!«, log ich. »Bin nur müde. War den ganzen Tag unterwegs.«

Da fragte er, ob er mich nicht mal in Berlin besuchen kommen dürfe. Er würde schon irgendeine Bleibe finden, schließlich habe er auch Verwandte in Berlin.

Erschrocken log ich weiter, das lohne ja nun auch nicht mehr. Wahrscheinlich käme ich nächste Woche schon nach Hause … Telefone sind eine furchtbare Erfindung! Man ist überall aufzustöbern und alle Fragen kommen überraschend; man hat keine Zeit, seine Antworten vorzubereiten.

Dummerweise hatte Robert alles mitbekommen. »Schon nächste Woche?«, fragte er bestürzt, als ich die Küche betrat, um mich von ihm zu verabschieden, weil ich mit der WG und einigen unserer Unterstützerfreunde noch ein wenig um die Häuser ziehen wollte. »Das kommt aber plötzlich. Ich dachte, du wolltest wenigstens noch bis Ende des Monats bleiben.«

Er gab sich und seinem gestörten Verhältnis zu mir die Schuld daran, dass ich abreisen wollte. Um ihn darüber aufzuklären, dass ich noch lange nicht von ihm fortwollte, musste ich meinen Verrat beichten.

Erleichtert strahlte er mich an. »Aber Ewotschka!« Sie nannten mich nun alle nur noch Ewotschka. »Das ist doch kein Verrat. Stell dir vor, du hättest deinem Jens die Wahrheit gesagt. Wie wäre ihm jetzt wohl zumute? Vielleicht würde er sogar irgendwas Dummes tun … Soll ja alles schon vorgekommen sein.«

Ich war ihm sehr dankbar dafür, dass er Verständnis für meine Lügerei hatte, drückte ihn rasch und wollte aus der Tür. Da rief er mich noch mal zurück, sah mich ernst und beinahe ein wenig feierlich an und sagte: »Bevor du in dein Idyllenthal heimkehrst, müssen wir noch mal miteinander reden. Über unser Minchen und noch so einiges andere. Macht mir kein Spaß, muss aber sein.«

Ich wusste sofort, dass er von der Geschichte sprach, die er bisher immer wieder runtergeschluckt hatte, und nickte nur still. Aber ich war sehr beunruhigt; ahnte schon, dass es mich unterhalb der Gürtellinie treffen würde. So wurde es, für mich jedenfalls, kein schöner Abend. Zwar saßen wir alle am Schluss unserer Tour in der *Letzten Instanz,* der ältesten und vielleicht auch gemütlichsten Kneipe Berlins, zwar erzählte uns der leutselige Wirt voller Stolz, welche Prominenz vor uns schon alles an diesem Stammtisch gesessen hatte – Hollywoodstars und Politiker! –, zwar brachte Leo uns immer wieder zum Lachen, ich aber war in Gedanken bei Robert, sah ihn auf dem Balkon sitzen und auf mich warten.

Erst nach ein Uhr morgens kam ich nach Hause – und richtig: Robert saß noch auf unserem gerüstumzingelten Balkon, trank, rauchte, blickte sinnierend zum düster verhangenen Regenhimmel hinauf und lauschte einem Klavierkonzert, das aus irgendeinem Radio leise über die Straße drang.

Gleich setzte ich mich zu ihm. »Bringen wir es hinter uns«, bat ich leise. »Bin sowieso noch nicht müde.«

»Willst es wissen, musst es wissen«, murmelte er da mit betrübtem Gesicht. »Ist aber wohl richtig so.« Er zögerte noch einen Moment, als wüsste er immer noch nicht so recht, ob er nun endlich mit der Sprache rausrücken sollte, dann gab er sich einen Ruck. »Im Märchen gibt's die berühmte dreizehnte Tür, die niemand öffnen darf … In unserer Familie, Ewotschka, gibt's die leider auch …«

Ich wartete ab, drängte nicht, ließ ihn erzählen, wie er's für richtig hielt. So erfuhr ich in dieser Nacht, wie der vierzehnjährige Robert eines Sonntagnachmittags allein mit dir zu Hause war, Minchen – oder besser: mit dir, Hermine Stargraff, ein Minchen warst du zu jener Zeit ja schon längst nicht mehr. Deine Schwiegertochter Ilsa war mit dem kleinen Walter und der kleinen Ruth bei ihren Eltern zu Besuch und du hattest deinem Liebling Bobby gerade mal wieder von deiner oberschlesischen Heimat erzählt, als es plötzlich ganz leise bei euch klopfte. Robert ging hin, öffnete. Vor der Tür stand eine Frau, noch jung, aber bereits weißhaarig. Sie trug eine seltsam verformte Stahlbrille und einen oft geflickten und schon sehr abgetragenen Mantel und fragte nach dir. Als du zur Tür kamst, starrte sie dich nur an.

»Was wollen Sie denn von mir?«, hast du die Frau gefragt, bist aber, laut Robert, schon bleich geworden.

»Wissen Sie wirklich nicht, wer ich bin?« Die Frau ballte vor Erregung die Fäuste. »Oder wollen Sie nur nicht wahrhaben, dass ich noch lebe?« Dann, wie im Triumph, fügte sie hinzu: »Ich bin die Else Bernstein, falls Ihnen dieser Name noch irgendwas sagt.«

»Mach die Tür zu! Schnell«, konntest du da nur noch flüstern, dann musste Robert dich schon auffangen, sonst wärst du ohnmächtig zu Boden gestürzt.

Die weißhaarige junge Frau aber erschrak nicht. »Hat sie der Blitz getroffen?«, fragte sie nur kalt. Und als Robert sie voller Angst um seine geliebte Großmutter anschrie, was sie denn überhaupt von ihnen wolle, schrie sie zurück: »Heul nicht! Hab ihr ja nichts getan. Was sie getan hat, soll sie dir selber sagen … Und richte ihr aus, dass ich wiederkomme. Und das so lange, bis sie sich selbst bestraft hat. Hast du verstanden, du kleine arische Rotznase?«

Robert hat es dir ausgerichtet und danach natürlich wissen wollen, wer diese Else Bernstein denn war und in was für einer Verbindung sie zu dir stand. Und da konntest du nicht anders, als ihm die ganze Sache zu beichten.

Herbst 1942. Seit einem Jahr sind die Juden, die noch in Deutschland verblieben sind, gezwungen, den gelben Stern zu tragen, und im dritten Stock der jetzigen Torstraße 127, in der Wohnung, in der bis vor kurzem der ehemalige SED-Parteisekretär Bredow lebte, wohnt seit vielen Jahren eine jüdische Familie namens Bernstein. Die Eltern, alte Leute, verstarben 1939 und '41, ihre Kinder, der unverheiratet gebliebene Paul Bernstein und seine sehr viel jüngere Schwester Else teilen sich die große Wohnung. Während die ängstliche Else den Stern sogar am Nachthemd trägt, wie ihr Bruder spottet, weigert sich Paul – er ist Bauingenieur, wegen der Rassengesetze aus seinem Beruf entlassen, und lebt jetzt vom Vermögen seiner Eltern –, derart gebrandmarkt herumzulaufen. Triffst du, Hermine Stargraff, ihn auf der Treppe oder im Hausflur, zitterst du jedes Mal: Was, wenn jemand mitbekommt, dass du diese Straftat entdeckt und nicht gemeldet hast? Das würde dich selbst in Bedrängnis bringen. Dieser Gedanke empört dich. Warum hält dieser reiche Jude sich denn nicht an die Gesetze? Mit welchem Recht bringt er andere in Gefahr? In deiner Angst sprichst du ihn eines Tages im Treppenhaus an und bittest ihn, doch auf die anderen Hausbewohner Rücksicht zu nehmen. Er aber lacht dich aus. »Sind Sie nun auch auf diese Verbrecher reingefallen, Frau Stargraff? Glauben Sie auch, dass ich Vieh bin und gestempelt werden muss?«

Du bittest Else, ihrem Bruder zu sagen, dass er nicht nur sich, sondern auch sie und alle anderen »Arier« im Haus gefährdet, und die Else Bernstein kann dich gut verstehen. Sie habe ja schon so oft mit ihrem Pauleleben darüber gesprochen, vertraut sie dir an, auf dem Ohr jedoch sei er taub. Bin ein Mensch und will leben wie ein Mensch, habe er ihr nur entgegenhalten. Da kannst du, Hermine Stargraff, zwei Nächte nicht schlafen: Wozu sind die Gesetze gemacht, wenn nicht, um sie einzuhalten? Hast nicht auch du zeitlebens tun müssen, was andere von dir verlangten? War die Welt mit dir etwa gerechter umgesprungen?

Es ist ein sonniger Oktobermorgen, als du auf dem Weg zum *Wäsche-Express* das nächstgelegene Polizeirevier aufsuchst und den Paul Bernstein anzeigst. Du wirst diesen Morgenweg später immer wieder gehen – in deinen Alpträumen. An diesem Tag redest du dir ein, ihn nur zum Wohle aller Hausbewohner auf dich genommen zu haben. Von dem, was du damit auslöst, so hast du später immer wieder behauptet, hättest du keine Ahnung gehabt; wolltest ja nur, dass der reiche Müßiggänger Bernstein polizeilich ermahnt wird, von nun an den Stern zu tragen. Damit du wieder ruhig schlafen kannst.

Doch es kommt anders. Schon am nächsten Tag werden Paul Bernstein und auch seine Schwester, die doch den Stern immer getragen hat, von der Polizei abgeholt. Du bist zu Tode erschrocken. Dass den beiden irgendwas Schlimmes widerfährt, habest du nicht gewollt, hast du Robert gegenüber immer wieder beteuert. Und was du nach dem Krieg über die Ermordung der Juden in den Konzentrationslagern zu hören bekommen hättest, erst recht nicht. Das Wissen um deine Schuld aber habe dich seither jede Nacht gequält und dich manchmal sogar an den Rand des Selbstmords getrieben …

Deine Schuldgefühle und die Gewissensbisse will ich dir abnehmen, Hermine Stargraff, das andere nicht. Vielleicht bist du wirklich nur aus Furcht zur Polizei gelaufen; dass du von den möglichen Auswirkungen deiner Denunziation nichts geahnt haben willst, das glaube ich dir nicht. Weshalb hattest du denn solche Angst, den Paul Bernstein ohne den Judenstern zu treffen, wenn allein eine polizeiliche Mahnung drohte? Hast du nicht gewusst, dass überall in der Stadt Juden zusammengetrieben und in Lager verfrachtet wurden? Fiel dir nicht auf, dass viele Kunden von einem Tag auf den anderen nicht mehr in den *Wäsche-Express* kamen? Ihre Kleider mussten doch bei euch im Laden hängen geblieben sein … Oder hast du es vielleicht sogar richtig gefunden, dass die »faulen, raffgierigen Juden« in den KZ »arbeiten« lernten? Der reiche Müßiggänger Bernstein – wie oft hast du Robert gegenüber dieses Wort gebraucht; du, die du schon von frühester Kindheit an mitarbeiten und als junges Mädchen in fremden Häusern dienen musstest; du, der niemand etwas geschenkt hatte, die kein elterliches Vermögen zur Verfügung hatte. Und hast du dieses Wort vom reichen Müßiggänger nicht sogar nach dem Krieg noch benutzt, als du längst wusstest, was wirklich in den KZ geschah?

Ja, ich traue dir Neid zu, Missgunst und Rachegedanken; ich hoffe geradezu, dass dies deine einzigen Beweggründe waren – denn hätte echter Rassenhass dahinter gesteckt, wäre deine Schuld ja noch größer!

Was Else Bernstein mit ihren Besuchen bezweckte, welche Art von Selbstbestrafung ihr vorschwebte, konnte Robert nicht in Erfahrung bringen. Du, Hermine Stargraff, hast geglaubt, sie wollte dich in den Tod treiben. Damit konntest du dich, statt als Täterin, nun als Opfer fühlen. Und der vierzehnjährige Robert sah das nicht viel anders. Als Else Bernstein drei Tage nach ihrem ersten Besuch wieder vor der Tür stand, flehte er sie an, seine Großmutter doch in Ruhe zu lassen. Die weißhaarige Frau aber hörte gar nicht zu. »Lebt sie noch?«, unterbrach sie ihn. Und als er nur stumm nicken konnte, sagte sie: »Mein Bruder Paul lebt nicht mehr. Den haben sie totgeschlagen oder vergast, was weiß ich … Richte ihr das aus! Und sage ihr, dass ich auch lieber tot wäre. Sage ihr, dass mein Körper und meine Seele voller Narben sind, sage ihr …« Ein Weinkrampf schüttelte sie, sie konnte nicht weiterreden und stürzte fluchtartig die Treppe hinunter.

Eine schlimme Zeit für Robert. Er liebte seine Großmutter, aber er fühlte auch mit der jungen Frau, die so voller Hass war. Er wusste ja längst, was in seinem Land geschehen war, erst vor wenigen Tagen hatte er dir Falladas *Jeder stirbt für sich allein* geschenkt; ein nach Gestapo-Akten geschriebener, also auf Tatsachen beruhender Roman.

Eine furchtbare Zeit auch für dich, seine Großmutter. Das Buch zeigte dir ja, wie dein Enkel über die Vergangenheit dachte. Also konntest du dir ausrechnen, dass er dich eines Tages verurteilen würde. Dieser Gedanke und die ewige Furcht vor Else Bernstein, die ja immer wiederkommen würde, waren zu viel für dich. Du hast angefangen, den Hass, der dich traf, mit Hass zu vergelten. So wie jeder Täter sein Opfer hasst, weil es ihn an seine Schuld erinnert. Schlaflos hast du nachts in deinem Bett gelegen, warst nervös und unduldsam sogar zu deinem Bobby …

Doch die weißhaarige Frau kam nicht mehr. Und als Robert ihr drei Tage vor Weihnachten 1947 zufällig auf der Straße begegnete, warst du schon nicht mehr am Leben. Hattest aber keinen Selbstmord begangen; bist an einer Herzkrankheit gestorben.

Robert verstummte. Seine Haarsträhne hing ihm in der Stirn. Mit fahrigen Händen griff er nach seinem Glas.

Ich saß da, still und starr wie ein Stein. Herzkrankheit! Das ließ so vieles vermuten, auch ein an der eigenen Schuld und Schande ersticktes Herz. Robert aber hatte gesagt, die Krankheit sei schon vor Else Bernsteins erstem Besuch aufgetreten, nur habe dein Zustand sich nach diesen Besuchen sehr verschlimmert.

Irgendwann fragte ich ihn dann, ob noch jemand von dieser dreizehnten Tür wisse.

Er schüttelte nachdrücklich den Kopf. »Nein! Hab nie jemandem davon erzählt, nicht meiner Mutter, nicht meiner Lore, nicht meinen Geschwistern, deinem Vater oder sonst irgendwem. Es war mein alleiniges, mich oft quälendes Geheimnis.«

Er starrte in sein Glas, wie um mich nicht ansehen zu müssen. Und nach einer Weile gestand er mir, dass sein Wissen um deine Schuld seine Gefühle für dich seltsamerweise nur wenig beeinflusst habe und er sich für diese unerschütterliche Zuneigung oft geschämt habe. »Ich redete mir ein, dass die verbrecherische Politik der Nazis sie dumm machte, entschuldigte sie mit ihrer Angst ... Wer kann schon was für seine Angst? ... Erst seit du hier bist und alles so streng siehst, frage ich mich, ob ich es mir nicht zu leicht gemacht habe.«

Der zu treue Robert, die strenge Eva! Hatte meine Anwesenheit also Gutes bewirkt? Oder Schlechtes? Eine Frage, die ich mir bis heute nicht beantworten kann und die mich in jener Nacht völlig überforderte. Stattdessen versuchte ich, mir diesen Paul Bernstein vorzustellen – und erschrak: Ich sah nur Gregg vor mir! Gregg, der auch Jude ist und, wäre er sechzig oder siebzig Jahre früher geboren, ebenso Opfer hätte werden können. Bestürzt fragte ich Robert, ob er Else Bernstein, als er sie auf der Straße traf, vom Tod seiner Großmutter erzählt hatte.

»Nein«, lautete seine Antwort. »Die Frau war nicht mehr ansprechbar, wirkte sehr verstört ... Wer weiß, was sie alles hinter sich hatte; wer weiß, wie es ihr in der Folge ergangen ist.«

Da sagte ich, die strenge Eva, ihm endlich, was er von mir hören wollte, nämlich dass ich deine Tat durch nichts entschuldigen könne. Ohne diese Millionen Mitmacher, Mitläufer und Denunzianten hätte es keine Millionen Tote gegeben. Ich sagte, dass ich mich für dich schämte, ganz egal, wie viele Generationen zwischen uns lägen, und dass ich noch nicht wisse, wie ich mit dieser Geschichte fertig werden solle. Das Minchen aus Neustadt in Oberschlesien, das so gerne beim jüdischen Bäcker Bublitchki kaufte und dieses polnisch-jüdische Lied sang, das Minchen, das sich als junge Frau im Haus einer jüdischen Familie einmietete und stolz auf ihre schöne Wohnung war, das Minchen, das jahrelang mit den Bernsteins unter einem Dach gelebt hatte – Handlangerin der Mörder? Diesen Schock hätte ich erst mal zu verdauen. Schließlich sei es ganz was anderes, von Tätern zu hören, die nichts mit einem zu tun hatten, außer dass sie ebenfalls Deutsche waren, als die eigene Verwandtschaft in diese schrecklichen Verbrechen verwickelt zu sehen.

Robert sinnierte in die wolkenverhangene Nacht hinein, hörte mir aber geduldig zu. Als ich endlich fertig war, nickte er, zum Zeichen, dass er mich voll und ganz verstand, bat mich aber, dein Foto nicht gleich ins Feuer zu werfen, denn so einfach, wie ich glaubte, sei die Sache nun auch wieder nicht. Und nach einer kurzen, aber sehr bedeutungsvollen Pause sagte er, jene Hermine Stargraff, die ich mir nun wohl als ganz üble Nazi-Tante vorstellte, habe nur ein Jahr nach ihrem Besuch auf jenem Polizeirevier eine Tat vollbracht, die ihren Charakter noch in ein zweites, ganz anderes Licht rückte und für die in Frankreich vielleicht noch heute für sie gebetet werde.

Verblüfft starrte ich ihn an. Was sollte das denn werden? Irgendein verzweifelter Rettungsversuch? Die vierzehnte Tür?

Es wurde so etwas Ähnliches, denn nun erzählte mir Robert von jenem 18. November 1943, als die ersten verheerenden Großangriffe der britischen Bomberpiloten auf Berlin einsetzten. An diesem Tag hättest du, Hermine Stargraff, trotz der französischen Granate, die einst deinen Wilek zerriss und dich bis an dein Lebensende alle Franzosen hassen lehrte, zwei französischen Kriegsgefangenen, die in der Ruine der Nr. 129 zu Aufräumungsarbeiten eingesetzt waren, unter eigener Lebensgefahr das Leben gerettet.

Ich glaube, in diesem Moment kuckte ich sehr blöd. Nr. 129, das war doch die Kriegslücke, auf der unser neuer Spielplatz entstehen sollte.

Falls ich mich fragte, woher er das wisse, fuhr Robert leise fort, am 18. November 1953, nie würde er den Tag vergessen, hätten am späten Abend plötzlich zwei Franzosen mit Blumen und Champagner in den Händen vor ihrer Tür gestanden und sich nach »Ermin Starraf« erkundigt. Als er ihnen sagte, dass seine Großmutter bereits vor sechs Jahren verstorben sei, hätten sie seiner Mutter die Blumen und den Champagner überreicht und erzählt, dass die ungewöhnlich tapfere Ermin sie auf den Tag genau vor zehn Jahren mit bloßen Händen aus dem Trümmerschutt der Nr. 129 gekratzt habe. Und das, obwohl die Alarmsirenen bereits einen neuen Angriff ankündigten. Die beiden anderen Frauen, die anfangs noch geholfen hätten, seien rechtzeitig wieder in den Luftschutzkeller zurückgeflohen, nicht aber ihre Ermin, für die sie bis an ihr Lebensende beten wollten. Nur weil sie gehofft hätten, dir für deine großherzige Tat noch einmal danken zu können, seien sie am zehnten Jahrestag ihrer zweiten Geburt an die Stätte ihres langjährigen Leidens zurückgekehrt. Da sie nun aber wüssten, dass nicht mal deine eigene Familie etwas von dieser Heldentat erfahren habe, habe sich ihre Erinnerungsreise dennoch gelohnt.

»War ihr denn klar, dass es sich um Franzosen handelte?« Ich blieb skeptisch.

Das hatte Robert die beiden auch gefragt. Die aber hätten immer nur »Oui, oui, oui!« gerufen. Sie hätten ja mit ihrer Befreierin reden können, wie hätte sie ihren Akzent überhören sollen?

Da sagte ich nichts mehr. Meine Gefühle fuhren Achterbahn. Fast wäre mir lieber gewesen, Robert hätte mir das von den beiden Franzosen nicht erzählt. Alles wäre so schön einfach gewesen: Das junge Minchen, vom Schicksal gebeutelt und von Verbrechern beeinflusst, wird im Alter zur Denunziantin … Hätte prima in eine meiner Schubladen gepasst. Doch nun? Diese Hermine Stargraff, die die Franzosen hasste und im Jahr zuvor einen Juden denunziert und damit in den Tod getrieben hatte, rettet zwei französischen Kriegsgefangenen das Leben! Die Bomben hatten dir weniger Angst gemacht als die Gesetze der Nazis … Das war zu viel für eine Nacht.

Zum Glück ließ Robert mich schweigen, bis ich endlich aufstand und ihm gute Nacht wünschte. Jede Frage, jeder Erklärungsversuch hätte mich nur noch mehr erschüttert; ich wollte endlich allein mit mir sein.

Dann lag ich in deinem Bett, Hermine Stargraff, und sah dich mit Gregg im Treppenhaus mit dem bunten Fensterglas stehen. Sah dich auf ihn einreden, hörte seine Antworten. Später, im Halbschlaf, verschwammen die Bilder vor meinen Augen, ich wurde du und aus Gregg wurde ein fremder, in der Mode der vierziger Jahre gekleideter, nicht mehr ganz junger Mann, der mich auslachte, immer wieder ganz böse auslachte … Ich musste dieses Bild von mir abschütteln, wurde wieder wach und fragte mich, ob du mit deiner Heldentat nicht nur die Denunziation vom Jahr zuvor wieder gutmachen wolltest. Ein Beweis für die Größe deiner Schuldgefühle, obwohl natürlich auch zwei gerettete Leben keinen mitverschuldeten Mord aufwiegen.

Gleich darauf dachte ich an meine Liebe zu Gregg und das Hochgefühl, das mich die Tage zuvor erfüllt hatte, und ich sagte mir, dass wir unser Glück wohl nur dann so richtig genießen können, wenn wir die Vergangenheit verdrängen. Das trug ich in mein Tagebuch ein. Zum Schluss meiner Notizen aber fragte ich mich, was ich an deiner Stelle getan hätte, Hermine Stargraff. Was hätte ich getan, wenn ich zu deiner Zeit gelebt und deinen Weg gegangen wäre? Hätte ich auch denunziert? Wäre ich, als es um die beiden Franzosen ging, genauso über meinen Schatten gesprungen wie du?

Ich fand keine Antwort darauf. Finde auch heute noch keine. Vielleicht gibt es auch keine, solange ich nicht auf die Probe gestellt worden bin. Doch hätte ich mich vor dieser Probe zu fürchten?

Glücksklee

Die Liebesgeschichte zwischen Gregg und mir dauerte an, doch hatte sich was verändert: Ich fühlte mich ihm gegenüber nun noch belasteter als zuvor.

Es ging mir wie Robert, mir war, als wäre ich irgendwie beteiligt an dem, was Paul und Else Bernstein geschehen war. Ich konnte das Haus nicht betreten, ohne an das Geschwisterpaar aus dem dritten Stock zu denken. Hier, in diesem Treppenhaus, hatten sie miteinander geredet, der leichtsinnige junge Mann und die gesetzestreue, ängstliche, vom Leben verbitterte Witwe. Sicher knarrten die Stufen schon damals so und auch zu jener Zeit fiel farbiges Licht durchs Fensterglas; oft war mir, als hinge das Geschehene noch in der Luft.

War es nicht richtig, wenn dieses Haus abgerissen wurde? Um die bösen Geister endgültig daraus zu vertreiben?

Aber dann hätten ja fast alle alten Häuser in Deutschland abgerissen werden müssen! Dachte ich vernünftig über alles nach, wurde mir bald klar, dass ich mich mal wieder in etwas hineinsteigerte, was mit dem Verstand nicht zu erklären war. Andererseits war die Nazi-Zeit nicht das alte Rom. Es gab Verbindungslinien zurück und ich hatte gerade erst davon erfahren, inwieweit meine eigene Familie schuldig geworden war. Wie sollte ich da nicht ab und zu Gespenster sehen?

Hinzu kam, dass mich die Frage sehr beschäftigte, weshalb Robert sein so sorgsam gehütetes Geheimnis gerade mir anvertraut hatte. Weil er mir alles, aber auch wirklich alles übergeben wollte, was mit unserer Familie zu tun hatte? Oder weil er die Selbstgerechtigkeit erschüttern wollte, mit der ich ihm Vorwürfe gemacht hatte? Sieh her, du strenge Eva, die du deinem Minchen so ähnelst, zu welchen Taten du in einer anderen Zeit unter anderen Umständen vielleicht fähig gewesen wärst!

Auch hätte ich gern gewusst, weshalb Else Bernstein die Denunziantin Hermine Stargraff nach dem Krieg nicht angezeigt hatte. Etwa nur, weil da ein vierzehnjähriger Enkel war, der seine Großmutter offensichtlich sehr liebte? War sie so großmütig? Oder traute sie den deutschen Behörden nicht und wollte lieber selbst strafen? Doch weshalb ist sie dann nur zweimal und danach niemals wieder gekommen? Weil ihr Leid sie so verstört hatte, dass sie darüber sogar ihre Rache vergaß?

Fragen über Fragen, und der arme Gregg konnte nicht wissen, weshalb ich oft so abwesend war. Also vermutete er, es hätte mit Jens zu tun und ich hätte nun doch ein schlechtes Gewissen. Um in Ruhe mit mir über alles reden zu können, schlug er einen Ausflug nach Sanssouci und an die Havel vor.

Ich war ihm sehr dankbar für die Ablenkung und so fuhren wir eines sonnigen Morgens mit der S-Bahn nach Potsdam und besichtigten die ausgedehnte Parkanlage mit dem wunderschönen Schloss und all den anderen Sehenswürdigkeiten.

Es war einer der wenigen wirklich heißen Sommertage dieses Jahres und Gregg hatte sich extra für diesen Tag eine weite Leinenhose und ein dunkelblaues Hemd gekauft und ich freute mich darüber. Er hatte es ja nur meinetwegen getan, wollte mir, die ich schon des öfteren über seine ewigen Schlabberjeans und das Grizzly-Bären-T-Shirt gelästert hatte, mal so richtig gefallen. Das klappte auch und die schöne Umgebung und der gut aussehende junge Mann an meiner Seite verbesserten meine Laune beträchtlich.

Endlos lange streiften wir durch den Park, machten auch

eine Führung mit, um des Alten Fritz' Gemächer und die Kunstwerke, die darin aufbewahrt sind, anzustaunen, dann ging's mit dem Bus an die Havel und mit der Fähre zur Pfaueninsel hinüber.

Die Havel! Das also war jener Fluss, über den Vater einst von Ost nach West schwimmen wollte und in dem sein Freund von den Kugeln der Grenzsoldaten getroffen wurde … Natürlich dachte ich daran, natürlich wunderte ich mich darüber, dass nichts mehr an jene Todesgrenze erinnerte. Doch es war alles so friedlich grün und blau um uns herum, dass diese Gedanken nicht lange anhielten. Die Havel ist ja ein Fluss, und man kann nicht zweimal in denselben Fluss steigen, wie Heraklit gesagt hat; also war auch die Erinnerung an jenen jungen Burschen und all die anderen Opfer dieser Grenze längst hinweggeflossen, irgendwohin in die Geschichtsbücher oder in die Leben derer, die damals dabei gewesen waren.

Auf der Pfaueninsel wanderten wir an einem zuckersüßen Märchenschloss entlang und zwischen bettelnden Pfauen hindurch, bis wir eine einsame Badestelle gefunden hatten. Hier konnten wir uns ausruhen, unseren Empfindungen nachspüren und einander anschweigen, weil wir beide wussten, dass nun bald über Ernstes gesprochen werden musste, auch wenn wir dabei an ganz Verschiedenes dachten.

Es kam aber alles ganz anders, als ich es mir vorgestellt hatte. Es war ja ein brütend heißer Tag und da lockte erst mal der Fluss; eine gute Gelegenheit, endlich mal meinen dunkelblauen Bikini mit den weißen Tupfen einzuweihen. Voller Genuss am kühlen Nass schwammen Gregg und ich so weit hinaus, dass wir fast den vielen Segelbooten, die hier kreuzten, in die Quere gekommen wären. Danach legten wir uns in die Sonne und ich verdrängte erst mal alle schlimmen Gedanken, dachte nur, so könnte das Leben weitergehen: erst prächtige Bauten und jede Menge große Kunst, dann herrliche Natur; keine Vergangenheit, keine schlechten Gefühle, keinerlei Sorgen, was die Zukunft bringen wird. Ich war so entspannt, dass ich für wenige Minuten sogar einschlief. Als ich mich irgendwann später wieder aufrichtete, um den Blick auf den breiten Fluss und die vielen weißen Segel, die darüber hinwegglitten, zu genießen, bemerkte ich auf einmal, dass überall um uns herum saftiger, grüner Klee wuchs.

»Einmal in meinem Leben möchte ich ein vierblättriges Kleeblatt finden«, seufzte ich, blickte auf meine Füße – und wagte kaum meinen Augen zu trauen: Direkt vor meinem großen Zeh wuchs ja eines!

Wie oft hatte ich auf Ferienfahrten oder Ausflügen in die Lilienthaler Umgebung nach einem vierblättrigen Kleeblatt Ausschau gehalten! Manchmal hatte ich die Wiese fast quadratzentimeterweise abgesucht und nie eines gefunden. Jetzt hatte ich den Spruch ganz unbedacht vor mich hin gesagt und schon zwickte mich eines in den Zeh!

Mir war beinahe ein wenig unheimlich zumute. »Gregg!«, flüsterte ich. »Gregg!«

Er blinzelte verschlafen. »Was ist denn?«

»Ein vierblättriges Kleeblatt!«

Er sah es sich an und lachte. »Na also! Bringt Glück! Und was heißt das anderes, als dass ich dir Glück bringe? Und wenn ich dir Glück bringe, bedeutet das, dass wir füreinander bestimmt sind. Also musst du dir keine Vorwürfe machen.«

So erfuhr ich von seinen Befürchtungen und konnte ihn erlösen, denn wegen Jens hatte ich kein schlechtes Gewissen mehr. Was konnte ich denn dafür, dass meine Liebe in Wahrheit nur Freundschaft gewesen war? War ich schuld daran, Gregg nicht vor Jens kennen gelernt zu haben? Nein!

Das Thema war abgehakt.

»Und weshalb bist du dann seit Tagen so ernst?«, wollte Gregg wissen und so erzählte ich ihm endlich von den Bernsteins. Es tat gut, mir alles von der Seele reden zu können. Kaum aber war ich damit fertig, machte ich es genau wie Robert und berichtete auch noch von der Heldentat, die den zwei französischen Kriegsgefangenen das Leben gerettet hatte. Ich war überzeugt davon, dies nur deshalb zu tun, um die Widersprüchlichkeit deiner Person darzustellen – in Wahrheit jedoch war es schon der erste Verteidigungsversuch: Gar so schlecht kann sie also doch nicht gewesen sein, die Großmutter meines Großvaters.

Gregg kaute lange auf einem Grashalm herum, dann sagte er leise: »Musst dich nicht schämen. Sie war eben auch nur ein ganz normaler Mensch.«

»Wie meinst du das?«

Es seien halt immer die ganz normalen Menschen, die sich dem jeweiligen System am besten anpassten, sagte Gregg. Und warum? Weil jede Unsicherheit ihnen Angst mache. Sie fürchteten sich vor allem, was ihre Normalität bedrohe.

Nicht gerade ein Trost, diese Worte!

Er sah mir meine Unzufriedenheit an und erklärte mir, dass du, Hermine Stargraff, seiner Überzeugung nach im ersten Fall vor allem aus Furcht gehandelt hättest. Als es um die Bernsteins ging, hättest du um dein Wohlergehen gebangt; vielleicht hätten auch seit langem gehegte Neidgefühle eine Rolle gespielt. Als es um die beiden französischen Kriegsgefangenen ging, sei es dir vor allem darauf angekommen, Leben zu retten. Dabei habe die Nationalität und dein Hass auf die Franzosen wahrscheinlich die allergeringste Rolle gespielt. »Es gibt Menschen, die riskieren sogar für Hunde oder Katzen oder einen fortgeflogenen Wellensittich Kopf und Kragen.

Einfach, weil sie nicht zusehen können, wie Leben leidet, selbst wenn sie diese Viecher ansonsten am liebsten vergiften würden.«

Eine bedenkenswerte Antwort, wie ich fand. »Und du?«, fragte ich leise. »Bist du auch so ein ganz normaler Mensch?«

»Ja«, gestand er sofort ein und fügte noch hinzu, er sei sogar ein ziemlich großer Angsthase und fürchte vor allem jede Art von körperlicher Gewalt. »Unter der Folter würde ich wahrscheinlich Mutter und Vater, Frau und Kinder verraten«, sagte er und lachte traurig. Die Gefahr allerdings, bestraft oder sogar eingesperrt zu werden, weil er sich einer Sache verweigere, würde ihn nicht schrecken. »Das, glaube ich, könnte ich aushalten.«

Wir schwiegen ein Weilchen, dann kam ich wieder auf meine Schuldgefühle zu sprechen. »Aber du bist doch Jude!«, hielt ich ihm vor. »Und diese Frau hat zwei Juden ins KZ gebracht und einer davon ist nicht wiedergekommen. Das kannst du doch nicht so einfach mit Angst entschuldigen.«

»Doch!«, beharrte er. »Wir Menschen sind nun mal so, wie wir sind, und müssen mit unseren Verkrüppelungen leben. Du kannst dir keine schöneren, edleren, klügeren Menschen backen.«

Ich zeigte ihm deutlich, dass mir das alles noch nicht reichte, und so erzählte Gregg mir schließlich von seinem Großonkel Luka, der im Krieg gegen die Deutschen gekämpft hatte und dabei war, als Auschwitz befreit wurde. Immer wieder, bis ins hohe Alter, habe dieser Onkel Luka davon berichtet, was er damals dort zu sehen bekam von Gaskammern und Leichenbergen, ausgebrochenem Zahngold und den Schornsteinen des Krematoriums. Bekannte und Verwandte hätten ähnliche Geschichten erzählt. Das Resultat? Andere Kinder hätten Märchen zu hören bekommen, jüdische Kinder nur Gruselgeschichten aus der Wirklichkeit. Viele der Nachfahren der Täter wollten diese Geschichten nicht mehr hören. Das sei ganz sicher nicht richtig; sie sollten wissen, was ihre Großeltern und Urgroßeltern angerichtet haben. Aber wieso sollten auch sie, die Nachfahren der Opfer, immer weiter leiden?

»Was hat das denn mit Hermines Schuld zu tun?«, fragte ich.

»Auf den ersten Blick gar nichts«, gab er zu, »auf den zweiten sehr viel.« Wer immer nur leide, könne nicht mehr klar denken. Es komme aber darauf an, endlich mal zu begreifen, dass es ganz normale Menschen waren und keine Teufel, die anderen ganz normalen Menschen dieses Leid zufügten. »Erst dann können wir uns nämlich fragen, welche Mechanismen ganz normale Menschen zu Massenmördern machen. Alles andere bringt uns nicht weiter.«

Wollte er mich damit nur trösten? Aber nein, er dachte wirklich so! Ich solle mir doch nicht einreden, fuhr er ganz erregt fort, wir Deutschen wären die einzigen, die zu barbarischem Handeln fähig sind. Ob ich noch nie etwas über die Stalinschen Massenmorde gehört hätte oder über Hiroshima und Nagasaki, Vietnam und Afghanistan, Kambodscha und den Nahen Osten, Chile, Argentinien und die Mörder im ehemaligen Jugoslawien? Es gebe einfach keine guten Nationen und keine schlechten, sondern nur Milliarden von ganz normalen, aber eben leicht manipulierbaren Menschen.

Er hatte rote Flecken im Gesicht, als er dies sagte. Aber einmal in Fahrt, redete er weiter: Natürlich, sein Onkel Luka würde sich im Grab umdrehen, wenn er wüsste, dass sein Großneffe Grigorij nach Deutschland gegangen ist. Aber das gute, liebe, alte Onkelchen hätte auch immer nur auf die Verbrechen der Deutschen geschielt und die im eigenen Land geflissentlich übersehen.

Er rupfte weitere Grashalme aus und kaute darauf herum, dann sagte er etwas ruhiger, in seiner Familie gebe es auch so eine dreizehnte Tür. Und als ich nur skeptisch kuckte, erzählte er mir von einem anderen Onkel, Timofej Massajew, unter Stalin Gefängnisaufseher und Folterer in der Ljublanka, dem berühmt-berüchtigten Moskauer Gefängnis. Dieser Onkel, so habe die Familie später erfahren, habe viele Gefangene eigenhändig umgebracht und sei Anfang der sechziger Jahre ganz friedlich gestorben und mit allen Ehren beigesetzt worden.

»Das war nun kein ganz normaler Mensch mehr, das war eine jüdische Bestie, ein Teufel, ein Mörder. Aber auch in seinem Fall stellt sich die Frage: Wer verschafft so einer Verbrechernatur die Gelegenheit, seine niedrigsten Instinkte auszuleben? Wer braucht solche Bestien? Und sind es nicht wieder die ganz normalen Leute, die mitmachen oder ängstlich wegschauen, wenn solche Schlächter ihrem Handwerk nachgehen, und später laut tönen, von all dem nichts gewusst zu haben?«

Was für eine Situation! Da lagen wir beide an einem herrlich warmen Sommertag in Badesachen am Ufer einer wunderschönen Flusslandschaft, mir winkte ein vierblättriges Kleeblatt – und wir redeten nur über Mord und Totschlag!

Gregg schwieg eine Weile, dann kam er auf all die leidvollen Erfahrungen der Generationen vor ihm zurück, von denen er nichts mehr hören wollte, und sagte, zwischen den russischen und den deutschen Juden gebe es einen großen Unterschied. Die deutschen Juden hätten immer Deutsche sein wollen, die russischen Juden fühlten sich vor allem als Juden. Eines aber lernten die Juden immer und überall auf der Welt, nämlich dass der Sinn des Lebens ganz allein darin bestünde, sich niemals unterkriegen zu lassen. »Wenn wir immer nur zurückblicken, schaffen wir das nie.«

Ich sah den weißen Segeln nach, wie sie durch das weite Blau glitten, als hätten sie das an dieser Stelle des Flusses schon immer getan und würden auch in aller Zukunft nicht auf dieses heitere Gleiten verzichten wollen, ganz egal, was ansonsten in der Welt geschah, und dachte wieder an dich, Minchen, nicht an Hermine Stargraff. Beinahe hundert Jahre sind vergangen, seit du nach Berlin kamst. Welch ungeheuren technischen Fortschritt hat es seither gegeben! Und auch unsere Sitten und Umgangsformen sind ganz andere geworden. Eines aber haben wir Menschen in diesen hundert Jahren nicht gelernt: Frieden zu halten, einander trotz aller Unterschiede im Denken, Glauben und in den Lebensgewohnheiten als gleichberechtigte Nachbarn zu respektieren und die Erdkugel als unsere gemeinsame Mutter zu betrachten.

Es hätte noch so viel zu bereden gegeben, aber ich wollte diesen schönen Tag nicht zu sehr mit Schwerem belasten. »Hast du Hunger?«, fragte ich Gregg stattdessen, weil mein Magen schon lange knurrte.

Er spielte mit. »Kranke fragt man, Gesunden gibt man, heißt es bei uns.«

Also lud ich ihn zu einem fürstlichen Gastmahl in eines der umliegenden Gartenrestaurants ein. Er nahm die Einladung dankend an und machte weiter auf lustig: »Schön, dass du so wohlhabend bist, Ewotschka!«

»Und der Glücksklee?« Früher hatte ich ein solches Kleeblatt pflücken wollen, um es zu pressen und in mein Tagebuch zu kleben. Jetzt hätte es mir Leid getan, es einfach auszureißen.

»Lass es hier«, meinte auch Gregg. »Eine so schöne Badestelle – vielleicht finden es noch andere. Dann haben die auch Glück.«

Das ist Gregg. Weiß schon, weshalb ich ihn liebe.

Ein ganz außerordentliches Talent

Als ich an diesem Abend nach Hause kam, machte ich Robert klar, dass das zwischen Gregg und mir nicht nur irgendeine Sommerliebe war. Wir saßen auf dem Balkon, beim Abendessen. Zuvor hatte es gewittert und heftig geregnet, jetzt lag ein dichter, grauer, sehr warmer Dunst über der Stadt, vom Gerüst tröpfelte es.

Robert hatte sich schon so etwas gedacht, dennoch freute es ihn, dass er als Erster von unserer großen Liebe erfuhr. Am meisten aber gefiel ihm, dass diese tiefe Zuneigung ausgerechnet Gregg galt. Weil es zwischen den Völkern ja so viele Vorurteile gebe, wie er sagte. »Jede Nation spottet über die andere – und alle haben Recht! Schopenhauer.«

Ich antwortete, dass mich vor allem die Schande *meiner* Nation stören würde und dass an dieser Schande auch meine Familie beteiligt war und dass es Gregg mit seinem Heimatland und seiner Familie genauso ging.

Erst nickte er nur, dann sagte er, Russen und Deutsche, beide Nationen spürten nun mal die Krücke.

Das verstand ich nicht, also erzählte er mir eine Geschichte über Freund Fontane. Der sei mit manchen Äußerungen arg in die Nähe des Antisemitismus geraten und habe die Aufregung darüber ganz und gar nicht verstanden – »war ja alles lange vor Auschwitz« –, da hätte ein jüdischer Freund ihn während eines Spaziergangs mit dem Stock am Arm berührt und gesagt, eine so leichte Berührung würde Fontane sicher gar nicht bemerken. Wäre an seinem Arm aber eine wunde

Stelle, hätte er sofort zurückgezuckt. Ich begriff: Deutsche und Russen, beide Völker haben ihre wunden Stellen und Gregg und ich, wir zucken bei jeder Berührung zusammen, wenn auch jeder auf seine eigene Art. Doch kann man was dagegen tun, die wunden Stellen irgendwie behandeln? Vielleicht eine Art Jod draufgeben?

Es war noch nicht spät, aber die viele Sonne an diesem Tag hatte mich müde gemacht. So wollte ich nichts weiter unternehmen an jenem Abend, als mit Robert auf dem Balkon zu sitzen und zu reden. Er spürte das und fragte mich ein bisschen aus und ich erzählte ihm von Luka Massajew, der zeit seines Lebens an der Begegnung mit den Grauen von Auschwitz krankte und die Massenmorde im eigenen Land nicht wahrhaben wollte, und von jenem anderen Onkel, dem Folterer, Totschläger und Mörder Timofej Massajew.

Robert hörte kommentarlos zu und sagte auch später nichts dazu. Da stieg mit einem Mal ein ganz furchtbarer Verdacht in mir auf: Was, wenn es auch in unserer Familie noch weit schlimmere Verstrickungen in Hitlers Verbrechen gegeben hatte als diese eine Denunziation? Was, wenn Roberts dreizehnte Tür nicht die letzte war? Was, wenn diese ganze Franzosen-Geschichte nur eine Erfindung des Schriftstellers Robert Seemann war, um das Bild seiner Großmutter nicht ganz so düster erscheinen zu lassen?

Inzwischen weiß ich, dass ich mich mit all diesen Verdächtigungen auf dem Holzweg befand. Doch an jenem schwülwarmen Gewitterabend, im Hinterkopf noch immer Greggs Geschichte, erschien mir alles möglich. Also fragte ich Robert irgendwann mit gespielter Harmlosigkeit, was sein Vater im Krieg denn eigentlich für eine Funktion gehabt habe; ob er einfacher Soldat, Unteroffizier oder Offizier gewesen sei und bei welcher Waffengattung.

Robert sah mich lange an – ob er den Hintersinn meiner Frage durchschaut hatte, weiß ich bis heute nicht –, dann erklärte er mir ganz sachlich, sein Vater Arthur habe es in all seinen drei Kriegsjahren nur bis zum Gefreiten gebracht. Als solcher sei er dann eines Tages gefallen – und das auf sehr unrühmliche Weise, nämlich in einem Strafbataillon.

Ich wollte Näheres über diese Bataillone wissen. Robert erklärte mir, das müssten wahre Höllenfahrtskommandos gewesen sein. Wer einen Befehl verweigert oder auch nur über irgendwas gemeckert habe – über den Führer, die Generalität, das Essen –, sei in so ein Strafbataillon gesteckt und immer dorthin geschickt worden, wo es gerade am gefährlichsten war. Nur die allerwenigsten hätten das überlebt.

»Und was war der Grund für seine Strafversetzung?«

Er schüttelte den Kopf, als wollte er jede falsche Hoffnung gleich im Keim ersticken. »Kein Widerstand, keine Heldentat … Er hatte Witze erzählt … Über den Führer, seine Paladine oder die Generalität, was weiß ich. So was nannte man damals Wehrkraftzersetzung, manchmal wurde es sogar mit dem Tode bestraft.«

Ich schämte mich meines Verdachts – und auch der diffusen Hoffnung, die ich gehabt hatte. Dennoch atmete ich innerlich auf: Wenigstens kein bedingungsloser Mitmacher, wenigstens ein eigener Kopf! »Weißt du was über die Umstände seines Todes?«

»Sie sollten ein Partisanendorf niederbrennen, da fiel ein Schuss aus einer Bodenluke … Einer seiner Kameraden hat es uns später so geschildert.«

Was für ein Schicksal! Kindheit und Jugend im Waisenhaus, später Arbeitslosigkeit und Hunger, mit dreiunddreißig Kriegsfutter eines größenwahnsinnigen Führers und Opfer einer Generalität, die diesem Führer bis zum Schluss treu ergeben folgte.

»Und Ilsa?« Mir war die Rummelplatzgeschichte wieder eingefallen; ich sah das Rotkäppchen vor mir, das sich nicht aufs Karussell heben lassen wollte.

»Was willst du wissen?«

Verlegen erzählte ich ihm, was ich von seiner Schwester Ruth über seine Mutter wusste. Konnte ja schlecht fragen, ob er mich belogen hatte, als er mir sagte, dass seine Eltern immer nur ihr privates Glück gesucht hätten.

Er bestätigte mir die Geschichte von der tapferen Frau, die ihre drei ewig hungrigen Mäuler über Krieg und Nachkriegszeit brachte. Das Ergattern von Lebensmitteln sei für sie aber nicht das Schwierigste gewesen – den Mund zu halten zu all dem, was während der Nazi-Zeit um sie herum vorging, sei ihr schwerer gefallen. »Sie hatte ihr Leben lang eine eigene Meinung und war schon immer eine mutige Frau, aber sie musste uns – ihren Kindern – erhalten bleiben. Also schluckte sie runter, was ihr auf der Zunge lag, bis sie fast daran erstickte.«

»Und später?«

»Was später?« Langsam wurde er unwirsch. »Später hat sie gearbeitet. Gab ja genug zu tun nach dem Krieg. Und 1962 ist sie dann gestorben, erst neunundvierzig Jahre alt.«

Wenn ich jetzt behaupten wollte, ich hätte schon damals gewusst, dass dies eine ausweichende Antwort war, würde ich lügen. Trotzdem, seine plötzliche Schroffheit verwunderte mich.

»Und deine Lore?«, fragte ich hilflos weiter. Sie war zur Nazi-Zeit ja noch ein Kind, konnte also unmöglich in irgendwas verstrickt gewesen sein. Es ging mir um ihre Eltern, die ja genauso meine Vorfahren waren wie Ilsa und Arthur. Um drei Ecken wollte ich mich an sie heranpirschen.

Als Robert erstaunt aufblickte, sagte ich darum nur, über seine Loreley habe er mir noch gar nichts erzählt – und bekam als Lohn für meine verbissene Detektivspielerei nach anfänglichem Zögern eine wunderschöne Geschichte zu hören:

Als Robert die Schule beendet hatte, fing er eine Maurerlehre an. Das war nicht sein Traumberuf, sondern einer, der gebraucht wurde. Und es war ja schon sein Vater Maurer gewesen, weshalb sollte er nicht in dessen Fußstapfen treten?

Anfangs machte ihm die Arbeit auf dem Bau auch Spaß, später, Anfang der fünfziger Jahre, fing sie an, ihn zu langweilen. Heimlich begann er zu schreiben und meldete sich eines Tages kühn bei einer Arbeitsgemeinschaft junger Autoren an. Dort traf man sich jeden Monat für zwei, drei Stunden, um sich gegenseitig sein Geschreibsel vorzulesen, oder man hörte einem prominenten Schriftsteller oder Literaturwissenschaftler zu. Es gab dort viele, in Wahrheit oft schon sehr alte »junge Autoren«, Robert aber hatte Glück und fand gleich am ersten Abend neben einer jungen blonden Frau seinen Platz: Lore Schulz, Sekretärin in einer Lampenfabrik, die Gedichte schrieb. Bereits an jenem ersten Abend trug sie welche vor und er nutzte die Gelegenheit, ihr auf dem gemeinsamen Heimweg voller Begeisterung vorzuschwärmen, wie sehr ihm ihre Gedichte gefallen hätten, obwohl ihn in Wahrheit nur die Dichterin, nicht aber ihre Lyrik beeindruckt hatte. Die sehr verschlossen wirkende junge Frau aber war viel zu klug, um auf sein Süßholzgeraspel hereinzufallen. Und für ihn und seine Kurzgeschichten interessierte sie sich schon gar nicht.

So brauchte er ganze drei Monate, um ihr endlich seine Prosatexte aufdrängen und dafür ihre Lyrik mit in die Torstraße nehmen zu dürfen. Diese Kurzgeschichten waren es dann, die sie aufmerken ließen. Als er sie von ihr zurückerhielt, sah sie ihn zum ersten Mal wirklich an und sagte ganz einfach »Sie sind ein großes Talent« zu ihm.

»Sie auch«, lobte er sie sofort zurück, weil er dachte, das gehöre sich so. Dieses Fräulein Schulz jedoch hatte nichts übrig für falschen Schmus. Mit großer Entschiedenheit gab sie ihm zu verstehen, sie wisse sehr wohl, dass sie nur wenig Talent habe. Sie liebe aber die Literatur und freue sich über jedes gelungene Werk eines anderen.

Robert zufolge war seine Lore wirklich keine sehr begabte Lyrikerin. Doch hätten einige ihrer Verse, die sich mit der kalten, erbarmungslosen Nachkriegswelt auseinander setzten, ihn zutiefst bewegt. Da schrieb, dachte und fühlte eine junge Frau, die viel dünnhäutiger und aufmerksamer war als die meisten anderen, die er kannte, ganz egal, wie groß oder klein ihr Talent war. Immer mehr geriet er in ihren Sog, wie er das nannte, bis sie, die ein Jahr ältere, so ernsthafte junge Frau, endgültig zu seiner Loreley geworden war, die er anbetete und am liebsten auf jedem ihrer Wege begleitet hätte, obgleich sie ihm anfangs kaum Hoffnung machte, jemals mehr als eine »geneigte Leserin« für ihn sein zu wollen.

Jedoch – ein Happyend! Nach sehr geduldiger, anderthalb-jähriger Belagerung kapitulierte die feste Burg. Es war an einem kalten Winterabend in der gerade neu erstandenen Stalinallee. Bis zu den Knöcheln im Schnee haben sie an jenem Abend gestanden, ihre Nasen waren rot gefroren, ihre Füße Eisklumpen, als seine Lore sich zum ersten Mal zärtlich an ihn lehnte und er sie – o Wunder! – tatsächlich küssen durfte.

Was den Umschwung bewirkte? Das habe er nie herausge-funden. Sie hatte wohl – so seine Vermutung – ganz einfach beschlossen, ihn endlich zurückzulieben. Vielleicht weil sich kein Besserer gefunden hatte, vielleicht weil steter Tropfen auch Loreley-Felsen aushöhlte, vielleicht weil seine hartnäcki-ge Geduld ihr imponierte, da er doch, wenn er nur gewollt

hätte, längst bei anderen Schreibkolleginnen hätte landen können. Überglücklich besuchte er gleich am nächsten Tag die
Eltern Schulz, bald wurde Verlobung gefeiert und Hochzeit
und in der Hochzeitsnacht – das erste Mal, dass das romantische Paar miteinander schlief – prompt mein Vater gezeugt.

Ich musste lachen. Eine so schöne, altmodische Liebesge-
schichte war das, davon hätte ich gern noch mehr gehört.
Doch da war ja dieser innere Auftrag, den ich mir gegeben
hatte. Also fragte ich mit harmlosem Gesicht nach jener Fami-
lie Schulz – Berufe, was war vor dem Krieg, was danach? – und
Robert erzählte mir von einem biederen, ältlichen Ehepaar, er
Steuerberater, sie die ewige Hausfrau. Zwar sei dieser Egon
Schulz bis 1945 in der Nazipartei gewesen, aber nicht aus
Überzeugung, nur um beruflich keine Nachteile zu haben.
Die einzige Tochter sei natürlich im Bund Deutscher Mädel
gewesen, wie ja auch er, Robert, mal ein strammer Pimpf in
der Hitlerjugend war. Alles in allem aber habe die Familie
Schulz nicht anders gelebt als neunzig Prozent der anderen
Deutschen auch. Eine einzige Besonderheit sei ihm aufgefal-
len: Seine Lore habe ihre Eltern nicht besonders gemocht.
Zwar sei sie ihnen immer eine gehorsame Tochter gewesen,
wie das in kleinbürgerlichen Familien nun mal üblich war,
geistig und wohl auch gefühlsmäßig aber habe sie ihnen nie
sehr nahe gestanden.

Ich schämte mich mal wieder. Vermutete ich denn schon in
jedem Keller eine Leiche?

Robert jedoch hatte längst vergessen, wie und womit unser
Gespräch begonnen hatte. Strähne in der Stirn, Weinglas in
der einen, Zigarette in der anderen Hand, erzählte er weiter:
Wie er später mit Mutter, Ehefrau und Sohn in der Torstraße
127 wohnte. Bruder Walter war früh in den Westen gegangen,
Schwester Ruth mit achtzehn nachgefolgt. So hatten sie genü-

gend Platz in der Wohnung. Und dann wurden – nicht genug des Glücks! – auch noch seine ersten Kurzgeschichten gedruckt und von prominenten Kritikern sehr gelobt. Ja, wenn das Leben so weitergegangen wäre, hätte er wohl morgens, mittags und abends Dankgebete zum Himmel hinaufschicken müssen. Wenige Jahre später aber sei es mit seinem großen Glück schon wieder vorbei gewesen. Erst der Tod der Mutter – ein langsames, qualvolles Sterben in den verschiedensten Krankenhäusern –, dann erkrankte, nur wenig später, seine Lore.

Auch den Tod seiner Mutter hat Robert lange nicht verwinden können. Immer sei sie für ihn da gewesen, sagte er, immer habe sie für ihn und seine Geschwister geschuftet, im Krieg als Straßenbahnschaffnerin, später als Sachbearbeiterin in einem großen VEB. Deshalb habe er wie alle Kinder früh verstorbener Eltern lange das Gefühl gehabt, ihr kein besonders guter Sohn gewesen zu sein. Als dann auch noch seine Geschwister Ruth und Walter nicht zur Beerdigung kommen konnten, da sie, als Republikflüchtlinge, falls sie überhaupt eine Genehmigung zur Einreise erhalten hätten, ganz sicher im Osten verhaftet worden wären, blieb er das einzige von Ilsa Seemanns Kindern, das hinter ihrem Sarg herschritt. Und an dieser Bürde wäre er wohl zerbrochen, hätte er an jenem Tag schon gewusst, dass seine Loreley ihrer Schwiegermutter so bald nachfolgen würde. Seine Lore aber habe das bereits geahnt und nur einen Monat später mit aller Sicherheit gewusst. »Doch sie hat kein Wort gesagt. Wozu meinen Schmerz noch vergrößern, dachte sie sich. So schob sie alles Schlimme, Böse, Furchtbare von sich weg, bis es nicht mehr zu verheimlichen war.«

Mit vom vielen Wein längst glasigen Augen starrte er zu den nassschwarzen Häusern auf der anderen Straßenseite hinüber, in denen nun kaum noch irgendwo ein Licht brannte; dann fuhr er mit heiserer Stimme fort: »So geht's nun mal zu auf der Welt, Ewotschka! Das Glück hat's eilig … Minchen und Wilek, Arthur und Ilsa, Robert und Lore – wir durften nie lange davon schmecken. Deshalb: Nimm nichts für selbstverständlich! Erst wenn du dir darüber im Klaren bist, dass alles Schöne schon morgen vorbei sein kann, begreifst du, wie du zu leben hast …«

»Hast du ihre Gedichte noch?« Auch meine Stimme klang belegt.

»Natürlich!«

»Darf ich sie lesen?«

Zögernd sah er mich an; ich spürte diesen prüfenden Blick durch alle Finsternis hindurch. »Ja«, sagte er dann. »Aber erst später … Solange ich lebe, sollen sie nur mir gehören.«

»Natürlich!« Wie hätte ich – trotz aller Neugier – nicht damit einverstanden sein sollen?

Lange schwiegen wir, dann fragte ich vorsichtig: »Und du hast nie wieder geheiratet?« Dumm von mir, in Wahrheit hatte ich sagen wollen: So sehr hast du sie geliebt?

Er hatte mich richtig verstanden. »Es gab nur noch Freundschaften«, murmelte er vor sich hin. »Biologie, keine Liebe …« Einen Augenblick später fügte er stolz hinzu: »Als Mensch war deine Großmutter nämlich ein ganz außerordentliches Talent. Eines, wie man es nur selten findet.«

Ich nickte nur still und begriff zum ersten Mal, dass Söhne und Töchter ihre Eltern wohl doch nicht so gut kennen, wie sie glauben. Nie hätte Vater mir Robert so schildern können, wie ich ihn an diesem Abend erlebte – weil der vierundzwanzig Jahre jüngere Robert ganz sicher nie so mit seinem Sohn gesprochen hatte.

Nach einer Weile stand ich auf, doch bevor ich mich ins Bett zurückzog, drückte und küsste ich Robert. Und Robert spürte, dass hinter diesem Gute-Nacht-Kuss mehr steckte als nur Dankbarkeit für eine zwar traurige, aber doch auch sehr schöne Geschichte. Kaum lag ich im Bett, klopfte er, öffnete die Tür einen Spalt weit und reichte mir zwei Schnellhefter hinein.

Lores Gedichte.

Zehn Prozent Hoffnung

Ich las die Gedichte noch in derselben Nacht. Es waren Gedichte aus einer anderen Zeit für eine andere Zeit. Geschrieben aus der Sicht eines jungen Mädchens, das den bisher fürchterlichsten aller Kriege miterlebt hatte und einer grausam kalten, menschenfeindlichen Welt hilflos gegenüberstand. Besonders eines ging mir nicht aus dem Kopf:

> Vater sagt:
> Wenn die Zeiten sich geändert haben!
> Mutter sagt:
> Wenn du erst du geworden bist!
> Unsere Lehrer lehren uns
> Hoffen.
> Ich lebe
> Jetzt.

Sehr klare, sehr eindeutige Zeilen. Ich las sie mehrmals und dachte mir, dass ich nun schon die dritte für mich sehr wichtige Frauengestalt aus unserer Familie kennen gelernt hatte: meine Großmutter Lore! Wie gern hätte ich auch mit ihr mal über alles geredet: über ihr Leben und mein Leben und alles andere, was die Welt bewegt.

Beim Frühstück fragte ich Robert, weshalb Lores Gedichte nie veröffentlicht wurden.

»So deutlich geäußerte Zweifel an der gesellschaftlichen Realität waren damals eben sehr verpönt«, lautete seine Antwort.

Wie sollte ich in diesem Augenblick nicht daran denken, dass er, das größere Schreibtalent, keine solchen Zweifel und dafür umso mehr Erfolg gehabt hatte?

Ich sprach diesen Gedanken nicht aus, aber Robert sah ihn mir an – und damit hatte ich ihm den Appetit verdorben. Stumm nahm er ein paar von seinen Verdauungstabletten und blickte ewig lange an mir vorbei, bis er mich plötzlich fragte, ob ich bei all meiner Liebe zu Gregg nicht auch mal wieder einen Tag für ihn Zeit hätte. Er wolle mit mir nach Weißensee rausfahren, sich die neue Wohnung anschauen.

»Nanu?«, staunte ich. »Trägst du dich jetzt doch mit Umzugsgedanken?«

Gleich kuckte er noch mürrischer. »Eure Aktion kann keinen Erfolg haben … Muss mich jetzt langsam mit der Alternative befassen … Bin zu alt, um noch mit euren Punkern und Pennern mitzuziehen.«

Was blieb mir da anderes übrig, als ihn zu begleiten? Übertrieben herzlich bedankte er sich für mein »großes Opfer« und meine Stimmung sank noch tiefer und passte sich damit dem Wetter an. Kein Fusselchen Sonne war zu sehen, ein einziger, bedrohlich wirkender Wolkenbrei hing über der Stadt – und ich zuckelte mit dem trübe gelaunten Robert in der Straßenbahn nach Weißensee hinaus und hatte zu allem Übel auch noch ziemlich heftig meine Tage. Worüber ich ja eigentlich hätte froh sein müssen, hatte ich doch nun die Garantie, dass ich von jenem unvorsichtigen ersten Mal mit Gregg nicht schwanger geworden war.

Die Neubauten lagen weit draußen in diesem grünen Bezirk. Sie sahen ganz okay aus, sogar an diesem grauen Tag glänzte ihr frischer Putz. Die Räume waren nicht groß, aber auch nicht klein. Robert als Alleinstehender sollte eine Zwei-Zimmer-Wohnung mit Einbauküche, fensterlosem Bad und kleinem Balkon bekommen. Auf den ersten Blick ein passables Angebot. Doch natürlich nicht für einen, der seit fünfzig Jahren gewohnt war, in einer geräumigen Vier-Zimmer-Altbauwohnung mit drei Meter siebzig hohen Wänden und vielen riesigen Fenstern zu leben.

»Hier erstick ick«, berlinerte er. »Dit is 'ne Zijarrenkiste.«

Ich verstand ihn ja, aber irgendwie ärgerte ich mich auch über seine trotzige Arroganz. »Millionen leben in solchen Zigarrenkisten. Wer's Fenster aufmacht, kann eigentlich nicht ersticken.«

Er sah mich an, als ob ich nur eine naseweise Göre wäre, erwiderte aber nichts.

Wir wanderten dann noch ein bisschen durch die Gegend – viel Grün, viel Langeweile – und ich versuchte ihm Mut zu machen. Wozu sonst war ich mitgefahren? Zuerst sagte ich, dass ja noch gar nicht feststand, wie unsere Aktion enden würde. Dann schlug ich ihm vor, für alle Fälle schon mal nach einer anderen Wohnung Ausschau zu halten. Wer sagte denn, dass er unbedingt nach Weißensee raus musste? Er konnte doch auch in der Innenstadt eine neue Wohnung mieten; vielleicht sogar eine nur unwesentlich kleinere Altbauwohnung.

»Ja, ja«, schimpfte er. »Dritter Hinterhof, fließend Wasser immer de Wände runter. Dafür wird meine Rente gerade noch reichen.«

Da ging ich aufs Ganze und warf ihm vor, sich gehen zu lassen. Keinerlei wirkliche Zukunftspläne habe er. Denn hätte er welche, würde die neue Wohnung, egal ob größer oder kleiner, zweitrangig sein.

Er schüttelte nur empört den Kopf.

Ewotschka aber gab nicht auf, sondern erinnerte ihn an Mexiko und sagte, sie an seiner Stelle wäre schon längst im

Reisebüro gewesen. So teuer, wie er glaubte, seien solche Reisen nämlich gar nicht. Vielleicht würde er ja achtzig oder neunzig, da könne er doch jetzt, im jugendlichen Alter von fünfundsechzig, noch nicht von morgens bis abends um den Friedhof rennen, nur um seine Beerdigung nicht zu verpassen.

Wieder sah er mich an, als staune er über mein dummes Gefasel, und ich begriff, dass Robert mit diesen Mexikoplänen nur gespielt hatte. So als wollte er sich selbst trösten: Wenn alles andere schon nicht so geworden war, wie er es sich erträumt hatte, so könnte er sich ja, wenn er nur wollte, noch immer seinen Jugendtraum erfüllen. Ernste Absichten hatten nie dahinter gesteckt.

Erst war ich verärgert über diese resignative Haltung, dann wandte ich einen Trick an, um mal wieder auf seine Schreiberei zu kommen. Ich hätte mal irgendwo gelesen, am Schreibtisch sei jeder Autor Gott, da könne er die Leute leben und sterben lassen, ganz wie er wolle. Ob das stimme, fragte ich, oder ob die Phantasie nicht auch irgendwelchen Zwängen unterworfen sei.

Solche Überlegungen, antwortete er heftig, seien akademisches Gegrübel. Wichtig sei für den Autor nur eines: den Leser in seinem Denken und Fühlen zu erreichen. Nur so könne er Wirkung erzielen.

»Und warum willst du keine Wirkung mehr erzielen?«

Er war mir in die Falle getappt, erkannte es, machte eine Kehrtwendung um hundertachtzig Grad, zitierte erst Freund Tucholsky – Schreiben sei Kraftüberschuss, den aber habe er schon lange nicht mehr – und danach Freund Kleist. Der habe mal gesagt, wenn all jene, die *gute* Werke *geschrieben* haben, nur die Hälfte von diesem *Guten getan* hätten, stünde es besser um die Welt. Und Freund Tschechow, der große Russe, habe sich sogar gefragt, ob er beim Schreiben den Leser nicht hinters Licht führe, da er die wichtigsten Fragen ja doch nicht zu beantworten wisse.

Drei Kanonenschüsse vor meinen Bug, die es ihm einfach machten. Jetzt brauchte er nur noch zu sagen, dass er inzwischen genauso denke.

Ich lachte ihn aus – tolle Freunde habe er sich da ausgesucht, zwei Selbstmörder und einen jung Dahingeschiedenen – und brachte ein paar Gegenbeispiele, Autoren, die bis zum letzten Atemzug gegen das, was sie für Unrecht hielten, angeschrieben hatten, darunter sein Lieblingsfreund Heinrich Mann.

Das Gespräch gefiel ihm mehr, als er zugeben wollte. Das seien damals doch ganz andere Zeiten gewesen, erwiderte er abwinkend, da habe noch Hoffnung bestanden, jetzt sei jedes Wörteraneinanderreihen vergebliche Liebesmüh. Erstens werde größtenteils ja doch nur amerikanischer Mist gelesen, zweitens würden die Menschen nie einsehen, dass vor allem sie sich ändern mussten, wenn sie in einer besseren Welt leben wollten, und drittens sei jene Minderheit, die sich vielleicht ernsthaft mit seinen Büchern beschäftigen würde, nicht dümmer als er.

Ich ließ nicht locker. Weshalb er dann ausgerechnet mir ständig seine Meinung über unsere neue Zeit geigte? Ob ich ihm vielleicht wichtiger wäre als einige zehntausend Leser?

Da stand ihm erst mal der Mund offen, mit dieser Attacke hatte er nicht gerechnet. Dann fuhr er mich an: »Und wie, du kluge Eva, soll ich über deine neue Zeit schreiben? Wenn ich schreibe, wie ich denke, heißt es: Hat nichts kapiert! Verkalkt! Stehen geblieben! Schreibe ich aus ›neuer Sicht‹, heißt es: Hängt seine Fahne nach dem Wind! Robert Wendehals! – Nein, du verhinderter Musenkuss, gegen einen Ozean pfeift man nicht an. Deine neue Zeit ist nicht meine neue Zeit … Meine Zeit steht schon im Geschichtsbuch.«

Ich hätte antworten können, dann solle er doch über *seine* Zeit schreiben. Das werde ja erst recht verlangt, gerade von Leuten wie ihm: eine ehrliche Aufarbeitung der Vergangenheit. Aber ich schluckte es lieber runter. Kam mir albern vor. Wer nicht will, dem kann man nicht helfen. Punkt!

Von nun an schwiegen wir. Die gesamte Rückfahrt lang. Die Straßenbahn zuckelte durch die Straßen, als hätte sie kein Ziel, in der Ferne grummelte es ununterbrochen, Blitz und Donnerschlag jedoch blieben aus – bis wir vor der Torstraße Nr. 127 angelangt waren.

Die Räumungsklage! In allen Briefkästen steckte sie. Alle, die zu Hause waren, standen vor der Haustür und diskutierten das Schreiben. Als allerletzter Auszugstermin war der 15.8. benannt. Am 16.8. würden beide Häuser – auch das widerrechtlich besetzte Haus Torstraße Nr. 125 – polizeilich geräumt.

Rico blieb gefasst. »Damit war zu rechnen. Wir werden dagegen Beschwerde einlegen. Und auf jeden Fall«, er lächelte aufmunternd, »arbeiten wir weiter. Denn jetzt, mit der Räumungsklage in der Hand, können wir die Medien einschalten. Wenn sie kommen, soll niemand den Eindruck haben, wir hätten bereits aufgegeben.«

Er hatte Recht: Weshalb hätte der Kettler einlenken sollen? Wir hatten doch von Anfang an gewusst, dass unser Widerstand zu neunzig Prozent aussichtslos war. Es galt, die zehn Prozent Hoffnung zu verteidigen und notfalls selbst die Niederlage in einen moralischen Sieg umzufunktionieren: Seht her, wir haben Alternativen aufgezeigt! Wir haben wenigstens versucht, eine ungute Entwicklung zu stoppen.

So redeten wir und versprachen uns gegenseitig, nicht aufzugeben. Allein Robert stand abseits und machte ein Gesicht, als ginge ihn das alles schon gar nichts mehr an.

Mit mehr Wut im Bauch als Mut im Herzen wurde weitergearbeitet und auch Ewotschka war wieder voll und ganz dabei. Meistens werkelte ich mit Gregg zusammen – und am liebsten natürlich in unserem Paradies mit dem Wandgemälde! Wenn wir auch nie hier einziehen würden, wir bauten uns ein Nest und waren, was mich erst heute so richtig verwundert, dabei fast ständig guter Laune, lachten viel, küssten uns und waren zärtlich zueinander. Eva und Gregg im Paradies, so war es wirklich; die äußere Bedrohung konnte unserem Glück nichts anhaben.

Dass wir, falls wir doch siegten, in der 125 mit den Obdachlosen und Punks zusammen wohnen würden, störte mich nicht. Ich hatte sie ja inzwischen viel besser kennen gelernt. Sogar der mächtige Stalingrad mit seinem riesigen, breitkrempigen Hut wirkte auf mich nur noch wie ein brummelig-gutmütiger Hausmeister. Traf ich ihn im Treppenhaus, schwärmte er jedes Mal von Greggs Gemälde: »Ein Künstler, dein Russe! Alles, was recht ist, ein echter Künstler!«

Weiß nicht, wer stolzer auf Greggs Talent ist, Stalingrad oder ich.

Stalingrad war es auch, der mir viel über das Obdachlosenleben erzählte. Zum ersten Mal erfuhr ich etwas über Wärmestuben, Notunterkünfte und andere Obdachlosentreffpunkte. Wo man jeden Morgen, Mittag und Abend eine Mahlzeit ergattern kann, wenn man ein bisschen mobil ist, verriet er mir, und wie man Stundenjobs findet – in Kneipen, an Tankstellen und in Secondhandläden: »Zweite Hand, wie wir selber!« Ich lernte von ihm, dass nicht der Winter der schlimmste Feind der Obdachlosen ist, sondern der Frühling. Weil dann die meisten Notquartiere schließen, denn die staatlich genehmigte Kältehilfe endet schon im April und beginnt erst wieder Ende Oktober. Doch nicht immer ist Ende April schon »Frühling«! Noch im Mai sind viele Nächte lausig kalt, dann ist »Platte machen« das reine Überlebenstraining.

Ein anderes Problem unter Obdachlosen: der Kampf ums Eigentum! Immer muss man sein bisschen Habe mit sich herumschleppen und nachts drauf schlafen, damit es einem nicht geklaut wird – einfach, weil es in der allergrößten Not keine Solidarität mehr gibt.

Da Stalingrad Gregg und mir viel Vertrauen entgegenbrachte, kamen uns bald auch andere Obdachlose besuchen. Einer von ihnen – wegen seinem breiten Gesicht wird er Scholle genannt –, hat vom Leben im Dreck ganz dunkle Hände. Als wir mal gemeinsam Mittagspause machten und mein Blick auf das Brot in seinen schmutzigen Händen fiel, grinste er verlegen und sagte, er habe seine Pfoten schon mal drei Stunden lang in Seifenlauge eingeweicht, ganz sauber seien sie trotzdem nicht geworden.

Weitere Besucher waren: Pipo, ein noch ziemlich junger und sehr magerer Mann, der aus Angst, beklaut zu werden, auch bei wärmstem Sommerwetter immer mehrere Pullover übereinander trägt; Jimmy, der zwergenhafte Fußballfan, der immer mit einem Bayern-München-Schal herumläuft und davon träumt, irgendwann mal in Bayern-München-Bettwäsche zu schlafen; Hapke, der dicke Fresser, bei dem man immerzu befürchtet, dass er irgendwann mal seine Finger mitfrisst; und Gecko, noch nicht mal dreißig, dem eine Krankheit alle Haare geraubt hat und der so dünn und blasshäutig ist, dass man überall die Adern unter der Haut durchschimmern sieht. Gecko spricht kein einziges Wort, obwohl er nicht stumm ist. Er kam sehr oft, aber redete ich ihn an, kuckte er jedes Mal so verwirrt, als hätte ich mich in der Adresse geirrt. Hakte ich nach, trat ihm das Wasser in die Augen.

Mit der Katzen-Molly und der Bohnen-Gertie hatte ich

mich inzwischen schon richtig angefreundet. Die beiden wollten immer, dass ich sie mal zum Frauenfrühstück in die Wärmestube Levetzowstraße begleitete. Dabei betonten sie den Namen Levetzowstraße jedes Mal, als hätten sie Schokolade im Mund. Auch verrieten sie mir stolz, Männer seien beim Frauenfrühstück nicht zugelassen. Und die Frauen würden dort nicht nur frühstücken, sondern auch duschen, Wäsche waschen und viel miteinander reden.

Ich wäre gern mal mitgegangen, es hat sich aber nicht ergeben. Dafür ging ich öfter für die Katzen-Molly einkaufen. Sie hat im Supermarkt Hausverbot, ist mal beim Stehlen erwischt worden. Was sie klauen wollte? Katzenfutter natürlich!

Von unseren Punks interessierte mich vor allem Jeanie, die kleine Dreizehnjährige mit der Zahnspange und den orangefarbenen Haaren; ihren wirklichen Namen wollte sie uns nicht sagen, damit niemand ihre Eltern verständigen konnte. Annemarie Störikow war noch immer der Meinung, wir sollten ihretwegen die Polizei anrufen; wir Jüngeren jedoch setzten weiterhin auf Vertrauen. Irgendwann würde Jeanie uns schon erzählen, wo ihr Zuhause war und weshalb sie nicht dorthin zurückwollte. Wer wusste denn, in welche Szene wir sie trieben, wenn sie bei uns nicht mehr bleiben konnte?

Viel erfahren habe ich aber nicht über Jeanie. Sie war und blieb verschlossen. Bambi war da viel zutraulicher. Vor allem wenn Rebecca nicht in ihrer Nähe war.

Bambis Geschichte? Als kleines Kind wurde sie von der erst sechzehnjährigen Mutter – ihren Erzeuger hat Bambi nie kennen gelernt – bei der Oma abgegeben; nach dem Tod der geliebten Großmutter sollte sie dann zur Mutter zurück, die sich inzwischen mit einem anderen Mann ein familiäres Glück aufgebaut hatte. Natürlich störte das jetzt fünfzehnjährige

Mädchen in der Drei-Zimmer-Neubauwohnung, in der ihr zum Schlafen nur die Wohnzimmercouch blieb. Stiefvater und Halbgeschwister – zwei Mädchen, ein Junge – empfanden sie als Belastung. Es gab Kräche und Tränen und irgendwann lief Bambi weg aus ihrem Wuppertaler Nicht-Zuhause. Und wo wollte sie hin? Natürlich ins schillernde Berlin, dahin, wo was los war.

Bambis wirklicher Name? Monique-Jacqueline Klempke! Ein Name wie für eine Puppe, ausgewählt von einer Mutter, die selbst noch ein Kind war.

Und Rebecca? Sie verhielt sich anfangs wie Jeanie. Kein Wort zu viel, nur misstrauische Blicke. Als ich sie mal wie nebenbei fragte, aus welcher Gegend sie eigentlich komme, kuckte sie mich nur an, als hätte ich sie nach dem Weg zur Milchstraße gefragt. Ein paar Stunden später schlich sie erst lange um mich herum und wollte schließlich wissen, ob ich eine von der weiblichen Kriminalpolizei sei. Eine lustige Frage, sie war aber nicht scherzhaft gemeint.

Tage danach, als sie mal ein bisschen viel von dem billigen Landwein getrunken hatte, den sich die drei Punk-Mädchen gern holen, wenn Papa Tute, Jöte, Porky Pig und Feuerwasser Bier oder härteren Sachen zusprechen, kam sie dann ganz von selbst zu mir und bestaunte lange Greggs Gemälde. Bereitwillig erzählte ich ihr, was das alles darstellen sollte, und da fragte sie mich plötzlich, ob ich nicht wissen wollte, wie sie wirklich heiße. Vorsichtig geworden, zeigte ich kein allzu großes Interesse und nach einigem verlegenen Kichern gestand sie mir, in Wahrheit Edeltrud zu heißen, Edeltrud Schmitz. Ein ganz furchtbarer Name, wie sie fand. Ihre Mutter habe sie Edeltrud taufen lassen, nur weil ihre Großmutter so hieß.

Ich lachte mit, weil ich den Namen Edeltrud auch nicht gerade für den allermodernsten hielt, und erfuhr so nach und nach Rebeccas Geschichte. Ihre Mutter ist früh gestorben, ihr Vater sitzt in einem Dresdener Gefängnis. Er hatte, als ihre Mutter noch lebte, unter Alkohol ein Kind totgefahren und Fahrerflucht begangen. Da Rebecca sonst niemanden hatte, kam sie nach dem Tod ihrer Mutter in ein katholisches Heim ihrer Heimatstadt Pirna, nicht weit von Dresden. Da waren ihr die Regeln zu streng, also lief sie fort, trieb sich in ganz Deutschland herum, wurde erwischt und kam in ein neues Heim. Auch nicht besser. Sie lief wieder fort, trieb sich rum, hing an der Nadel, wurde erwischt, machte einen Entzug, kam erneut ins Heim, lief wieder fort. Bis sie dann eines Tages Feuerwasser kennen lernte und bei ihm blieb.

Ob sie ihren Vater denn inzwischen mal besucht habe, wollte ich wissen.

Wie angeekelt von dieser Vorstellung schüttelte sie den Kopf. »Wozu denn? Der hat mir mal 'nen Brief geschrieben, darin hat er nur gejammert. Was für 'n Pech er hat, erst stecken die ihn in den Bau, wo er doch so auf Bewährung gehofft hat, dann die Sache mit Mutter … Über das Kind, das er totgefahren hat, kein Wort! Über meine beschissene Lage, kein Wort! Hab ihm zurückgeschrieben, er soll keine fremden Leute belästigen.«

Feuerwasser scheint wirklich Rebeccas Glück zu sein. Er ist irgendwie ein ziemlich starker Typ. Allerdings darf man ihm nicht alles glauben, er hat viel Phantasie, spinnt gern: Kein Ort in Deutschland, den er nicht kennt, keine Straße in Berlin, in der nicht ein guter Bekannter von ihm wohnt. Doch wenn er richtig loslegt mit seiner Spinnerei, macht es Spaß, ihm zuzuhören. Seinen Spitznamen verdankt er der Tatsache, dass er am liebsten harte Sachen trinkt. »Mal 'n Schluck Feuerwasser nehmen«, sagt er dann.

Auch Jöte trägt seinen Spitznamen nicht ganz zu Unrecht.

In seinem Weimarer Gymnasium war der Junge aus »gutem Hause« – beide Eltern Rektoren! – bis zur Zwölften gekommen und dann in irgendwelche Autodiebstähle verwickelt worden. Seine Flucht beendete die Hoffnung aufs Germanistikstudium. Er gibt gern ein bisschen mit seiner Bildung an, ansonsten ist er ein netter Kerl, nur eben ziemlich leichtsinnig.

Papa Tute – was soll man von ihm sagen? Ein großer Junge im Star Trek-Kostüm. Als Jugendlicher war er Mitglied einer Punkband, die davon träumte, in die Charts zu gelangen. Irgendwann aber übten die anderen Verrat an der gemeinsamen Sache, weil sie, älter geworden, Punksein nicht als Lebensziel auffassten. Doch Papa Tute – damals nur Tute – wollte ewig Punk bleiben. Auch dann noch, als seine Eltern ihn zu Hause rauswarfen; sie konnten die Faulheit ihres inzwischen schon zweiundzwanzigjährigen Sohnes, der weder einen Beruf erlernen noch irgendwas anderes arbeiten wollte, nicht länger mit ansehen. Dennoch spricht Papa Tute nur sehr liebevoll von seinen Eltern: »Is eben ’ne andere Generation, haben sich jeden Löffel Suppe ›ehrlich erarbeiten‹ müssen und sind stolz auf ihre schwieligen Pfoten.«

Bleibt noch Porky. Er hat uns seine Geschichte nicht selbst erzählt; was ich weiß, hab ich von Bambi.

Schon als ganz kleines Kind war Porky immer nur gehänselt worden – weil er so an ein kleines, dickes Schweinchen erinnerte. Hinzu kam das Pech mit seinen Eltern. Die hatten ihre vier Kinder eines Tages als zu große Last empfunden und sie über Nacht fluchtartig verlassen. So kamen sie alle vier in ein Heim, in dem Porky natürlich erst recht das kleine, dicke Schweinchen war, mit dem die anderen ihre bösen Späße trieben. Bis er irgendwann fortlief, sich in mehreren Städten auf dem Strich durchschlug und ihn einer seiner Freier bei irgendwelchen Sex-Experimenten fast umgebracht hätte. Als

Porky sich wehrte, verletzte er den Mann mit einem Messer. Und das lebensgefährlich. Es kam zu einem Gerichtsverfahren, Porky wurde Notwehr zuerkannt und man steckte ihn wieder in ein Heim. Dort hielt es ihn keine zwei Wochen. Mit der kleinen Kasse vom Sekretariat unterm Arm kam er nach Berlin und stieß am Bahnhof Zoo auf die Gruppe um Feuerwasser.

Was für Geschichten, was für Schicksale! Und was für eine vom Glück gesegnete Eva Seemann, die in einer so ganz anderen Welt aufgewachsen ist! Je mehr ich über die Bewohner der Nr. 125 erfuhr, desto mehr begriff ich, welche Chance unsere Aktion für sie bedeutete – und die Eva, die der ganzen Sache so skeptisch gegenübergestanden hatte und später vor allem ihr Paradies verteidigen wollte, gab es immer weniger.

Inzwischen hatte Rico, wie angekündigt, die Medien auf uns aufmerksam gemacht. Zeitungsreporter mit Fotografen im Schlepptau kamen vorgefahren, Rundfunkreporter, sogar einige Fernsehsender klopften bei uns an, um mit unserer Aktion ihr Sommerloch zu füllen. Und dann zogen ununterbrochen Interviewer, Kameraleute, Beleuchter und Tonmeister durch die beiden Häuser und zerrten vor ihre Schreibblocks, Mikrofone und Kameras, wen sie gerade bei der Arbeit antrafen – und dazu gehörten fast jedes Mal auch Gregg und ich! Die Kunde von seinem Wandgemälde hatte sich herumgesprochen und vor allem die Fernsehleute, die ja was zum Zeigen brauchen, stürzten sich darauf wie Verdurstende auf ein Glas Wasser.

Einmal, ich werde den Tag nie vergessen, sollte Gregg vor der Kamera eines privaten Fernsehsenders erklären, weshalb er dieses riesige Gemälde, das ihn doch sicher viel Arbeit gekostet hatte, statt auf eine Leinwand auf eine Zimmerwand gemalt habe. Ob er vielleicht glaube, damit den Abriss verhindern zu können?

Gregg gab sich wortkarg. Was ging diese Leute denn seine Liebeserklärung an mich an? In ihrer Hilflosigkeit wandte sich die Interviewerin an das Mädchen im Hintergrund, eindeutig die Eva des Gemäldes. Und da wollte ich, die ich meine zukünftigen Kollegen schon seit Tagen voller Neugier beobachtete, natürlich kooperieren. Also legte ich los, als gelte es, die Welt zu retten. Mit flammender Begeisterung sprach ich von unseren Zielen und verkündete stolz, dass wir auch Wohnraum für Obdachlose und ganz besonders für obdachlose Jugendliche schaffen wollten. Eigentumswohnungen gebe es schließlich genug in der Stadt, schimpfte ich in die Kamera hinein und sogar über die moderne Zweidrittelgesellschaft ließ ich mich aus, die, wenn es mit der ungerechten Verteilung des Wohlstands so weitergehe, schon bald eine Eindrittelgesellschaft sein werde.

Die Kamera surrte, als hätte ich sie durch meine Worte erst so richtig zum Leben erweckt, und die Interviewerin strahlte vor Glück über ein so dankbares Objekt. Da setzte Ewotschka voller Leidenschaft noch eins drauf und erklärte mit Politikergebärde, dass die Marktwirtschaft nur dann ein menschliches Gesicht habe, wenn es sich um eine wahrhaft *soziale* Marktwirtschaft handele. Was hier geschehe, gebe aber denen Recht, die die so genannte freie Welt schon immer als eine im Kern unfreie angesehen haben. Und warum? Weil unsere Gesellschaft den Grundbedürfnissen der Menschen nach Nahrung, Kleidung und einem Dach über dem Kopf nicht genügend Rechnung trage.

Ich kotzte mir alles von der Seele und dachte keine Sekunde daran, dass mir an jenem Abend – laut Einschaltquote – 2,9 Millionen Menschen zusahen und zuhörten. Unter diesen 2,9

Millionen einer, der fast an seinem Abendbrot erstickt wäre, als ich da so plötzlich auf dem Bildschirm seines Lilienthaler Küchenfernsehers herumtrompetete und er im Hintergrund die nackte Dschungel-Eva neben dem nackten Gregg posieren sah: Jens, der sich seit Wochen in Sehnsucht nach mir verzehrte, wie Bastian mir am nächsten Morgen am Telefon entgegenschleuderte, und sich nun natürlich verraten, betrogen und belogen fühlte.

Ein halbes Jahr danach klingt das alles ein bisschen komisch. In Wahrheit hatte das Ganze aber auch eine tragische Seite. Wie ich von Bastian erfuhr, hatten mehrere Lilienthaler die Sendung gesehen, und so ließ der Skandal um Eva Seemann noch am selben Abend alle Telefondrähte heiß glühen und war auch am Morgen darauf noch Thema Nr. 1. Und natürlich war alles auf Jens' Seite: Der arme Junge, die untreue Braut! Hat sich nackt malen und so auch noch im Fernsehen zeigen lassen, das Flittchen! Und wie wichtig sie getan hat! Hat wohl in Berlin die Weisheit gleich zentnerweise eingetrichtert bekommen. Aus dem Stück Brot, an dem Jens sich verschluckt hatte, wurde in der Gerüchteküche ein verunglückter Selbstmordversuch; und aus der ehemals so netten Eva Seemann wurde die im Großstadtsumpf völlig von der Rolle gekommene, treulose Tomate.

Natürlich erklärte ich meinem Herrn Bruder, der sich als Jens' Anwalt gerierte, dass ich Gregg liebte und mit ihm zusammenbleiben wollte und dass ich Jens am Telefon nur deshalb nichts davon gesagt hatte, weil mir ein telefonischer Abschied zu kalt und verletzend erschienen war. Wie hätte ich denn ahnen sollen, dass dieses dumme Interview mir zuvorkommen würde? Außerdem könne von »Verrat« keine Rede sein, weil ich Jens nie die ewige Treue geschworen hätte. Und nackt gemalt habe Gregg mich auch nicht. Er habe seiner nackten Eva nur meinen Kopf aufgesetzt. Allerdings kenne er mich inzwischen viel besser, das nächste Bild von mir werde detailgetreuer ausfallen.

Ich war stocksauer! Mein kleiner Bruder, der von nichts eine Ahnung hatte, machte mir Vorhaltungen! Und diese furchtbaren Leute in Lilienthal, die gleich noch einen Selbstmordversuch hinzuerfanden, hatten die nichts Besseres zu tun, als sich über andere Leute das Maul zu zerreißen?

Als Mutter an den Apparat kam, musste ich mich zusammennehmen, um nicht in diesem Tonfall weiterzureden. Doch Mutter war Mutter und sofort auf meiner Seite. Genau wie ich schimpfte sie auf das dumme Gequatsche der Leute und wollte nur wissen, ob das mit Gregg was Ernstes war.

Sofort begann ich von Gregg und unserem Paradies zu schwärmen und sagte, dass ich ganz sicher nach Berlin ziehen würde, falls ich hier einen Studienplatz bekäme.

Erst schwieg sie lange, dann sagte sie leise: »Wenn du so redest, dann ist es wohl ernst.«

Am Abend schrillte erneut das Telefon: Vater! Er wolle mir nur sagen, dass ich mich um das ganze Lilienthaler Gewäsch nicht kümmern soll. Wenn ich Gregg liebte, müsse er ein feiner Kerl sein, auch wenn Jens ihm aufrichtig Leid tue.

Da habe ich ein bisschen heulen müssen. Vor Dankbarkeit und auch vor Glück. Solange ich meine Eltern habe, kann mir nicht viel passieren.

Doch zurück zu dem Interview. Als Kamera und Ton abgeschaltet waren, sagte die Interviewerin, eine mir ein wenig zu glatte, aber nicht unsympathische Blondine, dass sie unseren positiven Widerstand bewundernswert finde. Auch sie befürchte seit langem, dass unsere Städte im dritten Jahrtausend nach Christi unbewohnbar würden. In Berlin sei es ja jetzt schon so, dass jedes Jahr Tausende Familien ins Umland flüchteten. Ob wir denn aber allen Ernstes an einen Sieg glaubten? Bisher hätten solche Protestaktionen doch noch nie viel bewirkt.

Zum Glück stand Rico neben mir. Ja, gab er zu, leider habe zu allen Zeiten nur selten die Vernunft gesiegt. Andernfalls müsste die Menschheit schon viel weiter sein. Doch auch wenn unsere Aktion keinen Erfolg haben sollte, würde das nicht automatisch die Gegenseite ins Recht setzen. Recht und Gesetz seien ja nur von Menschen gemacht und Menschen seien fehlbar.

Spontan klatschten wir Beifall und die Fernsehleute nickten und versprachen wiederzukommen, wenn die Häuser von der Polizei geräumt würden. So sicher waren sie sich also, dass unsere Aktion nicht anders enden konnte. Ihnen fiel gar nicht auf, wie wenig Mut sie uns damit machten.

Doch hatten wir mehr erwartet? Das mit den Medien war doch nur eine typische Eine-Hand-wäscht-die-andere-Geschichte: Sie benutzten uns, um ihr Sommerloch zu füllen; wir benutzten sie und das Sommerloch, um unser Anliegen an die Öffentlichkeit zu bringen. Da durfte kommen, wer wollte, immer wieder gaben wir bereitwillig Auskunft, erklärten unsere Aktion und hofften, dass die berühmte breite Öffentlichkeit auf unserer Seite stand.

Und wir hofften nicht vergebens! Eine Berliner Tageszeitung machte eine Umfrage: Wer ist dafür, dass die jungen Leute in der Torstraße ihr Projekt weiterführen dürfen? – Siebenundsechzig Prozent aller Befragten stimmten dafür, neunzehn Prozent dagegen, vierzehn Prozent hatten keine Meinung.

Für Rico war das bereits der Sieg, obwohl am gleichen Tag, an dem wir uns über das Umfrageergebnis freuten, unsere Beschwerde gegen die Räumungsklage vom Gericht abgewiesen wurde. »Selbst wenn wir den Abriss nicht mehr stoppen können«, tröstete er uns, »die Leute haben von uns gehört, sich über unsere Alternative Gedanken gemacht und sich mit einer Mehrheit von siebenundsechzig Prozent für uns entschieden. Moralisch können wir also gar nicht mehr verlieren …«

Wie haben sie in der Schule oft gesungen: Das kann doch eine Seemann nicht erschüttern! Weil ich immer als so selbstsicher und unerschütterlich galt. Nun war ich doch erschüttert. Die Sache mit Jens – der übrigens am liebsten sofort nach Berlin gekommen wäre, um mich »zurückzuerobern«, und von meinen und seinen Eltern nur mühsam davon abgehalten werden konnte – ging mir nicht aus dem Kopf.

Er tat mir Leid. Wie dumm, dass er auf eine so unschöne Weise von Gregg und mir erfahren musste. Eine solche Abschiebung – noch dazu vor halb Lilienthal! – hatte er nicht verdient. Aber wieso hatte er, der sonst kaum fernsah, ausgerechnet an diesem Abend vor der Glotze Abendbrot essen und auch noch diesen Sender kucken müssen? Ein so unglückliches Zusammentreffen von Zufällen hatte ich einfach nicht voraussehen können.

Mit solcherlei fadenscheinigen Ausreden versuchte ich, mein schlechtes Gewissen zu beruhigen, konnte aber erst aufatmen, als Jens mir ungewollt zu Hilfe kam. Er tat das mit einem langen, bitterbösen Brief. Jetzt wisse er endlich, weshalb ich ihn nicht in Berlin haben wollte, schrieb er. Ich sei feige und herzlos und treulos und kenne keine Scham und er hoffe nur, der andere könne es besser.

Erst war ich entsetzt: Solche Zeilen vom sonst so friedfertigen Jens, den ich von Kindheit an kannte und der immer sagte, er möge Frauen mehr als Männer, weil die sensibler seien? Danach jedoch war ich erleichtert: Wer so etwas schrieb, den durfte ich getrost vergessen. Kein Wort brauchte ich noch an ihn verschwenden, von nun an würde er Luft für mich sein.

Nur einen Tag später wurde mir klar, dass Jens in Wahrheit ja gar nicht so dachte. Ich hatte ihm wehgetan, also wollte er mir wehtun! Nichts anderes steckte hinter diesem Brief.

Und richtig, am Abend kam eine Entschuldigung. Per Eilbrief und Einschreiben! Er bedaure seinen ersten Brief, er habe nicht gewusst, was er tat, als er diese bösen Worte zu Papier brachte. Deshalb bäte er mich dringlichst um Verzeihung. Wenn ich den anderen wirklich lieber hätte als ihn, wünsche er uns alles Glück der Welt. Sein Unglück solle uns nicht kümmern.

Ziemlich raffiniert von ihm. Auf diese Weise war ich noch mehr die Schuldige, er aber, der arme, von mir so schmählich verlassene Jens, war der großmütige Verlierer, der mich freigab. Ein allerletzter Trick, um mich doch noch rühren und vielleicht sogar zurückgewinnen zu können?

Egal! Beide Briefe waren keine Antwort wert. Nach meiner Rückkehr würde ich mit Jens in aller Ruhe reden und ihm erklären, dass man Liebe weder erzwingen noch erbetteln kann, danach jedoch sollte unsere Beziehung nur noch Vergangenheit für mich sein.

Gregg, dem ich von der ganzen Lilienthaler Aufregung erzählte, bedauerte mich, konnte sich aber ein spöttisches Lächeln nicht verkneifen. Was wusste denn er, der ewige Großstädter, von unserem kleinen Nest, in dem jeder jeden kannte und wo man jeden »Skandal« genüsslich debattierte, bis ein neuer ihn ablöste.

Zum Glück wurde ich von all dem Lilienthaler Hühnergegacker bald abgelenkt: Der Count-down lief! Kettlers Ultimatum! Unaufhaltsam näherte sich der 15.8. …

Es war beinahe wie in *High noon,* wenn Gary Cooper auf die Ankunft der Banditen wartet. Fast hätten auch wir immer wieder zur Uhr geschaut: Was würde passieren, wenn das Ultimatum abgelaufen war? Wie würde die Polizei sich verhalten, wie sollten wir uns verhalten? Immer wieder diskutierten wir darüber – und arbeiteten dennoch trotzig weiter.

Die Reporter, die jetzt wieder häufiger kamen, wussten nicht, ob sie unseren unerschütterlichen Idealismus bewundern oder uns nur naiv finden sollten. Ein schon etwas älterer Rundfunkmensch nannte uns Traumkinder; ein Smartie, der ein an jedem Stammtisch bekanntes Boulevardblatt vertrat, rechnete uns vor, wie viel Geld der zu erwartende Polizeieinsatz den Steuerzahler kosten werde.

Äußerlich ließen wir alles an uns abprallen, innerlich waren wir voll Zweifel. Wozu denn noch Schippe, Hammer, Maurerkelle oder Pinsel in die Hand nehmen, wenn sowieso alles für die Katz war? Es waren Rico und Heide und immer mehr auch Greggs Ewotschka, die am heftigsten gegen alle kleinmütigen Bedenken anredeten: Nun hatten wir schon so viel Zeit geopfert und so viel Geld von unseren Sponsoren in das Projekt gesteckt, wie durften wir da sang- und klanglos aufgeben? Bis zum letzten Pinselstrich mussten wir kämpfen. Wenn es etwas zu überlegen gebe, dann nicht, ob und wann wir unsere Aktion aufgeben, sondern wie wir sie beenden wollten. Zumindest einen großen Knalleffekt seien wir unseren Freunden schuldig.

Es war Heide, die das mit dem Knalleffekt gesagt hatte, und alle stimmten zu. Jawohl, sang- und klanglos wollten wir nicht von der Bühne verschwinden, nachdem schon die halbe Stadt von uns wusste. Aber was konnten wir tun, um am Ende noch mal alle Aufmerksamkeit auf uns zu lenken?

So saßen, hockten und standen wir an einem schwülen

Gewitterabend zu dreißig oder vierzig Leuten schwitzend in der Küche der WG und grübelten über einen letzten Triumph nach, während draußen der Regen rauschte, grelle Blitze über den Himmel zuckten und Donnerschläge sich so krachend entluden, dass zu befürchten war, das Haus könne einstürzen und dem Kettler sein Vorhaben auf diese Weise noch erleichtern. Wir konnten nicht mal das Fenster schließen, wollten wir nicht in unserm eigenen Schweiß ertrinken ... Ja, und an diesem Abend hatte ich, die Wessifrau aus Lilienthal bei Bremen, plötzlich *die* Idee.

Doch der Reihe nach. Erst mal wurden tausend Vorschläge gemacht, die alle wieder verworfen wurden, weil sie letzten Endes nur aufs Verbarrikadieren hinausliefen. Wir wollten keinerlei Gewalt provozieren. Danach kam dann lange nichts und in das bedrückte Schweigen hinein erklärte ich, nur um irgendwas zu sagen, wie entsetzlich traurig ich diesen geplanten Abriss fände, weil mit den Häusern ja auch deren Geschichte und Geschichten starben.

Alle nickten, aber so ganz hatten sie mich noch nicht verstanden. Also wollte ich verdeutlichen, was ich meinte, und erzählte, welche Geschichten wir Seemänner in diesem Haus erlebt hatten, ließ auch die Tragödie der Bernsteins und die Rettung der beiden Franzosen nicht aus und sagte scherzhaft, eigentlich müssten wir vor dem 15.8. noch eine große Reportage machen: Interview mit einem Haus! Wenn alle Hausbewohner erzählten, was sie von früheren Mietern wussten und was sie selbst in diesem Haus erlebt hatten, würde das eine richtig pralle Sache werden.

Robert saß dabei und hörte zu. Doch seinem Blick war nicht zu entnehmen, ob er es gut oder schlimm fand, dass ich seine dreizehnte Tür noch ein Stückchen weiter aufgestoßen hatte. War mir auch egal. Wenn alle Deutschen ihre dreizehnten, vierzehnten, fünfzehnten Türen früher geöffnet hätten, davon bin ich fest überzeugt, würden wir längst in einer anderen, viel offeneren, menschenfreundlicheren Gesellschaft leben.

Die anderen hatten meinen Geschichten voller Betroffenheit gelauscht. Es hatte doch keiner gewusst, was sich vor beinahe sechzig Jahren hier im Treppenhaus und in der Ruine der ehemaligen Nr. 129 abgespielt hatte. Meine Idee von der Reportage aber gefiel ihnen. Gleich wurden weitere Geschichten erzählt:

Annemarie Störikow erinnerte sich, wie sie eines Nachts in ihrem Schlafzimmer nur unter Mithilfe der Hebamme ihren Sohn zur Welt gebracht und zwanzig Jahre später auf demselben Bett sitzend den Brief geöffnet hatte, mit dem sie ins Ministerium für Staatssicherheit vorgeladen wurde. Das Ehepaar Winkler wusste von einem mutigen Kommunisten zu erzählen, der im vierten Stock gewohnt, noch Rosa Luxemburg und Karl Liebknecht gekannt, unter Hitler viele Jahre im KZ gesessen und in den fünfziger Jahren unter Ulbricht wiederum alle möglichen Gefängnisse von innen kennen gelernt hatte. Inke Moor berichtete, im Hinterhaus der Nr. 125 habe früher mal der inzwischen so berühmte Schauspieler Günter Kolberg gewohnt, der damals noch Student gewesen sei und alle paar Wochen die halbe Schauspielschule um sich versammelt habe, um die wildesten Partys zu feiern. Dabei habe die ganze Bande einmal mitten im Winter völlig nackt im Hof eine Schneeballschlacht veranstaltet.

Alles lachte – der Gedanke an eine FKK-Schneeballschlacht hatte etwas Verlockendes bei dieser Hitze – und immer neue Geschichten wurden erzählt, ernste und heitere, traurige und lustige. Sogar der Willumeit, der nie bei der Arbeit mithalf, aber seit die Medien so positiv berichteten, zu unseren Sponsoren gehörte, wusste eine beizusteuern: Wie das Haus Ende der siebziger Jahre saniert worden war und endlich auch die Mieter der Hinterhäuser nicht mehr aufs Etagenklo mussten, sondern ihr eigenes Bad mit Innentoilette bekamen. Aus Freude darüber hätten sie eine Kloparty gefeiert. In jedem neu entstandenen Bad sei eine Bar eingerichtet worden und danach alles von Wohnung zu Wohnung gezogen, um die neuen Bäder gebührend zu bestaunen und zu begießen.

Kaum war die letzte Geschichte erzählt, platzte Feuerwasser schon heraus: »Wir müssen auch 'n Fest feiern – 'ne richtige Straßenparty!«

Tätärätä! Das war er, der Anstoß zu meiner berühmten Idee! »Richtig!«, rief ich sofort. »Und es muss eine Straßenparty werden, die noch einmal alle Medien zu uns herlockt … Und damit das klappt, muss es ein historisches Straßenfest werden. Wir müssen uns kostümieren! Wenn sie uns wegtragen, sollen sie unser ganzes Jahrhundert wegtragen. Wir wollen ihnen zeigen, was sie da alles abräumen!«

Erst starrten mich alle nur an. Sie fragten sich wohl, ob ich mit diesem Einfall meinem Affen nicht ein bisschen zu viel Zucker gegeben hatte. Dann nickten Rico und Heide nachdenklich und Phil und Benno klatschten laut Beifall: Das war's! Wir würden der Stadt und den Medien ein Spektakel bieten, das niemand so schnell vergessen sollte; nicht tränenreich wollten wir uns verabschieden, sondern beschwingt und im vollen Bewusstsein, etwas Richtiges getan zu haben.

Ich erntete viel Lob für meine Idee und war darauf nicht wenig stolz. Aber war es ein Wunder, dass ausgerechnet ich, die zukünftige Journalistin, diesen Einfall hatte? Wozu sind die Medien denn da, wenn nicht, um eine kritische Gegenkraft zur herrschenden Politik zu bieten? Und wenn dazu ein bisschen Show notwendig ist – her damit!

Traumkinder? Vielleicht waren wir das, aber wir hatten immerhin Ideen – und den Willen, sie in die Tat umzusetzen. Schon am nächsten Tag begannen wir mit den Vorbereitungen; wir hatten ja nur noch eine Woche Zeit.

Jeder gab, was er an alten Kleidern oder Stoffen hatte; aus allen Wohnungen, aus dem kleinen Theater ein paar Häuser weiter und von Freunden wurden die verrücktesten Requisiten herbeigeschleppt, sämtliche Flohmärkte wurden abgegrast. Die alte Frau Winkler und Annemarie Störikow besaßen Nähmaschinen, Rebecca und Bambi, Inke Moor, ich und ein paar andere Frauen nähten mit der Hand. So entstanden unter der Regie von Phil, Benno und Heide die verschiedensten Kostüme:

Das Dienstmädchen vom Anfang des Jahrhunderts – selbstverständlich meine Rolle – stand neben dem FDJler aus den fünfziger Jahren der DDR: Gregg. Der Soldat aus dem Ersten Weltkrieg – Feuerwasser – neben dem Hitlerjungen: Jeanie. Der Bäckergeselle aus der Kaiserzeit – Jöte – neben dem Kampfgruppenmann aus der DDR: Porky Pig. Der Scherenschleifer aus den frühen Dreißigern – Herr Winkler – neben dem DDR-Grenzbeamten: Papa Tute. Das BDM-Mädchen – Bohnen-Gertie – neben dem Schornsteinfeger von anno 1950: Benno. Der Rotfrontkämpfer der zwanziger Jahre – Leo – neben der Trümmerfrau aus der Nachkriegszeit: Katzen-Molly. Der Maurergeselle aus der Wiederaufbauphase der vierziger Jahre – Phil – neben der kaiserlichen Hausportierschen mit der Duttperücke: Bambi. Der lange Zimmerer vom Anfang des Jahrhunderts – Rico – neben der alten Blumenfrau von irgendwann: Frau Winkler. Die Go-go-Girls aus den Sechzigern – Rebecca und Inke Moor – neben dem echten Penner aller Zeiten: Stalingrad. Die schwangere Arbeitslose aus der Zeit vor dem Ersten Weltkrieg – Annemarie Störikow – neben dem Gigolo aus den Inflationsjahren der Weimarer Republik: Robert. Die sehr dickbäuchige Kaltmamsell aus der Bahnhofskneipe der vierziger Jahre – unsere echt schwangere Heide – neben dem großen blonden SS-Mann: ein Obdachloser namens Herrmann Adolph, der für seinen so ungeheuer passenden Namen natürlich nichts kann …

Unser ganzes Jahrhundert stellten wir dar, nichts von Belang wollten wir auslassen oder verdrängen. Zwar warnte der Willumeit uns davor, faschistische Symbole zu verwenden – das sei verboten, könne uns Sympathien kosten und Strafen eintragen –, aber gehörten der SA-Mann (Hapke, der Fresser), der Hitlerjunge, das BDM-Mädchen und der SS-Mann etwa nicht zu unserem Jahrhundert? Kann man eine ehrliche Zeitrevue auf die Beine stellen, wenn man alles Negative ausklammert? Das kam für uns, die Söhne, Töchter, Enkel und Urenkel, nicht in Frage. Um aber nicht missverstanden zu werden und unnötigen Ärger zu vermeiden, veränderten wir die Nazi-Symbole ein wenig: Das Hakenkreuz krümmte sich falsch herum und bekam an den Rändern viele fiese Fransen, die SS-Runen wurden mit kleinen, bösartig blickenden Augen und fetten Rundungen verziert, sodass sie wie eklige Würmer aussahen. Außerdem beschriftete Gregg ein großes blaues Transparent mit knallig gelben Buchstaben, das wir quer übers Gerüst hängten, damit auch der letzte Trottel mitbekam, worum es ging. *Vorsicht! Kostümfest der Traumkinder!*, stand drauf – und darunter, etwas kleiner: *Keine politische Demonstration! Nee, nee!*

Dabei war, was wir vorhatten, in Wahrheit natürlich doch politisch. Nur eben nicht vordergründig und erst recht nicht parteipolitisch. Nehmt gefälligst unsere Wünsche zur Kenntnis, hätte unsere Losung lauten können. Oder: Wem gehört Berlin? Den Menschen, die drin wohnen? Den Politikern der

Stadtverwaltung? Den Baulöwen und Bankern, die nur verdienen wollen?

Doch egal, welche Überschrift am besten gepasst hätte, genau am Donnerstag, dem 13. August – am 37. Jahrestag des Berliner Mauerbaus –, waren wir mit allem fertig. Und nun hieß es wieder warten. Die Spannung stieg ins Unerträgliche.

Samstag war der 15., Sonntag der 16. August. Am Samstag sollte unser historisches Straßenfest stattfinden – aber, so fragten wir uns inzwischen, würde das Haus denn wirklich nach Ablauf des Ultimatums, also in der Nacht vom 15. auf den 16., geräumt werden? Am heiligen Wochenende? Oder würde es ein neues Ultimatum geben und die ganze Sache sich dadurch um Tage verschieben?

Wir beschlossen, die Kostüme am Samstag anzuziehen und dann nicht wieder abzulegen, damit uns die Räumung nicht etwa in unseren Alltagsklamotten ereilte und unser schöner Knalleffekt gar nicht zum Einsatz kam. Mehrere Wochen würde der Kettler ja sicher nicht warten wollen, wenn ihn jeder Tag Verzögerung so viel Geld kostete, wie er uns verraten hatte.

Und richtig: Schon am Freitag kam er noch mal zu uns. Ein letzter Versuch, »vernünftig« mit uns reden.

Wenn wir nicht freiwillig auszögen, müsse er leider räumen lassen, sagte er mit traurigem Gesicht. Das schmerze ihn, denn er sei ein Mann des Ausgleichs.

»Mann des Ausgleichs!«, wieherte Leo da gleich los. »Doch wohl eher ein Furunkel am Gesäß der Gesellschaft!«

Wir zischten ihn nieder. Rico lächelte den Kettler freundlich an und sagte, wir seien ebenfalls sehr für Ausgleich. Leider komme uns die Firma Kettler keinen einzigen Schritt entgegen und ein Ausgleich müsse doch wohl von zwei Seiten her erfolgen, oder?

Aber er habe das Recht auf seiner Seite, beharrte der Kettler.

»Und wir die Vernunft auf der unseren.« Rico zuckte bedauernd die Achseln, alle anderen klatschten laut Beifall und damit war das Gespräch schon wieder beendet.

Am nächsten Tag war es dann so weit, unser Straßenfest konnte beginnen. Alle, die ausziehen wollten, waren inzwischen weg, wir anderen, der harte Kern, kostümierten uns aufgeregt. Benno und Phil hatten eine Band besorgt – vier Mann, die Stimmung für zehn machten –, Rico, Leo und Gregg kümmerten sich um die Getränke: alles außer Alkohol, damit nicht irgendwas Dummes passierte. Annemarie Störikow, Inke Moor, die alte Frau Winkler und ein paar Männer aus der Obdachlosengruppe hatten Kuchen gebacken, Brötchen beschmiert und Erbsensuppe gekocht, die Punks und ein paar andere trugen Tische und Stühle und Geschirr auf den Spielplatz oder bauten die Bühne auf, indem sie Bretter über den Sandkasten legten.

Zum Glück hatten wir an diesem Samstag schönes Wetter. Ein Gewitterguss oder lang anhaltender Regen hätte alles zunichte gemacht. So konnten wir Punkt 15 Uhr in unseren Kostümen auf die Straße treten und erregten damit natürlich sofort allergrößtes Aufsehen. Keiner, der nicht bei uns stehen blieb, um zu fragen, was hier stattfand; niemand, der unseren Kostümprotest nicht wenigstens witzig fand.

Am lustigsten sahen natürlich unsere Punks aus, die – bis auf Bambi – nicht auf ihre übliche Haartracht oder ihren sonstigen Schmuck verzichten wollten. So hatten wir einen Hitlerjungen mit orangefarbenem Haar und Zahnspange zu bieten, einen DDR-Grenzbeamten mit Irokesenhaarschnitt, einen Erster-Weltkrieg-Soldaten mit jeder Menge Piercing an Nase, Mund und Ohren und goldfarbener Brille, einen freundlich grinsenden Porky Pig mit Baseballkappe und – echtem! – Kampfgruppen-Blaumann …

Auch Gigolo Robert sah sehr komisch aus. Er trug einen schwarzen Anzug mit viel zu enger Jacke und mindestens zehn Zentimeter zu kurzen, engen Röhrenhosen, dazu ein weißes, bretterhart gestärktes Hemd mit künstlich hochgebügeltem Kragen und eine überdimensional große, grünrot gepunktete Fliege. »Lächerlich hast du dich aufgeschirrt für diese Welt«, hatte er vor dem Spiegel Freund Kafka zitiert, sich dann aber einen ordentlichen Poposcheitel gekämmt und sein weißes Haar mit Gel an den Kopf geklatscht, dass es glänzte, als hätte er es sich nur auf die Glatze gemalt. Irgendwie schien ihm das Ganze Spaß zu machen.

Mein Dienstmädchenkostüm war einfach: schwarzes Kleidchen, weißes Schürzchen, weißes Häubchen, Staubwedel in der Hand.

Kaum aber hatten wir uns gegenseitig so richtig begutachtet und die ersten Passanten und Nachbarn an unsere Tische gebeten, kam schon der erste Streifenwagen vorgefahren. Die faschistischen Symbole waren gemeldet worden. Wir zeigten den beiden jungen, eher ratlos als einschüchternd wirkenden Polizisten unser Transparent und fragten sie, ob ihnen an unseren Symbolen nichts auffallen würde.

Es fiel ihnen was auf, doch das machte sie nur noch ratloser. Aufgeregt telefonierten sie vom Auto aus mit ihrer Dienststelle und wollten schließlich die behördliche Genehmigung für das Straßenfest sehen. Wir sagten ihnen, dass wir ja gar nicht auf der Straße, sondern auf unserem Spielplatz feiern würden. Denn nur dafür hatte Rico vom Bezirksamt eine Genehmigung erhalten. Die durften sie begutachten, dann mussten sie unverrichteter Dinge wieder abziehen und unser Straßenfest auf dem Spielplatz konnte beginnen.

Wurde es wirklich ein »beschwingtes« Fest? Nein! Es war aber auch keine Trauerveranstaltung. Dazu waren wir viel zu angegackert. Irgendwie war das Ganze ja auch ein großes Happening. Also aßen und tranken und tanzten wir, bis die ersten Medienleute vorgefahren kamen. Wir hatten sie von unserem Vorhaben informiert, mit lautem Beifall wurden sie begrüßt.

Natürlich waren sie von unseren Kostümen sehr angetan. Da war doch wenigstens was aufs Bild zu bannen, da machte es Spaß, ein paar Fotos mehr zu schießen oder die eine oder andere Einstellung mehr zu drehen. Immer wieder ließen wir uns neu in Positur schieben und diktierten in die Mikrofone, welche Absicht hinter unserer Kostümierung steckte. Grund genug für einige der Reporter, bei uns auszuharren. Sie wollten dabei sein, falls es tatsächlich mitten in der Nacht zur Räumung kam und wir in unseren historischen Kostümen aus den Häusern getragen wurden. Ein Zeitungsjournalist hatte sogar schon die Überschrift für seinen Artikel: *Ein Jahrhundert wird abgeräumt.*

Wir bewirteten die ganze Meute mit Fressalien und Getränken und spürten, wie unsere Herzen immer höher schlugen. Unser Plan schien zu klappen – wenn nur die Räumung sich nicht allzu lange verzögerte!

Der Preis

Die Band durfte nur bis zehn Uhr abends spielen. Länger war nicht erlaubt. Damit wir die Ruhe der Anwohner nicht störten! Dabei waren die meisten von denen längst zu uns runtergekommen.

Irgendwann war es dann Mitternacht. Kleingeister-Stunde, wie Rotfrontkämpfer Leo witzelte. Auf der Straße war alles ruhig, nur die Scheinwerfer der Autos, die durch die Torstraße fuhren, wischten hin und wieder so grell über uns hinweg, dass ich die Augen schließen musste.

Die meisten Anwohner verschwanden nun so nach und nach – die einen, weil sie müde geworden waren, die anderen, weil sie nicht in den Verdacht geraten wollten, zu uns zu gehören, falls jetzt bald die Polizei kam. Vom dunklen Balkon oder sicheren Fensterplatz aus war der Fortgang der Sache gemütlicher zu beobachten.

Viele Medienleute harrten weiter aus, hofften, dass jeden Moment etwas geschehen würde. Ein junger Rundfunkreporter, der sich langweilte, hielt mir dann mal sein Mikrofon unter die Nase. Wie mir denn nun so zumute sei, wollte er wissen. Ein bisschen mulmig, lautete meine Antwort, wie denn sonst? Wir wussten ja nicht, ob auch die Polizei friedlich bleiben würde.

Rico, der Zimmerer, hatte dieselbe Sorge, aber vor allem, sagte er, erfülle ihn Genugtuung. So viel Anteilnahme und Sympathie, wie wir inzwischen in der Stadt erfahren hätten, seien ein unverhofftes Geschenk. Und würden die Häuser geräumt, steigere das die Aufmerksamkeit nur noch.

Maurergeselle Phil war nicht ganz seiner Meinung. Wenn die Häuser erst geräumt waren, sagte er, werde schon nächste Woche kein Hahn mehr nach uns krähen. Vor allem die Medien würden sich längst anderen Attraktionen zugewandt haben.

Die Medienleute nahmen ihm das nicht krumm. Sie wussten selbst, dass es so war. Ihr Brot seien eben Neuigkeiten, erwiderte der junge Rundfunkreporter nur selbstironisch, um die Vergangenheit sollten sich die Historiker kümmern.

Dienstmädchen Eva hörte sich das an und sagte sich im Stillen, dass sie mal eine andere Berufsauffassung haben würde.

Robert sagte zu all dem nichts. In seinem um diese späte Stunde mehr traurig als lustig wirkenden Gigolo-Kostüm saß er zwischen uns und hörte mal dem einen, mal dem anderen zu. Sicher hätte er jetzt gern seinen Whisky dabeigehabt. Aber heimlich einen trinken gehen? Das war eines Robert Seemann nicht würdig.

Fast tat er mir Leid und so nahm ich einmal still seine Hand und drückte sie. Erstaunt blickte er mich an. Doch ich sagte nichts, lächelte ihm nur zu, und da glaubte er wohl, ich hätte aus Furcht vor dem Kommenden nach seiner Hand gegriffen. »Soll'n dich die Dohlen nicht umschrei'n, musst nicht Knopf auf dem Kirchturm sein«, zitierte er seinen Freund Goethe.

Nicht besonders toll, diese Weisheit. Das würde ja bedeuten, immer schön den Kopf einzuziehen, um nur ja nicht bemerkt zu werden.

Ich wandte mich einer jungen Zeitungsreporterin zu, die sich unter unsere Punks gemischt hatte. »Wie seht ihr denn das Ganze?«, fragte sie. »Habt ihr noch Hoffnung, bleiben zu dürfen?«

Der brave Soldat Feuerwasser, der eine ganze Batterie kleiner und größerer Steine vor sich aufgebaut hatte, aber nur, um damit nach den Ratten zu schmeißen, die seiner Meinung nach nachts über unseren Spielplatz huschten, antwortete für alle: »Wer keine Wohnung hat, ist sowieso im Recht. Wenn der sich irgendwo reinsetzt, wo es warm und trocken ist, ist das wie Mundraub. Keiner will freiwillig verhungern, keiner freiwillig erfrieren.«

Das war natürlich keine Antwort auf die gestellte Frage.

»Aber fürchtet ihr denn nicht, in irgendwelche Heime oder zurück zu euren Eltern gebracht zu werden?« Die junge Frau hatte Feuerwassers Antwort notiert und fragte weiter. Ich blickte ihr dabei ins Gesicht, wollte wissen, was hinter ihren Fragen steckte, echtes Interesse oder nur Berufsausübung. In der nur von Kerzen und Öllampen durchbrochenen Finsternis zwischen den Brandmauern aber war von ihren Augen nicht viel zu erkennen.

Die anderen Punks nahmen an, dass wieder Feuerwasser antworten würde. Der aber war der Meinung, alles gesagt zu haben, was wichtig war, und warf nur weiter nach seinen eingebildeten oder tatsächlich vorhandenen Ratten. Also antwortete diesmal Porky Pig, der in seinem viel zu großen Kampfgruppen-Blaumann hing wie der kleine Junge im Anzug seines Vaters: »Wenn keine Gitter vor den Fenstern sind, haben wir vor gar nichts Schiss.«

»Also fürchtet ihr allein das Gefängnis?« Sie ließ nicht locker.

»Nee.« Papa Tute von der Grenzkontrolle grinste schief. »Auch da kommen wir ja irgendwann mal wieder raus.«

Ebenfalls kein sehr anregendes Gespräch. Müde lehnte ich mich an Gregg. Er küsste mich aufs Haar, streichelte mir Rücken und Arme und flüsterte mir zu, dass er mich brauche wie ein unterernährter Schatten die pralle Mittagssonne – denn ohne die liebe Sonne gäbe es ihn gar nicht.

Ein lustiger Vergleich, vor allem mitten in der Nacht. Dennoch: Solche Worte brauchte ich jetzt; am liebsten wäre ich Gregg dafür unters Blauhemd gekrochen.

Zwei Uhr morgens, und es war immer noch nichts passiert! Langsam zogen sich auch die neugierigsten Sympathisanten in ihre Betten zurück und nur die hartnäckigsten Journalisten harrten noch bei uns aus. Sie wollten das Spektakel, wenn es denn noch käme, auf keinen Fall verpassen. Um die Zeit totzuschlagen, ließen sie sich von den älteren Obdachlosen deren Lebensgeschichten erzählen. Vielleicht konnten sie später mal damit was anfangen.

Wieder beobachtete ich die junge Zeitungsreporterin, die sich nun besonders für unser BDM-Mädchen Bohnen-Gertie und für die Trümmerfrau Katzen-Molly interessierte. Sie schien ihren Job sehr ernst zu nehmen.

Gegen vier, als es schon langsam hell wurde, erwartete dann niemand mehr einen Polizeieinsatz und die Medienleute drückten uns mal wieder Telefonnummern in die Hand. Damit wir anriefen, wenn es losging. Länger warten könne man nun wirklich nicht. Es sei ja möglich, dass es noch Tage, vielleicht sogar Wochen dauerte, bis die Polizei die Räumungsaktion durchführte.

Das war sicher richtig. Dennoch, als der Letzte gegangen war, fühlten wir uns sehr allein gelassen und meine Idee mit den Kostümen kam mir plötzlich nichts als albern vor. Sie würde nur Sinn machen, wenn man uns unter Blitzlichtgewitter und Kamerasurren abtransportierte. Geschah das Ganze unter Ausschluss der Öffentlichkeit, wurde es zum Kasperletheater im Kinderzimmer.

Gregg wusste, wie mir zumute war. Immer wieder flüsterte er mir ins Ohr, dass alles richtig war, was wir gemacht hätten: Wir müssten – um mit Freund Robert zu sprechen – der Zeit nur Zeit lassen.

Nie klang mir sein beruhigendes Singsang-Deutsch angenehmer in den Ohren als gerade jetzt. Musste ich doch ständig daran denken, dass ich in dieser Nacht deine Rolle spielte, Minchen, und dass du, als du Anfang des Jahrhunderts mit deinem Wilek in die Nr. 127 zogst, nicht mal im Traum darauf gekommen wärst, dass achtzig Jahre später deine Ururenkelin dieses für euch so neue und schöne Haus gegen einen Abriss würde verteidigen müssen.

Irgendwann aber war ich von Übermüdung und Enttäuschung so geschafft, dass ich mich nur noch fragte, ob es überhaupt einen Sinn machte, sich gegen den »Lauf der Welt« aufzulehnen. Vielleicht war der Abriss des Hauses ja irgendwie karmahaft vorbestimmt. Mitten hinein in diese spökenkiekerische Flaute, als längst die Morgensonne schien und wir alle in unseren bunten Kostümen und mit vor Müdigkeit grauen Gesichtern nur einfach weiter beieinandersaßen, als wären wir versprengte Kinder, die sich aneinander festhielten, begann mit einem Mal ein Gespräch, das alle wieder munter machte.

Es war Inke Moor, eines unserer beiden Go-go-Girls, die unvermittelt fragte, ob wir nicht eigentlich alle sehr dumm seien. Es gebe doch viel Schlimmeres, als nach Weißensee ziehen zu müssen. Im Moment komme sie sich vor, als sei sie nur ein bockiges kleines Kind.

Neugierig hob ich den Kopf. Wer würde darauf antworten?

Es war Kaltmamsell Heide, die laut aufseufzte. Leider sehe sie keine Alternative, sagte sie. Wenn wir uns alles gefallen ließen, wär's ja wie in der DDR: Alle meckern – aber alle meckern nickend!

Im selben Moment – es war richtig unheimlich – sahen wir alle wie automatisch zu Robert hin. Er blickte verwundert auf, sagte aber nichts.

Nach einigem verlegenen Schweigen deutete Leo plötzlich auf Porkys Kampfgruppenuniform und erinnerte daran, dass doch vor ein paar Tagen der 13. August war, der Jahrestag des Mauerbaus. »Wie war das eigentlich damals?«, fragte er Robert. »Warste dabei? Hab mal 'n Film jesehen über lauter edle Kampfgruppenmänner, die uns vor dem Dritten Weltkrieg bewahrten. Das Drehbuch war, glaub ich, von dir.«

Robert wurde noch blasser, als er es nach der langen Nacht ohnehin war, und mir erging es nicht anders. Bisher hatten wir uns immer nur zu zweit über seine Vergangenheit unterhalten, niemand sonst im Haus hatte ihm irgendwas vorgeworfen. Im Gegenteil, oft hatte ich den Eindruck, die Leute wären insgeheim ein bisschen stolz darauf, einen ehemals so bekannten Schriftsteller zum Nachbarn zu haben. Jetzt, in dieser unwirklichen Morgensituation, als wir alle müde waren und ganz anderes im Kopf hatten als Vergangenheitsbewältigung, ritt Rotfrontkämpfer Leo mit einem Mal seine Attacke.

»Stimmt!« Endlich reagierte Robert. »Das Drehbuch war von mir ... Und in der Kampfgruppe war ich auch.«

»Und wie stehste heute dazu?« Leo bleckte sein Pferdegebiss und ich hätte ihm am liebsten eine runtergehauen. Musste er denn ausgerechnet jetzt damit anfangen! Solche Fragen standen einem so jungen Spunt wie ihm doch gar nicht zu. Dachte es – und erschrak: Also doch, Blut ist dicker als Wasser! Die Enkelin verteidigt ihren Großvater! Rudelverhalten!

»Das ist ja nun alles schon über dreißig Jahre her«, antwortete Robert. »Inzwischen hat sich vieles verändert.«

»Na und?« Nun war auch die Störikow wieder wach. »Mein Sohn wäre heute fünfzig, ich hätt' Enkelkinder und 'ne Schwiegertochter und vielleicht sogar schon Urenkel. Das alles habt ihr mir geraubt. Denkt ihr etwa, ich hätt' euch das vergessen?«

Mir krampfte sich das Herz zusammen. Was sollte Robert darauf denn antworten?

Er sah die Störikow lange an. In ihrem Bettlerkostüm wirkte sie noch elender und verhärmter als sonst. Dann sagte er leise, er wolle sich keine weiße Weste anpredigen, aber so viel müsse er doch sagen: Er habe bis zum Schluss geglaubt, einer guten Sache zu dienen. Heute wisse er, nicht nur der westliche Antikommunismus sei das Werk von Verblendeten gewesen; auch sie, die sich Antifaschisten nannten, seien verblendet und nicht weniger militant gewesen. »Diese späte Einsicht wird Sie nicht trösten. Mehr aber habe ich nicht zu bieten … Hab zu lange verteidigt, was ich eigentlich hätte verurteilen müssen … Das ist mein Vergehen, dafür muss ich mich bei allen Opfern unserer Politik entschuldigen. Die Zeit zurückdrehen zu können ist mir leider nicht vergönnt.«

Da war Klein-Ewotschka aber baff. So deutlich hatte er mir gegenüber seine Mitschuld noch nie zugegeben. Was war in den wenigen Wochen, seit ich bei ihm war, mit ihm passiert?

Ich sah ihn an und nickte ihm zu, schließlich wusste ich ja, wie schlimm die Situation für ihn war. Benno, der gebürtige Schwabe, wusste es nicht. »Da gäbe es ein Zitat anzubringen«, sagte er lachend: »Der eigene Vorteil verfälscht das Urteil vollständig.«

Etwas Verletzenderes hätte er in diesem Augenblick kaum sagen können. Robert – einer, der nur auf seinen materiellen Vorteil bedacht war? Wer so etwas vermutete, konnte keines seiner Bücher gelesen haben.

Robert sackte zusammen. Wie zerschlagen und voller Überdruss an allem sah er aus. Am liebsten wäre er jetzt wohl einfach aufgestanden und fortgegangen.

Benno bemerkte es und machte ein verlegenes Gesicht. »War ja nicht so gemeint«, stotterte er. »Der Spruch hängt doch bei dir im Flur … Freund Schopenhauer …«

»Mir tut Ihr Sohn auch Leid«, mischte sich nun der Willumeit ins Gespräch, der sich als Kostüm nur einen Strohhut aufgesetzt hatte, wie er etwa um 1900 modern gewesen sein mochte, und sich einen »Flaneur« nannte. »Und Sie selbst haben meinen allergrößten Respekt, Frau Störikow. Es ist bewunderungswürdig, wie Sie Ihren Schmerz all die Jahre ertragen haben, ohne jemals offen darüber reden zu können … Aber ich sage Ihnen ehrlich, dass ich am 13. August ebenfalls in Kampfgruppenuniform am Brandenburger Tor stand. Wir wollten doch einen neuen Staat aufbauen, ein besseres Deutschland. Wie sollten wir das, solange der Westen uns unsere besten Leute abwarb?« Er atmete schwer. »Heute ist's leicht, klüger zu sein. Damals glaubten wir, dem Frieden zu dienen.«

Robert schwieg dazu. Es gefiel ihm nicht, dass der Willumeit sich neben ihn auf die Anklagebank gesetzt hatte. Er und der, das seien zwei ganz verschiedene Welten, wie er mir später erklärte. Der eine der typische Nutznießer, der andere der ewige Idealist, der sich selbst betrog. Sie gehörten wirklich nicht in einen Topf.

Die Störikow bedauerte schon, was sie gesagt hatte. Es sei ja gar nicht nötig, dass sich irgendwer bei irgendwem entschuldigte, murmelte sie. Von den hier Anwesenden habe ja niemand ihrem Manfred was getan.

Diese Großherzigkeit setzte Robert noch mehr zu. Erst druckste er ein Weilchen nur herum, als wisse er nicht, wie er das, was er nun sagen wollte, in Worte kleiden sollte, dann fing er plötzlich an, von seiner Mutter zu erzählen.

Noch heute kann ich nicht so recht begreifen, was an jenem

Morgen in Robert vorging, als er mit einem Mal, wie einem inneren Zwang folgend, den Mund aufmachte. Er, der im großen Kreis sonst lieber mit Sprüchen glänzte, die er nicht zu verantworten hatte, offenbarte auf einmal völlig fremden Menschen sein allergrößtes Versagen. Ihnen erzählte er, was er mir, trotz all meiner Nachfragen, bisher beharrlich verschwiegen hatte! War es die Stimmung jenes Morgens, die ihn dazu bewegte, »auszusagen«? Wollte er Annemarie Störikows Großzügigkeit nicht ohne Gegengabe hinnehmen? Erschien es ihm einfacher, diese Sache einem großen Publikum zu beichten als mir strengen Richterin allein?

Ich werde auf all diese Fragen keine Antworten mehr bekommen. Fakt ist, dass Robert sich an jenem Morgen von der Seele redete, was ihn die ganze zweite Hälfte seines Lebens am meisten belastet hatte.

Seine Enkelin hörte zu, überrascht und verlegen wie alle anderen, und hätte neben aller Bestürzung und Verwunderung über das, was sie zu hören bekam, auch Genugtuung empfinden können. War ich denn nicht gleich stutzig geworden, als ich erfuhr, dass Ilsa Seemann nur ein Jahr nach dem Mauerbau gestorben war? Hatte ich nicht damals schon einen Zusammenhang vermutet und jeden Verdacht nur deshalb von mir gewiesen, weil ich mich inzwischen schon für allzu misstrauisch hielt?

Doch ich empfand keine Genugtuung. Was Robert an diesem Morgen berichtete, war ganz sicher nur eine von vielen, sehr ähnlich abgelaufenen Tragödien. Wer Robert kannte, wusste jedoch, dass es in seinem Fall um all seine Träume, sein Hoffen, sein Denken, sein Fühlen ging – und damit um eine Wunde, die er sich selbst zugefügt hatte und die sich bis an sein Lebensende nicht schließen würde.

Was passiert war? Vom ersten Tag des Mauerbaus an war Ilsa

Seemann nicht nur von ihren alten Weddinger Eltern, sondern auch von ihren Kindern Ruth und Walter getrennt. Weder als ihre Mutter starb, die die Tochter unbedingt noch einmal sehen wollte, noch als ihr Sohn Walter Hochzeit feierte, ließ man sie die paar Straßen weiter in ihre alte Heimat reisen, ganz zu schweigen von Besuchen bei ihren Geschwistern. Das konnte sie nicht verstehen, das schmerzte sie im Kopf, im Herzen und in der Seele. Ihr Sohn Robert aber verteidigte die Teilung der Stadt, fand tausend Gründe für die bittere Notwendigkeit eines antifaschistischen Schutzwalls. Das setzte ihr zu. Das ließ sie nachts nicht schlafen. Sie, die Sozialdemokratin von Geburt an, war auf Hitler nicht reingefallen und wollte auch auf die neue Diktatur nicht reinfallen. Und das sagte sie plötzlich überall. Robert, noch am Anfang seiner viel versprechenden Schriftstellerkarriere, bat sie immer wieder, wenn sie schon seine Überzeugung nicht teilte, doch wenigstens den Mund zu halten. Sie aber lehnte diese Zumutung kategorisch ab. Sie hatte ihr Leben lang eine eigene Meinung gehabt und schon einmal zwölf Jahre schweigen müssen, noch mal wollte sie sich nicht einschüchtern lassen. Das ging so lange, bis Robert ihretwegen in einer Parteiversammlung böse zusammengestaucht wurde. Er solle besser auf seine Mutter Acht geben, hieß es, sonst müsse man sich fragen, wie er mit einer Frau zusammenleben könne, die ganz offensichtlich die Lügen des Klassenfeindes verbreitete.

Er erzählte ihr davon und von nun an hielt sie den Mund. Aber sie hielt ihn gleich ganz, sprach nicht mehr mit dem Sohn, sprach nicht mehr mit der Schwiegertochter, die sie doch zuvor so gemocht hatte, lebte die letzten Monate ihres Lebens nur noch für den Enkelsohn …

Alle warteten darauf, dass Robert weitersprach. Doch das war es schon gewesen, was er sagen wollte, alles andere stand

»zwischen den Zeilen«: Er, Robert Seemann, war auch zum Opfer der Sache geworden, für die er gekämpft hatte. Das Schweigen seiner Mutter bis zum Tod – gibt es eine grausamere Strafe für einen Sohn? Welch einen Preis hatte er da bezahlt, nur um Genosse unter Genossen bleiben zu können?

Er hatte mir ja schon erzählt, wie er nach dem Tod seiner Mutter als einziges ihrer Kinder hinter ihrem Sarg herschritt; das Wesentliche aber hatte er mir verschwiegen: seinen Verrat an ihr und die Tatsache, dass seine Mutter Ilsa nicht nur die tapfere, kleine Nachkriegsfrau, sondern auch ein großer, unbeugsamer, vielleicht sogar harter Charakter war. Unter Hitler, so hatte er damals gesagt, sei sie an ihrem Schweigen fast erstickt. Kein Wunder, dass sie das nicht noch mal auf sich nehmen wollte – und wie furchtbar für sie, dass sie es dann doch noch mal tun musste, dem Sohn zuliebe. Mir das zu beichten war ihm nicht möglich gewesen, unter so vielen »Fremden« konnte er es … Befreiungsschlag, Abschied von der Lüge, wie immer man dieses plötzliche Eingeständnis seines Versagens auch nennen mag, was für einen mutigen Schritt hatte er da getan, was für einen großen Sprung über den eigenen Schatten!

Ich war ganz sicher nicht die Einzige unter den Zuhörern, die so dachte, doch wirkte in mir die Geschichte natürlich viel tiefer. Es gab ja auch noch Roberts Sohn, meinen Vater. War die Bestrafung durch die Mutter der eine Preis, den Robert für seine Überzeugung bezahlt hatte, so war die Flucht des Sohnes zwölf Jahre später der zweite. Und das alles, diese bedingungslose Treue, für eine Sache, die sich Jahre später als nicht lebensfähig und noch nicht mal als überlebenswert erweisen sollte. Was für ein trauriges Lebensresultat!

»Tja!« Stalingrad hob seinen Hut, um sich darunter am Kopf zu kratzen. »So geht's nun mal zu auf der Welt: Nichts ist umsonst, alles muss bezahlt werden.« Robert sah ihn lange an, dann nickte er still, stand auf und ging.

Wie betäubt blickte ich ihm nach. Ich wurde erst in die Wirklichkeit zurückgerufen, als Leo mir die Hand auf den Arm legte und erschüttert sagte: »Dit … dit hab ick nich jewollt, Ewotschka. Ehrlich!«

Ich wusste, dass er das nicht gewollt hatte. Aber was sollte ich nun tun?

Hilflos sah ich Gregg an. Als er mir verständnisvoll zunickte, weil er sich wohl denken konnte, wie mir zumute war, sprang ich auf, stürzte ins Haus und lief die Treppe hoch. Einen Schlüssel hatte ich dabei, so musste ich nicht klingeln.

Robert stand in der Küche und hatte eine Flasche Whisky am Hals. Ich nahm sie ihm weg und fragte leise: »Warum hast du das getan?«

Er senkte den Kopf, dachte nach, zuckte die Achseln. »Vielleicht aus Scham vor dieser einfachen, tapferen Frau, vielleicht auch aus Scham vor euch, einer Generation, die uns mit Fug und Recht fragen darf, was wir zu verantworten haben …« Er sah die Flasche in meiner Hand an, dann wieder mich. »Ihr seid's doch, denen wir die große Hoffnung zerstört haben … Unsereinen betrifft's ja nicht mehr lange.«

»Nein«, widersprach ich und meine Stimme klang sehr überzeugt. »Mir habt ihr keine Hoffnung zerstört.«

»Weil wir für dich sowieso keine gewesen wären?«

Darauf brauchte ich nur zu nicken.

Robert blickte wieder die Flasche an. »Gib her, Ewotschka! Tut mir gut, das Zeug.«

Zögernd reichte ich ihm seinen Whisky und sah zu, wie er trank. Er kippte das scharfe Zeug runter wie Limonade – und da wurde mir zum ersten Mal deutlich bewusst, dass ich ihn nicht mehr lange haben würde …

Schwarze Schafe

Gerade las ich die letzten Zeilen noch mal und musste weinen. Wie sehr Robert inzwischen zu meinem Leben gehört! Als ob ich ihn nicht erst als Erwachsene so richtig kennen gelernt hätte. Ja, jetzt könnte ich Großvater oder Opa zu ihm sagen …

Doch zurück in den Sommer: Sonntag, 16. August! Ein schöner Tag! »Sonne, Sonne, Sonne«, steht in meinem Tagebuch. Aber nicht deshalb habe ich mich nach der durchwachten Nacht erst gar nicht mehr hingelegt. Ich war durch Roberts Beichte wieder hellwach geworden, bin zu Gregg zurück und habe Robert mit seinem Whisky allein gelassen. Sollte er seinen Schmerz im Alkohol ersäufen, sollte er es sich etwas leichter machen; wie hätte ich ihm anders helfen können?

Wir haben dann auf dem Spielplatz eine Art Wachdienst eingerichtet, um von der Polizei nicht überrascht zu werden. Immer zwei sollten zusammen Wache schieben, damit einer in der 127, der andere in der 125 Krach schlagen könnte, wenn das Räumungskommando nahte. Keine Frage, dass Gregg und ich ein Team bildeten. Doch der Sonntag ging vorüber, der Montag, auch der Dienstagvormittag – und nichts geschah. Wer nicht arbeiten gehen musste, harrte in seinem Kostüm aus und fühlte sich bald wie in einer belagerten Burg: Wann würde das feindliche Heer endlich angreifen? Irgendwann mussten die Gesetzeshüter doch anfangen, die Gesetze zu hüten.

Dienstagnachmittag fuhr ein Polizeiwagen vor. Nur ein

einziger. Die Bohnen-Gertie und die Katzen-Molly, die gerade Wachdienst hatten, alarmierten trotzdem beide Häuser. Vor der 127 versammelten wir uns. Als Robert und ich hinzutraten, redete schon irgendein höherer Polizeibeamter auf Rico, Leo und Gregg ein. Wir sollten doch vernünftig sein, sagte er, das Ganze würde uns nur Ärger bringen.

Rico erklärte in aller Ruhe, was uns bewegte und weshalb wir die Kostüme trugen, aber das hätte er sich sparen können. Es liege ein gerichtlicher Bescheid vor, der Räumungsklage der Firma Kettler sei stattgegeben worden, alles andere habe ihn nicht zu interessieren, antwortete der Polizeibeamte. Er ermahne uns zum letzten Mal, die Sache nicht auf die Spitze zu treiben. Dann stieg er in den Wagen und fuhr über den Rosenthaler Platz davon.

Stalingrad, der den Beamten die ganze Zeit über nur stumm beobachtet hatte, kratzte sich mal wieder unter dem Hut, dann verkündete er: »Heut Nacht geht's los! Hab ich im Urin.«

Ich war mir sicher, dass er Recht hatte. Diese Visite war nichts anderes als ein allerletzter Versuch gewesen, uns doch noch zum Einlenken zu bewegen. Damit man sich nichts vorzuwerfen hatte.

»Gut!«, entschied Rico. »Dann bleiben wir heute Nacht in unseren Wohnungen. Jeder in seiner. Wenn sie klingeln, klopfen, rufen, werden wir nicht öffnen! Sie sollen die Türen einschlagen und uns in ihre Knastwagen tragen, damit wir schöne Aufnahmen bekommen.« Und er zog sofort los, um die Medienleute anzurufen, damit die schon mal ihre Filme einlegten und ihre Bleistifte spitzten.

Ich hatte ihm mit angehaltenem Atem zugehört. Hoffentlich ging es jetzt wirklich bald los. Das Warten war unerträglich geworden. Während der letzten drei Tage hatte ich kaum noch was anderes denken können als: Wie wird alles ausgehen? Werden alle friedlich bleiben? Oder wird es Schlägereien geben? Und Verletzte?

Am Abend saßen wir dann alle in unseren Wohnungen. Auch wer gerade erst von der Arbeit gekommen war, hatte sich gleich wieder in sein Kostüm geschmissen. Jetzt musste die Sache durchgezogen werden; wir hatten A gesagt und wollten vor dem B nicht kneifen.

Gregg wäre lieber bei mir geblieben, aber das wollte ich nicht. Sie sollten ihn aus seinem Zimmer tragen, nicht aus Roberts Wohnung. Außerdem fürchtete ich seine Reaktion, falls einer der Polizisten mich zu hart anpackte.

Im Gegensatz zu mir war Robert sehr ruhig, saß auf dem Balkon, seine Flasche Wein vor sich, und linste nur hin und wieder nachdenklich übers Gerüst auf die Straße hinunter. Wir hatten in den letzten beiden Tagen viel miteinander geredet – über Minchen, seine Mutter und ihn selbst; über seine Erfolge, seine Zweifel, seine Irrtümer. Er war ganz ehrlich gewesen, eine weitere verschlossene Tür gebe es nicht, hatte er mehrfach beteuert. (Es gab dennoch eine, die aber hatte er mir beim besten Willen nicht öffnen können.)

Weil alles gesagt war, wussten wir nicht, worüber wir noch sprechen sollten. So saß ich nur da, blickte ebenfalls ab und zu auf die Straße hinunter oder lauschte in mich hinein.

Die Sonne war noch nicht untergegangen, da kamen schon die ersten Kamerateams, Rundfunk- und Zeitungsleute vorgefahren. Einige stiegen aus, um bei der WG zu klingeln und Rico zu befragen, wie ernst die Lage wirklich war, andere blieben in ihren Autos sitzen, rauchten und warteten.

Mir fiel ein, dass ich Mutter und Vater noch nichts von der bevorstehenden Räumung gesagt hatte und dass sie mir diese Unterlassungssünde sicher furchtbar übel nehmen würden.

Kurz entschlossen rief ich zu Hause an.

Mutter war gleich sehr aufgeregt und hätte am liebsten versucht, mich zu überreden, für diese Nacht in ein Hotel zu ziehen. Aber sie hat es sich verkniffen. Eine große Leistung! Ich war ihr sehr dankbar dafür. Als Vater an den Apparat kam, sagte er – um Mutter und sich zu beruhigen –, wenn wir uns widerstandslos wegtragen lassen würden, könne uns nicht viel passieren. Die meisten Polizisten seien keine Knüppelhelden. Schwarze Schafe allerdings gebe es überall, denen dürften wir keine Gelegenheit geben, ihr Mütchen zu kühlen. Ich versprach ihm, die Ruhe in Person zu bleiben, und zum Abschied bat er mich, Robert mal kurz an den Apparat zu holen.

Es war das erste Mal, seit ich in Berlin war, dass Vater Robert sprechen wollte. Ich rief nach ihm, dann ging ich auf den Balkon zurück. Er sollte nicht den Eindruck haben, dass ich lauschen wollte.

Als Robert nach kurzer Zeit auf den Balkon zurückkehrte, sagte er als Erstes: »Dein Vater ist mächtig stolz auf dich.«

»Hat er das gesagt?«, fragte ich erstaunt.

»Nee! Aber wenn Worte so schwingen …« Er lächelte und verstummte, bis er plötzlich eingestand: »Warum denn auch nicht? Bin ja auch stolz auf dich … und … und irgendwie auch auf deinen Vater … Ihr seid beide aus dem gleichen Holz, seid die Unbequemen, die uns die Liebsten sein sollten, wie Brecht mal vorschlug … Weil ja nur solche die Welt voranbringen.«

Was für ein dickes Lob! War mir sogar ein bisschen peinlich. Vater, ja, der hatte solche Worte verdient. Er hatte bewiesen, dass er einen eigenen Kopf besaß und sich nicht verbiegen ließ. Aber ich, Eva Seemann, die Ruhe in Person, die andauernd aufs Klo musste, weil ihr die Spannung auf die Blase schlug, was hatte ich denn schon bewiesen? Große Worte hatte ich geschmettert, doch jetzt, wo es drauf ankam, da flatterten mir die Nerven. Außerdem: Wer sagte mir denn, dass aus mir »Minchen« nicht eines Tages auch eine »Hermine Stargraff« wurde? Die Welt voranbringen – ja, das wollte ich gern! Aber besaß ich Kraft und Mut genug, ein Leben lang die Unbequeme zu spielen?

Widersprechen jedoch wollte ich auch nicht, kam mir ja wirklich ziemlich tapfer vor an diesem Abend. Und dass Robert auch für Vater so gute Worte gefunden hatte, machte das nicht Hoffnung auf einen Neuanfang zwischen den beiden? Vorsichtig fragte ich, was Vater denn von ihm gewollt habe. »Oder ging's etwa um mein Weihnachtsgeschenk und du darfst mir nichts sagen?«

»Ich soll auf dich aufpassen, was denn sonst?« Er schmunzelte über meine Neugier.

Inzwischen war es dunkel geworden und laute Musik dröhnte durch die Nacht. Sie kam von den Punks. Bestimmt wollten die sieben sich auf diese Weise wach halten und kamen nicht auf die Idee, dass die Polizei nun vielleicht aus anderen Gründen vorgefahren kommen könnte: wegen nächtlicher Ruhestörung zum Beispiel.

Mein Paradies in der 125 fiel mir ein. Wie schön wäre es gewesen, wenn der Kettler nachgegeben und Gregg und ich wirklich eines Tages dort eingezogen wären! Wir beide jeden Abend und jedes Wochenende zusammen, gleich nebenan Robert und all unsere Freunde …

Ich träumte noch, da hörte ich mit einem Mal laute Motorengeräusche. Sofort wusste ich: Jetzt geht's los! Ich sprang auf, beugte mich weit über die Balkonbrüstung und sah die grünweißen Kastenwagen der Polizei auch schon herangefahren kommen. Aus Richtung Chausseestraße kamen sie, vier, fünf, sechs Wagen hintereinander. Die kamen nicht wegen zu lauter

Musik, die kamen wegen uns – das war das Räumungskommando!

Robert sah auf seine Uhr. »Gleich zwölf. Heißt das nun noch ›in den späten Abendstunden‹ oder schon ›bei Nacht und Nebel‹?«

Sagte es und trank ganz ruhig von seinem Wein.

Nein, ich denke nicht gern an jene Nacht zurück. Wäre ich doch eine klügere, gefasstere Eva gewesen! Anfangs schnürte mir die Furcht die Kehle zu, später habe ich mich sogar ein wenig hysterisch verhalten.

Es begann schon damit, dass ich mich, als die Polizisten aus ihren Wagen sprangen, mit einem Schluck Wein aus Roberts Flasche zu beruhigen versuchte. Sollten sie nur kommen, redete ich mir ein. Sollten sie Robert und mich vom Balkon holen! Wir waren im Recht! Weshalb baute dieser Kettler seine Häuser denn nicht weiterhin auf irgendeinem Weißenseer Brachland? Wozu musste ein schönes, altes, bewohnbares Haus für ein neues abgerissen werden?

Ein Megafon ertönte dröhnend: »Achtung! Hier spricht die Polizei. Die Bewohner der Häuser Torstraße 125 und 127 werden aufgefordert, sofort die Wohnungen zu verlassen. Bei Nichtbefolgung dieser Aufforderung werden die Häuser polizeilich geräumt.«

So oder so ähnlich drang es zu uns hoch. Drei-, vier-, fünfmal. In den beiden Häusern aber rührte sich nichts und so hörten wir schon bald Stiefelschritte durchs Treppenhaus poltern und Robert, der natürlich auch nicht so ruhig war, wie er sich gab, sagte leise: »Aha!«

Wie der Blitz schoss ich vom Balkon in den Flur und lauschte auf die Geräusche im Haus. Zuerst würden sie sicher im Parterre klopfen, bei dem alten Ehepaar Winkler, danach aber gleich in den zweiten Stock hochkommen, denn die Mieter der ersten Etage wohnten längst in Weißensee draußen.

Ich hörte Rufe wie: »Öffnen Sie! Polizei!«, dann immer lautere Schläge gegen Holz, schließlich ein erstes krachendes Splittern und kurz darauf die empörten Stimmen der alten Winklers. Sofort flitzte ich auf den Balkon zurück und sah, wie vier Polizisten das als Blumenfrau und Scherenschleifer gekleidete Ehepaar unter dem Blitzlichtgewitter der Pressefotografen und den Scheinwerfern der Fernsehteams in ihren Knastwagen schafften. An Armen und Beinen gepackt, konnten die beiden alten Leute sich nicht wehren, protestierten nur immer wieder laut.

Eine ohnmächtige Wut stieg in mir auf. Nicht auf die Polizisten, die befolgten ja bloß ihre Befehle; meine Wut richtete sich gegen den Kettler und die Gesetze, die solche Dagobert Ducks auch noch schützten. Eigentum verpflichtet? Da konnte ich nur noch lachen.

»Bleib ruhig!«, bat Robert. »Stell dir vor, du müsstest eine Satire darüber schreiben; wie viel Material sie dir liefern!«

Keine schlechte Idee! Vielleicht mein Rettungsanker, denn jetzt, noch bevor sie in die WG eindrangen, klopften die Polizisten schon bei uns. »Öffnen! Sofort öffnen!«, erscholl es im Treppenhaus.

»Prost!«, sagte Robert nur leise und trank mir zu.

Ich ballte die Fäuste. Gleich würde das Holz splittern, gleich würden sie auch mich an Armen und Beinen packen und durchs Treppenhaus auf die Straße hinuntertragen. Ein mieses Gefühl in der Magengegend ließ sich nicht unterdrücken. »Na, dann gute Reise!«, versuchte die Satirikerin Seemann sich in Ironie.

»Gute Reise!«, flüsterte Robert zurück – und schon polterten sie zu uns herein, vier dick vermummte, gegen alle möglichen Angriffe geschützte Polizisten.

»Verlassen Sie sofort die Wohnung!«, herrschte einer von ihnen uns an.

»Nicht um diese Zeit«, antwortete Robert kühl. »Ist ja nachts viel zu gefährlich auf den Straßen. Unsere Polizei hat anderes zu tun, als Verbrecher zu jagen.«

Ich konnte ihn nur entgeistert anstarren. Woher kam diese ruhige, kühle Überlegenheit? So kannte ich Robert noch gar nicht.

Der uns angeschrien hatte, irgendein Vorgesetzter, gab seinen Leuten einen Wink. Ruck, zuck packte einer Robert unter den Armen, ein anderer nahm seine Beine und ab ging's mit ihm durch die Wohnung. Zwei andere ergriffen mich.

Im hell erleuchteten Flur wies der Vorgesetzte seine Leute auf Roberts Orden, Auszeichnungen und Preisverleihungsfotos hin. »Scheint 'ne Kommunistenbude zu sein.« Seine Stimme klang, als hätte er hier, im wilden Osten, auch nichts anderes erwartet.

»Was denn sonst?«, entgegnete Robert sofort. »Widerstand im Kapitalismus ist doch immer kommunistisch.«

Wieder konnte ich mich über seine Gefasstheit nur wundern, dann waren wir schon aus der Tür. Es ging die Treppe hinab und mir fiel in meiner Wut nichts anderes ein, als die beiden Polizisten, die mich trugen, anzuschreien, sie hätten wenigstens das Licht ausmachen sollen. Ob sie etwa die Stromrechnung übernehmen wollten?

Die beiden kümmerten sich nicht um meinen Protest, hasteten nur weiter mit mir die Treppe hinab, bis wir auf der Straße angelangt waren und ein neues Blitzlichtgewitter und Scheinwerfergegleiße losbrach, so schlimm, dass ich die Augen schließen musste, wollte ich nicht geblendet werden.

»Kameras aus!«, wurde irgendwo geschrien, dann setzte zwischen den Polizisten und den Medienleuten ein Gerangel ein, von dem ich leider nichts mitbekam, weil Robert und ich sofort in den Knastwagen geschoben wurden, in dem schon das Ehepaar Winkler und drei Mieter aus dem Hinterhaus saßen: ein wilhelminischer Bierkutscher, eine grell geschminkte Zwanziger-Jahre-Hure und ein königlich-preußischer Briefträger. Sofort rutschte ich auf der Bank bis an eines der vergitterten Fenster vor, so dass ich die Straße beobachten konnte. Robert setzte sich währenddessen zu den Winklers und wollte wissen, ob alles in Ordnung sei.

Die alte Frau Winkler weinte. »Wer repariert uns denn jetzt die Tür?«

Der Bierkutscher, ein dicklicher junger Mann mit dunklem Spitzbart, lachte böse. »Die Tür brauchen Se nich mehr! In Weißensee jibt's andere Türen – und im Knast auch!«

Inzwischen waren aus der 125 die ersten Obdachlosen geholt worden. Die meisten grinsten die Polizisten nur an, flaxten und rissen Witze. Die Bohnen-Gertie und die Katzen-Molly – das BDM-Mädchen und die Trümmerfrau – jedoch tobten und wehrten sich so heftig gegen die harten Griffe der Polizisten, dass die aufpassen mussten, die beiden Frauen nicht aufs Pflaster stürzen zu lassen.

»Se sollten stille sein!«, seufzte der alte Herr Winkler. »Das Geschrei nützt doch keinem was.« Seine wütenden Protestschreie im Hausflur hatte er offenbar schon vergessen.

»Wieso denn?«, empörte sich der königlich-preußische Briefträger, ein schmales Männchen um die vierzig und seit sieben Jahren arbeitsloser Chemiearbeiter. »Wat die mit unsereinem machen, stinkt doch, det sich dir de Nasenlöcher kräuseln. Da darfste nich immer nur stillehalten.«

Gleich darauf wurden einige der Obdachlosen – darunter

auch Stalingrad, die Katzen-Molly und die Bohnen-Gertie – zu uns in den Wagen geschoben. Die Katzen-Molly schwieg nun, dafür schrie die Bohnen-Gertie umso lauter: »Diese Misthunde! Diese fett gefressenen Bullen! Die wissen doch jar nich, wie's sich auf der Straße lebt ... Kippen uns einfach weg ... Müll zu Müll!«

Stalingrad legte nur still den Arm um sie und setzte sich mit ihr in eine Ecke; Scholle mit den ewig dreckigen Händen tröstete sie: »Wat willste denn, Mädchen? Wie jewonnen, so zerronnen! In Wahrheit hat sich doch jar nischt jeändert, stehst jenauso da wie vorher: unter dir det Pflaster, über dir der Himmel. Hast also jar keen Grund, irjendwat nachzutrauern.«

Draußen wurden nun – einer nach dem anderen – unsere sieben Punks zum Nachbarwagen getragen und durch die weit offene Tür hineingeschoben. Alle protestierten sie laut, versuchten aber nicht, sich aus den Griffen der Polizisten zu befreien. Bis auf Jeanie, die kratzte und biss wie eine tollwütige Katze. Aber sie tat das wohl nur, weil sie es von sich selbst so erwartete.

Als Letzter wurde Porky angeschleppt; Porky in seinem viel zu großen Kampfgruppen-Blaumann, Porky, der niemals Glück hatte. Er wehrte sich ebenfalls nicht, aber er schrie wie am Spieß, die Polizisten hätten ihn geschlagen, sie seien alle Faschisten und gehörten selbst in den Knast.

Ich hörte seine wilden Schreie und ahnte schon, dass gleich was passieren würde. Und richtig, als Porky schrie: »Aufhängen! Man sollte euch alle aufhängen, ihr verfluchten Nazis!«, verlor einer der Polizisten die Geduld. Er riss Porky an den Händen hoch und stieß ihn laut fluchend mit dem Kopf gegen die Karosserie des Gefängniswagens. Wir hörten Porky nur noch gurgelnd aufschreien und ich dachte entsetzt, er müsse jeden Moment tot in sich zusammensinken, so donnernd hatte es gekracht. Vor Panik sprang ich auf, stürzte zur Tür, schlug mit beiden Fäusten dagegen und schrie immer wieder: »Aufmachen! Aufmachen, ihr verfluchten Schweine!«, bis ich auf einmal draußen eine Stimme hörte, die nicht zu verkennen war: Gregg!

»Was haben Sie da getan?«, schrie er. »Sind Sie verrückt geworden?«

Sofort stürzte ich zum Fenster zurück und presste mein Gesicht an das engmaschige Gitter. Und da sah ich ihn auch schon. Er musste sich von den Polizisten, die ihn herangetragen hatten, losgerissen haben und griff nun wütend den Polizisten an, der Porky so misshandelt hatte. Im Nu war er von mehreren Uniformierten umringt, Schlagstöcke sausten auf ihn nieder, ins Gesicht wurde er geschlagen, an den Haaren gerissen und mit Füßen getreten, bis er unter all diesen Schlägen und Tritten zusammenbrach.

Erst war ich wie gelähmt. Gregg, der friedliche Gregg, der nichts so fürchtete wie Gewalt, war wie eine wilde Bestie zu Boden geprügelt worden! Als ich aus meiner Erstarrung erwachte, entrang sich mir ein Schrei, den ich nicht beschreiben kann. Nie zuvor in meinem Leben hatte ich so aufgeschrien, so aus tiefster Seele heraus und so von Hass erfüllt. Wieder stürzte ich zur Tür, trommelte mit beiden Fäusten dagegen und schrie: »Ihr Schweine! Ihr brutalen Schweine! Schämt ihr euch denn nicht?« Und als das nichts bewirkte, rief ich - genau wie Porky – das Einzige, von dem ich ganz sicher wusste, dass es sie verletzen würde: »Ihr dreckigen Faschisten! Das sind SS-Methoden! Unter Hitler wärt ihr Henker gewesen ...«

Ich habe es gerufen und weiß, dass das nicht in Ordnung war. Ich muss mich dafür entschuldigen. Die Polizisten, die uns in jener Nacht davontrugen, waren keine Faschisten. Die meisten von ihnen waren nicht mal brutal. Es tut mir Leid, so die Fassung verloren zu haben.

Als ich so losschimpfte, dachte ich ganz instinktiv: Ein Jude unter deutschen Polizeiknüppeln! Selbst wenn Gregg der übelste Verbrecher gewesen wäre und diese furchtbaren Schläge und Tritte irgendwie verdient hätte, die Assoziation »Jude« und »deutsche Polizeiknüppel«, sie wäre mir dennoch gekommen.

Dass ich mich böse ins Unrecht gesetzt hatte, erkannte ich kurz darauf: Die Tür wurde aufgerissen und ein Polizist starrte mich an. Er war noch sehr jung, und trotz seiner martialischen Kampfausrüstung war ihm deutlich anzusehen, wie erschrocken er war. Ich sah in sein Gesicht und konnte nicht weiterschreien.

»Was haben Sie da gesagt?«, fragte er mich heiser.

Ich aber wollte nur an ihm vorbei auf die Straße hinaus, um nach Gregg zu schauen; Robert und Stalingrad mussten mich festhalten.

»Nischt habt ihr dazugelernt, nischt!«, schrie Stalingrad den Polizisten an. »Wegen einem dummen Bengel würdet ihr die halbe Stadt totschlagen. Habt wohl zu ville Wildwestfilme jesehen?«

Der Polizist blickte von einem zum anderen und wollte noch irgendwas sagen, als ihn zwei seiner Kameraden, die gerade Leo herantrugen, beiseite drängten und Leo zu uns in den Wagen schoben.

Da schaute der junge Polizist mich nur noch fragend an, dann schlug er kopfschüttelnd die Tür zu.

Gleich wollte ich von Leo wissen, was mit Gregg war: Hatte er irgendwas gesehen? War Gregg ohnmächtig geworden? Hatte ein Arzt sich seiner angenommen? Oder hatten sie ihn etwa, so verletzt wie er war, einfach nur in einen ihrer Knastwagen geschoben?

Leo, bleich und verwirrt, Blut im Mundwinkel, Schrammen im Gesicht, verstand mich gar nicht. »Wer jetzt keine Angst hat, der ist feige«, flüsterte er nur vor sich hin. »Wer jetzt keine Angst hat, der ist feige!«

»Leo!«, schrie ich ihn an. »Ich will wissen, was mit Gregg ist.«

Einen Moment lang starrte Leo mich nur wie fremd an, dann nahm er mich endlich wahr und ich erfuhr, dass er von der Szene mit Gregg überhaupt nichts mitbekommen hatte. Es war etwas anderes, das ihn so verstörte: Annemarie Störikow hatte im Tragegriff der Polizisten einen Herzanfall erlitten. Und als er, Leo, sich befreien wollte, um ihr zu helfen, war auch er geschlagen worden. Sogar in den Würgegriff habe einer der Polizisten ihn genommen. »Dabei hab ick ihnen doch jesagt, det ick Krankenpfleger und in erste Hilfe ausjebildet bin!«

»Und Heide?«, wollte ich wissen.

»Sie und die Moor mit ihrem Kind haben se in 'nen Pkw jesetzt.« Langsam kamen Leo die Tränen.

»Wie menschlich!« Unsere Zwanziger-Jahre-Hure lachte böse auf. »Wenn de de Staatsmacht in de Eier trittst, schlägt se um sich. Alte Jeschichte! Im Osten jing's ums Privileg, im Westen um den Profit.«

Scholle ergänzte stoisch: »Andere Zeiten, andere Arschlöcher ...«

Ich hätte widersprechen müssen. Bilde mir ja ein, aus dem System der kleineren Arschlöcher zu kommen. Auswüchse jedoch gibt's überall, das hatte ich in dieser Nacht dazugelernt.

Kein Weltuntergang

Sie haben uns ins Polizeipräsidium gebracht und jeweils zu mehreren in eine Zelle gesteckt. Weil ich immer noch voller Wut war, hielt ich mich dicht an Robert und Leo, Stalingrad und Scholle, die Katzen-Molly und die Bohnen-Gertie. Ich wollte mit Leuten, die mir vertraut waren, in eine Zelle kommen; Leute, die mich notfalls vor mir selbst beschützen konnten. Später wurden dann noch Jeanie, Bambi, Rebecca und Jöte zu uns hineingeschoben.

Das Berliner Polizeipräsidium ist ein ziemlich neues Gebäude und die Zelle, in der wir auf die Vernehmung warten mussten, nur so eine Art »Warteraum«. Tische, Bänke und Stühle standen herum, das Klo war abgeteilt. Alles sehr sauber und hell, fast freundlich. An unserer düsteren Stimmung änderte das freilich nichts. Zwar gaben sich Jeanie, Bambi, Rebecca und Jöte sehr abgeklärt, als wollten sie uns Übrigen zeigen, dass sie solche Situationen schon kannten und sich von nichts beeindrucken ließen, in Wahrheit jedoch waren auch sie sehr besorgt: um Porky! Keiner wusste, wie schlimm es ihn getroffen hatte, alle machten wir uns große Sorgen um ihn und natürlich auch um Gregg und Annemarie Störikow.

Da saß ich nun in meinem Dienstmädchenkostüm, in dem ich mir immer alberner vorkam, in dieser Zelle und verfluchte unsere ganze Aktion: So eine Schnapsidee, so eine hoffnungslose Sache ... Und dann auch noch dieses »Kostümfest der Traumkinder«! Wir hatten gehofft, das Ganze würde zum

Triumphzug werden, und was war passiert? Wir hatten uns lächerlich gemacht! »Schon Fasching?«, hatten die Polizisten gerufen und: »Fehlt bloß noch die Musike!«, als wir durch die Gänge dieses blitzblanken Polizeipräsidiums geführt wurden. Ich hatte zurückgegiftet, ihr Knüppelkonzert hätten wir schon zu hören bekommen, doch viel lieber hätte ich einfach nur geheult.

Zum Glück mussten wir nicht lange warten. Schon bald wurden unsere Personalien aufgenommen und dazu einer nach dem anderen aus der Zelle geholt.

Ich versuchte mich vorzudrängen, um die Erste zu sein, die mit den Beamten sprechen konnte; wollte ja wissen, was mit Gregg war. Doch das gefiel dem mürrisch blickenden Polizisten mit der Knollennase nicht. »Die Reihenfolge bestimmen wir«, kanzelte er mich ab, dann gab er der Katzen-Molly ein Zeichen, dass sie ihm folgen sollte.

»Die arbeiten nach der Methode ›Nur ein eingeschüchterter Indianer ist ein guter Indianer‹«, tröstete mich Robert. Und Leo, der nun wieder der Alte war, ergänzte böse: »Wem die Langeweile durch de Pupille schielt, dem sitzt der Teufel im Arsch. So ist's beim Militär, so ist's bei der Polizei.«

Alle grinsten und Leo gab sich weiterhin Mühe, uns aufzuheitern. Als eine Polizistin kam, um Jeanie rauszuwinken, witzelte er über deren aufgedonnerte Frisur: »Madame will zum Film – Kartenabreißerin im Kasperletheater isse schon!«

Da lachten wir schon etwas lauter. Was dem knollennasigen Beamten, der die Katzen-Molly zurückbrachte, nicht sehr gefiel. »Geht ja lustig zu bei euch. Ihr wisst wohl nicht, wo ihr euch hier befindet?«, wies er uns zurecht.

»Der wahrhaft intelligente Mensch ist immer fröhlich.« Gigolo Robert grinste wie ein aufsässiger Schüler vor seinem Lehrer. »Und nun ziehn Se daraus bitte den Umkehrschluss,

Herr Gendarm.« Der Polizist zog die dichten Augenbrauen hoch. »Name?«

»Ja«, sagte Robert.

Da hätten wir beinahe gegrölt vor Lachen.

Die Knollennase rötete sich. »Ich will Ihren Namen wissen!«

»Ach so!« Robert verbeugte sich im Sitzen. »Robert Arthur Heinrich Seemann. Und Ihr werter Name? Nur für den Fall, dass ich mich für die vorzügliche Behandlung bedanken möchte.«

»So weit kommt's noch!«

Der Beamte zeigte uns eine drohende Miene, dann verschwand er wieder.

Kaum war er weg, brachte die Polizistin mit der blonden First-Lady-Frisur Jeanie zurück. »Nun beruhige dich erst mal, dann versuchen wir's noch mal miteinander«, redete sie besänftigend auf Jeanie ein. »Hier will dir doch niemand was tun.«

Jeanie murmelte nur: »Schnauze, dumme Kuh!«, dann stand ich schon vor der freundlichen Beamtin, hob zaghaft die Hand und fragte höflich, ob ich erfahren dürfte, was aus meinem Freund geworden sei. Er habe schlimme Schläge abbekommen, ich würde mir große Sorgen machen.

Die anbiedernde Tour wirkte. Die blonde Beamtin sah mich, das nette Dienstmädchen mit dem weißen Häubchen im Haar, einen Augenblick lang prüfend an, als hätte sie keine Lust, sich nach dem Hitlerjungen Jeanie ein neues faules Ei aufzubürden, dann winkte sie mir knapp.

Sofort stand Robert neben mir. »Wenn Sie gestatten, mein Name ist Robert Seemann. Das Mädchen hier«, er legte den Arm um mich, »ist meine Enkelin Eva aus Lilienthal bei Bremen. Sie ist in Berlin nur zu Besuch. Wäre es vielleicht möglich, zusammen vernommen zu werden?«

Der charmante Robert in seinem Kostüm mit den viel zu kurzen Hosen – eine Witzblattfigur! Die Beamtin jedoch schien froh zu sein, zwei so höfliche Straftäter vor sich zu haben. »Na, denn komm' Se eben beide mit«, sagte sie gnädig und führte uns durch einen langen Gang in einen hellen Raum mit vier Schreibtischen, Grünpflanzen und großen Fenstern. Hinter den Schreibtischen saßen die Vernehmer – mit Ausnahme der First Lady nur Männer –, vor den Schreibtischen die Festgenommenen: jener so »arisch« wirkende Obdachlose mit dem schönen Namen Herrmann Adolph in seiner schwarzen Uniform mit den Regenwürmern, unser BDM-Mädchen Bohnen-Gertie und Rico, der Zimmerer, der mir Mut machend zuzwinkerte.

Kaum saßen wir, wollte ich von Gregg berichten. Die First Lady aber nahm erst mal meine Personalien auf: Name, Geburtstag, Geburtsort, Wohnort, Beruf, Anlass meines Besuches in Berlin. Danach war Robert dran. Als er bei Beruf »gewesener Schriftsteller« sagte, blickte sie neugierig auf. »Was heißt'n das? Sind Se nu Schriftsteller oder nich?«

»Bin ich nicht mehr.« Robert seufzte und wies mit dem Finger auf die entsprechende Spalte. »Schreiben Se einfach: Rentner!«

Als Nächstes wurde die Frage gestellt, weshalb wir den Räumungsbefehl nicht beachtet hätten.

»Weil er Unrecht ist«, antwortete ich sofort und zählte noch mal alles auf, wofür wir mit unserer Aktion eintreten wollten.

Die First Lady machte sich Stichpunkte und klärte mich dann mit leidenschaftsloser Stimme darüber auf, dass die Räumung der beiden Häuser nach dem Allgemeinen Sicherheits- und Ordnungsgesetz erfolgt sei. Auch der Schutz privater Rechte obliege nun mal der Polizei.

Bevor ich irgendwas erwidern konnte, legte Robert mir die

Hand auf den Arm und lächelte unser Gegenüber freundlich an. »Wissen Sie, es gibt die alte deutsche Untugend, Gehorsam anstelle des eigenen Gewissens zu setzen. Dem wollten diese jungen Leute – und ein paar spät aufgewachte ältere Herrschaften – mal die seltene Tugend der Zivilcourage entgegensetzen. Dafür sollte man sie beglückwünschen, nicht bestrafen und schon gar nicht verprügeln. Viele private Rechte basieren nun mal auf einem himmelschreienden gesellschaftlichen Unrecht. Soll man sich dagegen denn nicht wehren, wenn es anfängt wehzutun?«

Mein Robert! Was war mit ihm passiert? Er war ja richtig zum Leben erwacht. Scharfsinnig redete er und voller Spottlust funkelten seine sonst so trübe blickenden Augen.

Die blonde Frau in der Uniform sah ihn lange an. Sie war nicht mehr ganz jung, vielleicht fünfundvierzig, und ein bisschen füllig, und ich hatte das untrügliche Gefühl, dass Robert ihr nicht übel gefiel und dass auch die Berufsbezeichnung »Schriftsteller« ihr imponierte.

»Und wozu sind wir dann da?«, fragte sie ernst. »Um zuzuschauen, wie jeder sich sein eigenes Recht zimmert?«

»Sie sind dazu da, die bestehende Ordnung aufrechtzuerhalten«, bestätigte ihr Robert sofort, fügte aber gleich hinzu: »Und leider auch die bestehende Unordnung.«

Sie wollte etwas erwidern, doch da erklärte er ihr schon, wobei er ihr tief in die Augen blickte, er habe nichts gegen den Polizistenberuf. Auch der freiheitlichste Staat bedürfe einer gewissen Autorität, solle nicht alles im Chaos versinken. Autorität ohne wahre Gerechtigkeit aber führe zur Tyrannei, wie wir doch gerade in Deutschland immer wieder erfahren hätten.

Die First Lady war beeindruckt. Es kostete sie Mühe, sich wieder mir zuzuwenden. »Und was war nun mit Ihrem Freund?«

Rasch begann ich zu schildern, was ich beobachtet hatte. Wieder machte sie sich Notizen, verriet aber durch keinerlei Regung, was sie von meinem Bericht hielt.

»Name?«

»Gregor – oder richtiger: Grigorij Massajew.«

Sie hob den Blick. »Russe?«

Das bekam ich irgendwie in den falschen Hals. »Und Jude dazu!«, entgegnete ich heftig.

»Danach habe ich Sie nicht gefragt!«, herrschte sie mich an.

Kein Ton, der geeignet war, mich zu besänftigen. »Hätte ja sein können, dass das von Wichtigkeit für Sie ist«, schnappte ich zurück.

»Ist es nicht!«

»Umso besser!«

Robert versuchte die Wogen zu glätten. »Meine Enkelin hat da leider einschlägige Erfahrungen gemacht.«

Die Beamtin seufzte und notierte sich Greggs Namen, ich buchstabierte ihr den Nachnamen. Dann wollte sie Greggs Beruf wissen.

»Er ist Maler und repariert Uhren.«

»Kunstmaler?«

»Ja.«

»Und als Uhrmacher fest angestellt?«

Das war mir zu blöd. Ich wollte wissen, was mit Gregg los war, und nicht über seine Schuhgröße diskutieren. »Nein!«, entgegnete ich, mich nur noch mühsam beherrschend. »Er verdient sich mal hier, mal dort was.«

Eine Antwort, die dem Beamten mit der Knollennase, der gerade Leo hereinführte, sehr gefiel. »Auf gut Deutsch, er lebt auf Kosten des deutschen Steuerzahlers«, höhnte er im Vorbeigehen.

Da brannten endgültig alle Sicherungen in mir durch. »Ja!«,

schrie ich ihn an. »Eindeutig ein jüdischer Parasit! Wie schade, dass die Nürnberger Gesetze nicht mehr gelten.«

Sofort war es totenstill im Raum. Alle starrten zu mir hin. Mir kamen die Tränen und ich biss mir auf die Lippen. Was war nur los mit mir? Schon wieder so ein Vergleich! Wieso witterte ich denn überall nur noch Nazis?

»Falls es Sie interessiert«, entgegnete die First Lady ganz kühl. »Ich bin selbst Jüdin. Deshalb habe ich aber noch lange keine Vorurteile gegen Sie.«

Eine Ohrfeige! Eine redlich verdiente Ohrfeige, die noch lange in meinem Gesicht brannte. »Entschuldigen Sie«, stammelte ich.

Sie schüttelte ärgerlich den Kopf. »Sie sollten sich zusammennehmen. Ich werde schon in Erfahrung bringen, was mit Ihrem Freund ist, und Ihnen dann Bescheid geben.«

Damit wurden Robert und ich in unsere Zelle zurückgeführt und die blonde Polizistin nahm vorläufig niemand anderen mit.

Schon nach wenigen Minuten blickte sie wieder bei uns rein. »Ihr Freund befindet sich in der Nachbarzelle«, sagte sie zu mir. »Er war schon in ärztlicher Betreuung, Schlimmeres ist nicht passiert. Ach ja, und er lässt sie grüßen.«

»Danke!« Was war ich da erleichtert!

»Und Porky?«, fragte Jöte. »Was ist mit Porky?«

»Diesen Namen kenne ich noch nicht. Aber Sie können mir gleich mehr dazu sagen.« Damit winkte sie Jöte hinaus und ich schloss ergeben die Augen. Die Ruhe in Person war plötzlich müde, unsäglich müde!

Diese Polizistin hatte gut reden, die Nachfahren der Opfer stehen ganz von selbst auf der richtigen Seite. Unsereins muss suchen und finden und aus schlechtem Gewissen mit Misstrauen leben wie mit einer bösen Geschwulst. Niemand, der

einem das abnehmen kann, keine »späte Geburt«, die zu
beschwichtigen vermag.

Es war dann lange sehr still in der Zelle, alle hingen wir
unseren Gedanken nach, bis Stalingrad, der noch immer nicht
vernommen worden war, irgendwann fragte, ob wir hier nichts
zu essen bekämen. Es sei ja bereits Mittag und er sei so
hungrig, dass sein Magen sich schon selber verdaue.

Doch niemand wollte lachen, lächeln, grinsen oder irgendwas antworten und so wurde weiter geschwiegen, bis ich
plötzlich zu heulen anfing. Mein Auftritt bei der Vernehmung –
er genierte mich immer noch.

Die Katzen-Molly verstand meine Tränen falsch. »Kind-
chen!«, versuchte sie mich zu trösten. »Nu beruhige dir doch
wieder. Is ja keen Weltunterjang, dit Janze!« Sagte es und
drückte mich mütterlich, obwohl es ja gerade für sie doch ein
kleiner Weltuntergang war.

Sogar Jeanie wollte mich aufmuntern. »Wat willste denn?«,
rief sie mir durch den ganzen Raum hindurch zu. »Studierst
und aussehen tuste ooch. Dir kann doch jar nischt passieren.«

Ich hatte keine Lust, über die wahren Gründe meiner Heu-
lerei zu reden, so nickte ich den beiden nur dankbar zu und
schloss die Augen, als wollte ich ein bisschen Schlaf nachholen. In Wahrheit aber wollte ich nachdenken – über mich und
alles, was mit mir passiert war, seit ich deine Geschichte
kannte, Hermine Stargraff. Aber aus dem Nachdenken wurde
nichts, denn ich hatte schon bald wieder die Bilder der Nacht
vor Augen: Porky, wie er geschrien hatte, als der Polizist seinen
Kopf gegen den Knastwagen schlug; Gregg, wie er unter den
Schlägen und Tritten zusammensank; Robert, wie sie ihn
packten und davontrugen und wie stark und selbstbewusst er
sich bis zum Schluss gehalten hatte.

Gleich öffnete ich wieder die Augen, sah Robert lange an und fragte ihn, woher sie denn so plötzlich komme, diese geradezu abgeklärte Ruhe in ihm, die mir leider versagt geblieben war.

Er antwortete müde, wahrscheinlich liege es an der Eindeutigkeit der ganzen Sache. Sich so sehr im Recht zu wissen beruhige eben. Wenig später jedoch fügte er hinzu, der Mut vor dem »Feind« sei schon immer eine sehr viel einfachere Sache gewesen als der vor dem besten Freund, den man nicht verlieren will.

Ein Satz, den ich mir notiert habe!

Der reitende Bote des Königs

Dritter Advent! Ich pinne Greggs Kartengrüße an die Wand über meinem Hamburger Bett – jeden zweiten, dritten Tag kommt eines dieser kleinen Kunstwerke von seiner Hand – und denke daran, dass in elf Tagen Heiligabend ist.

Fühle ich so etwas wie Weihnachtsstimmung? Nein! Weihnachten werde ich zu Hause in Lilienthal sein, bei Vater, Mutter und Bastian, aber ganz bestimmt nur an die Torstraße denken. Ein paar gemütliche Tage mit Gregg und der WG, die würde ich mir wünschen; Weihnachten in Lilienthal hat nicht gerade den Reiz des Neuen.

Auch Greggs Karten haben mit dem »Fest der Feste« zu tun. Aber Gregg malt keine Engel, Christkinder oder Weihnachtsmänner, er witzelt nicht und er frömmelt nicht. Er versucht, die ewig neue Vorfreude auf die schönen Tage, die da kommen sollen, darzustellen. Auf seinen Karten gibt es ferne bunte Lichter im Graudunkel früher Winterabende oder den einsam auf dem Balkon aufs Fest wartenden Tannenbaum. Es gibt feste Frauenhände um eine heiße Tasse Tee, es gibt das junge Paar im Laternenlicht. Beide halten sie ein kleines, liebevoll verpacktes Geschenk in der Hand. Haben sie die Päckchen schon ausgetauscht und machen sie deshalb so zufriedene Gesichter? Oder freuen sie sich noch darauf, den anderen gleich mit einem ganz besonderen Geschenk zu überraschen?

Nein, die beiden sind nicht Gregg und Ewotschka, viel eher könnten sie Rico und Heide, vielleicht sogar Feuerwasser und

Rebecca sein. Jedes junge Paar, das einander aufrichtig zugetan ist, könnten die beiden sein.

Ach, wie freue ich mich auf Silvester! Dann wird Gregg nach Hamburg kommen ... Ich hätte auch nach Berlin fahren können, Gregg aber möchte mich lieber für sich allein haben. Mal keine Heide mit ihrem frisch gebackenen Paule, hat er gesagt, keinen Rico mit ewig neuen Plänen, keinen Possenreißer Leo, keinen Phil und keinen Benno, nur Gregg und seine Ewotschka ...

Er hat gut reden, hat die andern immer um sich, wie soll er da meinen Wunsch verstehen, endlich mal wieder mit allen um den großen Küchentisch zu sitzen? Am liebsten an einem gemütlichen Sonntag, wenn Phil und Benno gekocht haben und gequatscht wird, bis alle Fransen am Mund haben.

Nur gut, dass ich immer noch zu schreiben habe. Das lenkt ab von der sehnsuchtsvoll-trüben Stimmung, in der ich mich befinde. Also: Husch, husch zurück in diesen verrückten Sommer, jetzt gibt's was Schönes zu erzählen; ich muss lachen, wenn ich nur daran denke.

Es passierte noch am selben Tag. In der Nacht waren wir festgenommen worden, vormittags wurden wir verhört – und am Nachmittag waren wir schon wieder frei! Ja, tatsächlich, dieser Zellenaufenthalt ging zu Ende, als wäre alles nur ein Scherz gewesen. Gerade erst hatten wir ein paar belegte Brötchen bekommen, damit unsere Mägen nicht allzu laut knurrten, da rasselte schon wieder der Schlüssel im Schloss und wir durften gehen!

Doch wir sprangen nicht erleichtert auf, flitzten nicht aus der Zelle wie die Wiesel aus dem Käfig; wir wussten ja gar nicht, wo wir hinsollten. Saßen nur ganz verdutzt da, bis Leo es schließlich wagte, nach irgendwelchen Hotelgutscheinen zu fragen.

Der Beamte, der gekommen war, uns die Freiheit wiederzugeben, ein grauhaariger, blauwangiger Rundkopf, kuckte uns erst mal der Reihe nach an. Eine so bunte Truppe war ihm in seiner langjährigen Dienstzeit wohl noch nicht untergekommen. Dann sagte er – und er wirkte nicht gerade erfreut darüber, uns diese Mitteilung machen zu müssen –, wir bräuchten keine anderen Quartiere, Herr Kettler habe seine Räumungsklage zurückgezogen.

Sollte das heißen, wir durften in unsere Wohnungen zurück? Oder wollte uns dieser Knurrhahn nur auf den Arm nehmen?

»Ihr habt euch nicht verhört«, wiederholte er ganz ernsthaft. »Da ist irgendwas im Gange … Im Radio berichten sie schon seit Stunden über die Sache, das Fernsehen wird nachziehen und morgen früh werden die Zeitungen auf die Pauke hauen.«

Wieder ließ er den Blick schweifen, dann fügte er mit beleidigtem Gesicht hinzu: »Wir sind dann mal wieder die brutalen Schweine und ihr seid die wackeren Gutmenschen … Is ja immer die gleiche Kiste!«

Was passiert war? Ich will's vorwegnehmen, wir selbst haben alles erst so nach und nach erfahren: Während der Häuserräumung war es zwischen den Medienleuten und den Polizisten immer wieder zu heftigem Gerangel gekommen. Die Reporter wollten die Herausgetragenen interviewen, filmen oder fotografieren, die Polizisten jedes unübersichtliche Gedränge verhindern. Doch jene junge Journalistin, die mir schon in der Nacht von Samstag auf Sonntag aufgefallen war und von der ich nach unserer Haftentlassung erfuhr, dass sie Gina Nowak heißt, ließ sich von den polizeilichen Ordnungsmaßnahmen nicht beeindrucken; sie machte einfach weiter. Erst wurde einer der Polizisten handgreiflich, um sie von ihren Interviewpartnern abzudrängen; als das nichts nützte, griff er zum Schlagstock und ein anderer stieß ihr sein Funkgerät in die Nieren. Ergebnis: Eine Platzwunde quer über dem Gesicht, die noch in der gleichen Nacht in der Charité genäht werden musste, und eine böse Nierenprellung, von der noch niemand weiß, ob sie nicht dauerhafte Schäden zur Folge haben wird.

Eine schlimme Sache! Uns aber kam sie zunutze, denn natürlich berichteten die Medien in voller Lautstärke über diese Brutalität der Polizei und vergaßen dabei auch Porky und Gregg nicht! Und für alles, alles, alles gab es Fotos!

So mussten wir uns bei den schwarzen Schafen unter den Polizisten fast noch bedanken. Erst ihre Übergriffe hatten die Sache zum Skandal gemacht, erst der Schatten, den sie warfen, ließ unsere Aktion in dem Licht erstrahlen, das wir uns für unser Kostümfest gewünscht hatten. Ich habe mir – das wird mir von Tag zu Tag bewusster –, als ich mich für mein Studium entschied, einen der wichtigsten Berufe des kommenden Jahrhunderts gewählt: Das Aufzeigen von Missständen kann heute nur noch über die Medien erfolgen; mit Einzelaktionen, die im Verborgenen blühen, macht man sich bloß lächerlich.

Nun war genau das eingetreten, was der Kettler von Anfang an befürchtet hatte: Wir in unseren Kostümen waren die friedlichen Helden von Berlin, er und die Polizisten waren die Buhmänner. Als dann auch noch ein Anruf kam und eine Interessentin sich erkundigte, unter welchen Bedingungen Grundstück und Häuser zu erwerben seien, beschloss er, sich aus der ganzen Torstraßenangelegenheit zurückzuziehen. Sie hatte ihm bisher nur Ärger eingebracht und würde vielleicht noch seinen guten Ruf als Bauunternehmer und Immobilienbesitzer schädigen. Schließlich gab es weit größere und lukrativere Bauvorhaben, an denen er interessiert war. Sollten die ihm durch die Medien kaputtgemacht werden? Nein, diese

Kaufinteressentin kam ihm gerade recht. Er war bereit, mit ihr zu verhandeln, und er rief einen Rundfunkreporter zu sich, um in einem Liveinterview seine Sicht der Dinge darzulegen.

Er wolle mal ganz ehrlich sein, grantelte er über den Sender, deshalb sage er hier und jetzt, dass er sich von den Medien wegen der einseitigen Berichterstattung äußerst unfair behandelt fühle. Aber so sei das ja immer, die Öffentlichkeit liebe nun mal das Märchen von David und Goliath und wünsche letztendlich immer, dass David den Sieg davontrage, ganz egal, wie die Gesetzeslage war. Er machte dann noch längere Ausführungen zu Berlin in seiner Rolle als zukünftige Metropole Europas und Nahtstelle zwischen Ost und West und sprach ausführlich über die viele Arbeit, die dadurch in den kommenden Jahren auf die Bauwirtschaft zukommen werde. Er habe also genug zu tun und außerdem sei er Demokrat. Wenn eine Mehrheit der Erhaltung von Altbausubstanz eine größere Bedeutung zumesse als der Modernisierung der Stadt und der Schließung von Baulücken – bitte schön! Er sei kein Unmensch und habe ein Herz für junge Leute, die sich Ziele setzten. Ja, ja, ob man ihm das glaube oder nicht, unser hartnäckiger, engagierter und friedlicher Widerstand habe ihm sehr imponiert. Allerdings habe er nicht das Geld und erst recht nicht die Zeit, um auf all unsere Wünsche einzugehen, deshalb werde womöglich bald ein anderer Investor an seine Stelle treten.

Wer war nun dieser andere Investor? Es handelte sich um eine Frau, das war das Erste, was wir erfuhren. Interessanter jedoch war die Frage, was sie für Pläne hatte. Ganz sicher wollte doch auch sie an den Immobilien verdienen. Begann jetzt etwa wieder alles von vorn?

Allerhand Vermutungen stellten wir an und Eva Seemann aus Lilienthal bei Bremen war dabei eine der Eifrigsten. Die

Tatsachen, die erst später bekannt wurden, lagen jedoch weit außerhalb von allem, was ich mir hätte vorstellen können: Die neue Investorin hieß Ruth Seemann, besaß im ehemaligen West-Berlin drei gut gehende Drogerien und war ganz nebenbei auch noch meine Großtante!

Ich wäre beinahe vom Stuhl gefallen, als ich davon erfuhr. Und Robert mit mir. Das Ganze klang wie ein schlechter Witz, war es aber nicht.

Ich muss den Uhrzeiger ein paar Stunden zurückstellen – gleicher Morgen, etwa sieben Uhr: Während wir in unseren Kostümen im Polizeipräsidium hocken und nacheinander vernommen werden, dudelt bei Ruth Seemann das Badezimmerradio. Gerade ist sie mit dem Duschen fertig, da kommt die Nachricht von der Häuserräumung in der Torstraße. Normalerweise hätte Tante Ruth diese Meldung nur ganz nebenbei wahrgenommen, die Hausnummern sind es, die sie aufschrecken lassen: Torstraße 127? Das ist das Haus, in dem sie ihre Kindheit und Jugend verbracht hat und in dem noch immer ihr Bruder Robert wohnt, bei dem gerade ihre Großnichte Eva zu Besuch ist. Sie stellt das Radio etwas lauter, erfährt die ganze Vorgeschichte und hört von brutalen Übergriffen der Polizei. Dabei werden ganz seltsame Gefühle in ihr wach. In der Torstraße hat sie als Kind Murmeln gespielt und Radfahren gelernt und später ihren ersten Freund geküsst … Weshalb ist sie seit dem Fall der Mauer noch kein einziges Mal wieder dort gewesen? Nur weil sie sich mit ihrem Bruder nicht viel zu sagen hat?

Auch beim Frühstück lässt die Unruhe sie nicht los und irgendwann fällt ihr ein, dass ihr Steuerberater ihr schon seit längerem in den Ohren liegt, sie solle mit ihrem Geld etwas anfangen, am besten Immobilien erwerben. Wäre das nicht eine tolle Gelegenheit, Vernunft und Gefühl unter einen Hut zu bringen?

Kurz entschlossen ruft sie nach dem Frühstück ihren Steuerberater an und schildert ihm die Sache. Der kennt die Häuser natürlich nicht, prinzipiell aber rät er ihr zu. Einen günstigen Bankkredit, so sagt er, wird sie mit ihren drei Drogerien in der Hinterhand auf jeden Fall bekommen und steuerlich habe das Ganze für sie nur Vorteile.

Der nächste Anruf gilt dem Kettler. Ob er gegebenenfalls bereit sei …

Der Kettler ist bereit. Wenn sie sich über einen vernünftigen Preis verständigten, sei alles möglich, lautet seine freundliche Antwort.

So war's! Verrückt, aber wahr! Wir wussten davon natürlich noch nichts, als wir an jenem Nachmittag in die Torstraße zurückkehrten, freuten uns nur: Wir durften in unsere Wohnungen zurück, wir hatten gesiegt; wir, die wir uns selbst kaum eine Chance gegeben hatten, hatten die großmächtige Firma Kettler & Co. in die Knie gezwungen.

Zuerst warteten wir vor dem Polizeipräsidium, bis wir allesamt freigelassen waren, dann zog unser Faschingszug die Straße zur nächsten U-Bahn-Station hinunter. Benno, einer der Glückseligsten, umarmte uns abwechselnd. Seinen Lieblingsspruch wiederholte er wohl hundertmal: »Wer nicht an Wunder glaubt, ist kein Realist!«

Was war das für ein schöner Tag! Warme Sonne, klare Luft, die Stadt sah mal wieder aus wie frisch gewaschen. Wie sollte man da nicht an Wunder glauben? Wir alle, Rico und Heide, Phil und Benno, Leo und Stalingrad, die Bohnen-Gertie und die Katzen-Molly, Scholle, Herrmann Adolph, Pipo mit den Pullovern, Hapke, der Fresser, Jimmy, der Bayern-München-

Fan, der schweigsame Gecko, Feuerwasser und Rebecca, Jöte und Bambi, Jeanie und Papa Tute, der dicke Willumeit und und und, wir alle sahen die Welt wieder viel, viel freundlicher: Wer was bewegen will, der kann es!

Allein Robert blieb misstrauisch. In der U-Bahn, in der wir in unseren Kostümen nicht wenig Aufsehen erregten, verglich er unseren Erfolg mit dem glücklichen Ende alter Theaterstücke. Da sei am Schluss oft der reitende Bote des Königs erschienen, um den Helden, der geirrt oder gefehlt hatte, zu begnadigen, zu belobigen oder gar um ihn zu erhöhen. Aber natürlich seien das keine realistischen Stücke gewesen, es habe sich stets um herbeigeschriebene Happyends gehandelt mit dem alleinigen Ziel, die Herrschaften in den Fürstenlogen zu besänftigen. In der Realität sei immer alles beim Alten geblieben. Weshalb sollte es in unserem Fall anders sein? Der mächtige Fürst sei heutzutage die Öffentlichkeit, und die sei nun besänftigt. Doch was würde danach geschehen?

Vielleicht hatte er Recht, wir aber wollten uns unseren Sieg, auch wenn es nur ein kurzfristiger sein sollte, nicht vergällen lassen. Notfalls würden wir uns eben noch mal in Kostümen aus den Häusern tragen lassen, witzelte Leo, und das immer so weiter, bis sich kein Investor mehr fand, der es wagte, gegen uns anzutreten.

Alles lachte, Robert jedoch philosophierte noch lange über die freiheitliche Marktwirtschaft, in der die Macht des Kapitals nur wieder mit Kapital bekämpft werden könne. Und dabei wusste er noch nicht mal, wie Recht er damit hatte.

Und Gregg? Noch kein einziges Wort über Gregg? War er nicht glücklich? Doch! Aber glücklich unter Schmerzen und noch immer fassungslos über die rohe Gewalt, mit der man Porky und ihn zur Ruhe gebracht hatte.

Einen Monat später sollte er dann einen »Polizistenstein«

malen, auf dem all das zu sehen ist, was in jener Nacht geschehen war: die Häuserräumung, die Übergriffe der Polizisten, das Blitzlichtgewitter der Medien. Ich beneide ihn um das Talent, auf diese Weise auch schlimme Erlebnisse verarbeiten zu können. An jenem Mittwoch in der U-Bahn aber konnte ich ihn kaum ansehen, so weh tat mir sein Anblick. Sein Gesicht war zerschunden, die Augen zugeschwollen, die linke Wange verpflastert; und überall am Körper hatte er blutunterlaufene Stellen. Doch würde das alles bald heilen, wie ihm der Polizeiarzt versichert hatte.

So durfte ich trotz allem erleichtert sein und ihm ein bisschen was von meiner Freude über unseren Sieg abgeben, wenn wir auch immer noch nicht wussten, wie es um Porky und Annemarie Störikow stand.

In der Torstraße angekommen, wurden wir dann von allen Seiten angesprochen und, nachdem wir von der wunderbaren Wendung der Sache berichtet hatten, erstaunt beglückwünscht. Das hatte niemand gedacht, dass unsere positive Aktion einen so positiven Ausgang nehmen würde. Ob aber alles so positiv bleiben würde? Tausend Vermutungen wurden angestellt, wie nun wohl alles weitergehen würde – bis mit einem Mal vor der 127 ein Taxi hielt. Und wer stieg aus, kleiderschrankgroß, vollbärtig, Reisetasche in der Hand, Nickelbrille auf der Nase und ein erleichtertes Lächeln im Gesicht?

Mein lieber Vater Wolfgang Seemann! Nach vierundzwanzig Jahren stand er zum ersten Mal wieder vor dem Haus, in dem er seine Kindheit und Jugend verbracht hatte … Seine Augen aber wanderten nicht die Straße entlang und nicht die gerüstverkleidete Hausfassade hoch; sie suchten nur mich.

Natürlich flog ich ihm um den Hals, natürlich heulte ich ein bisschen. Zwei Wunder an einem Tag, wer sollte das aushalten?

Brücken

Von jenem Tag an überstürzten sich die Ereignisse. Es passierte so viel zur gleichen Zeit, dass ich sortieren muss, um einigermaßen Ordnung in meine Schreiberei zu bringen.

Am besten, ich beginne mit Vater: Welch bewegender Moment, als er nach so langer Zeit wieder in seinem Jugendzimmer stand! Bereits in der Tür war er bleich geworden. Ich hatte ihm am Telefon schon gesagt, dass sein Zimmer all die Jahre über unverändert geblieben war, dennoch haute ihn dieser Anblick um.

»Das gibt's doch nicht«, flüsterte er heiser. »Ist ja wie im Traum!«

Robert war verlegen. »Konnt' ja nicht wissen, dass du noch mal herkommst«, sagte er. »Sonst hätt' ich dir diesen Anblick erspart.«

Da war Vaters Brille aber schon beschlagen. »Verrückt! Als ob die Zeit stehen geblieben wäre …«

Seufzend schüttelte Robert den Kopf, dann sagte er wieder, er habe das Zimmer nicht etwa aus dümmlicher Pietät unberührt gelassen, er habe es nur einfach nicht gebraucht. »Wozu sich Arbeit machen, wenn es anders auch geht?«

Ich – noch immer das Dienstmädchen – stand im Hintergrund und beobachtete Vater. Seine Eltern sieht man ja, solange man noch nicht erwachsen ist, immer nur aus der Augenhöhe des Kindes. Nach diesen Berliner Wochen, nach Robert, Gregg und all den anderen, die ich inzwischen kennen gelernt hatte, hatte ich zum ersten Mal das Gefühl, auf gleicher Höhe mit Vater zu stehen. Was bedeutete, dass er mir trotz seines XXL-Formats plötzlich etwas kleiner und nicht mehr ganz so stark erschien. Daran hatte ich zu kauen.

Als wir Vaters Zimmer dann später putzten, damit er es beziehen konnte, flüsterte er mir grinsend zu, dass Robert wohl doch aus »dümmlicher Pietät« gehandelt haben müsse. Die Fotos im Zimmer – die von ihm und seinen Eltern – habe nämlich nicht der siebzehn-, achtzehnjährige Wolle Seemann da hingehängt, die müsse Robert irgendwann später dort angebracht haben.

Über Roberts Anblick jedoch war auch er sehr erschrocken. »Warum hast du mir nichts davon gesagt?«

»Am Telefon?«, fragte ich nur zurück und überlegte kurz, ob ich ihn über Roberts Alkohol- und Tablettenschluckerei auf- klären sollte. Nach all den Wochen mit Robert aber wäre mir das wie Verrat vorgekommen. So sagte ich mir, dass Vater das irgendwann schon selbst rausfinden würde.

Am Abend saßen wir dann trotz meiner Müdigkeit bis in die tiefe Nacht in der Küche, aßen und tranken und Vater erzählte, im Morgenfernsehen sei über unsere Verhaftung be- richtet worden. Noch in der gleichen Minute habe er mit der Gila, seiner Angestellten, telefoniert und ihr gesagt, dass sie den Laden mal ein paar Tage allein schmeißen müsse. Er gehe auf Reisen, um seine Tochter aus dem Knast zu holen. Schließ- lich müsse die ihrem Vater nicht alles nachmachen.

Er spielte den Lustigen, ihm war aber noch anzumerken, welche Angst er um mich gehabt hatte. Weshalb hätten Mut- ter, Bastian und mein Fernsehmuffel von Vater denn sonst am frühen Morgen Fernsehen kucken sollen? Seine unsensible, eingebildete, egoistische Tochter freute das. Wann hatte Vater denn das letzte Mal so richtig Angst um mich gehabt? Das war in den Ferien, am Bodensee, als ich, neun Jahre alt, mit meiner

Luftmatratze zu weit rausgeschwommen war, plötzlich merkte, dass sie nicht ganz dicht war, in Panik geriet und um Hilfe schrie. Da hatte mein großer, starker Vater vor lauter Angst um mich wie Superman die Wellen durchpflügt, mich beruhigend in seine Arme genommen und Töchterchen samt Matratze sicher an Land zurückgebracht. Jetzt war er meinetwegen nur in den Zug gestiegen, doch ich war mir sicher: Er hätte mich, wenn es notwendig geworden wäre, auch der Polizei entrissen!

Unsere Aktion gefiel ihm nach wie vor. Zivilcourage, sagte er, sei das, was den meisten heute fehle. Dabei wich er Roberts Blick aus und schwieg dann. Er konnte ja nicht wissen, dass sein Vater erst wenige Stunden zuvor genau das Gleiche gesagt hatte.

Robert jedoch schien daran zu denken. »Nicht nur heute, Wölfi, nicht nur heute«, flüsterte er vor sich hin, als würden diese Worte leise gesprochen nicht ganz so schwer wiegen.

War das das Zeichen, auf das Vater so lange gewartet hatte? Ich sah ihn dem Tonfall dieser Worte nachlauschen, als wollte er sichergehen, nichts Falsches verstanden zu haben, bis er endlich den Kopf hob und Robert fragend anblickte.

Da nickte Robert ihm nur ganz kurz zu – und ein Lächeln huschte über Vaters Gesicht! Ein Lächeln, wie ich es so dankbar und froh nie zuvor von ihm gesehen hatte. Irgendeine Verhärtung, eine Kruste aus Verletztheit, Enttäuschung und Alleingelassensein, schien sich in ihm gelöst zu haben. Wie leicht für ihn, nun seinerseits großzügig zu sein. »Vielleicht verlangen wir damit ja auch viel zu viel«, gestand er ein. »Es ist nicht leicht, alles zu riskieren, wenn man nichts gewinnen kann außer ein paar Krümel Selbstachtung.«

Ein historischer Moment! Friedensschluss nach vierundzwanzigjährigem Krieg! Wir waren alle ein bisschen gerührt, aber als echte Seemänner wollten wir das natürlich nicht zugeben. So redeten wir erst mal längere Zeit belangloses Zeug – was sich in der Straße alles verändert hatte, welche Mieter, die Vater gekannt hatte, noch immer in der Nr. 127 wohnten, wo genau in Weißensee die Wohnung lag, in die Robert »evakuiert« werden sollte –, bis der Buchhändler den Schriftsteller irgendwann wie nebenbei fragte, weshalb er denn nicht mehr schreibe. Es geschehe doch gerade jetzt so viel Umwälzendes, da müsse einem Schriftsteller die Tinte doch nur so aus der Feder spritzen. Ein Gespräch, das Großvater und Enkelin schon geführt hatten, diesmal in einer Aufführung durch Vater und Sohn!

Robert antwortete, dass er zu alt sei.

Vater konterte mit Freund Fontane. Der habe schließlich erst mit sechzig so richtig angefangen.

Darauf Robert: »Was bedeuten wir Schreiber bei euch im Westen denn noch? Bei euch sind doch die Kritiker das Hauptereignis. Spreizen sich im Fernsehen wie die Götter auf dem Olymp und feiern ihre Vorurteile. Autoren sind zweitrangig. Wie soll unsereins da etwas bewirken?«

Vater, postwendend: »Und bei euch? Da saßen die Götter im Ministerium. Nur hießen sie Zensoren und hatten mehr Macht. Und bewirkt habt ihr noch weniger, weil ihr nicht die Wahrheit schreiben durftet.«

Sollte er wieder losgehen, der alte Streit? Verdammt noch mal, irgendwie hatten sie ja beide Recht! Und sie wussten das auch! Sie mussten nur endlich lernen, miteinander zu reden, ohne einander zu verletzen. So wie ich das ja auch erst lernen musste! So wie vielleicht das ganze wieder vereinigte Deutschland das lernen muss!

Robert bemerkte meine Sorgenfalten und zwinkerte mir zu. Dann sagte er zu Vater in mildem Ton, die staatliche Zensur habe den Künstlern wenigstens Beachtung geschenkt. »Da grollte unsereins zwar, war aber doch geschmeichelt, für so gefährlich gehalten zu werden.« In der so genannten Freiheit dürfe man alles schreiben, doch egal, ob klug oder dumm, alles würde nur verpuffen, weil niemand, weder in der Politik noch in der Wirtschaft, die Kunst noch fürchtete.

Das sah Vater genauso und damit waren die folgenden Tage gerettet.

Ja, es wurde sogar noch besser zwischen den beiden. Immer öfter traf ich sie in erregten, aber trotzdem entspannten Diskussionen an. Vater sprach davon, was ihm an dem System nicht gefiel, in das er freiwillig übergewechselt war, das er aber trotz aller Schwächen und Fehler für das bessere hielt. Robert freute sich darüber, dass sein Sohn, der ja schon so viel mehr Erfahrung mit dem Westen hatte, in vielem kaum anders dachte als er. Das erlaubte es ihm, endlich mal offen darüber zu sprechen, wie sehr er sich in der Vergangenheit belogen und betrogen hatte. Immer deutlicher gab er Vater zu verstehen, dass er dessen damalige Flucht inzwischen akzeptierte, wenngleich er selbst nach wie vor noch nicht im Westen angekommen sei und diese Ankunft wohl auch nicht mehr erleben werde.

Damit kein Missverständnis entsteht: Es war nicht alles Friede, Freude, Eierkuchen zwischen den beiden. In vielen Punkten, egal, ob sie Vergangenheit, Gegenwart oder Zukunft betrafen, blieben sie uneins. Doch damit konnten sie leben. Und in einem wichtigen Punkt waren sie sich einig – im Bedauern, dass der real existierende Kapitalismus nach dem Zusammenbruch des real existierenden Sozialismus keinen Gegenpart mehr hatte, der ihm Zügel anlegte. Kein Wettbewerb der Systeme mehr, keine sozialen Rücksichten! Ein wilder, rasender Kapitalismus sei zu befürchten – meinte Robert und meinte auch Vater. In der Folge könne es zu sozialer Verelendung und zunehmender Kriminalität kommen, zu deren Bekämpfung vielleicht schon bald immer mehr demokratische Grundrechte eingeschränkt und manche sogar ganz abgeschafft würden.

Große Themen! Zum Glück gab es aber auch noch ein Privatleben. So beobachtete ich mit stillem Vergnügen, wie Vater sein altes Zimmer jeden Tag ein bisschen mehr in Besitz nahm, fast so, als wäre er nur drei Tage fortgewesen, und danach nicht nur die Torstraße, sondern sein ganzes altes Ost-Berlin neu für sich entdeckte. Und ich beobachtete Robert, wie er es genoss, so viel Familie um sich zu haben. Beobachtete aber auch das Mädchen zwischen den beiden Männern. Fand mich nicht nur reifer, sondern auch klüger und selbstständiger geworden. Und um mein so plötzlich erwachtes, ungeheures Selbstbewusstsein vor aller Welt zu dokumentieren, fasste ich eines Morgens den Entschluss, mir meine langen Haare abschneiden zu lassen. Ohne irgendjemandem was davon zu sagen, ging ich zu dem Friseur drei Häuser weiter. Zu der Eva, die ich jetzt war oder sein wollte, passten keine langen Haare mehr.

Tagebucheintragung vom 19. August: »Komme mir kahl und fremd vor. Gefalle mir aber trotzdem.«

Auch Gregg gefällt mein Igel. Er liebt es, mir die Kopfhaut zu kraulen oder die Stirn auf mein borstiges Haar zu pressen.

Robert hingegen war entsetzt. Als ich ihm meinen Wembley-Rasen vorführte, hätte er mich am liebsten losgeschickt, mir eine Perücke zu kaufen. Lange kuckte er, als hätte ich ihn mit dieser Attacke persönlich beleidigen wollen.

Vater sagte nur: »Liebe macht schön!« Und damit meinte er nicht nur meine neue Frisur.

Natürlich hatte Vater gleich am ersten Abend wissen wollen, welcher der jungen Männer in der WG denn nun mein

Prinz Glücklich war. Also machte ich Gregg und ihn zwei Tage später miteinander bekannt. Gregg war gerade aus Bennos und Phils Laden gekommen, wo er einige neue Arbeiten ausstellte, Vater und ich waren zum Deutschen Theater unterwegs – in seiner Jugend Vaters Lieblingstheater. Er wollte mal sehen, wie es jetzt dort zuging.

Wir begegneten uns vor der Haustür, Vater kuckte neugierig, Gregg grinste verlegen; er war ja noch immer ganz grün und gelb im Gesicht. Vater stellte einige Fragen zu Greggs Malerei – ich hatte ihm zuvor schon Greggs Wandgemälde gezeigt –, Gregg antwortete so ernsthaft-freundlich, wie er jedem anderen auch geantwortet hätte. Das gefiel Vater. Also ein harmonisches erstes Zusammentreffen der beiden und damit der zweite historische Moment jener Tage. Ich hatte schon richtig Magengrimmen gehabt bei dem Gedanken, die beiden würden einander vielleicht nicht mögen.

Beim Weitergehen sagte Vater dann: »Der Junge hat was. Merkt man gleich.« Und Greggs Ewotschka strahlte übers ganze Gesicht. Zwar hätte ich Gregg nicht sausen lassen, wenn Vaters Urteil anders ausgefallen wäre, aber so war es einfacher und natürlich viel, viel schöner.

Und Gregg? Der sagte am nächsten Tag zu mir: »Schön, wenn eine Tochter ihren Vater so liebt. Vielleicht hab ich ja auch mal das Glück ...«

Ich hatte gar nicht gewusst, dass ich so ein Vatertöchterlein bin, und fragte spöttisch, woran er das denn erkannt haben wollte.

Da machte er ein geheimnisvolles Gesicht. »Schwingungen, Ewotschka! So was spürt man eben als Mann.«

Na gut, dachte ich, solange seine Eifersucht nur meinen Vater betrifft und nicht aus dem Rahmen fällt, darf er ruhig weiter seine Liebe damit würzen.

So sah es aus, so war der familiäre Stand der Dinge, als zwei Tage nach meinem Friseurbesuch endlich auch die bange Frage geklärt wurde, wer denn nun die neue Besitzerin der Häuser Torstraße Nr. 127 und 125 und des Grundstücks Nr. 129 sein würde und was sie mit diesem Erwerb für Absichten verfolgte.

Robert, Vater und ich saßen gerade mal wieder in der Küche zusammen bei Abendbrot und intensivem Gespräch über Gegenwartshoffnungen und Zukunftsbefürchtungen, als es plötzlich klingelte. Ich ging zur Tür – und Ruth Seemann stand vor mir!

Der Besuch kam so überraschend, dass ich nur dumm kuckte. Ich hatte gedacht, sie frühestens in ein paar Monaten wieder zu sehen.

»Entschuldigung …« Sie lächelte vorsichtig. »Bin einfach vorbeigekommen … In der Hoffnung, dass ihr da seid. Ich muss euch was erklären. Am Telefon … am Telefon geht das, glaube ich, nicht.«

Da begrüßte ich sie herzlich und führte sie in die Küche.

»Du?« Robert machte auch nicht gerade ein sehr intelligentes Gesicht. Und Vater, der ja nicht wissen konnte, wer da so plötzlich in Roberts Küche stand, erhob sich unsicher und knöpfte sich das weit offene Hemd zu.

»Darf ich bekannt machen?« Ich spielte die Zeremonienmeisterin. »Tante Ruth und Neffe Wolfgang.«

Vater wusste über meinen Besuch in Spandau ja schon Bescheid. Er gab Tante Ruth die Hand, dann holte er einen Stuhl, wir rückten zusammen und prosteten einander zu. Danach der unvermeidliche Erinnerungsaustausch – wie lange Tante Ruth und der kleine Wölfi zusammen in dieser Wohnung gelebt hatten, wann sie ihn zum letzten Mal auf dem Arm gehalten hatte –, bis Robert, der immer unruhiger geworden war, endlich herausplatzte: »Nu sag schon: Is was mit Walter? Oder weshalb sonst überraschste uns so?«

Tante Ruth blickte von einem zum anderen, grinste voller Vorfreude auf unsere verdutzten Gesichter und erklärte schließlich wie nebenbei, sie sei eigentlich nur gekommen, um sich uns vorzustellen – als neue Hausbesitzerin! Gleich darauf prustete sie schon los und entschuldigte sich für diesen Donnerschlag. »Tut mir Leid! Aber ich wollte nicht, dass ihr es durch irgendeine formelle Mitteilung erfahrt.«

Wir saßen nur da und glotzten sie an. Da berichtete sie ausführlich von der Radiomeldung über die Hausräumung und den Tips ihres Steuerberaters und schilderte uns genauestens die positiven Ergebnisse der baufachlichen Untersuchung und die darauf folgenden langwierigen Verhandlungen mit dem Kettler, die nun aber gottlob abgeschlossen seien. Am Vormittag sei der Kaufvertrag notariell beglaubigt worden, ein Zurück gebe es nicht mehr.

Wir machten noch immer verblüffte Gesichter, wussten einfach nicht, wie wir diese Nachricht auffassen sollten.

Tante Ruth sah uns unsere gemischten Gefühle an, wurde immer verlegener und sprach lange über die Gründe, die sie zu diesem Kauf bewogen hatten. Ihren Bruder blickte sie dabei nicht an, fast so, als bestehle sie ihn durch diese Art von Heimkehr. Danach wandte sie sich an mich. Sie wolle unsere Aktion mit all ihren Kräften unterstützen, versprach sie mir. Ihr sei ja ebenfalls daran gelegen, dass die alten Häuser erhalten blieben. Allerdings müsse sich die Sache rechnen, sie dürfe nicht ihre gesamte Existenz riskieren. Und damit sich ihr finanzieller Einsatz rechne, komme sie nicht umhin, uns eine bittere Pille zu schlucken zu geben: Der Spielplatz könne nicht bleiben, die Baulücke müsse geschlossen werden. Anderenfalls müsste sie die Mieten derart erhöhen, dass unsere Obdachlosen sie ganz bestimmt nicht mehr bezahlen könnten. Da sei es doch das kleinere Übel, auf dem Grundstück des Spielplatzes weitere Wohnungen zu errichten, die von Mietpreis und Fassadengestaltung her in diese Gegend passten.

Langsam, aber sicher kapierte ich: Meine Gebete waren erhöht worden! Irgendwer im Himmel oder auch auf Erden hatte uns tatsächlich einen reitenden Boten des Königs gesandt. Dass das die eigene Großtante war, verwirrte mich zwar noch immer, doch erkannte ich sofort, dass Tante Ruths Pläne die einzige Möglichkeit zum Erhalt der Häuser waren. Kein Glück ist vollkommen: Es tat weh, den Spielplatz zu verlieren, in den wir schon so viel Arbeit gesteckt hatten. Aber ob Tante Ruth mit sechzig Mieten rechnen konnte – oder nur mit vierzig, war natürlich ein Unterschied. Und niedrige Mieten lagen in unserem ureigensten Interesse. Sonst hätten wir die Häuser ja für andere, »besser verdienende« Mieter gerettet.

Vater dachte genauso. »Happyend«, sagte er und lachte.

Robert aber nickte nur betrübt. Also hatte er Recht gehabt, als er sagte, gegen das Kapital komme man nur mit Kapital an. Wie traurig sei es doch um dieses neue Deutschland bestellt, seufzte er resigniert, wie armselig stelle sich eine Gesellschaft dar, für die nur von Wert sei, was sich bezahlt mache, und wo nur noch die Moral der Ökonomie und der Effizienz regiere.

Tante Ruth blieb gelassen. »Ich weiß schon, sozialistische Schlamperei ist gemütlicher. Aber wie wir inzwischen wissen: auf Dauer leider nicht durchzuhalten.«

Ost-Berlin und West-Berlin, da saßen sie einander gegenüber; Bruder und Schwester, verwandt, wie es enger nicht geht, aber sich im Lauf der Jahre fremd geworden. Deutlicher als in jenem Moment habe ich die berühmte Mauer, die unsichtbar noch immer weiterexistiert, nie erlebt.

Und ich, die Wessi-Frau aus Lilienthal bei Bremen, auf

welcher Seite stand ich? Mal wieder mittendrin! Robert hatte Recht: Es ist schlimm, dass allein Geld die Macht des Geldes brechen kann. Aber auch Tante Ruth hatte Recht: Roberts Gegensystem hatte nicht funktioniert. Im Gegenteil, vor allem das wirtschaftliche Versagen der DDR hatte jede freiheitliche Öffnung verhindert. Also blieb uns nach all diesen Erfahrungen nur, aus der bestehenden Situation das Beste zu machen. Und das wollte Tante Ruth, indem sie ihr Geld für eine gute Sache einsetzte. Denn eines steht fest, woanders hätte sie es gewinnbringender anlegen können.

Vater dachte so ähnlich. Seit er in seinem alten Zimmer schlafe, sagte er, habe er eine Ahnung davon bekommen, wie sehr er sich in all den Jahren verändert habe. Aus dem jungen Burschen, der das Paradies auf Erden nicht nur für wünschenswert, sondern auch für möglich hielt, sei einer geworden, der wisse, was machbar ist und was nicht. Vor allem aber habe er inzwischen gelernt, dass wahrhafte Menschlichkeit vom Wollen und Können jedes Einzelnen abhängt, staatlich verordnen lasse sie sich nicht.

Er sah Robert an. »Hier ist nun eine, die will und die kann. Was willst du mehr?«

Tante Ruth hatte aufmerksam zugehört, fegte ein paar Krümel vom Tisch und wandte sich wieder ihrem Bruder zu. »Ich habe mein Geld nicht mit schmutzigen Geschäften verdient, Robert, hab auch meine Angestellten nicht ausgebeutet. Was ich besitze, ist der Lohn harter Arbeit … Ich hab mich in den letzten Jahren aber oft gefragt, ob das alles einen Sinn hatte – diese Tüchtigkeit und der hohe Preis, den ich dafür bezahlt habe: ein ziemlich trauriges Privatleben! Jetzt hab ich die Chance, dem allen nachträglich einen gewissen Sinn zu geben – und da kommst du mit deinen Idealvorstellungen, die im realen Leben noch nie funktioniert haben.«

Ein Weilchen starrte Robert nur stumm in sein Glas, dann musste er plötzlich lächeln. »Kann sein, dass wir beide denselben Fehler gemacht haben, Ruthchen … haben unserm jeweiligen Hausgott ein bisschen zu viel geopfert …«

War das denn zu glauben? Noch eine Familienzusammenführung! Und wem war die wohl zu verdanken? – Kein Wunder, dass ich mich mal wieder am liebsten selbst adoptiert hätte!

Ein Wiedersehen

So viel zum familiären Teil der Ereignisse. Damit aber noch nicht genug. Eine Welle der Sympathie schlug uns Torstraßenhelden nun entgegen, ganz Berlin nahm Anteil an unserem Sieg. Immer wieder kamen Reporter, immer wieder wurden wir interviewt: Wie alles gewesen sei; ob wir je mit einem solchen Erfolg gerechnet hätten. Ein paar Mal mussten wir sogar in unsere Kostüme steigen und uns vor der 127 zum Gruppenfoto aufstellen.

Das alles war ziemlich anstrengend, aber es hatte auch einen schönen Nebeneffekt: Vielen unserer Obdachlosen wurden Arbeitsplätze angeboten. Die Katzen-Molly und die Bohnen-Gertie konnten in einer Großküche anfangen, unser SSler Herrmann Adolph wurde bei einem Wachdienst beschäftigt, sogar Stalingrad – vom Alter her längst Rentner – bekam von einem Zeitungskioskbesitzer das Angebot, stundenweise in seinem Kiosk auszuhelfen. Andere, darunter Pipo mit den Pullovern, Jimmy, der Bayern-München-Fan, und der schweigsame Gecko, nahmen andere Angebote an. Sicher wird so manches nicht von Dauer sein, doch es war eine Chance.

Auch unsere Punks bekamen Angebote, doch zeigten sie sich nicht so anpassungsfähig wie die älteren Obdachlosen. Rebecca zum Beispiel hätte in einem Fischgeschäft zur Verkäuferin ausgebildet werden können – wenn sie im Laden auf ihr schrilles Outfit verzichtet hätte. Ein bisschen netter müsse sie sich schon kleiden, war ihr bedeutet worden. Da verzichtete sie lieber auf den Job.

Feuerwasser und Papa Tute erging es ähnlich, bis sie einen Bauhandwerker fanden, der ungelernte Arbeitskräfte suchte und dem es egal war, wie sie aussahen, wenn sie nur tüchtig genug waren. Und das wollte von nun an sogar Papa Tute sein.

Bambi dagegen verhielt sich wie Rebecca. Sie war nicht bereit, »sich selbst an den Nagel zu hängen«. So entging ihr eine Lehrstelle in einem großen Warenhaus, obwohl man ihr, der kleinen Niedlichen, dort goldene Brücken bauen wollte.

Jöte, unser Bäckergeselle aus der Kaiserzeit, wiederum hatte Glück. Dem Personalchef einer Großbäckerei war der Zunftgenosse aufgefallen, der da so freundlich aus unserem Gruppenfoto herauslächelte. Er schrieb uns, Jöte stellte sich vor, brillierte mit seiner Bildung und durfte eine Bäckerlehre antreten. Aber natürlich wollte er nicht bis ans Ende seiner Tage Teig kneten! Meister Jöte plante bereits eine internationale Großbäckerei, die sich auf pizzamäßig die Welt eroberndes mexikanisches Backwerk spezialisieren sollte; keine Frage, dass ein neuer Rockefeller vor uns stand.

So ging es hin und her, mal gute Aussichten, mal schlechte. Interessant daran war vor allem, dass das Ableiern vor den Bahnhöfen wohl doch keinem so großen Spaß gemacht hatte; für nicht einen Einzigen von ihnen bedeutete das noch eine ernsthafte Alternative. Zwei allerdings hatten großes Pech: Porky Pig und Jeanie.

Porky hatte es in der Nacht, in der unsere Häuser geräumt wurden, böse getroffen: Nasenbeinbruch und Gehirnerschütterung. Außerdem hatte er zwei Schneidezähne verloren. Einer von Ricos Freunden, ein junger Anwalt, vertritt Porky in seiner Klage gegen das Land Berlin, zu der wir ihn überredet haben. Aber ob er damit Erfolg haben wird? Hoffnungsvoller stimmte da schon die Lehrstelle, die Porky nach seiner Entlassung aus der Charité angeboten wurde und die er nach längerem Zögern angenommen hatte: eine Ausbildung zum Fleischer. Bei seinem Spitznamen – ein Witz! Es durfte aber nicht lange gelacht werden. Bereits in der vierten Woche verleitete ein älterer Arbeitskollege Porky zum Trinken während der Arbeitszeit. Der Kollege vertrug viel, Porky so gut wie nichts. Er fiel auf und flog sofort raus – es war ja noch während der Probezeit. Seither träumt er nur noch von dem Schmerzensgeld, das ihm eines Tages vielleicht gezahlt wird: Unglücksvogel bleibt Unglücksvogel!

Noch schlimmer erging es Jeanie. Ihre Mutter hatte sie auf einem der Fotos wieder erkannt. Noch am selben Tag wollte sie Jeanie nach Hause zurückholen. Die aber lief fort, ohne auch nur ein einziges Wort mit ihrer Mutter zu reden, kam erst am Abend zurück und tobte die halbe Nacht lang über ihre Dummheit, sich mit uns fotografieren zu lassen. Sie ahnte schon, dass sie von nun an keine Ruhe mehr finden würde. Und richtig, am nächsten Tag stand ihre Mutter wieder vor der Tür, in ihrer Begleitung eine Sozialarbeiterin vom Jugendamt und zwei Polizisten. Wenn Jeanie nicht nach Hause zurückwolle, müsse sie in ein Heim, sagte die junge Frau vom Jugendamt, schließlich sei sie erst dreizehn.

In ihrer Not beschuldigte Jeanie ihren Stiefvater, sie befummelt zu haben. Deshalb könne sie nicht nach Hause zurück. Und in ein Heim wolle sie nicht, denn in so einem Käfig würde sie sterben. Ihre Mutter war entsetzt über das, was sie da zu hören bekam, wollte es nicht glauben und hielt Jeanie vor, ihren neuen Mann, der es doch nur gut mit ihr meinte, vom ersten Tag an abgelehnt zu haben. Und in diesem Hin und Her der gegenseitigen Vorwürfe erfuhren wir zum ersten Mal Jeanies Geschichte.

Ihr wirklicher Name ist Christiane. Großgezogen wurde sie von ihrer früh verwitweten Mutter, die sich in ihrer Einsamkeit wohl allzu sehr an die Tochter klammerte. Immer fürchtete sie, ihrer Christel könnte was passieren, nie durfte das Mädchen sich längere Zeit mit Freundinnen treffen, geschweige denn bei einer von ihnen übernachten. So gab es ständig Krach zwischen den beiden und einer endete damit, dass die Mutter die Tochter mit dem Lineal schlug. Da lief Jeanie – sie war erst elf – das erste Mal weg. Sie wurde aufgegriffen und zu ihrer Mutter zurückgebracht. Beide weinten, beide versprachen Besserung. Doch es wurde nicht besser. Als die Mutter in Jeanies Schulmappe Briefe von einem Jungen fand, hagelte es wieder Schläge und wieder lief Jeanie fort und wurde zurückgebracht. Dann heiratete die Mutter, selbst seit Jahren arbeitslos, eines Tages einen arbeitslosen Lageristen. Also saßen von nun an zwei zu Hause und passten auf Jeanie auf. Das hielt sie nicht aus. Einmal ließ sie aus Protest die Milch überkochen, ein andermal fiel ihr der Wischeimer aus der Hand und überschwemmte den vom Stiefvater in die Ehe mitgebrachten Prunkteppich, wieder ein andermal kippte sie »ganz aus Versehen« den Mülleimer ins Klo. Da glaubte ihr Stiefvater, sich endlich durchsetzen zu müssen, und schlug zum ersten Mal zu. Das war der Anfang vom Ende. Wieder lief Jeanie fort und nun wollte sie unter keinen Umständen nach Hause zurück.

Ich bin noch immer der Meinung, dass Jeanie ihren Stiefvater zu Unrecht beschuldigt hat; es war ihre letzte Hoffnung, nicht nach Hause zurückzumüssen. Doch sie blieb bei ihrer Behauptung, griff sich sogar zwischen die Beine, um ihrer Mutter zu zeigen, wo der Stiefvater sie überall angefasst hatte. Das versetzte ihre Mutter in solche Wut, dass sie gleich wieder auf die Tochter loswollte. Ersatzvater Tute musste dazwischengehen. Grund genug für die Polizisten, sich auf Papa Tute zu stürzen, und in dem Tumult konnte Jeanie ein zweites Mal entkommen.

Und nun kam sie nicht mehr zurück. Rebecca, Papa Tute und Bambi machten sich noch am gleichen Tag auf die Suche nach ihr, konnten sie aber nirgends finden. Erst viel später, als ich schon wieder in Hamburg war, traf Rebecca sie in der Kurfürstenstraße – auf dem Straßenstrich. Es ging ihr dreckig, sie war auf Drogen, aber sie wollte nicht mehr in die Torstraße zurück. Weil dort ja doch nur ihre Mutter und das Jugendamt auf sie lauern würden.

Eine traurige Geschichte. Wie Jeanie da herauskommen will, solange sie zu niemandem Vertrauen hat, weiß ich nicht.

Sonst gibt es noch zu berichten, dass Gregg und die Journalistin Gina Nowak, die in der Nacht der Häuserräumung ebenfalls so böse misshandelt worden war, sich Porkys Klage angeschlossen haben.

Aber es gibt nur sehr wenig Hoffnung, dass die Täter ermittelt werden. Was nützen alle Zeugenaussagen, solange nicht herauszubekommen ist, welche Polizisten es waren, die so brutal vorgingen. Ihre Kollegen werden die schwarzen Schafe doch decken; wer will denn schon das »Kameradenschwein« sein? Und von den Schlägern haben wir keine Gesichter erkennen können, so behelmt, wie sie uns entgegentraten.

Recht haben und Recht bekommen ist tatsächlich zweierlei! Dennoch wollen die drei die Sache bis zum Ende durchziehen.

Gute Nachricht erhielten wir von Annemarie Störikow. Als Leo, Phil und Inke Moor sie in der Charité besuchten, ging es ihr schon wieder besser. Allerdings freute sie sich so sehr über die Aussicht, in ihrer Wohnung bleiben zu dürfen, dass sie beinahe einen zweiten Herzanfall erlitten hätte.

Die aufgebrochenen Türen wurden von Heide und ihren Tischlerkollegen wieder instand gesetzt und auch alle anderen Arbeiten gingen weiter, als wäre nichts geschehen. Und das schon, bevor wir wussten, wer die neue Investorin war. Wir wollten zeigen, dass wir an unserer Linie festhielten: Lieber etwas tun als abwarten, was da kommt!

So war unser Leben auch nach dem großen Sieg nicht langweilig. Die vielen Neuigkeiten ließen uns von einer Aufregung in die andere taumeln. Wäre Vater nicht gekommen, wäre ich ganz sicher bis zum Ende der Semesterferien in Berlin geblieben. Doch nun, nach sechs Wochen Robert, war es irgendwie selbstverständlich, dass ich mit zurückfahren würde. Mutter wollte ja auch noch was von ihrer Tochter haben und Jens hatte einen Anspruch darauf, mich endlich mal zur Rede stellen zu dürfen.

Robert graute es vor dem Tag, an dem er wieder allein sein würde. Er sagte es uns in aller Deutlichkeit.

Vater versuchte, die Sache ins Komische zu ziehen – »Könnte ja von nun an jede Woche ein anderer von uns bei dir aufkreuzen« –, in Wahrheit ließ er Robert ebenfalls nicht gern allein. Roberts immense Tablettenschluckerei und die tägliche Trinkerei sorgten ihn nicht weniger als mich. Ein paar Mal hatte er versucht, mit Robert darüber zu reden, doch der hatte jedes Mal abgewunken. Wir sollten uns mal lieber um unsere eigenen schlechten Angewohnheiten kümmern, in seinem Alter sei nichts mehr gefährlich.

Jetzt, so kurz vor der Abreise, fragte ich mich, ob wir Robert nicht das Angebot machen sollten, nach Lilienthal zu ziehen. Mein Zimmer stand fast immer leer; wenn ich mal zu Besuch kam, konnte ich im Wohnzimmer auf der Couch schlafen. Letztlich aber war mir klar, dass das nur Großfamilien-Phantasien waren. Robert hatte nicht nach Weißensee umgetopft werden wollen, was sollte er in Lilienthal? In der Torstraße war er zu Hause, dort wollte er bleiben und nirgendwo sonst. Und wenn ich in Berlin einen Studienplatz bekam und Gregg und ich in unserem Paradies lebten, war ich ja bei ihm. So tröstete ich mich und ihn.

Am Samstag vor unserer Rückreise machten Vater und ich dann noch zwei Besuche. Zuerst ging's zu den Spandauer Seemännern, die Vater nun unbedingt auch noch kennen lernen wollte, von dort fuhren wir nach Marzahn, eine Plattenbausiedlung weit im Osten Berlins, in der Vaters Jugendfreund Hotte Mischke lebte: der dritte Musketier vom Rosenthaler Platz!

Onkel Walter, Tante Monika und Vater verstanden sich auf Anhieb. Die beiden kannten Vaters Geschichte ja schon durch Robert und mich und wollten viel von ihm wissen: Wie das damals so war als ehemaliger DDR-Häftling im Westen und wie lange es gedauert habe, bis er, der doch in einem sehr geregelten Tierpark aufgewachsen sei, sich im West-Dschungel zurechtgefunden hatte. Weshalb er sich damals nicht bei ihnen gemeldet hatte, fragten sie nicht.

Vater antwortete bereitwillig, während die beiden uns in ihrem Garten bewirteten.

Zu Benny, der etwas später kam, fand Vater keinen Draht. Das ging schon los, als Benny Tante Ruths »sentimentales Ost-Engagement« tadelte. »In diese Ruinen«, sagte er, »wird sie immer nur hineinstecken und nie etwas herausholen.«

Vater entgegnete nichts, aber die Art, wie er schwieg, sagte alles.

»Wieder einer mehr, der nur materiell denkt und sich dabei auch noch klug vorkommt«, sagte Vater über Benny, als wir uns auf den langen Weg von Spandau nach Marzahn machten.

Da hatte ich plötzlich Lust, Benny – und damit einen Großteil meiner Generation – ein bisschen zu verteidigen: Was bleibe einem denn anderes übrig, als sich die Gegenwart schön zu machen, wenn die Zukunftsaussichten eher trostlos sind?

Darüber hätten wir lange diskutieren können und ganz sicher hätte ich meine halbherzige Anwaltstätigkeit bald aufgegeben, Vater aber wollte nicht länger über Benny reden. Der bevorstehende Besuch, den er bis zum vorletzten Tag hinausgezögert hatte, beschäftigte ihn mehr.

Er hatte die Adresse von diesem Horst Mischke im Telefonbuch ausfindig gemacht. Doch natürlich gab es in so einer großen Stadt gleich mehrere Horst Mischkes und er hatte einen nach dem anderen anrufen und fragen müssen, ob er jener Horst Mischke sei, der mal Weinbergsweg 8 gewohnt habe. Als er dann endlich seinen Hotte gefunden hatte, hatte ich ihn richtig jungenmäßig auflachen und ins Telefon brüllen hören: »Mensch, Hotte! Weeßte, wer hier ist? Olle Wolle – Wolfgang Seemann!«

Es hatte dann aber nur ein sehr kurzes, verlegenes Gespräch gegeben. Man hatte sich verabredet, doch Vater meinte zu spüren, dass sein Jugendfreund Hotte nicht gerade großen Wert auf das Treffen legte.

Weshalb ich mitfuhr? Die Geschichte der drei Musketiere Karlheinz Schmidt, Horst Mischke und Wolfgang Seemann kannte ich ja nun schon sehr lange; sie gehört zu meinem Leben wie meine erste Puppe, alte Zeugnisse, frühe Kindheitserlebnisse. Ich war also sehr neugierig auf diesen Hotte aus Vaters Jugend und Vater fand nichts dabei, dass ich ihn auf seiner Reise in die Vergangenheit begleiten wollte; im Gegenteil, ich glaube, er war sogar sehr froh darüber.

In Marzahn, einer wahrhaft riesigen Plattenbausiedlung, mussten wir uns ein bisschen durchfragen, irgendwann jedoch hatten wir den richtigen Wohnklotz gefunden. Vater klingelte, eine heisere Männerstimme meldete sich in der Gegensprechanlage; Vater nannte seinen Namen, kurz darauf summte es an der Haustür.

Im Fahrstuhl überkam Vater ein mulmiges Gefühl. »Vielleicht hätt' ich lieber doch nicht herkommen sollen … Hab so 'nen bitteren Geschmack auf der Zunge.«

Aber nun war er hier und musste die Sache zu Ende bringen.

Im siebten Stock wurden wir erwartet. Ein Mann stand in einer der Türen, von dem ich wusste, dass er ungefähr Vaters Alter haben musste; er wirkte aber um vieles älter: kräftiger Bauch, breites Gesicht, volles, tief in die Stirn wachsendes, bereits stark ergrautes Haar. Seine Augen blickten unsicher, doch er lachte freudig. »Biste's wirklich? Olle Wolle? Und deine Frau haste ooch mitjebracht? Na prima! Komm her, lass dich drücken.«

Die Herzlichkeit war schlecht gespielt, das wussten wir alle drei. Vater und ich aber spielten mit, lachten lange und machten die Ehefrau wieder zur Tochter.

»Wat denn? Tochter? Nich Frau Jemahlin?« Kumpelhaft erstauntes Strahlen. »Na, Wolleken, da haste aber früh anjefangen.«

Wir lachten wieder, dann betraten wir die Wohnung mit den vielen Bücherregalen in Flur und Wohnzimmer. Ich entdeckte auch gleich sechs Bände Robert Seemann. Bier wurde auf den Tisch gestellt und extra für mich eine Flasche Wein geöffnet und es wurde erzählt.

Vater begann. Er berichtete, wie es ihm im Westen ergangen war; er war sehr ehrlich und log trotzdem. Weil er eine heitere Unterhaltungsatmosphäre schaffen wollte. So wurden aus seinen schwierigen Bremer Anfangsjahren lauter komische Erlebnisse.

Erst lachte sein Freund Hotte jedes Mal herzlich mit, dann wurde er immer ernster und sagte, als Vater endlich meinte, genug von sich erzählt zu haben: »Also 'n Buchladen haste?

Häuschen im Grünen, Frau und zwei wohljeratene Kinder? Kleinbürjerlichet Glück hoch drei! Gratuliere!«

Empört blickte ich ihn an. Das klang ja, als wäre es Vater immer nur um ein schönes Leben gegangen?

Vater lächelte nur. »Und du?«, fragte er. »Was machst du so?«

»Mir geht's prima«, spottete Hotte Mischke. »Muss nicht hungern und hab sogar schon mal Urlaub in Spanien gemacht.«

»Und sonst?«

»Arbeitslos.« Hotte Mischke zuckte die Achseln. »Hab mich nach der Wende als Möbelverkäufer versucht. Bin ja Diplom-Ökonom und dachte, ick versteh wat vom Verkaufen. War aber doch 'n Unterschied. Früher ham wa den Mangel verwaltet, heute solln wir den Leuten überflüssijet Zeuch aufschwatzen. Nich mit Hotte Mischke! Hab jekündigt. Einfach so, ohne Abfindung und Auf Wiedersehen.«

»Tut mir Leid.«

»Muss dir nicht Leid tun. Wat er nicht ändern kann, muss der Preuße ertragen.« Hotte Mischke trank sein volles Glas Bier beinahe in einem Zug aus, dann blickte er Vater für einen Moment vorwurfsvoll an. »Sind ja fast alle arbeitslos – fast unsere gesamte alte Clique dreht Däumchen! Und die, die nicht drehen, sitzen bloß auf 'ner ABM-Stelle.«

Vater wich diesem Blick aus und Hotte Mischke schenkte Bier nach und erzählte, dass wenigstens seine Frau, eine Elektroingenieurin, noch Arbeit habe. »Draußen in Potsdam. Anderthalb Stunden Fahrt hin, anderthalb zurück. Gift fürs Familienleben, aber Gold fürs weitere Verbleiben in der westlichen Wertegesellschaft.«

Vater schwieg, ich schwieg und nach einem neuen tiefen Schluck Bier fuhr Hotte Mischke fort, er habe nie viel Ehrgeiz gehabt und sei in der DDR stets gut damit gefahren. Alles sei seinen sozialistischen Gang gegangen: Gehaltserhöhungen, Jahresendprämien, höhere Dienstgrade. Wenn oben einer ausschied, seien alle anderen eins aufgerückt. Sich mit Haut und Haaren ins kapitalistische Konkurrenzgetümmel zu stürzen sei nicht sein Ding.

Erneutes Schweigen. Das war Hotte Mischke jetzt schon langsam unangenehm, verlegen erzählte er von dem Betrieb, in dem er zwanzig Jahre lang gearbeitet hatte. »Der Laden wurde von der westlichen Konkurrenz jekauft. Und wat denkste, wo der Sanierer herkam? Von jenau dieser Konkurrenz! Jetzt, da er unsern Laden runterjewirtschaftet hat, isser wieder da, wo er herjekommen ist: Auftrag erfolgreich ausjeführt!«

Ich bin mir sicher, dass solche Schweinereien tatsächlich passiert sind. Aber was sollte Vater mit diesen Anklagen anfangen? War er es, der den Zusammenbruch der DDR verschuldet hatte? War er es, der den Leuten im Osten blühende Landschaften versprochen hatte? Seine Buchhandlung war kein Großunternehmen, das im Osten den Riesenreibach gemacht hatte, er hatte auch kein Schloss oder irgendwelche Ländereien zurückverlangt. Wollte sich dieser Hotte Mischke, indem er in die Offensive ging, vielleicht nur für irgendwas verteidigen, das auf sein Gewissen drückte?

Ich blickte Vater an, doch er blieb bei seiner versöhnlichen Haltung und begann, um dem in der Luft liegenden Streit auszuweichen, über alte Zeiten und lustige Erinnerungen zu reden. Bis er sich irgendwann über sich selbst ärgerte, wie ich ihm deutlich ansehen konnte. »Vielleicht fragste dich, wieso ich mich all die Jahre nicht gemeldet habe«, sagte er plötzlich. »Na ja, erst wollte ich, der Republikverräter, dir keine Schwierigkeiten machen, später war dann viel Zeit vergangen … Wusste nicht, ob dir ein Treffen recht ist.«

Hotte Mischke erwiderte nichts darauf, trank nur mit gleichmütigem Gesicht. Das brachte mich zum Kochen. Wie konnte er Vaters Versuch, endlich mal ehrlich miteinander zu reden, so kalt abblitzen lassen? »Hatten Sie damals eigentlich ein schlechtes Gewissen?«, trompetete ich los.

»Weshalb denn?« Er kuckte erstaunt.

»Na, immerhin war von Ihren beiden besten Freunden einer an der Grenze erschossen worden und der andere saß im Gefängnis.«

Vater machte eine abwehrende Handbewegung. Doch es war zu spät, die Frage war heraus, wir durften auf die Antwort gespannt sein.

»Was hatte ich denn damit zu tun?« Hotte Mischke blickte verständnislos. »Hab die beiden doch nicht angezeigt. Wusste ja gar nicht, wo sie rüberwollten. Außerdem war doch dem letzten Straßenköter bekannt, dass an der Grenze geschossen wurde. Muss jeder selber wissen, was er riskieren will ...«

Worte, die mir die Luft nahmen. »Ach so?«, rief ich laut. »Dann ist also das Opfer schuld und nicht der Täter? Feine Logik! Die gilt dann aber auch für Hitlers KZ-Wächter ...«

»Die DDR war kein KZ«, unterbrach er mich streng. »Bei uns musste man nicht um sein Leben bangen, wenn man sich an die Gesetze hielt.«

Nun musste auch Vater aus der Reserve gehen. Das war er seinem Freund Schmidt/DDR schuldig. »Es gibt Gesetze, an die muss man sich nicht halten. Weil sie Unrecht sind.«

Da begannen Hotte Mischkes Hände plötzlich zu zittern. Es war dieses Gespräch, das er so gefürchtet hatte.

Vater bemerkte es und wurde gleich wieder etwas versöhnlicher. Er wolle niemandem Vorwürfe machen, sagte er, jeder Einzelne müsse wissen, ob er mit seinem Gewissen vereinbaren könne, was er getan oder unterlassen hat. Den Opfern an der Grenze selbst die Schuld zuzuschreiben ginge jedoch zu weit. Argumente wie »Wer sich in Gefahr begibt, kommt darin um« seien ihm zu simpel.

Es war nicht so, dass ich kein Mitleid mit Vaters Freund hatte. Eine schlimme Situation für ihn, diese beiden selbst ernannten Richter und Rächer vor sich sitzen zu haben. Doch hatte er die Situation mit seinen Ausflüchten selbst heraufbeschworen. Außerdem wusste er sich auch in der Folge bestens zu wehren, tat unsere Vorwürfe an seinen ehemaligen Staat mit Schlagworten wie »Siegerjustiz« ab und sagte, jede Zeit habe nun mal ihre eigene Wahrheit, ob und wie lange sie Bestand habe, sei eine andere Sache. Auf jeden Fall habe er, Hotte Mischke, sich nie die Hände schmutzig gemacht. Nicht mal in der Partei sei er gewesen. Also wisse er beim besten Willen nicht, was man ihm vorwerfen könne.

Da war ich erst mal baff. Wenn er so wenig mit allem zu tun hatte, weshalb verteidigte er sich so? Glaubte er, nur weil er im Land geblieben war, alles Unrecht, was dort geschah, vertreten zu müssen? Nachdenklich sah ich ihn an. Er erwiderte meinen Blick und dann sagte er plötzlich, natürlich habe ihn vieles geschmerzt, was in seinem Land geschehen sei, aber so sei es doch immer und überall, man sehe hin, erschrecke kurz und wende den Kopf ab. »Oder leiden etwa Sie, verehrtes Fräulein Seemann, von morgens bis abends unter der Not in der Dritten Welt? Sie leben hier und heute und kaufen sich schöne Kleider und essen nur das Beste und pflegen Ihr schlechtes Gewissen. Nichts anderes haben wir kleinen DDR-Menschlein getan.«

Nun wusste Vater endgültig, dass er nicht hätte herkommen dürfen. Abrupt stand er auf und sagte, es tue ihm Leid, gestört zu haben. Er werde das ganz gewiss nicht wieder tun.

Hotte Mischke blickte stumm auf sein Glas, dann stand er

ebenfalls auf und sah auf einmal sehr unglücklich aus. »Tut mir Leid, Wolle! Aber es macht nun mal verdammt keinen Spaß, sich immer und ewig und für alles entschuldigen zu müssen … Ich kann und will diese vierzig Jahre nicht so einfach abstreifen. Es war ja mein Leben, das will ich mir von der Weltpolitik im Nachhinein doch nicht versauen lassen …«

Schweigend gingen wir durch den Flur und dort hatte Vater plötzlich Tränen in den Augen. Zur Ablenkung wies er auf die Bücher in den Regalen. »Liest du immer noch so viel?«

»Lesen?« Hotte Mischke starrte irgendwohin, zur Flurlampe hoch oder in sich hinein. »Wozu denn noch lesen? Gibt keine Autoren mehr, die mir noch was zu sagen hätten.«

Da zögerte Vater kurz, dann umarmte er den ehemaligen Freund rasch und trat ins Treppenhaus hinaus. Im Fahrstuhl sah ich ihn verwundert an. Was hatte diese Umarmung am Ende eines so unbefriedigenden Gesprächs zu bedeuten?

Er konnte mir die Frage vom Gesicht ablesen. »Das war der Abschied von einem, der mal ein prima Kerl war«, sagte er leise. »In der Schule hab ich bei ihm Mathe und Chemie abgeschrieben, er bei mir alles, was nicht mit Logik zu erklären war … Zweimal haben wir uns geprügelt. Er war immer der Stärkere – aber nicht ein einziges Mal hat er mir wirklich wehgetan.«

Eine enttäuschende Reise, dieser Trip in die Vergangenheit. In der S-Bahn, die uns in die Innenstadt zurückbrachte, musste Vater seinen Frust loswerden:

Sein Freund Kalle und er hätten es damals einfach nicht ausgehalten – diese konfektionierten und behördlich genehmigten Ansichten, die in der DDR Maßstab für alles gewesen seien! Jeder Zweifel an der Allwissenheit der Partei wäre als überhebliche, individualistische Miesmacherei gebrandmarkt, jedes vom Staat gelenkte Kollektiv, egal, wie es zusammengesetzt war, als Garant für Weisheit und Güte gefeiert worden. »Die Partei, sie hatte immer Recht! So wie einst die mittelalterliche Kirche immer Recht hatte. Kritiker, Zweifler, Skeptiker wurden zwar nicht verbrannt, aber zum Widerruf gezwungen, diffamiert, in ihrer Existenz zerstört …«

Da waren alte Wunden aufgebrochen. Nur selten hatte ich Vater so traurig, so erzürnt, so erregt erlebt.

Ich solle bloß nicht glauben, der Westen sei der größte Feind dieser Art »Sozialismus« gewesen, fuhr er fort. Nein, die Realsozialisten, die ewig befürchteten, der Klassengegner könnte sie eines Tages zu Grunde richten, hätten sich selbst ein Bein gestellt. Mit ihrem ewigen Misstrauen, der ständigen Kontrolle und dem sturen Festhalten an der Parteilinie hätten sie alle Hoffnungen auf Besserung und damit den eigenen Staat umgebracht. Träume morden, das könnten ja immer nur die eigenen Leute, nie der Gegner.

Ich ließ ihn reden. Er musste das jetzt alles loswerden. Und so redete er sich weiter die Last dieser Wiederbegegnung vom Herzen, bis er schließlich sagte, eines stehe nun für ihn fest: Diese Art Sozialismus sei keine Antwort auf den Kapitalismus, sondern nur eine Frage gewesen, die vom Kapitalismus provoziert worden sei. Denn angesichts von Ausbeutung, Not und Ungerechtigkeit im Kapitalismus habe sich jeder gerecht empfindende Mensch diese Frage irgendwann stellen müssen. Doch sollte sich niemand dem Irrglauben hingeben, dass sie schon beantwortet sei, solange die Entwicklung weiter so an den wirklichen Bedürfnissen der Menschen vorbeigehe.

Da fragte ich endlich nach Hotte Mischke. Ob sein Freund, vor lauter Nachsicht mit der eigenen Vergangenheit, die untergegangene DDR-Diktatur denn nicht nachträglich bejaht habe, auch wenn er zuvor nicht Parteimitglied war?

Keine Frage, die nur mit Ja oder Nein zu beantworten ist. Vater dachte lange nach, bevor er schließlich sagte, zu allen Zeiten hätten sich Menschen »mehr Licht« – also Aufklärung, Wahrheit, schlicht: »das Gute« – gewünscht. Doch hätten sich diese durchaus fortschrittlich denkenden Menschen nicht nur mehr Licht, sondern auch bessere Augen wünschen sollen. Denn sobald sie ihren eigenen »neuen Weg« eingeschlagen hatten, seien sie für die Opfer am Wegrand blind geworden.

Ich sah ihn an und dachte mir, dass einer wie er, der immer alles sehen wollte und hier wie dort vieles in Frage stellte, es auch nicht leicht hatte. Aber das wollte ich nicht sagen, nicht in diesem Augenblick, und so schwieg ich lieber. Vater dachte nun ganz sicher an den Hotte seiner Jugend und an seinen Freund Kalle Schmidt, von dem noch immer ein Foto über seinem Schreibtisch hängt. Ich aber dachte an Vater und all das, was ich über sein Leben nach dieser missglückten Flucht wusste: Wie er als Achtzehnjähriger für zwei Jahre ins Gefängnis musste und in all der Zeit seinen Vater nicht sehen wollte; wie er dann nach seiner Entlassung in den Westen Abend für Abend einsam durch die Bremer Straßen wanderte, bis er schließlich bei einer kinderlosen älteren Witwe nicht nur Unterkunft, sondern fast so etwas wie ein zweites Zuhause fand. Er hatte Mutter, Bastian und mir oft von jener Amanda Gerstl erzählt, Dresdnerin und waschechte Sächsin, die, ebenfalls aus dem Osten, so viel Verständnis für ihn hatte und ihm anfangs sogar die Miete stundete und Arbeitsbrote schmierte.

Alle möglichen und unmöglichen Jobs hatte er damals angenommen, nur um sich über Wasser zu halten. Zeitungen hat er verkauft, Fenster geputzt, bei der Müllabfuhr ausgeholfen, Möbel geschleppt und Post ausgetragen. Bis er endlich eine Ausbildung als Buchhändler fand. Was seinen Neigungen noch am nächsten kam; an ein Studium dachte er zu jener Zeit ja schon längst nicht mehr.

Und auch diese Lehrzeit überstand er nur, weil seine sächsische Witwe ihn so unterstützte. Als er dann endlich ausgelernt hatte, war er längst verheiratet und Bastian und ich waren auch schon da. Seine Ersatzmutter Amanda aber erließ ihm zur Hochzeit nicht nur all seine Mietschulden, sondern vererbte ihm, als sie starb, auch noch ihre gesamten Ersparnisse: zwanzigtausend Mark! Bedingung: Er sollte das Geld als Startkapital für eine eigene Buchhandlung nutzen. *Amandas Bücherkiste* heißt Vaters Laden deshalb noch heute.

Ein wahrer Glücksfall, diese Amanda Gerstl, denn ansonsten war Vater der Westen lange fremd geblieben. Weil die meisten Leute, die er kennen lernte, nur an sich dachten: an *ihre* neue Wohnungseinrichtung, *ihr* neues, größeres Auto, *ihre* nächste Reise. In der östlichen Mangel- und Meckergemeinschaft seien solidarische Gefühle ganz von selbst entstanden, hat er mal zu mir gesagt, im Westen spielten selbst die Schwachen die Starken.

Eine von den wenigen, die anders waren, war Mutter. Erst mit ihr und uns, so Vater, wurde sein Glück komplett.

Ich stelle mir jene glückliche Wendung in Vaters Leben immer wieder gern vor, dachte während dieser Rückfahrt in die Torstraße lange daran und will dir, liebes Minchen (und auch dir, liebe Britta, die du voller Neugier jede Zeile mitliest), auch davon erzählen:

Es begann in der Straßenbahn. Jeden Morgen fuhren das große, schlanke Mädchen mit dem langen, dunkelblonden Haar, das immer nur las, und der junge Bär aus der Buchhandlung, der ebenfalls ständig ein Buch in den Händen hielt, mit der gleichen Bahn. Doch weil sie sich beide hinter ihrem Buch versteckten und nur zueinander hinschielten, wenn sie glaubten, der andere bemerke es nicht, hätte es Bastian und mich vielleicht nie gegeben. Eines Morgens jedoch hielten die beiden Schüchterlinge jeder das gleiche Buch in den Händen: Max Frischs *Stiller*. Das brach den Bann. Erst kuckten sie nur jeder ganz entgeistert auf des anderen Buch, dann prustete Mutter los und Vater lachte so laut mit, dass alle in der Straßenbahn zu ihnen hinschauten und der von seiner Höhlennacht morgens immer ziemlich zerknautschte junge Brillenbär sofort ganz rot wurde. Schwups hatte Mutter sich endgültig in ihn verliebt. An der nächsten Haltestelle blickte sie ihn tapfer an – und stieg aus! Und Vater, der wusste, dass das nicht die Station war, an der sie üblicherweise ausstieg, begriff, dass es sich hierbei um ein einmaliges Angebot zum Kennenlernen handelte, und stieg ebenfalls aus.

Ja, und dann? Dann standen sich die beiden ganz verlegen gegenüber, bis sie gleichzeitig mit derselben Frage herausplatzten: »Wie gefällt Ihnen der *Stiller* denn?«

Was folgte, war eine sehr rasche, heftige Liebesgeschichte, die schon bald in eine Schwangerschaft mündete. Natürlich eine Katastrophe: Der Buchhändlerlehrling, dem nur die mütterliche Zuneigung seiner sächsischen Amanda ein einigermaßen zivilisiertes Leben ermöglichte, sollte Vater und die nur ein Jahr ältere, ebenfalls möbliert wohnende Pädagogikstudentin Mutter werden! Dennoch ging alles gut. Dank Amanda Gerstl und mit Hilfe meiner Bremerhavener Großeltern. Vaters Zimmer und noch ein halbes dazu wurden dem jungen Paar und später auch Bastian und mir erstes Heim und erste Burg und Mutter sagt noch heute, der berühmte Spruch, von Luft und Liebe allein könne man nicht leben, stimme nicht.

Eine schöne Liebesgeschichte, oder? Vater aber saß neben mir und wusste nicht, welche Hauptrolle er in meiner Phantasie gerade spielte. Zurück in deinem Zimmer, Minchen, notierte ich dann wie immer alles in meinem Tagebuch und fügte mitten in der Nacht, als ich vor lauter Bilder und Szenen, die mir durch den Kopf gingen, nicht einschlafen konnte, noch eine Erkenntnis hinzu: Dass wir Seemänner offenbar prädestiniert dafür sind, schöne und aufwühlende Liebesgeschichten zu erleben. Nach Minchen und Wilek, Arthur und Ilsa, Robert und seiner Loreley, Vater und Mutter – nun Gregg und Eva!

In meinem Überschwang schrieb ich auf, dass die Liebe vielleicht das Allerwichtigste im Leben ist und dass man sicher auch Schlimmes sehr viel besser übersteht, wenn man einen Partner hat, der einen wirklich liebt. Gleich darauf musste ich dann wieder an dich denken, Minchen: an die zwei Weltkriege, die du miterlebt hast, an deine Gewissensnot und Angst, als du mit deinem Arthur schwanger warst, an deine unbarmherzige Feigheit und dein stilles Heldentum in der Nazi-Zeit, an den Mann, den du in dem einen, und den Sohn, den du im anderen Krieg verloren hast.

Gregg und ich gehören einer glücklicheren Generation an, notierte ich, wir haben keinen Krieg, keinen Terror, keine Mauern und keine Konzentrationslager zu verantworten. Unsere Probleme, so groß sie auch sein mögen, sind zu lösen, alle Schwierigkeiten zu bewältigen. Wir dürfen nur nicht erwarten, dass es leicht wird. Kämpfen mussten die Menschen zu allen Zeiten. Weshalb sollten gerade wir davon verschont bleiben?

Liebe Eva, liebes Minchen!

Fast möchte ich nicht weiterschreiben. Das letzte Kapitel endete so hoffnungsvoll. Wäre schön, wenn ich an dieser Stelle Schluss machen könnte. Doch was man angefangen hat, muss man zu Ende bringen. Oder soll ich die letzte Wahrheit aussparen, nur weil das Schreiben darüber wehtut?

Also noch einmal: Sommer! Der letzte Tag in Berlin, ein sonniger Sonntag. Hatte ihn für Gregg freigehalten. Es galt, Abschied zu nehmen. Nicht für immer, aber die Woche, die vergehen würde, bis Gregg mich das erste Mal in Lilienthal besuchen wollte, stand wie eine hohe, graue Wand vor mir. Wie sollte die arme Ewotschka das nur aushalten, eine ganze Woche ohne Gregg?

Es wurde ein sehr langer und sehr schöner Sonntag. Vormittags spazierten wir durch den Tiergarten, ruderten auf dem Neuen See und lagen in der Sonne, nachmittags besuchten wir eine der vielen kleinen Galerien, die Gregg so liebte, abends zogen wir uns in unser Paradies zurück. Gregg versprach mir, dort einzuziehen und auf mich zu warten. Falls sein Geld nicht reichte, wollte ich mit meinen Eltern reden. Tante Ruth zu bitten, uns einen Mietnachlass zu gewähren, schlossen wir aus; keine Sonderrechte, kein Vitamin B!

Ja, auch dieser wehmutsvolle Abschied in unserm Paradies war irgendwie schön. Schön und bitter! Zum ersten Mal habe ich erfahren, wie es schmerzt, wenn man festhalten möchte, was einfach nicht festzuhalten ist. Damit meine ich nicht nur Gregg, damit meine ich diesen ganzen aufregenden Sommer.

Wir hatten Greggs Scheinwerfer nicht eingeschaltet, nur vor dem Wandgemälde flackerten zwei Kerzen. Dadurch schien der grünbunte Dschungel zu leben. Fast meinte ich die schrillfarbigen Vögel rufen und die Raubkatzen fauchen zu hören … Ich lag ganz still, den Kopf auf Greggs Brust, und schaute lange dieses Paar an, das da so glückselig Hand in Hand im Baum saß.

Später gab's in der WG ein Abschiedsessen. Da hätte ich heulen mögen. Sie waren mir alle so liebe Freunde geworden, sogar der ewige Sprücheklopfer Leo … Ich wollte sie nicht mehr missen.

Alle wünschten sich, dass ich rasch wiederkam, machten Vorschläge, wo ich annoncieren sollte, um einen Tauschpartner für meinen Studienplatz zu finden, und überlegten, wie sie dazu beitragen konnten, Gregg und mir unser Paradies zu erhalten. Ich hätte jeden Einzelnen von ihnen abknutschen können.

Was ich dann auch tat, als wir uns voneinander verabschiedeten. Alle waren gerührt, nur Leo witzelte mal wieder, meine Küsse schmeckten wie Sahneeis in der Mittagssonne, es sei eine Schande, ihn danach süchtig zu machen und dann einfach abzuhauen.

Von Gregg musste ich mich noch nicht verabschieden, er wollte Vater und mich zum Bahnhof bringen. Nur ein Kuss und ein gehauchtes »Ich liebe dich«, dann war ich hinter Roberts Tür verschwunden.

Robert und Vater saßen noch auf dem Balkon, still setzte ich mich dazu. Die beiden sprachen mal wieder über die Zukunft. Was sich im nächsten Jahrtausend alles verändern wird in Berlin, Deutschland, Europa, der Welt. Doch ich hörte nicht zu, rief mir nur ins Gedächtnis zurück, wie ich zum ersten Mal auf diesem Balkon gesessen hatte und an dich,

Minchen, Ilsa und Lore gedacht hatte. Irgendwie, so freute ich mich, gehört ihr nun zu mir; niemand kann euch mir noch wegnehmen.

Erst um zwei Uhr in der Nacht hatten Vater und Robert ihren Plausch beendet und wir gingen für ein paar Stunden zu Bett.

Am nächsten Morgen standen wir dann wieder auf dem Ostbahnhof und der Abschied wurde ein sehr feuchter. Robert und ich, wir konnten unsere Tränen nicht zurückhalten. Bei mir war es der Schmerz, meinen alten, mir inzwischen so nahen Großvater allein zurücklassen zu müssen, bei Robert war es mehr. Wie viel mehr, das sollten wir bald erfahren.

Vater und Gregg versuchten, uns mit Scherzen aufzuheitern, aber so richtig gelang ihnen das nicht.

Als Gregg mich zum letzten Mal küsste, musste ich wieder heulen; als er Vater die Hand gab, lächelten die beiden sich kameradschaftlich zu. Sie wussten, dass sie einander in Kauf nehmen mussten, wenn sie mich behalten wollten. Offensichtlich waren sie sehr froh darüber, dass der jeweils andere ganz in Ordnung zu sein schien.

Die Zugfahrt verlief schweigsam. Vater dachte sicher viel an Robert und an all das andere, was diese Reise in ihm aufgewühlt hatte, ich dachte viel an Gregg: Wäre ich nicht nach Berlin gefahren, hätte ich ihn nie kennen gelernt. Dass das Leben von solchen Zufällen abhing? Kaum vorstellbar!

Zu Hause wurde einen ganzen Abend lang erst mal nur erzählt. Mutter gefielen die Veränderungen, die sie an mir festgestellt hatte, Bastian beobachtete mich eher misstrauisch. Meine Igelfrisur fand er unmöglich.

Hinein in meine bunten Schilderungen klingelte das Telefon: Gregg. »Hab Sehnsucht«, flüsterte er. Da hätte ich mich am liebsten in den nächsten Zug gesetzt, um zu ihm heimzukehren. Ich dachte wirklich »heimkehren«, erschrak darüber und freute mich.

Mit Jens traf ich mich tags darauf. Doch es gab nicht viel zu reden. Er sagte, er habe inzwischen ein Mädchen kennen gelernt, das ihm sehr gefalle, und so kurze Haare, wie ich sie nun trüge, habe er an Frauen noch nie gemocht. Wahrscheinlich hätten wir in Wahrheit gar nicht zueinander gepasst.

Das ermöglichte es mir, locker mit ihm umzugehen und ihn zum Abschied sogar auf die Wange zu küssen. Dass er dabei Tränen in den Augen hatte, übersah ich geflissentlich. Hatte in letzter Zeit selbst viel geheult; Tränen gehören zum Leben, man muss sie ertragen können. Außerdem erleichtern sie kolossal.

Es folgten zwei Wochen Lilienthaler Kindsein bei Mutter, Vater und Bruder, unterbrochen von Greggs Kurzbesuch. Er brachte mir aber nicht den Meeresstein mit, den er mir geschenkt hatte. Es war besser, ich zog zum Stein als umgekehrt, so hatten wir entschieden.

Ein verträumtes Wochenende zu zweit. Stundenlang liefen wir an der Wümme entlang, unserer Lilienthaler Spree, fuhren mit dem Rad ins Teufelsmoor und besuchten das Künstlerdorf Worpswede, das Gregg aber nicht sehr gefiel. Nur noch ein Museum, nannte er die einstmals so berühmte Maleransiedlung; Kunsthandwerk ist für ihn, was die jetzigen Bewohner dort herstellen.

Bastian und Gregg verstanden sich nicht. Bastian sah in Gregg nur denjenigen, der seinem Freund Jens die Freundin ausgespannt hatte; Gregg spürte die Ablehnung und nahm sie achselzuckend zur Kenntnis. Kein Glück ist vollkommen – die alte Geschichte!

Mutter und Gregg hingegen waren sich sofort sympathisch.

Was mich sehr freute. Ein beruhigendes Gefühl, dass meiner Liebe keine allzu großen Steine in den Weg gelegt würden.

Nach diesen zwei Wochen mit hoher Telefonrechnung – Gregg, die WG und Robert – ging's zurück in mein Hamburger Zimmerchen. Frau Kruse begrüßte mich sehr herzlich, schien aber gleich zu merken, dass ich eine andere geworden war. Ich solle ihr rechtzeitig Bescheid geben, wenn ich das Zimmer nicht mehr benötigte, sagte sie. Damit sie sich um eine Nachmieterin kümmern könne. – Konnte sie etwa Gedanken lesen?

Der Herbst kam dieses Jahr sehr früh und mir war – ohne Gregg, Robert, die WG und die gesamte Torstraße – sowieso schon ziemlich herbstlich zumute. Nur das Ergebnis der Bundestagswahlen stimmte mich kurzzeitig fröhlich. Seit meinem fünften Lebensjahr hatte mich derselbe Kanzler regiert, das waren schon fast monarchistische Verhältnisse, die einem jede Lust auf Politik verdarben. Jetzt wird es eine neue Regierung geben, eine rot-grüne Koalition. Wird sich an der herrschenden Ungerechtigkeit nun was ändern? Werden Roberts und Vaters Zukunftsbefürchtungen sich vielleicht doch nicht bestätigen? Warten wir es ab!

Zum Glück war ich an all diesen grauen Tagen sehr beschäftigt, kümmerte mich um meinen Studienplatztausch, klebte Zettel ans schwarze Brett in der Uni und annoncierte in Hamburger und Berliner Studentenblättern. Abends hing ich dann am Telefon. Gregg sollte über alles und jedes Bescheid wissen. Ja, um öfter und ausführlicher mit ihm telefonieren zu können, schränkte ich sogar meine Mahlzeiten ein. Als er dann im Oktober zum ersten Mal nach Hamburg kam, raste ich jubeldurchzittert am Zug entlang, bis ich ihm endlich um den Hals fallen konnte. Solch eine Sehnsucht hatte Eva Seemann noch nie zuvor verspürt.

Danach schleifte ich Gregg durch Hamburg und fand die herbstliche Stadt auf einmal wunderschön. Blankenese, St. Pauli, die Außenalster, alle meine Lieblingskneipen zeigte ich ihm und einmal machten wir zusammen mit Britta eine Hafenrundfahrt.

Die beiden kamen von Anfang an gut miteinander aus und Britta versprach, uns öfter in Berlin zu besuchen. Sofort verspürte ich Abschiedsschmerz. Wegen der Trennung von meinem braven, ordentlichen Hamburg. Und das, obwohl ich doch noch gar keinen Studienplatz in Berlin hatte. Warum muss man sich immer entscheiden, wieso kann man nie alles haben?

Natürlich fragte ich Gregg von morgens bis abends nach der Torstraße aus: Lief mit Heides Schwangerschaft alles glatt? Wollte die neue Hausbesitzerin sich wirklich für uns engagieren oder etwa doch nur Geld machen? Wie erging es den Obdachlosen, den Punks? Ging der Ausbau voran?

Gregg erzählte und erzählte und ich hörte fast nur Erfreuliches. Heide ging's gut, Tante Ruth schien wirklich ein soziales Gewissen zu haben, die Obdachlosen und unsere Punks hatten sich immer besser eingerichtet – vor allem jene, die Arbeit hatten –, und mit den Häusern ging's ebenfalls voran; jetzt, da auch von Besitzerseite investiert wurde, sogar sehr viel schneller als gedacht.

All diese frohen Botschaften machten mich so neugierig, dass ich nach diesen drei Tagen am liebsten mit Gregg in den Zug gestiegen wäre, um den Stand der Dinge selbst zu überprüfen. Zurück in meinem Zimmerchen, das mir ohne Gregg auf einmal sehr still, einsam und verlassen vorkam, setzte ich mich vor dein Foto, Minchen, klagte dir mein Leid und hätte am liebsten ein bisschen geheult.

Es war schlimm mit mir in diesen Tagen. Mal war ich stolz

und selbstbewusst, weil ich genau zu wissen meinte, was ich wollte, mal versank ich in Selbstmitleid, weil ich mich im Abseits wähnte, während in Berlin das Leben tobte.

So ging's bis Mitte November. Am Samstag, den 14., fuhr ich nach Lilienthal, um dort das Wochenende zu verbringen und am Montag meinen einundzwanzigsten Geburtstag zu feiern, am Dienstag, den 17., war ich wieder in Hamburg. Tags darauf erreichten mich zwei Nachrichten, die diesen Herbstspuk in meinem Kopf mit einem Schlag beendeten. Zuerst die gute: Aus Berlin war Post gekommen. Mein Studienplatztauschpartner war gefunden, ab Februar werde ich aus meiner Verbannung erlöst sein. Wie berauscht feierte ich mit Britta meinen Geburtstag nach; Kaffee und Kuchen gab's und Birnenschnäpse in unserem Lieblingscafé.

Kaum war ich wieder zu Hause, kam mir Frau Kruse entgegen und bat mich, sofort meinen Vater anzurufen. Er habe schon dreimal nach mir gefragt.

Gleich ging ich ans Telefon. Vaters Stimme klang sehr bedrückt. Umständlich berichtete er, Gregg habe mich nicht erreicht und deshalb ihn angerufen.

Da ahnte ich schon, dass es sich um keine angenehme Nachricht handeln würde. »Was wollte er denn?«, flüsterte ich.

»Robert ist tot«, sagte er da nur.

Eine Nachricht wie ein Tritt in den Bauch. »Was? Was sagst du da?«, konnte ich nur stammeln.

Vater wiederholte, Robert sei tot. Und nach einer kurzen Pause fügte er leise hinzu, er habe Selbstmord begangen, mit Schlaftabletten, die er über lange Zeit hinweg gesammelt haben musste. Arzt und Polizei seien bereits in der Wohnung gewesen, auf dem Tisch im Wohnzimmer liege ein Abschiedsbrief.

Mir wurde ganz kalt, ich rang nach Luft. Besorgt redete Vater auf mich ein, ich müsse nun ganz gefasst sein, er begreife das alles ja auch noch nicht; solange wir nichts Näheres wüssten, müssten wir ruhig Blut bewahren.

Ruhig Blut! Mir war, als wäre es mir in den Adern längst gefroren. Ich wusste einfach nicht, was ich sagen sollte, kann auch jetzt nicht in Worte fassen, was ich in diesem Augenblick empfand. Robert tot? Das war schon schlimm genug. Aber Selbstmord? Um Gottes willen, warum denn? Dann schoss mir etwas völlig Banales durch den Kopf: Also hatte er mir nur deshalb nicht zum Geburtstag gratuliert, weil er schon an diese Tat gedacht und darüber alles andere vergessen hatte? Ich war am Montag sehr enttäuscht gewesen, weil er sich das Datum doch extra notiert und an den Küchenschrank geklebt hatte.

Mein nächster Gedanke: Wieso hatte Robert eine solche Tat denn nötig gehabt? Ich dachte tatsächlich »nötig«, denn ein Selbstmord, davon ist nicht nur Annemarie Störikow überzeugt, kann niemals ein wirklich freiwilliger Akt sein. Wer sich selbst was antut, wird dazu gezwungen, durch äußere Umstände oder inneres Leid. Aber Robert hatte doch uns – Vater und mich und die WG –, da hätte er sich doch nicht so klammheimlich davonstehlen müssen …

Ganz verstört und durch die Birnenschnäpse noch zusätzlich benebelt, packte ich das Allernotwendigste in meine Reisetasche und lief mit bleischwerem Gefühl im Herzen zum Bahnhof, um auf den Zug zu warten, mit dem Vater kommen wollte. Wir fielen uns in die Arme und versuchten, uns gegenseitig zu trösten, ohne überhaupt zu wissen, was wirklich hinter allem steckte, dann fuhren wir gemeinsam weiter.

Kurz vor Mitternacht kamen wir in Berlin an und stiegen in ein Taxi; als es vor der Torstraße 127 hielt, brannte in der WG noch Licht. Sie warteten auf uns.

Danach war alles wie in einem verrückten Traum. Wir waren gekommen, um von einem Toten Abschied zu nehmen – doch als uns Gregg die Wohnungstür öffnete, empfing uns Babyquäken: Heides und Ricos Paule, einen Tag alt, neuneinhalb Pfund schwer, achtundfünfzig Zentimeter groß; fast hätten wir die Hebamme noch getroffen. Ein Grund zur Freude! Vater und ich aber wussten nicht, wie wir uns verhalten sollten: Strahlende Glückwünsche an Rico und Heide, während die uns ihr Beileid aussprachen?

Doch die beiden verstanden, wie uns zumute war. Still gab Rico uns den Schlüssel zu Roberts Wohnung – es war seit jeher Brauch, dass für den Fall der Fälle in der WG-Küche ein Zweitschlüssel hing –, dann ließen sie uns gehen. Gregg strich mir nur voll Mitgefühl über den Arm.

Robert lag im Schlafzimmer, auf dem Bett. Er hatte sich seinen besten Anzug angezogen, ein sauberes Hemd, Schuhe und Schlips, hatte sich angekleidet, als ob er ausgehen wollte, und sich auch das weiße Haar sorgfältig gekämmt. Die Hände hatte er im Schoß zusammengelegt, so wie man sich das von einem Toten vorstellt. Sein spitz gewordenes Gesicht wirkte ernst und friedlich und – ich weiß, es klingt blöd, aber so empfand ich das in jenem Augenblick – sehr abwesend: als ob er wusste, dass wir da waren, und nicht gestört werden wollte.

Vater und ich hielten uns an den Händen und sahen Robert an.

Ich begriff noch immer nichts. Warum hatte er das nur getan? Hatte er in seinem Leben keinen Sinn mehr gesehen? Weil er so allein war? Oder weil er nicht mehr schreiben konnte oder wollte?

Roberts handgeschriebener Abschiedsbrief beantwortete all unsere Fragen. Er lag auf einem großen Umschlag mit allen möglichen anderen wichtigen Papieren; die Polizei hatte ihn wohl herausgenommen. Mehrere Seiten lang war er und an uns beide gerichtet – Vater und mich. Still setzten wir uns im Wohnzimmer an den Tisch und lasen den Brief, erst Vater, dann ich.

Er habe den ganzen Sommer und Herbst an diesem Brief gearbeitet, verriet Robert seinem »lieben Sohn Wolfgang« und seinem »großen Glück Eva« gleich zu Anfang. Keine Fassung habe ihm gefallen, weil er endlich mal ganz ehrlich sein wollte. Dennoch sollten wir nicht glauben, er hätte uns eine Art politisches Testament oder literarisches Vermächtnis hinterlassen wollen. Nein, dieser Brief sei wirklich nur ein Abschiedsbrief an die beiden Menschen, die ihm von allen Lebenden am meisten bedeuteten.

Gleich darauf erfuhren wir den Grund für seine Tat: »Macht euch keine Vorwürfe, es war nicht meine Einsamkeit, die mich aufgeben ließ. Es ist auch nicht der gewesene Schriftsteller, der sich beleidigt davonschleicht. Es ist ganz einfach eine Krankheit, der verfluchte Krebs, der uns Seemännern so zu schaffen macht ...«

Er hatte Magenkrebs gehabt und im Frühjahr eine Operation hinter sich gebracht, bei der ihm der ganze Magen herausgenommen worden war. Doch die Operation war zu spät erfolgt, der Krebs hatte sich schon weitergefressen. So wusste Robert seit »der schönen Maienzeit«, dass er nicht mehr lange zu leben hatte. Deshalb die Trinkerei, mit der er seine Angst unterdrücken wollte, obwohl er wusste, dass jeder Tropfen Alkohol Gift für ihn war; deshalb die vielen Schmerztabletten, die er mir gegenüber als Mittelchen gegen Verdauungsprobleme ausgegeben hatte. Er hatte, so schrieb er, von Anfang an geplant, nicht erst das bittere Ende abzuwarten, sondern Schluss zu machen, solange er noch einigermaßen bei Verstand war. Das Bewusstsein des nahen Todes aber habe ihn immer öfter an seine Lilienthaler Familie denken lassen. Also habe er mir schließlich geschrieben, um mir noch vor seinem Tod unsere Familiengeschichte zu übergeben, und zwar »die hellen wie die dunklen Seiten«.

An dieser Stelle musste ich den Brief erst mal weglegen. Wie hatte Robert mich belogen! Nur um mich nicht zu belasten, aber trotzdem: Was für eine Schauspielerei! – Verdauungsprobleme! Und ich dummes Huhn hatte gedacht, bei alten Leuten wäre das nun mal so … Mexiko! Alles nur Spinnerei! Er hatte ganz genau gewusst, wo sein Mexiko liegen würde … Und wie er mit mir nach Weißensee rausgefahren war, die Neubauwohnung besichtigen! Nur um zu schauen, wie es ihm ergehen würde, hätte ihn nicht diese furchtbare Krankheit befallen …

Ich musste daran denken, wie er mich auf dem Bahnhof abgeholt hatte und ich so entsetzt über seinen Anblick war; ich sah ihn mit mir über die beiden Friedhöfe gehen, den Dorotheenstädtischen und den Jüdischen, und hörte mich über seine spätere Grabstätte spotten … Nein, ich hatte nichts geahnt, ihn nicht geschont.

Natürlich spottete auch Robert über seinen Tod. Immer habe er »für etwas« sterben wollen, nun sterbe er auf der Flucht »vor etwas«, schrieb er. Ein konsequentes Romanende sei das natürlich nicht, weil eine Flucht nun mal nicht so viel hermache wie ein Heldentod, eines jedoch müssten wir ihm zugestehen: An einer ominösen Krankheit wie sein Max Habakuk sterbe er nicht, sein Krebs sei »behördlich beglaubigt«.

Wenige Zeilen später schreibt er, in seiner Jugend habe er es immer mit Freund Casanova gehalten: Ob glücklich oder unglücklich, das Leben sei der einzige Schatz, den der Mensch besitze; wer es nicht liebe, sei seiner nicht wert. Jetzt sehe er das ein bisschen anders. Sein Schatz habe sich verbraucht.

Wozu noch leben, wenn er nur noch Kreatur, aber nicht mehr Mensch sein durfte? Außerdem fürchte er den »langen Schlaf« schon lange nicht mehr, er hätte nur gern gewusst, wohin die Reise gehen werde.

»Lieber Wolfgang, liebe Eva, ihr seht: Es gibt nichts zu trauern. Meine Zeit ist um. Irgendwie fühle ich mich, seit ich diese Tatsache akzeptiert habe, sogar sehr erleichtert. Keiner lebt, weil er das will, aber nachdem er lebt, muss er das wollen, hat Freund Bloch mal gesagt. Na ja, so richtig gewollt hab ich ja schon lange nicht mehr. Überall nur Ungerechtigkeit und Selbstsucht, einem alten Idealisten kommt das schwer an ...«

Etwa in der Mitte dieses langen Briefes ein paar Worte direkt an mich. Zuerst entschuldigt Robert sich dafür, mir seine Krankheit den gesamten Sommer über »so hartnäckig« verschwiegen zu haben, dann schreibt er: »Aber hätte ich dir alles gesagt, was wäre das für ein Sommer geworden? Und wärst du etwa zu einem todkranken, dir fast fremden alten Mann nach Berlin gekommen? Und wenn du doch gekommen wärst, hättest du mir dann so deutlich deine Meinung gesagt, die ich ja hören wollte, unbedingt und nicht geschönt, damit wir irgendwann anfangen würden, einander zu verstehen?« Seit wir vor sieben Jahren zusammen Johannisbeeren pflückten, habe er immerzu an mich denken müssen, deshalb sein Lockruf. »Ich spürte dein Interesse an meinen alten Geschichten und wollte, dass du erfährst, dass es nicht nur eine Wahrheit gibt.«

Er hatte auch einen Ratschlag für meine Schreiberei: Ich solle keinen einzigen Satz schreiben, an den ich nicht wirklich glaube. Nur so könne ich in tausend Jahren, wenn ich eine alte Frau sein würde, mit mir zufrieden sein.

Und er? War er zum Schluss also nicht mit sich zufrieden? Nein! Wie sollte er denn?

Vater gegenüber bedauerte Robert vor allem, nie der Fels in der Brandung gewesen zu sein, als den ein Sohn sich seinen Vater wohl wünsche. »Erst im Alter habe ich begriffen, was mit mir passiert ist. Jung geübt, alt getan, lautet ein Sprichwort. Ich bin als junger Pimpf – in der HJ der Nazis – zum Duckmäuser erzogen worden und bin später, trotz all meiner hohen Ideale und gefälligen Ausreden, ein Duckmäuser geblieben. Das hätte ich zu Lebzeiten nie zugegeben: Ich, der Antifaschist, ein Produkt der Nazis?«

Zu seiner Arbeit als Schriftsteller schrieb Robert nur, zum wirklichen »Dichter«, wie er es in jungen Jahren von sich erhofft hatte, habe es bei ihm nie gelangt. Und daran trage er Mitschuld, weil er früh alle seine Ansprüche an sich selbst und damit auch sein Talent verraten habe, anstatt sich heißen Herzens um Aufklärung und Wahrheit zu bemühen. Spätestens seine Gespräche mit denen, die heute jung sind, hätten ihm das bewusst gemacht. Aber so sei das wohl immer: »Jeder Revolutionär, der seine Revolution verteidigt, wird zum Reaktionär.« Das sei für ihn aber schon lange keine bittere Erkenntnis mehr, im Gegenteil, angesichts des Todes würde alles lächerlich, erst recht die Scham über das eigene Versagen.

Der Brief endet mit »Alles Gute, mein lieber Wolfgang, alles Gute, meine liebe Eva«. Es folgt aber noch ein PS, an seinem letzten Tag geschrieben: »Denkt bitte nicht, dieser Brief sei das Produkt eines Verfassers, der vorgibt, heiter zu sein, während er in Wahrheit vor dem großen Aus zittert. Nein, das bisschen Pillenschlucken fällt mir nicht schwer. Ist die Entscheidung erst einmal gefallen, ist's wie im Flugzeug: Es geht nur noch geradeaus, anhalten, aussteigen unmöglich!«

Bis zum Schluss versuchte er, uns zu schonen. Kein einziger wehmütig stimmender Satz, nichts, was aufs Herz zielte. Gerade das traf so tief.

Während ich dies schreibe, habe ich eine Kopie von Roberts Brief neben mir liegen. Seine steile, so ausgeschriebene, feste Handschrift! Keinerlei Nervosität ist zu erkennen. Ich muss daran denken, wie er Vater und mir sagte, in seinem Alter sei nichts mehr gefährlich. Da hatte er innerlich wohl über uns gelächelt … Oder wie er von seinem größten Wunsch sprach, noch vor seinem Tod zu erfahren, ob zukünftige Generationen aus all den Fehlern und Irrwegen der letzten hundert Jahre einen Nutzen ziehen würden. Es ist sieben Jahre her, dass er das gesagt hat. In zehn, zwanzig Jahren hätte er vielleicht eine Antwort darauf bekommen …

Was ich fast ein wenig makaber fand, war Roberts Planung. Er hatte für alles vorgesorgt, hatte Schreiben an alle möglichen Behörden und Lieferanten, an seine Versicherung, die Rentenkasse und seine Bank vorgefertigt, sein Todesdatum eingetragen, die »Abmeldung« selbst unterschrieben und bereits Briefmarken auf die Umschläge geklebt … Sein Zeitungsabonnement hatte er gekündigt, einen Postnachsendeantrag mit unserer Adresse ausgefüllt und in einem Brief an ein Beerdigungsinstitut in der Oranienburger Straße genauestens festgelegt, wie seine Beerdigung vonstatten zu gehen habe: Alles sollte vom Einfachsten sein, beerdigt werden wollte er auf dem Elisabeth-Friedhof, Ackerstraße 37, sehr dicht an der ehemaligen, nun nicht mehr vorhandenen Mauer. Dort seien einst auch seine drei Frauen – Ehefrau, Mutter und Großmutter – zur letzten Ruhe gebettet worden; er wollte in ihre Arme zurückflüchten, auch wenn es ihre Gräber schon lange nicht mehr gab.

Zu einigen der Briefe verfasste Vater noch in dieser Nacht einen Nachsatz, mit dem er bestätigte, dass der Tod tatsächlich, wie vom Unterzeichneten angekündigt, eingetreten sei, und erklärte, den Totenschein wenn nötig nachreichen zu wollen. Danach klebte er alle Briefe zu und wir setzten uns in die Küche und tranken von Roberts Rotwein.

Zu essen war nichts da, Robert hatte den Kühlschrank leer geräumt, geputzt und abgestellt. Wir hatten auch keinen Hunger, saßen nur da, tranken und schwiegen.

Woran Vater in dieser Zeit des Schweigens dachte, weiß ich nicht. Vielleicht an seine Kindheit mit Robert, vielleicht an die vielen Jahre, in denen sein Vater und er einander fremd geworden waren. Ich weiß aber noch genau, was mir durch den Kopf ging: Roberts Türen! Das Geheimnis seiner Krankheit war die allerletzte Tür, die er mir geöffnet hatte: Er hatte also nicht seinen politischen Kummer ersäuft, wie ich all die Zeit über glaubte, es war der privateste Kummer der Welt gewesen, der ihn so quälte. Doch nicht ein einziges Mal war er mir gegenüber schwach geworden, immer hatte er sich als so stark wie seine Lore erwiesen – weil er mir diesen Sommer nicht nehmen wollte …

Gegen vier oder fünf Uhr morgens meinte Vater dann, dass wir uns noch ein bisschen hinlegen sollten. Schließlich gebe es bald viel zu tun für uns.

Ich nickte nur still, fühlte mich wie zerschlagen, mutlos, hoffnungslos und sehr, sehr müde. Doch als ich dein Zimmer betrat, Minchen, lag der Karton mit all deinen Briefen, Urkunden, Fotos und sonstigen Erinnerungsstücken auf deinem Bett. Ein Zettel war drauf geklebt: *Für Eva – als kleinen Dank für die große Reise, die sie mir geopfert hat!*

Da konnte ich endlich weinen. Das war Roberts allerletzter Gruß an mich, da tat ich mir zum ersten Mal selber Leid.

Vater hatte sich in seinem Zimmer aufs Bett gelegt. Ich dachte daran, dass er dort ganz bestimmt nicht schlafen konnte – in einem Raum, in dem ihn alles an seine Kindheit erinnerte. Doch erging es mir nicht besser. In meinem Kopf wirbelte alles durcheinander, jede einzelne Szene mit Robert rief ich mir ins Gedächtnis zurück und irgendwann in dieser Nacht beschloss ich, diesen, inzwischen so lang gewordenen Brief zu schreiben; den Brief an dich, Minchen, die du mir in diesem Sommer so nahe gekommen und doch so unverständlich geblieben bist, den Brief an mich, weil ich es nötig hatte, alles noch einmal gründlich zu überdenken.

Dieser Entschluss beruhigte mich ein wenig. So bin ich, als es draußen schon graute, für eine knappe Stunde doch noch eingeschlafen. Als ich Vater im Flur telefonieren hörte, war ich aber sofort wieder wach. Zuerst sprach er mit Mutter, dann mit den West-Berliner Seemännern, denen er vorschlug vorbeizukommen, wenn sie Robert noch einmal sehen wollten.

Sie kamen noch an diesem Vormittag. Nur Benny fehlte. Er war irgendwo geschäftlich unterwegs. Schweigend standen Onkel Walter, Tante Monika und Tante Ruth vor Roberts Bett. Onkel Walter war seit siebenunddreißig Jahren, seit 1961 die Mauer gebaut worden war, nicht mehr in dieser Wohnung gewesen, Tante Monika überhaupt noch nie. Mit bedrückten Gesichtern sahen sie Robert an. Es gab ja nicht nur einen Tod, es gab auch Versäumnisse zu betrauern, wie Onkel Walter mir später eingestand.

Danach, in dem kleinen Café, in dem wir noch bei einer Tasse Kaffee zusammensaßen, sagte Tante Ruth, wenn wir nichts dagegen hätten, würde sie gern in Roberts Wohnung ziehen. Schließlich habe sie ihre ganze Kindheit darin verbracht. Jetzt, da das Haus ihr gehöre und sie den Wunsch verspüre, noch einmal etwas ganz Neues zu beginnen, fände sie es dumm, so weit weg zu wohnen.

Niemand hatte etwas dagegen. Im Gegenteil, auf diese Weise blieb die Wohnung in der Familie.

Roberts Möbel jedoch wollte Tante Ruth nicht übernehmen, sie hatte selber Möbel, an denen sie hing.

Da fragte ich, ob Gregg und ich uns holen dürften, was wir brauchten. Unser Paradies war ja bis auf Greggs Werkstatt samt Kleiderständer noch immer unmöbliert. Ich dachte dabei aber nur an deine Möbel, Minchen. Es wäre mir als Sakrileg erschienen, deine Sachen fortzugeben.

Auch dagegen hatte niemand etwas einzuwenden. So beschlossen wir, dass alles, was Gregg und ich nicht brauchten, sich die ehemaligen Obdachlosen aus der Nr. 125 holen durften. Wir waren uns sicher, damit ganz und gar in Roberts Sinn zu handeln.

All diese Verabredungen und Vereinbarungen wurden in großer Ruhe und Ernsthaftigkeit getroffen. Es war, im Nachhinein betrachtet, ein schönes Gespräch.

Dafür wurden die folgenden Tage ziemlich hektisch. Vater musste nach Bremen zurück. So bemühte er sich, alle Beerdigungsformalitäten und Behördengänge rasch zu erledigen, während Gregg und ich, Stalingrad, Papa Tute, Jöte, Rebecca und Porky, kaum war Robert abgeholt, all seine Möbel aus der 127 in die 125 hinübertrugen. Und – bei aller Trauer um Robert – auch das war ein schönes Gefühl, Minchen, deine alten Möbel in Greggs und meinem Paradies zu sehen, in dem nun endlich auch das Licht brannte. Vor unseren weißen Wänden und neben dem Dschungel-Gemälde wirkten sie viel ehrwürdiger und dennoch lebendiger als in Roberts ewig zu dunkler Wohnung.

Also durfte ich mich noch mehr auf meinen Umzug nach Berlin freuen! Stand oft vor unserem neu gestrichenen warmgelben Haus mit Greggs Tiervignetten unter den Fenstern und dachte an dich, Minchen – und an dich, Hermine Stargraff. Wenn ihr alles wüsstet, was würdet ihr wohl sagen?

Roberts Beerdigung war eine leise Angelegenheit. Er hatte verfügt, dass keine Traueranzeigen geschaltet oder ehemalige Kollegen und Kolleginnen benachrichtigt werden sollten. Nur die Familie und, wenn sie wollten, die Bewohner der Häuser Torstraße 125 und 127 sollten an der Trauerfeier teilnehmen. Von denen aber wollten sehr viele kommen, eigentlich fast alle, die uns kannten. Doch die Beerdigung fand am Freitagvormittag statt, nicht jeder bekam frei. Deshalb war ja auch Mutter nicht dabei, weil sonst Unterricht ausgefallen wäre. Bastian allerdings wollte nicht kommen, da er Robert, wie er sagte, ja niemals wirklich kennen gelernt habe.

Von der WG waren außer Gregg und Rico nur Phil und Benno dabei. Die beiden hatten ihren Laden für ein paar Stunden geschlossen. Vom Haus kamen Annemarie Störikow und das Ehepaar Winkler, von den Obdachlosen Stalingrad und Scholle und Hapke sowie zwei jüngere Männer, die ebenfalls noch keine Arbeit gefunden hatten, von den Punks Rebecca, Porky und Bambi. Heide, die ihr Paulchen nicht so lange dem feuchten Herbstwetter aussetzen wollte, und Leo und Inke Moor, die beide Dienst hatten, wollten Roberts Grab tags darauf besuchen, wenn Rico sich um Paule kümmern konnte.

Robert hatte sich auch verbeten, dass Reden an seinem Grab gehalten wurden. Wer ihm etwas sagen wolle, könne das im Stillen tun, hatte er in dem Brief an das Beerdigungsinstitut geschrieben, er habe ja nun sehr gute Ohren. So dauerte es nicht lange, bis der Sarg ins Grab gesenkt wurde. Ich stand neben Vater und Gregg, blickte immer wieder zum fleckiggrauen Himmel auf und dachte daran, dass Robert mir mal gesagt hatte, nach seinem Tod würde er am liebsten auf den Jüdischen Friedhof hinausziehen. Da er kein Jude war, kam dieser Friedhof nicht in Frage. Jetzt kam er auf dem Friedhof, auf dem seine drei Frauen lagen, zur Ruhe. Hätte er beide Wünsche gern miteinander verbunden?

Nach der Beerdigung musste ich dann unbedingt einen Spaziergang machen und wollte dabei allein sein.

Doch das ließ Gregg nicht zu. »Wir können auch gemeinsam schweigen«, sagte er, ging lange stumm neben mir her und sorgte dafür, dass wir am Ende unseres Spaziergangs wie zufällig in den Monbijoupark gerieten, in dem wir im Sommer so viele schöne Stunden verbracht hatten. Jetzt war dort alles kahl und grau und leer, der Himmel über uns erinnerte noch immer an schmutzige Strümpfe, es nieselte gelangweilt vor sich hin und selbstverständlich war weit und breit keine Harmonika zu hören. Trotzdem setzten wir uns auf unsere Lieblingsbank und blickten lange stumm zur Domkuppel hinüber, die in diesem düsteren Novemberbrei kaum zu erkennen war. Nach einer Weile fiel mir auf, dass hier im Park ein neuer Spielplatz entstanden war. Er sah aus wie der, den wir uns für das leere Grundstück Nr. 129 ausgedacht hatten, auf dem nun längst eine Baugrube gähnte.

»Wir haben alles hergeschafft«, sagte Gregg. »So war unsere Mühe wenigstens nicht umsonst.«

Wir sahen den Kindern zu, die trotz des trüben Wetters dort spielten – dicke Jacken an und bunte Pudelmützen auf dem Kopf –, und ich musste an Heide und Ricos Paule denken. Bevor ich nach Hamburg zurückfuhr, musste ich ihn unbedingt noch richtig begrüßen.

Wie selbstverständlich ist doch das Leben, ging es mir durch den Kopf. Ein Mensch geht, ein anderer kommt. Hier wird gejubelt, dort getrauert, hier gelacht, dort geweint. Und so geht's seit ewigen Zeiten, jeder, der mal bejubelt wurde, wird eines Tages beweint …

»Komm!«, sagte ich da plötzlich und nahm Greggs Hand.

Erst verstand er nicht, aber dann setzte er sich zu mir auf die gerade frei gewordene Wippe und wir wippten wie zwei große Kinder und konnten irgendwann sogar lachen.

Das war's, was ich festhalten wollte; das ist es, was ich nicht vergessen will.

Bleibt mir nur noch, tschüs zu sagen, liebes Minchen. Morgen gehe ich Weihnachtsgeschenke kaufen, übermorgen fahre ich nach Lilienthal, Silvester kommt Gregg nach Hamburg, ab nächstem Semester ziehe ich nach Berlin. Dann wird bald Frühling sein und ein neuer Sommer beginnen.

Was hat die Eva für ein Glück, wirst du denken.

Ja, was hat die Eva für ein Glück!

Ahnentafel

Johann Konrad + Martha Seemann
Seemann geb. März
1861–1925 1864–1937

Wilhelm + Hermine Stargraff
Stargraff geb. Seemann
1883–1918 1892–1947

Arthur Seemann + Ilsa Seemann
geb. Rupf
1909–1942 1913–1962

Walter + Monika Seemann
Seemann geb. Bürger
geb. 1939 geb. 1943

Robert + Lore Seemann
Seemann geb. Schulz
geb. 1933 1932–1963

Ruth
Seemann
geb. 1941

Wolfgang + Annegret Seemann
Seemann geb. Jaspersen
geb. 1956 geb. 1955

Eva Seemann
geb. 1977

Bastian Seemann
geb. 1978